ALFRED DE MUSSET

ŒUVRES COMPLÈTES

ILLUSTRÉES

Martin

ALFRED DE MUSSET

ŒUVRES COMPLÈTES ILLUSTRÉES

COMÉDIES ET PROVERBES

II

LORENZACCIO — LE CHANDELIER
IL NE FAUT JURER DE RIEN — UN CAPRICE
IL FAUT QU'UNE PORTE SOIT OUVERTE OU FERMÉE

ILLUSTRATIONS

DE

CHARLES MARTIN

PARIS

LIBRAIRIE DE FRANCE

110, BOULEVARD SAINT-GERMAIN, 110

1928

LORENZACCIO

DRAME EN CINQ ACTES

PUBLIÉ EN 1834.

ALEXANDRE DE MÉDICIS, duc de Florence.
LORENZO DE MÉDICIS (Lorenzaccio), }
COME DE MÉDICIS, } ses cousins.
LE CARDINAL CIBO.
LE MARQUIS DE CIBO, son frère.
SIRE MAURICE, chancelier des Huit.
LE CARDINAL BACCIO VALORI, commissaire apostolique.
JULIEN SALVIATI.
PHILIPPE STROZZI.
PIERRE STROZZI, }
THOMAS STROZZI, } ses fils.
LÉON STROZZI, prieur de Capoue, }
ROBERTO CORSINI, provéditeur de la forteresse.
PALLA RUCCELLAI, }
ALAMANNO SALVIATI, } seigneurs républicains.
FRANÇOIS PAZZI, }
BINDO ALTOVITI, oncle de Lorenzo.
VENTURI, bourgeois.
TEBALDEO, peintre.
SCORONCONCOLO, spadassin.
Les Huit.
GIOMO LE HONGROIS, écuyer du duc.
MAFFIO, bourgeois.
MARIE SODERINI, mère de Lorenzo.
CATHERINE GINORI, sa tante.
LA MARQUISE DE CIBO.
LOUISE STROZZI.
Deux Dames de la cour et un Officier allemand.
Un Orfèvre, un Marchand, deux Précepteurs et deux Enfants, Pages, Soldats,
   Moines, Courtisans, Bannis, Écoliers, Domestiques, Bourgeois, etc., etc.

La scène est à Florence.

LORENZACCIO

ACTE PREMIER

SCÈNE PREMIÈRE

Un jardin. — Clair de lune. Un pavillon dans le fond, un autre sur le devant.

Entrent LE DUC *et* LORENZO, *couverts de leurs manteaux*, GIOMO, *une lanterne à la main.*

LE DUC

Qu'elle se fasse attendre encore un quart d'heure, et je m'en vais. Il fait un froid de tous les diables.

LORENZO

Patience, Altesse, patience !

LE DUC

Elle devait sortir de chez sa mère à minuit ; il est minuit et elle ne vient pourtant pas.

LORENZO

Si elle ne vient pas, dites que je suis un sot, et que la vieille mère est une honnête femme.

LE DUC

Entrailles du pape ! avec tout cela je suis volé d'un millier de ducats !

LORENZO

Nous n'avons avancé que moitié. Je réponds de la petite. Deux grands yeux languissants, cela ne trompe pas. Quoi de plus curieux pour le connaisseur que la débauche à la mamelle ? Voir dans une enfant de quinze ans la rouée à venir ; étudier, ensemencer, infiltrer paternellement le filon mystérieux du vice dans un conseil d'ami, dans une caresse au menton ; — tout dire et ne rien dire selon le caractère des parents ; — habituer doucement l'imagination qui se développe à donner des corps à ses fantômes, à toucher ce qui l'effraye, à mépriser ce qui la protège ! Cela va plus vite qu'on ne pense ; le vrai mérite est de frapper juste. Et quel trésor que celle-ci ! tout ce qui peut faire passer une nuit délicieuse à Votre Altesse ! Tant de pudeur ! Une jeune chatte qui veut bien des confitures, mais qui ne veut pas se salir la patte ! Proprette comme une Flamande ! La médiocrité bourgeoise en personne ! D'ailleurs, fille de bonnes gens, à qui leur peu de fortune n'a pas permis une éducation solide ; point de fond dans les principes, rien qu'un léger vernis ; mais quel flot violent d'un fleuve magnifique sous cette couche de glace fragile qui craque à chaque pas ! Jamais arbuste en fleur n'a promis de fruits plus rares, jamais je n'ai humé dans une atmosphère enfantine plus exquise odeur de courtisanerie.

LE DUC

Sacrebleu ! je ne vois pas le signal. Il faut pourtant que j'aille au bal chez Nasi : c'est aujourd'hui qu'il marie sa fille.

GIOMO

Allons au pavillon, monseigneur. Puisqu'il ne s'agit que d'emporter une fille qui est à moitié payée, nous pouvons bien taper aux carreaux.

LE DUC

Viens par ici ; le Hongrois a raison.

Ils s'éloignent.

Entre Maffio.

MAFFIO

Il me semblait dans mon rêve voir ma sœur traverser notre jardin, tenant une lanterne sourde, et couverte de pierreries. Je me suis éveillé en sursaut. Dieu sait que ce n'est qu'une illusion, mais une illusion trop forte pour que le sommeil ne s'enfuie pas devant elle. Grâce au ciel, les fenêtres du pavillon où couche la petite sont fermées comme de coutume ; j'aperçois faiblement la lumière de sa lampe entre les feuilles de notre vieux figuier. Maintenant mes folles terreurs se dissipent ; les battements précipités de mon cœur font place à une douce tranquillité. Insensé ! mes yeux se remplissent de larmes, comme si ma pauvre sœur avait couru un véritable danger. — Qu'entends-je ? Qui remue là entre les branches ?

La sœur de Maffio passe dans l'éloignement.

Suis-je éveillé? c'est le fantôme de ma sœur. Il tient une lanterne sourde, et un collier brillant étincelle sur sa poitrine aux rayons de la lune. Gabrielle ! Gabrielle ! où vas-tu?

Rentrent Giomo et le duc.

GIOMO

Ce sera le bonhomme de frère pris de somnambulisme. — Lorenzo conduira votre belle au palais par la petite porte; et quant à nous, qu'avons-nous à craindre?

MAFFIO

Qui êtes-vous? Holà ! arrêtez !
Il tire son épée.

GIOMO

Honnête rustre, nous sommes tes amis.

MAFFIO

Où est ma sœur? que cherchez-vous ici?

GIOMO

Ta sœur est dénichée, brave canaille. Ouvre la grille de ton jardin.

MAFFIO

Tire ton épée et défends-toi, assassin que tu es !

GIOMO *saute sur lui et le désarme.*

Halte là ! maître sot, pas si vite !

MAFFIO

O honte ! ô excès de misère ! S'il y a des lois à Florence, si quelque justice vit encore sur la terre, par ce qu'il y a de vrai et de sacré au monde, je me jetterai aux pieds du duc, et il vous fera pendre tous les deux.

GIOMO

Aux pieds du duc ?

MAFFIO

Oui, oui, je sais que les gredins de votre espèce égorgent impunément les familles. Mais que je meure, entendez-vous, je ne mourrai pas silencieux comme tant d'autres. Si le duc ne sait pas que sa ville est une forêt pleine de bandits, pleine d'empoisonneurs et de filles déshonorées, en voilà un qui le lui dira. Ah ! massacre ! ah ! fer et sang ! j'obtiendrai justice de vous.

GIOMO, *l'épée à la main.*

Faut-il frapper, Altesse ?

LE DUC

Allons donc ! frapper ce pauvre homme ! Va te recoucher, mon ami, nous t'enverrons demain quelques ducats.

Il sort.

MAFFIO

C'est Alexandre de Médicis !

GIOMO

Lui-même, mon brave rustre. Ne te vante pas de sa visite, si tu tiens à tes oreilles.

Il sort.

SCÈNE II

Une rue. — Le point du jour.

Plusieurs masques sortent d'une maison illuminée; un MARCHAND DE SOIERIES *et un* ORFÈVRE *ouvrent leurs boutiques.*

LE MARCHAND DE SOIERIES

Hé, hé, père Mondella, voilà bien du vent pour mes étoffes.
Il étale ses pièces de soie.

L'ORFÈVRE, *bâillant.*

C'est à se casser la tête. Au diable leur noce ! je n'ai pas fermé l'œil de la nuit.

LE MARCHAND

Ni ma femme non plus, voisin; la chère âme s'est tournée et retournée comme une anguille. Ah ! dame ! quand on est jeune, on ne s'endort pas au bruit des violons.

L'ORFÈVRE

Jeune ! jeune ! cela vous plaît à dire. On n'est pas jeune avec une

barbe comme celle-là, et cependant Dieu sait si leur damnée musique
me donne envie de danser.

Deux écoliers passent.

PREMIER ÉCOLIER

Rien n'est plus amusant. On se glisse contre la porte au milieu
des soldats, et on les voit descendre avec leurs habits de toutes les
couleurs. Tiens, voilà la maison des Nasi.
Il souffle dans ses doigts.
Mon portefeuille me glace les mains.

DEUXIÈME ÉCOLIER

Et on nous laissera approcher ?

PREMIER ÉCOLIER

En vertu de quoi est-ce qu'on nous en empêcherait ? Nous sommes
citoyens de Florence. Regarde tout ce monde autour de la porte ;
en voilà des chevaux, des pages et des livrées ! Tout cela va et vient,
il n'y a qu'à s'y connaître un peu ; je suis capable de nommer toutes
les personnes d'importance ; on observe bien tous les costumes, et
le soir on dit à l'atelier : « J'ai une terrible envie de dormir, j'ai passé
la nuit au bal chez le prince Aldobrandini, chez le comte Salviati ;
le prince était habillé de telle ou telle façon, la princesse de telle autre, »
et on ne ment pas. Viens, prends ma cape par derrière.
Ils se placent contre la porte de la maison.

L'ORFÈVRE

Entendez-vous les petits badauds ? Je voudrais qu'un de mes
apprentis fît un pareil métier.

LE MARCHAND

Bon, bon, père Mondella, où le plaisir ne coûte rien, la jeunesse n'a rien à perdre. Tous ces grands yeux étonnés de ces petits polissons me réjouissent le cœur. — Voilà comme j'étais, humant l'air et cherchant les nouvelles. Il paraît que la Nasi est une belle gaillarde, et que le Martelli est un heureux garçon. C'est une famille bien florentine, celle-là ! Quelle tournure ont tous ces grands seigneurs ! J'avoue que ces fêtes-là me font plaisir, à moi. On est dans son lit bien tranquille, avec un coin de ses rideaux retroussé ; on regarde de temps en temps les lumières qui vont et viennent dans le palais ; on attrape un petit air de danse sans rien payer, et on se dit : « Hé, hé, ce sont mes étoffes qui dansent, mes belles étoffes du bon Dieu, sur le cher corps de tous ces braves et loyaux seigneurs. »

L'ORFÈVRE

Il en danse plus d'une qui n'est pas payée, voisin ; ce sont celles-là qu'on arrose de vin et qu'on frotte sur les murailles avec le moins de regrets. Que les grands seigneurs s'amusent, c'est tout simple — ils sont nés pour cela. Mais il y a des amusements de plusieurs sortes, entendez-vous ?

LE MARCHAND

Oui, oui, comme la danse, le cheval, le jeu de paume et tant d'autres. Qu'entendez-vous vous-même, père Mondella ?

L'ORFÈVRE

Cela suffit, — je me comprends. C'est-à-dire que les murailles de tous ces palais-là n'ont jamais mieux prouvé leur solidité. Il leur fallait moins de force pour défendre les aïeux de l'eau du ciel, qu'il ne leur en faut pour soutenir les fils quand ils ont trop pris de leur vin.

LE MARCHAND

Un verre de vin est de bon conseil, père Mondella. Entrez donc dans ma boutique, que je vous montre une pièce de velours.

L'ORFÈVRE

Oui, de bon conseil et de bonne mine, voisin ; un bon verre de vin vieux a une bonne mine au bout d'un bras qui a sué pour le gagner ; on le soulève gaiement d'un petit coup, et il s'en va donner du courage au cœur de l'honnête homme qui travaille pour sa famille. Mais ce sont des tonneaux sans vergogne que tous ces godelureaux de la cour. A qui fait-on plaisir en s'abrutissant jusqu'à la bête féroce ? A personne, pas même à soi, et à Dieu encore moins.

LE MARCHAND

Le carnaval a été rude, il faut l'avouer ; et leur maudit ballon m'a gâté de la marchandise pour une cinquantaine de florins. Dieu merci ! les Strozzi l'ont payée.

L'ORFÈVRE

Les Strozzi ! Que le ciel confonde ceux qui ont osé porter la main sur leur neveu ! Le plus brave homme de Florence, c'est Philippe Strozzi.

LE MARCHAND

Cela n'empêche pas Pierre Strozzi d'avoir traîné son maudit ballon sur ma boutique, et de m'avoir fait trois grandes taches dans une aune de velours brodé. A propos, père Mondella, nous verrons-nous à Montolivet ?

L'ORFÈVRE

Ce n'est pas mon métier de suivre les foires ; j'irai cependant à

Montolivet par piété. C'est un saint pèlerinage, voisin, et qui remet tous les péchés.

LE MARCHAND

Et qui est tout à fait vénérable, voisin, et qui fait gagner les marchands plus que tous les autres jours de l'année. C'est plaisir de voir ces bonnes dames, sortant de la messe, manier, examiner toutes les étoffes. Que Dieu conserve Son Altesse ! La cour est une belle chose !

L'ORFÈVRE

La cour ! le peuple la porte sur le dos, voyez-vous ! Florence était encore (il n'y a pas longtemps de cela) une bonne maison bien bâtie ; tous ces grands palais, qui sont les logements de nos grandes familles, en étaient les colonnes. Il n'y en avait pas une, de toutes ces colonnes, qui dépassât les autres d'un pouce ; elles soutenaient à elles toutes une vieille voûte bien cimentée, et nous nous promenions là-dessous sans crainte d'une pierre sur la tête. Mais il y a de par le monde deux architectes malavisés qui ont gâté l'affaire ; je vous le dis en confidence : c'est le pape et l'empereur Charles. L'empereur a commencé par entrer par une assez bonne brèche dans la susdite maison. Après quoi, ils ont jugé à propos de prendre une des colonnes dont je vous parle, à savoir celle de la famille des Médicis, et d'en faire un clocher, lequel clocher a poussé comme un champignon de malheur dans l'espace d'une nuit. Et puis, savez-vous, voisin ? Comme l'édifice branlait au vent, attendu qu'il avait la tête trop lourde et une jambe de moins, on a remplacé le pilier devenu clocher par un gros pâté informe fait de boue et de crachat, et on a appelé cela la citadelle. Les Allemands se sont installés dans ce maudit trou, comme des rats dans un fromage ; et il est bon de savoir que, tout en jouant aux dés et en buvant leur vin aigrelet, ils ont l'œil sur nous autres. Les familles florentines ont beau crier, le peuple et les

marchands ont beau dire, les Médicis gouvernent au moyen de leur garnison ; ils nous dévorent comme une excroissance vénéneuse dévore un estomac malade. C'est en vertu des hallebardes qui se promènent sur la plate-forme, qu'un bâtard, une moitié de Médicis, un butor que le ciel avait fait pour être garçon boucher ou valet de charrue, couche dans le lit de nos filles, boit nos bouteilles, casse nos vitres ; et encore le paye-t-on pour cela.

LE MARCHAND

Peste ! peste ! comme vous y allez ! Vous avez l'air de savoir tout cela par cœur ; il ne ferait pas bon dire cela dans toutes les oreilles, voisin Mondella.

L'ORFÈVRE

Et quand on me bannirait comme tant d'autres ! On vit à Rome aussi bien qu'ici. Que le diable emporte la noce, ceux qui y dansent et ceux qui la font !

Il rentre. Le marchand se mêle aux curieux.

Passe un bourgeois avec sa femme.

LA FEMME

Guillaume Martelli est un bel homme, et riche. C'est un bonheur pour Nicolo Nasi d'avoir un gendre comme celui-là. Tiens ! le bal dure encore. — Regarde donc toutes ces lumières.

LE BOURGEOIS

Et nous, notre fille, quand la marierons-nous ?

LA FEMME

Comme tout est illuminé ! danser encore à l'heure qu'il est, c'est là une jolie fête. — On dit que le duc y est.

LE BOURGEOIS

Faire du jour la nuit et de la nuit le jour, c'est un moyen commode de ne pas voir les honnêtes gens. Une belle invention, ma foi, que des hallebardes à la porte d'une noce ! Que le bon Dieu protège la ville ! Il en sort tous les jours de nouveaux, de ces chiens d'Allemands, de leur damnée forteresse.

LA FEMME

Regarde donc le joli masque. Ah ! la belle robe ! Hélas ! tout cela coûte très cher, et nous sommes bien pauvres à la maison.
Ils sortent.

UN SOLDAT, *au marchand.*

Gare, canaille ! laisse passer les chevaux.

LE MARCHAND

Canaille toi-même, Allemand du diable !
Le soldat le frappe de sa pique.

LE MARCHAND, *se retirant.*

Voilà comme on suit la capitulation ! Ces gredins-là maltraitent les citoyens.
Il rentre chez lui.

L'ÉCOLIER, *à son camarade.*

Vois-tu celui-là qui ôte son masque ? C'est Palla Ruccellai. Un fier luron ! Ce petit-là, à côté de lui, c'est Thomas Strozzi, Masaccio, comme on dit.

UN PAGE, *criant.*

Le cheval de Son Altesse !

LE SECOND ÉCOLIER

Allons-nous-en, voilà le duc qui sort.

LE PREMIER ÉCOLIER

Crois-tu pas qu'il va te manger?
La foule s'augmente à la porte.

L'ÉCOLIER

Celui-là, c'est Nicolini; celui-là, c'est le provéditeur.
*Le duc sort, vêtu en religieuse, avec Julien Salviati habillé de
même, tous deux masqués.*

LE DUC, *montant à cheval.*

Viens-tu, Julien?

SALVIATI

Non, Altesse, pas encore.
Il lui parle à l'oreille.

LE DUC
Bien, bien, ferme !

SALVIATI

Elle est belle comme un démon. — Laissez-moi faire! Si je peux
me débarrasser de ma femme...
Il rentre dans le bal.

LE DUC

Tu es gris, Salviati. Le diable m'emporte, tu vas de travers.

Il part avec sa suite.

L'ÉCOLIER

Maintenant que voilà le duc parti, il n'y en a pas pour longtemps.

Les masques sortent de tous côtés.

LE SECOND ÉCOLIER

Rose, vert, bleu, j'en ai plein les yeux ; la tête me tourne.

UN BOURGEOIS

Il paraît que le souper a duré longtemps. En voilà deux qui ne peuvent plus se tenir.

Le provéditeur monte à cheval ; une bouteille cassée lui tombe sur l'épaule.

LE PROVÉDITEUR

Eh ! ventrebleu ! quel est l'assommeur, ici ?

UN MASQUE

Eh ! ne le voyez-vous pas, seigneur Corsini ? Tenez, regardez à la fenêtre ; c'est Lorenzo avec sa robe de nonne.

LE PROVÉDITEUR

Lorenzaccio, le diable soit de toi ! Tu as blessé mon cheval.

La fenêtre se ferme.

Peste soit de l'ivrogne et de ses farces silencieuses ! Un gredin qui n'a pas souri trois fois dans sa vie, et qui passe le temps à des espiègleries d'écolier en vacances.

Il part.

Louise Strozzi sort de la maison, accompagnée de Julien Salviati ; il lui tient l'étrier. Elle monte à cheval ; un écuyer et une gouvernante la suivent.

SALVIATI

La jolie jambe, chère fille ! Tu es un rayon de soleil, et tu as brûlé la moelle de mes os.

LOUISE

Seigneur, ce n'est pas là le langage d'un cavalier.

SALVIATI

Quels yeux tu as, mon cher cœur ! quelle belle épaule à essuyer, tout humide et si fraîche ! Que faut-il te donner pour être ta camériste cette nuit ? Le joli pied à déchausser !

LOUISE

Lâche mon pied, Salviati.

SALVIATI

Non, par le corps de Bacchus ! jusqu'à ce que tu m'aies dit quand nous coucherons ensemble.

Louise frappe son cheval et part au galop.

UN MASQUE, *à Salviati.*

La petite Strozzi s'en va rouge comme la braise. — Vous l'avez fâchée, Salviati.

SALVIATI

Baste ! colère de jeune fille et pluie du matin...

Il sort.

SCÈNE III

Chez le marquis de Cibo.

LE MARQUIS, *en habit de voyage*, LA MARQUISE, ASCANIO, LE CARDINAL CIBO, *assis.*

LE MARQUIS, *embrassant son fils.*

Je voudrais pouvoir t'emmener, petit, toi et ta grande épée qui te traîne entre les jambes. Prends patience; Massa n'est pas bien loin, et je te rapporterai un bon cadeau.

LA MARQUISE

Adieu, Laurent; revenez, revenez !

LE CARDINAL

Marquise, voilà des pleurs qui sont de trop. Ne dirait-on pas que mon frère part pour la Palestine? Il ne court pas grand danger dans ses terres, je crois.

LE MARQUIS

Mon frère, ne dites pas de mal de ces belles larmes.
Il embrasse sa femme.

LE CARDINAL

Je voudrais seulement que l'honnêteté n'eût pas cette apparence.

LA MARQUISE

L'honnêteté n'a-t-elle point de larmes, monsieur le cardinal ? Sont-elles toutes au repentir ou à la crainte ?

LE MARQUIS

Non, par le ciel ! car les meilleures sont à l'amour. N'essuyez pas celles-ci sur mon visage, le vent s'en chargera en route ;. qu'elles se sèchent lentement ! Eh bien, ma chère, vous ne me dites rien pour vos favoris ? N'emporterai-je pas, comme de coutume, quelque belle harangue sentimentale à faire de votre part aux rochers et aux cascades de mon vieux patrimoine ?

LA MARQUISE

Ah ! mes pauvres cascatelles !

LE MARQUIS

C'est la vérité, ma chère âme, elles sont toutes tristes sans vous.
Plus bas.
Elles ont été joyeuses autrefois, n'est-il pas vrai, Ricciarda ?

LA MARQUISE

Emmenez-moi !

LE MARQUIS

Je le ferais si j'étais fou, et je le suis presque, avec ma vieille mine de soldat. N'en parlons plus ; — ce sera l'affaire d'une semaine. Que ma chère Ricciarda voie ses jardins quand ils sont tranquilles et solitaires ! les pieds boueux de mes fermiers ne laisseront pas de traces dans ses allées chéries. C'est à moi de compter mes vieux troncs d'arbres qui me rappellent ton père Albéric, et tous les brins d'herbe de mes bois ; les métayers et leurs bœufs, tout cela me regarde. A la première fleur que je verrai pousser, je mets tout à la porte, et je vous emmène, alors.

LA MARQUISE

La première fleur de notre belle pelouse m'est toujours chère. L'hiver est si long ! Il me semble toujours que ces pauvres petites ne reviendront jamais.

ASCANIO

Quel cheval as-tu, mon père, pour t'en aller ?

LE MARQUIS

Viens avec moi dans la cour, tu le verras.

Il sort.
La marquise reste seule avec le cardinal. — Un silence.

LE CARDINAL

N'est-ce pas aujourd'hui que vous m'avez demandé d'entendre votre confession, marquise ?

LA MARQUISE

Dispensez-m'en, cardinal. Ce sera pour ce soir, si Votre Éminence est libre, ou demain, comme elle voudra. — Ce moment-ci n'est pas à moi.

Elle se met à la fenêtre et fait un signe d'adieu à son mari.

LE CARDINAL

Si les regrets étaient permis à un fidèle serviteur de Dieu, j'envierais
le sort de mon frère. — Un si court voyage, si simple, si tranquille !
— une visite à une de ses terres qui n'est qu'à quelques pas d'ici ! —
une absence d'une semaine — et tant de tristesse, une si douce tristesse,
veux-je dire, à son départ ! Heureux celui qui sait se faire aimer ainsi
après sept années de mariage ! — N'est-ce pas sept années, marquise ?

LA MARQUISE

Oui, cardinal; mon fils a six ans.

LE CARDINAL

Étiez-vous hier à la noce des Nasi ?

LA MARQUISE

Oui, j'y étais.

LE CARDINAL

Et le duc en religieuse ?

LA MARQUISE

Pourquoi le duc en religieuse ?

LE CARDINAL

On m'avait dit qu'il avait pris ce costume; il se peut qu'on m'ait
trompé.

LA MARQUISE

Il l'avait, en effet. Ah ! Malaspina, nous sommes dans un triste
temps pour toutes les choses saintes !

LE CARDINAL

On peut respecter les choses saintes, et, dans un jour de folie, prendre le costume de certains couvents, sans aucune intention hostile à la sainte Église catholique.

LA MARQUISE

L'exemple est à craindre, et non l'intention. Je ne suis pas comme vous ; cela m'a révoltée. Il est vrai que je ne sais pas bien ce qui se peut et ce qui ne se peut pas, selon vos règles mystérieuses. Dieu sait où elles mènent. Ceux qui mettent les mots sur leur enclume, et qui les tordent avec un marteau et une lime, ne réfléchissent pas toujours que ces mots représentent des pensées, et ces pensées des actions.

LE CARDINAL

Bon, bon ! le duc est jeune, marquise, et gageons que cet habit coquet des nonnes lui allait à ravir.

LA MARQUISE

On ne peut mieux ; il n'y manquait que quelques gouttes du sang de son cousin, Hippolyte de Médicis.

LE CARDINAL

Et le bonnet de la Liberté, n'est-il pas vrai, petite sœur ? Quelle haine pour ce pauvre duc !

LA MARQUISE

Et vous, son bras droit, cela vous est égal que le duc de Florence soit le préfet de Charles-Quint, le commissaire civil du pape, comme

Baccio est son commissaire religieux. Cela vous est égal, à vous, frère de mon Laurent, que notre soleil, à nous, promène sur la citadelle des ombres allemandes? que César parle ici dans toutes les bouches? que la débauche serve d'entremetteuse à l'esclavage et secoue ses grelots sur les sanglots du peuple? Ah ! le clergé sonnerait au besoin toutes ses cloches pour en étouffer le bruit et pour réveiller l'aigle impérial, s'il s'endormait sur nos pauvres toits.

Elle sort.

LE CARDINAL, *seul, soulève*
la tapisserie et appelle à voix basse :

Agnolo !

Entre un page.

Quoi de nouveau aujourd'hui ?

AGNOLO

Cette lettre, monseigneur.

LE CARDINAL

Donne-la-moi.

AGNOLO

Hélas ! Éminence, c'est un péché.

LE CARDINAL

Rien n'est un péché quand on obéit à un prêtre de l'Église romaine.

Agnolo remet la lettre.

Cela est comique d'entendre les fureurs de cette pauvre marquise, et de la voir courir à un rendez-vous d'amour avec le cher tyran, toute baignée de larmes républicaines.

Il ouvre la lettre et lit :

« Ou vous serez à moi, ou vous aurez fait mon malheur, le vôtre, et celui de nos deux maisons. »

Le style du duc est laconique, mais il ne manque pas d'énergie. Que la marquise soit convaincue ou non, voilà le difficile à savoir. Deux mois de cour presque assidue, c'est beaucoup pour Alexandre; ce doit être assez pour Ricciarda Cibo.

Il rend la lettre au page.

Remets cela chez ta maîtresse; tu es toujours muet, n'est-ce pas? Compte sur moi.

Il lui donne sa main à baiser et sort.

SCÈNE IV

Une cour du palais du duc.

LE DUC ALEXANDRE, *sur une terrasse ; des pages exercent des chevaux dans la cour. Entrent* VALORI *et* SIRE MAURICE.

LE DUC, *à Valori.*

Votre Éminence a-t-elle reçu ce matin des nouvelles de la cour de Rome?

VALORI

Paul III envoie mille bénédictions à Votre Altesse, et fait les vœux les plus ardents pour sa prospérité.

LE DUC

Rien que des vœux, Valori?

VALORI

Sa Sainteté craint que le duc ne se crée de nouveaux dangers par trop d'indulgence. Le peuple est mal habitué à la domination absolue; et César, à son dernier voyage, en a dit autant, je crois, à Votre Altesse.

LE DUC

Voilà, pardieu, un beau cheval, sire Maurice ! Eh ! quelle croupe de diable !

SIRE MAURICE

Superbe, Altesse.

LE DUC

Ainsi, monsieur le commissaire apostolique, il y a encore quelques mauvaises branches à élaguer. César et le pape ont fait de moi un roi; mais, par Bacchus, ils m'ont mis dans la main une espèce de sceptre qui sent la hache d'une lieue. Allons, voyons, Valori, qu'est-ce que c'est ?

VALORI

Je suis un prêtre, Altesse; si les paroles que mon devoir me force à vous rapporter fidèlement doivent être interprétées d'une manière aussi sévère, mon cœur me défend d'y ajouter un mot.

LE DUC

Oui, oui, je vous connais pour un brave. Vous êtes, pardieu, le seul prêtre honnête homme que j'aie vu de ma vie.

VALORI

Monseigneur, l'honnêteté ne se perd ni ne se gagne sous aucun habit, et, parmi les hommes, il y a plus de bons que de méchants.

LE DUC

Ainsi donc, point d'explications?

SIRE MAURICE

Voulez-vous que je parle, monseigneur? tout est facile à expliquer.

LE DUC

Eh bien?

SIRE MAURICE

Les désordres de la cour irritent le pape.

LE DUC

Que dis-tu là, toi?

SIRE MAURICE

J'ai dit les désordres de la cour, Altesse; les actions du duc n'ont d'autre juge que lui-même. C'est Lorenzo de Médicis que le pape réclame comme transfuge de sa justice.

LE DUC

De sa justice? Il n'a jamais offensé de pape, à ma connaissance, que Clément VII, feu mon cousin, qui, à cette heure, est en enfer.

SIRE MAURICE

Clément VII a laissé sortir de ses États le libertin qui, un jour d'ivresse, avait décapité les statues de l'arc de Constantin. Paul III ne saurait pardonner au modèle titré de la débauche florentine.

LE DUC

Ah ! parbleu, Alexandre Farnèse est un plaisant garçon ! Si la débauche l'effarouche, que diable fait-il de son bâtard, le cher Pierre Farnèse, qui traite si joliment l'évêque de Fano ? Cette mutilation revient toujours sur l'eau, à propos de ce pauvre Renzo. Moi, je trouve cela drôle, d'avoir coupé la tête à tous ces hommes de pierre. Je protège les arts comme un autre, et j'ai chez moi les premiers artistes de l'Italie; mais je n'entends rien au respect du pape pour ces statues qu'il excommunierait demain si elles étaient en chair et en os.

SIRE MAURICE

Lorenzo est un athée; il se moque de tout. Si le gouvernement de Votre Altesse n'est pas entouré d'un profond respect, il ne saurait être solide. Le peuple appelle Lorenzo, Lorenzaccio; on sait qu'il dirige vos plaisirs, et cela suffit.

LE DUC

Paix ! tu oublies que Lorenzo de Médicis est cousin d'Alexandre.
        Entre le cardinal Cibo.
Cardinal, écoutez un peu ces messieurs qui disent que le pape est scandalisé des désordres de ce pauvre Renzo, et qui prétendent que cela fait tort à mon gouvernement.

LE CARDINAL

Messire Francesco Molza vient de débiter à l'Académie romaine une harangue en latin contre le mutilateur de l'arc de Constantin.

LE DUC

Allons donc, vous me mettriez en colère ! Renzo, un homme à craindre ! le plus fieffé poltron ! une femmelette, l'ombre d'un ruffian énervé ! un rêveur qui marche jour et nuit sans épée, de peur d'en apercevoir l'ombre à son côté ! d'ailleurs un philosophe, un gratteur de papier, un méchant poète qui ne sait seulement pas faire un sonnet ! Non, non, je n'ai pas encore peur des ombres ! Eh ! corps de Bacchus ! que me font les discours latins et les quolibets de ma canaille ! J'aime Lorenzo, moi, et, par la mort de Dieu ! il restera ici.

LE CARDINAL

Si je craignais cet homme, ce ne serait pas pour votre cour ni pour Florence, mais pour vous, duc.

LE DUC

Plaisantez-vous, cardinal, et voulez-vous que je vous dise la vérité ?

Il lui parle bas.

Tout ce que je sais de ces damnés bannis, de tous ces républicains entêtés qui complotent autour de moi, c'est par Lorenzo que je le sais. Il est glissant comme une anguille ; il se fourre partout et me dit tout. N'a-t-il pas trouvé moyen d'établir une correspondance avec tous ces Strozzi de l'enfer ? Oui, certes, c'est mon entremetteur ; mais croyez que son entremise, si elle nuit à quelqu'un, ne me nuira pas. Tenez !

Lorenzo paraît au fond d'une galerie basse.

Regardez-moi ce petit corps maigre, ce lendemain d'orgie ambulant. Regardez-moi ces yeux plombés, ces mains fluettes et maladives, à peine assez fermes pour soutenir un éventail, ce visage morne, qui sourit quelquefois, mais qui n'a pas la force de rire. C'est là un

homme à craindre? Allons, allons, vous vous moquez de lui. Hé !
Renzo, viens donc ici; voilà sire Maurice qui te cherche dispute.

LORENZO, *montant l'escalier de la terrasse.*

Bonjour, messieurs les amis de mon cousin.

LE DUC

Lorenzo, écoute ici. Voilà une heure que nous parlons de toi.
Sais-tu la nouvelle? Mon ami, on t'excommunie en latin, et sire
Maurice t'appelle un homme dangereux, le cardinal aussi ; quant
au bon Valori, il est trop honnête homme pour prononcer ton nom.

LORENZO

Pour qui dangereux, Éminence? pour les filles de joie ou pour
les saints du paradis?

LE CARDINAL

Les chiens de cour peuvent être pris de la rage comme les autres
chiens.

LORENZO

Une insulte de prêtre doit se faire en latin.

SIRE MAURICE

Il s'en fait en toscan, auxquelles on peut répondre.

LORENZO

Sire Maurice, je ne vous voyais pas; excusez-moi, j'avais le soleil
dans les yeux; mais vous avez un bon visage, et votre habit me paraît
tout neuf.

SIRE MAURICE

Comme votre esprit; je l'ai fait faire d'un vieux pourpoint de mon grand-père.

LORENZO

Cousin, quand vous aurez assez de quelque conquête des faubourgs, envoyez-la donc chez sire Maurice. Il est malsain de vivre sans femme, pour un homme qui a, comme lui, le cou court et les mains velues.

SIRE MAURICE

Celui qui se croit le droit de plaisanter doit savoir se défendre. A votre place, je prendrais une épée.

LORENZO

Si on vous a dit que j'étais un soldat, c'est une erreur; je suis un pauvre amant de la science.

SIRE MAURICE

Votre esprit est une épée acérée, mais flexible. C'est une arme trop vile; chacun fait usage des siennes.
Il tire son épée.

VALORI

Devant le duc, l'épée nue !

LE DUC, *riant.*

Laissez faire, laissez faire. Allons, Renzo, je veux te servir de témoin; qu'on lui donne une épée.

LORENZO

Monseigneur, que dites-vous là ?

LE DUC

Eh bien ! ta gaieté s'évanouit si vite ? Tu trembles, cousin ? Fi
donc ! tu fais honte au nom des Médicis. Je ne suis qu'un bâtard,
et je le porterais mieux que toi, qui es légitime ! Une épée, une épée !
Un Médicis ne se laisse point provoquer ainsi. Pages, montez ici ;
toute la cour le verra, et je voudrais que Florence entière y fût.

LORENZO

Son Altesse se rit de moi.

LE DUC

J'ai ri tout à l'heure, mais maintenant je rougis de honte. Une
épée !
Il prend l'épée d'un page et la présente à Lorenzo.

VALORI

Monseigneur, c'est pousser trop loin les choses. Une épée tirée
en présence de Votre Altesse est un crime punissable dans l'intérieur
du palais.

LE DUC

Qui parle ici, quand je parle ?

VALORI

Votre Altesse ne peut avoir eu d'autre dessein que celui de s'égayer
un instant, et sire Maurice lui-même n'a point agi dans une autre
pensée.

LE DUC

Et vous ne voyez pas que je plaisante encore ? Qui diable pense ici à une affaire sérieuse ! Regardez Renzo, je vous en prie : ses genoux tremblent, il serait devenu pâle, s'il pouvait le devenir. Quelle contenance, juste Dieu ! je crois qu'il va tomber.

Lorenzo chancelle ; il s'appuie sur la balustrade et glisse à terre d'un coup.

LE DUC, *riant aux éclats.*

Quand je vous le disais ! personne ne le sait mieux que moi : la seule vue d'une épée le fait trouver mal. Allons, chère Lorenzetta, fais-toi emporter chez ta mère.

Les pages relèvent Lorenzo.

SIRE MAURICE

Double poltron ! fils de catin !

LE DUC

Silence, sire Maurice, pesez vos paroles ; c'est moi qui vous le dis maintenant. Pas de ces mots-là devant moi.

Sire Maurice sort.

VALORI

Pauvre jeune homme !

LE CARDINAL, *resté seul avec le duc.*

Vous croyez à cela, monseigneur ?

LE DUC

Je voudrais bien savoir comment je n'y croirais pas.

LE CARDINAL

Hum ! c'est bien fort.

LE DUC

C'est justement pour cela que j'y crois. Vous figurez-vous qu'un Médicis se déshonore publiquement, par partie de plaisir ? D'ailleurs ce n'est pas la première fois que cela lui arrive ; jamais il n'a pu voir une épée.

LE CARDINAL

C'est bien fort, c'est bien fort !

Ils sortent.

SCÈNE V

Devant l'église de Saint-Miniato, à Montolivet.
La foule sort de l'église.

UNE FEMME, *à sa voisine.*

Retournez-vous ce soir à Florence ?

LA VOISINE

Je ne reste jamais plus d'une heure ici, et je n'y viens jamais qu'un seul vendredi ; je ne suis pas assez riche pour m'arrêter à la foire. Ce n'est pour moi qu'une affaire de dévotion ; et que cela suffise pour mon salut, c'est tout ce qu'il me faut.

UNE DAME DE LA COUR, *à une autre.*

Comme il a bien prêché ! c'est le confesseur de ma fille.
Elle s'approche d'une boutique.

Blanc et or, cela fait bien le soir ; mais, le jour, le moyen d'être propre avec cela !

Le marchand et l'orfèvre devant leurs boutiques, avec quelques cavaliers.

L'ORFÈVRE

La citadelle ! voilà ce que le peuple ne souffrira jamais. Voir tout d'un coup s'élever sur la ville cette nouvelle tour de Babel, au milieu du plus maudit baragouin ! Les Allemands ne pousseront jamais à Florence, et, pour les y greffer, il faudra un vigoureux lien.

LE MARCHAND

Voyez, mesdames ! que Vos Seigneuries acceptent un tabouret sous mon auvent !

UN CAVALIER

Tu es du vieux sang florentin, père Mondella : la haine de la tyrannie fait encore trembler tes doigts ridés sur tes ciselures précieuses, au fond de ton cabinet de travail.

L'ORFÈVRE

C'est vrai, Excellence. Si j'étais un grand artiste j'aimerais les princes, parce qu'eux seuls peuvent faire entreprendre de grands travaux. Les grands artistes n'ont pas de patrie. Moi, je fais des saints ciboires et des poignées d'épée.

UN AUTRE CAVALIER

A propos d'artiste, ne voyez-vous pas dans ce petit cabaret ce grand gaillard qui gesticule devant des badauds ? Il frappe son verre sur la table ; si je ne me trompe, c'est ce hâbleur de Cellini.

LE PREMIER CAVALIER

Allons-y donc, et entrons ; avec un verre de vin dans la tête, il est
curieux à entendre, et probablement quelque bonne histoire est en
train.

Ils sortent. — Deux bourgeois s'assoient.

PREMIER BOURGEOIS

Il y a eu une émeute à Florence.

DEUXIÈME BOURGEOIS

Presque rien. — Quelques pauvres jeunes gens ont été tués sur
le Vieux-Marché.

PREMIER BOURGEOIS

Quelle pitié pour les familles !

DEUXIÈME BOURGEOIS

Voilà des malheurs inévitables. Que voulez-vous que fasse la jeunesse
d'un gouvernement comme le nôtre ? On vient crier à son de trompe
que César est à Bologne, et les badauds répètent : « César est à Bologne »,
en clignant des yeux d'un air d'importance, sans réfléchir à ce qu'on
y fait. Le jour suivant, ils sont plus heureux encore d'apprendre et
de répéter : « Le pape est à Bologne avec César. » Que s'ensuit-il ?
Une réjouissance publique. Ils n'en voient pas davantage ; et puis
un beau matin ils se réveillent tout endormis des fumées du vin
impérial, et ils voient une figure sinistre à la grande fenêtre du palais
des Pazzi. Ils demandent quel est ce personnage, et on leur répond
que c'est leur roi. Le pape et l'empereur sont accouchés d'un bâtard
qui a droit de vie et de mort sur nos enfants, et qui ne pourrait pas
nommer sa mère.

L'ORFÈVRE, s'approchant.

Vous parlez en patriote, ami; je vous conseille de prendre garde à ce flandrin.

Passe un officier allemand.

L'OFFICIER

Otez-vous de là, messieurs; les dames veulent s'asseoir.

Deux dames de la cour entrent et s'assoient.

PREMIÈRE DAME

Cela est de Venise?

LE MARCHAND

Oui, magnifique Seigneurie; vous en lèverai-je quelques aunes?

PREMIÈRE DAME

Si tu veux. J'ai cru voir passer Julien Salviati.

L'OFFICIER

Il va et vient, à la porte de l'église; c'est un galant.

DEUXIÈME DAME

C'est un insolent. Montrez-moi des bas de soie.

L'OFFICIER

Il n'y en aura pas d'assez petits pour vous.

PREMIÈRE DAME

Laissez donc, vous ne savez que dire. Puisque vous voyez Julien, allez lui dire que j'ai à lui parler.

L'OFFICIER

J'y vais et je le ramène.

Il sort.

PREMIÈRE DAME

Il est bête à faire plaisir, ton officier; que peux-tu faire de cela?

DEUXIÈME DAME

Tu sauras qu'il n'y a rien de mieux que cet homme-là.
Elles s'éloignent. — Entre le prieur de Capoue.

LE PRIEUR

Donnez-moi un verre de limonade, brave homme.
Il s'assoit.

UN DES BOURGEOIS

Voilà le prieur de Capoue; c'est là un patriote !
Les deux bourgeois se rassoient.

LE PRIEUR

Vous venez de l'église, messieurs? que dites-vous du sermon?

LE BOURGEOIS

Il était beau, seigneur prieur.

DEUXIÈME BOURGEOIS, *à l'orfèvre.*

Cette noblesse des Strozzi est chère au peuple, parce qu'elle n'est pas fière. N'est-il pas agréable de voir un grand seigneur adresser librement la parole à ses voisins d'une manière affable ? Tout cela fait plus qu'on ne pense.

LE PRIEUR

S'il faut parler franchement, j'ai trouvé le sermon trop beau. J'ai prêché quelquefois, et je n'ai jamais tiré grande gloire du tremblement des vitres. Mais une petite larme sur la joue d'un brave homme m'a toujours été d'un grand prix.
Entre Salviati.

SALVIATI

On m'a dit qu'il y avait ici des femmes qui me demandaient tout à l'heure. Mais ne je vois de robe ici que la vôtre, prieur. Est-ce que je me trompe ?

LE MARCHAND

Excellence, on ne vous a pas trompé. Elles se sont éloignées ; mais je pense qu'elles vont revenir. Voilà dix aunes d'étoffe et quatre paires de bas pour elles.

SALVIATI, *s'asseyant.*

Voilà une jolie femme qui passe. — Où diable l'ai-je donc vue ? — Ah ! parbleu, c'est dans mon lit.

LE PRIEUR, *au bourgeois.*

Je crois avoir vu votre signature sur une lettre adressée au duc.

LE BOURGEOIS

Je le dis tout haut. C'est la supplique adressée par les bannis.

LE PRIEUR

En avez-vous dans votre famille?

LE BOURGEOIS

Deux, Excellence : mon père et mon oncle; il n'y a plus que moi d'homme à la maison.

LE DEUXIÈME BOURGEOIS, *à l'orfèvre.*

Comme ce Salviati a une méchante langue !

L'ORFÈVRE

Cela n'est pas étonnant : un homme à moitié ruiné, vivant des générosités de ces Médicis, et marié comme il l'est à une femme déshonorée partout ! Il voudrait qu'on dît de toutes les femmes possibles ce qu'on dit de la sienne.

SALVIATI

N'est-ce pas Louise Strozzi qui passe sur ce tertre?

LE MARCHAND

Elle-même, seigneur. Peu de dames de notre noblesse me sont inconnues. Si je ne me trompe, elle donne la main à sa sœur cadette.

SALVIATI

J'ai rencontré cette Louise la nuit dernière au bal des Nasi. Elle a, ma foi, une jolie jambe, et nous devons coucher ensemble au premier jour.

LE PRIEUR, *se retournant.*

Comment l'entendez-vous ?

SALVIATI

Cela est clair, elle me l'a dit. Je lui tenais l'étrier, ne pensant guère à malice ; je ne sais par quelle distraction je lui pris la jambe, et voilà comme tout est venu.

LE PRIEUR

Julien, je ne sais pas si tu sais que c'est de ma sœur que tu parles.

SALVIATI

Je le sais très bien ; toutes les femmes sont faites pour coucher avec les hommes, et ta sœur peut bien coucher avec moi.

LE PRIEUR *se lève.*

Vous dois-je quelque chose, brave homme ?
Il jette une pièce de monnaie sur la table, et sort.

SALVIATI

J'aime beaucoup ce brave prieur, à qui un propos sur sa sœur a fait oublier le reste de son argent. Ne dirait-on pas que toute la vertu de Florence s'est réfugiée chez ces Strozzi ? Le voilà qui se retourne. Écarquille les yeux tant que tu voudras, tu ne me feras pas peur.
Il sort.

SCÈNE VI

Le bord de l'Arno.

MARIE SODERINI, CATHERINE.

CATHERINE

Le soleil commence à baisser. De larges bandes de pourpre traversent le feuillage, et la grenouille fait sonner sous les roseaux sa petite cloche de cristal. C'est une singulière chose que toutes les harmonies du soir avec le bruit lointain de cette ville.

MARIE

Il est temps de rentrer; noue ton voile autour de ton cou.

CATHERINE

Pas encore, à moins que vous n'ayez froid. Regardez, ma mère chérie : que le ciel est beau ! que tout cela est vaste et tranquille ! Comme Dieu est partout ! Mais vous baissez la tête; vous êtes inquiète depuis ce matin.

MARIE

Inquiète, non, mais affligée. N'as-tu pas entendu répéter cette fatale histoire de Lorenzo ? Le voilà la fable de Florence.

CATHERINE

O ma mère ! la lâcheté n'est point un crime, le courage n'est pas une vertu : pourquoi la faiblesse est-elle blâmable ? Répondre des battements de son cœur est un triste privilège; Dieu seul peut le rendre noble et digne d'admiration. Et pourquoi cet enfant n'aurait-il pas le droit que nous avons toutes, nous autres femmes ? Une femme qui n'a peur de rien n'est pas aimable, dit-on.

MARIE

Aimerais-tu un homme qui a peur ? Tu rougis, Catherine ; Lorenzo est ton neveu, tu ne peux pas l'aimer ; mais figure-toi qu'il s'appelle de tout autre nom, qu'en penserais-tu ? Quelle femme voudrait s'appuyer sur son bras pour monter à cheval ? Quel homme lui serrerait la main ?

CATHERINE

Cela est triste, et cependant ce n'est pas de cela que je le plains. Son cœur n'est peut-être pas celui d'un Médicis ; mais, hélas ! c'est encore moins celui d'un honnête homme.

MARIE ,

N'en parlons pas, Catherine ; il est assez cruel pour une mère de ne pouvoir parler de son fils.

CATHERINE

Ah ! cette Florence ! c'est là qu'on l'a perdu ! N'ai-je pas vu briller quelquefois dans ses yeux le feu d'une noble ambition ? Sa jeunesse n'a-t-elle pas été l'aurore d'un soleil levant ? Et souvent encore aujourd'hui il me semble qu'un éclair rapide... — Je me dis malgré moi que tout n'est pas mort en lui.

MARIE

Ah ! tout cela est un abîme ! Tant de facilité, un si doux amour de la solitude ! Ce ne sera jamais un guerrier que mon Renzo, me

disais-je en le voyant rentrer de son collège, tout baigné de sueur,
avec ses gros livres sous le bras ; mais un saint amour de la vérité brillait
sur ses lèvres et dans ses yeux noirs. Il lui fallait s'inquiéter de tout,
dire sans cesse : « Celui-là est pauvre, celui-là est ruiné ; comment
faire ? » Et cette admiration pour les grands hommes de son Plu-
tarque ! Catherine, Catherine, que de fois je l'ai baisé au front en
pensant au père de la patrie !

CATHERINE

Ne vous affligez pas.

MARIE

Je dis que je ne veux pas parler de lui, et j'en parle sans cesse.
Il y a certaines choses, vois-tu, que les mères ne s'en taisent que dans
le silence éternel. Que mon fils eût été un débauché vulgaire, que
le sang des Soderini eût été pâle dans cette faible goutte tombée
de mes veines, je ne me désespérerais pas ; mais j'ai espéré, et j'ai
eu raison de le faire. Ah ! Catherine, il n'est même plus beau ; comme
une fumée malfaisante, la souillure de son cœur lui est montée au
visage. Le sourire, ce doux épanouissement qui rend la jeunesse semblable aux fleurs, s'est enfui de ses joues couleur de soufre, pour y
laisser grommeler une ironie ignoble et le mépris de tout.

CATHERINE

Il est encore beau quelquefois dans sa mélancolie étrange.

MARIE

Sa naissance ne l'appelait-elle pas au trône ? N'aurait-il pas pu
y faire monter un jour avec lui la science d'un docteur, la plus belle
jeunesse du monde, et couronner d'un diadème d'or tous mes songes

chéris? Ne devais-je pas m'attendre à cela? Ah ! Cattina, pour dormir tranquille, il faut n'avoir jamais fait certains rêves. Cela est trop cruel d'avoir vécu dans un palais de fées, où murmuraient les cantiques des anges, de s'y être endormie, bercée par son fils, et de se réveiller dans une masure ensanglantée, pleine de débris d'orgie et de restes humains, dans les bras d'un spectre hideux qui vous tue en vous appelant encore du nom de mère.

CATHERINE

Des ombres silencieuses commencent à marcher sur la route; rentrons, Marie, tous ces bannis me font peur.

MARIE

Pauvres gens ! ils ne doivent que faire pitié ! Ah ! ne puis-je voir un seul objet, qu'il ne m'entre une épine dans le cœur? Ne puis-je plus ouvrir les yeux? Hélas ! ma Cattina, ceci est encore l'ouvrage de Lorenzo. Tous ces pauvres bourgeois ont eu confiance en lui; il n'en est pas un, parmi tous ces pères de famille chassés de leur patrie, que mon fils n'ait pas trahi. Leurs lettres, signées de leur nom, sont montrées au duc. C'est ainsi qu'il fait tourner à un infâme usage jusqu'à la glorieuse mémoire de ses aïeux. Les républicains s'adressent à lui comme à l'antique rejeton de leur protecteur; sa maison leur est ouverte, les Strozzi eux-mêmes y viennent. Pauvre Philippe ! il y aura une triste fin pour tes cheveux gris ! Ah ! ne puis-je voir une fille sans pudeur, un malheureux privé de sa famille, sans que tout cela me crie : « Tu es la mère de nos malheurs ! » Quand serai-je là ?

Elle frappe la terre.

CATHERINE

Ma pauvre mère, vos larmes se gagnent.
        *Elles s'éloignent. — Le soleil est couché. — Un groupe de bannis
        se forme au milieu d'un champ.*

UN DES BANNIS

Où allez-vous?

UN AUTRE

A Pise; et vous?

LE PREMIER

A Rome.

UN AUTRE

Et moi à Venise; en voilà deux qui vont à Ferrare; que deviendrons-
nous ainsi éloignés les uns des autres?

UN QUATRIÈME

Adieu, voisin; à des temps meilleurs !
                                        Il s'en va.
Adieu; pour nous, nous pouvons aller ensemble jusqu'à la croix
de la Vierge.
            Il sort avec un autre. — Arrive Maffio.

LE PREMIER BANNI

C'est toi, Maffio? par quel hasard es-tu ici?

MAFFIO

Je suis des vôtres. Vous saurez que le duc a enlevé ma sœur; j'ai
tiré l'épée; une espèce de tigre avec des membres de fer s'est jeté

à mon cou et m'a désarmé. Après quoi j'ai reçu l'ordre de sortir de la ville et une bourse à moitié pleine de ducats.

LE SECOND BANNI

Et ta sœur, où est-elle ?

MAFFIO

On me l'a montrée ce soir sortant du spectacle dans une robe comme n'en a pas l'impératrice ; que Dieu lui pardonne ! Une vieille l'accompagnait, qui a laissé trois de ses dents à la sortie. Jamais je n'ai donné de ma vie un coup de poing qui m'ait fait ce plaisir-là.

LE TROISIÈME BANNI

Qu'ils crèvent tous dans leur fange crapuleuse, et nous mourrons contents.

LE QUATRIÈME

Philippe Strozzi nous écrira à Venise ; quelque jour nous serons tous étonnés de trouver une armée à nos ordres.

LE TROISIÈME

Que Philippe vive longtemps ! Tant qu'il y aura un cheveu sur sa tête, la liberté de l'Italie n'est pas morte.
Une partie du groupe se détache ; tous les bannis s'embrassent.

UNE VOIX

A des temps meilleurs !

UNE AUTRE

A des temps meilleurs !
Deux bannis montent sur une plate-forme d'où l'on découvre la ville.

LE PREMIER

Adieu, Florence, peste de l'Italie ! adieu, mère stérile, qui n'as plus de lait pour tes enfants !

LE SECOND

Adieu, Florence, la bâtarde, spectre hideux de l'antique Florence ! adieu, fange sans nom !

TOUS LES BANNIS

Adieu, Florence ! maudites soient les mamelles de tes femmes ! maudits soient tes sanglots ! maudits, les prières de tes églises, le pain de tes blés, l'air de tes rues ! Malédiction sur la dernière goutte de ton sang corrompu !

ACTE II

SCÈNE PREMIÈRE

Chez les Strozzi.

PHILIPPE, *dans son cabinet.*

Dix citoyens bannis dans ce quartier-ci seulement ! le vieux Galeazzo et le petit Maffio, bannis ! sa sœur, corrompue, devenue une fille publique en une nuit ! Pauvre petite ! Quand l'éducation des basses classes sera-t-elle assez forte pour empêcher les petites filles de rire lorsque leurs parents pleurent ? La corruption est-elle donc une loi de nature ? Ce qu'on appelle la vertu, est-ce donc l'habit du dimanche qu'on met pour aller à la messe ? Le reste de la semaine, on est à la croisée, et, tout en tricotant, on regarde les jeunes gens passer. Pauvre humanité ! quel nom portes-tu donc ? celui de ta race, ou celui de ton baptême ? Et nous autres vieux rêveurs, quelle tache originelle avons-nous lavée sur la face humaine depuis quatre ou cinq mille ans que nous jaunissons avec nos livres ? Qu'il t'est facile à toi, dans le silence du cabinet, de tracer d'une main légère une ligne mince et pure comme un cheveu sur ce papier blanc ! qu'il t'est facile de bâtir des palais et des villes avec ce petit compas et un peu d'encre ! Mais l'architecte qui a dans son pupitre des milliers de plans admirables ne peut soulever de terre le premier pavé de son édifice, quand il vient se mettre à l'ouvrage avec son dos voûté et ses idées obstinées. Que le bonheur des hommes ne soit qu'un rêve, cela est pourtant dur ; que le mal soit irrévocable, éternel, impossible à changer... non ! Pourquoi le philosophe qui travaille pour tous regarde-t-il autour de lui ? voilà le tort. Le moindre insecte qui passe devant ses yeux lui cache le soleil. Allons-y donc plus hardiment ! la république, il nous faut ce mot-là. Et quand ce ne serait qu'un mot, c'est quelque chose, puisque les peuples se lèvent quand il traverse l'air...

Entre le prieur de Capoue.
Ah ! bonjour, Léon.

LE PRIEUR

Je viens de la foire de Montolivet.

PHILIPPE

Était-ce beau ?
Entre Pierre Strozzi.
Te voilà aussi, Pierre ? Assieds-toi donc ; j'ai à te parler.

LE PRIEUR

C'était très beau, et je me suis assez amusé, sauf certaine contrariété un peu forte que j'ai quelque peine à digérer.

PIERRE

Bah ! qu'est-ce donc ?

LE PRIEUR

Figurez-vous que j'étais entré dans une boutique pour prendre un verre de limonade... Mais non, cela est inutile... je suis un sot de m'en souvenir.

PHILIPPE

Que diable as-tu sur le cœur ? tu parles comme une âme en peine.

LE PRIEUR

Ce n'est rien, un méchant propos, rien de plus. Il n'y a aucune importance à attacher à tout cela.

PIERRE

Un propos ? sur qui ? sur toi ?

LE PRIEUR

Non, pas sur moi précisément. Je me soucierais bien d'un propos sur moi !

PIERRE

Sur qui donc ? Allons ! parle, si tu veux.

LE PRIEUR

J'ai tort ; on ne se souvient pas de ces choses-là quand on sait la différence d'un honnête homme à un Salviati.

PIERRE

Salviati ? Qu'a dit cette canaille ?

LE PRIEUR

C'est un misérable, tu as raison. Qu'importe ce qu'il peut dire ? Un homme sans pudeur, un valet de cour, qui, à ce qu'on raconte, a pour femme la plus grande dévergondée ! Allons ! voilà qui est fait, je n'y penserai pas davantage.

PIERRE

Penses-y et parle, Léon ; c'est-à-dire que cela me démange de lui couper les oreilles. De qui a-t-il médit ? De nous ? de mon père ? Ah ! sang du Christ, je ne l'aime guère, ce Salviati. Il faut que je sache cela, entends-tu ?

LE PRIEUR

Si tu y tiens, je te le dirai. Il s'est exprimé devant moi, dans une boutique, d'une manière vraiment offensante sur le compte de notre sœur.

PIERRE

O mon Dieu ! Dans quels termes ? Allons ! parle donc !

LE PRIEUR

Dans les termes les plus grossiers.

PIERRE

Diable de prêtre que tu es ! tu me vois hors de moi d'impatience, et tu cherches tes mots ! Dis les choses comme elles sont ; parbleu ! un mot est un mot ; il n'y a pas de bon Dieu qui tienne.

PHILIPPE

Pierre, Pierre ! tu manques à ton frère.

LE PRIEUR

Il a dit qu'il coucherait avec elle, voilà son mot, et qu'elle le lui avait promis.

PIERRE

Qu'elle couch... Ah ! mort de mort, de mille morts. Quelle heure est-il ?

PHILIPPE

Où vas-tu? Allons ! es-tu fait de salpêtre? Qu'as-tu à faire de cette épée? tu en as une au côté.

PIERRE

Je n'ai rien à faire; allons dîner; le dîner est servi.

Ils sortent.

———

SCÈNE II

Le portail d'une église.

Entrent LORENZO *et* VALORI.

VALORI

Comment se fait-il que le duc n'y vienne pas? Ah ! monsieur, quelle satisfaction pour un chrétien que ces pompes magnifiques de l'Église romaine ! quel homme peut y être insensible? L'artiste ne trouve-t-il pas là le paradis de son cœur? le guerrier, le prêtre, le marchand n'y rencontrent-ils pas tout ce qu'ils aiment? Cette admirable harmonie des orgues, ces tentures éclatantes de velours et de tapisseries, ces tableaux des premiers maîtres, les parfums tièdes et suaves que balancent les encensoirs, et les chants délicieux de ces voix argentines, tout cela peut choquer, par son ensemble mondain, le moine sévère et ennemi du plaisir; mais rien n'est plus beau, selon moi, qu'une religion qui se fait aimer par de pareils moyens. Pourquoi les prêtres voudraient-ils servir un Dieu jaloux? La religion, ce n'est pas un oiseau de proie; c'est une colombe complaisante qui plane doucement sur tous les rêves et sur tous les amours.

·LORENZO

Sans doute ; ce que vous dites là est parfaitement vrai et parfaitement faux, comme tout au monde.

TEBALDEO FRECCIA, *s'approchant de Valori.*

Ah ! monseigneur, qu'il est doux de voir un homme tel que Votre Éminence parler ainsi de la tolérance et de l'enthousiasme sacré ! Pardonnez à un citoyen obscur, qui brûle de ce feu divin, de vous remercier de ce peu de paroles que je viens d'entendre. Trouver sur les lèvres d'un honnête homme ce qu'on a soi-même dans le cœur, c'est le plus grand des bonheurs qu'on puisse désirer.

VALORI

N'êtes-vous pas le petit Freccia ?

TEBALDEO

Mes ouvrages ont peu de mérite ; je sais mieux aimer les arts que je ne sais les exercer. Ma jeunesse tout entière s'est passée dans les églises. Il me semble que je ne puis admirer ailleurs Raphaël et notre divin Buonarotti. Je demeure alors durant des journées devant leurs ouvrages, dans une extase sans égale. Le chant de l'orgue me révèle leur pensée et me fait pénétrer dans leur âme ; je regarde les personnages de leurs tableaux si saintement agenouillés, et j'écoute, comme si les cantiques du chœur sortaient de leurs bouches entr'ouvertes ; les bouffées d'encens aromatique passent entre eux et moi dans une vapeur légère ; je crois y voir la gloire de l'artiste ; c'est aussi une triste et douce fumée, et qui ne serait qu'un parfum stérile, si elle ne montait à Dieu.

VALORI

Vous êtes un vrai cœur d'artiste ! venez à mon palais, et ayez quelque chose sous votre manteau quand vous y viendrez. Je veux que vous travailliez pour moi

TEBALDEO

C'est trop d'honneur que me fait Votre Éminence. Je suis un desservant bien humble de la sainte religion de la peinture.

LORENZO

Pourquoi remettre vos offres de service? Vous avez, il me semble, un cadre dans les mains.

TEBALDEO

Il est vrai; mais je n'ose le montrer à de si grands connaisseurs. C'est une esquisse bien pauvre d'un rêve magnifique.

LORENZO

Vous faites le portrait de vos rêves? Je ferai poser pour vous quelques-uns des miens.

TEBALDEO

Réaliser des rêves, voilà la vie du peintre. Les plus grands ont représenté les leurs dans toute leur force, et sans y rien changer. Leur imagination était un arbre plein de sève; les bourgeons s'y métamorphosaient sans peine en fleurs, et les fleurs en fruits; bientôt ces fruits mûrissaient à un soleil bienfaisant, et, quand ils étaient mûrs, ils se détachaient d'eux-mêmes et tombaient sur la terre sans perdre un seul grain de leur poussière virginale. Hélas ! les rêves des

artistes médiocres sont des plantes difficiles à nourrir, et qu'on arrose
de larmes bien amères pour les faire bien peu prospérer.

Il montre son tableau.

VALORI

Sans compliment, cela est beau ; non pas du premier mérite, il est
vrai : pourquoi flatterais-je un homme qui ne se flatte pas lui-même ?
Mais votre barbe n'est pas poussée, jeune homme.

LORENZO

Est-ce un paysage ou un portrait ? De quel côté faut-il le regarder,
en long ou en large ?

TEBALDEO

Votre Seigneurie se rit de moi. C'est la vue du Campo-Santo.

LORENZO

Combien y a-t-il d'ici à l'immortalité ?

VALORI

Il est mal à vous de plaisanter cet enfant. Voyez comme ses grands
yeux s'attristent à chacune de vos paroles.

TEBALDEO

L'immortalité, c'est la foi. Ceux à qui Dieu a donné des ailes y
arrivent en souriant.

VALORI

Tu parles comme un élève de Raphaël.

TEBALDEO

Seigneur, c'était mon maître. Ce que j'ai appris vient de lui.

LORENZO

Viens chez moi; je te ferai peindre la Mazzafirra toute nue.

TEBALDEO

Je ne respecte point mon pinceau, mais je respecte mon art : je ne puis faire le portrait d'une courtisane.

LORENZO

Ton Dieu s'est bien donné la peine de la faire; tu peux bien te donner celle de la peindre. Veux-tu me faire une vue de Florence ?

TEBALDEO

Oui, monseigneur.

LORENZO

Comment t'y prendrais-tu ?

TEBALDEO

Je me placerais à l'orient, sur la rive gauche de l'Arno. C'est de cet endroit que la perspective est la plus large et la plus agréable.

LORENZO

Tu peindrais Florence, les places, les maisons et les rues ?

TEBALDEO

Oui, monseigneur.

LORENZO

Pourquoi donc ne peux-tu peindre une courtisane, si tu peux peindre
un mauvais lieu ?

TEBALDEO

On ne m'a point encore appris à parler ainsi de ma mère.

LORENZO

Qu'appelles-tu ta mère ?

TEBALDEO

Florence, seigneur.

LORENZO

Alors, tu n'es qu'un bâtard, car ta mère n'est qu'une catin.

TEBALDEO

Une blessure sanglante peut engendrer la corruption dans le corps
le plus sain ; mais des gouttes précieuses du sang de ma mère sort
une plante odorante qui guérit tous les mots. L'art, cette fleur divine,
a quelquefois besoin du fumier pour engraisser le sol qui la porte.

LORENZO

Comment entends-tu ceci ?

TEBALDEO

Les nations paisibles et heureuses ont quelquefois brillé d'une
clarté pure, mais faible. Il y a plusieurs cordes à la harpe des anges ;
le zéphyr peut murmurer sur les plus faibles et tirer de leur accord
une harmonie suave et délicieuse ; mais la corde d'argent ne s'ébranle

qu'au passage du vent du nord. C'est la plus belle et la plus noble;
et cependant le toucher d'une rude main lui est favorable. L'enthousiasme est frère de la souffrance.

LORENZO

C'est-à-dire qu'un peuple malheureux fait les grands artistes. Je
me ferai volontiers l'alchimiste de ton alambic; les larmes des peuples
y retombent en perles. Par la mort du diable! tu me plais. Les familles
peuvent se désoler, les nations mourir de misère, cela échauffe la
cervelle de monsieur! Admirable poète! comment arranges-tu tout
cela avec ta piété?

TEBALDEO

Je ne ris point du malheur des familles : je dis que la poésie est la
plus douce des souffrances, et qu'elle aime ses sœurs. Je plains les
peuples malheureux; mais je crois, en effet, qu'ils font les grands
artistes : les champs de bataille font pousser les moissons, les terres
corrompues engendrent le blé céleste.

LORENZO

Ton pourpoint est usé : en veux-tu un à ma livrée?

TEBALDEO

Je n'appartiens à personne : quand la pensée veut être libre, le corps
doit l'être aussi.

LORENZO

J'ai envie de dire à mon valet de chambre de te donner des coups
de bâton.

TEBALDEO

Pourquoi, monseigneur?

LORENZO

Parce que cela me passe par la tête. Es-tu boiteux de naissance ou par accident ?

TEBALDEO

Je ne suis pas boiteux ; que voulez-vous dire par là ?

LORENZO

Tu es boiteux ou tu es fou.

TEBALDEO

Pourquoi, monseigneur ? vous vous riez de moi.

LORENZO

Si tu n'étais pas boiteux, comment resterais-tu, à moins d'être fou, dans une ville où, en l'honneur de tes idées de liberté, le premier valet d'un Médicis peut te faire assommer sans qu'on y trouve à redire ?

TEBALDEO

J'aime ma mère Florence ; c'est pourquoi je reste chez elle. Je sais qu'un citoyen peut être assassiné en plein jour et en pleine rue, selon le caprice de ceux qui la gouvernent ; c'est pourquoi je porte ce stylet à ma ceinture.

LORENZO

Frapperais-tu le duc si le duc te frappait, comme il lui est arrivé souvent de commettre, par partie de plaisir, des meurtres facétieux ?

TEBALDEO

Je le tuerais s'il m'attaquait.

LORENZO

Tu me dis cela, à moi ?

TEBALDEO

Pourquoi m'en voudrait-on ? je ne fais de mal à personne. Je passe les journées à l'atelier. Le dimanche, je vais à l'Annonciade ou à Sainte-Marie ; les moines trouvent que j'ai de la voix ; ils me mettent une robe blanche et une calotte rouge, et je fais ma partie dans les chœurs, quelquefois un petit solo : ce sont les seules occasions où je vais en public. Le soir, je vais chez ma maîtresse, et, quand la nuit est belle, je la passe sur son balcon. Personne ne me connaît, et je ne connais personne : à qui ma vie ou ma mort peut-elle être utile ?

LORENZO

Es-tu républicain ? aimes-tu les princes ?

TEBALDEO

Je suis artiste ; j'aime ma mère et ma maîtresse.

LORENZO

Viens demain à mon palais, je veux te faire faire un tableau d'importance pour le jour de mes noces.

Ils sortent.

SCÈNE III

Chez la marquise de Cibo.

LE CARDINAL, *seul.*

Oui, je suivrai tes ordres, Farnèse ! Que ton commissaire apostolique s'enferme avec sa probité dans le cercle étroit de son office, je remuerai d'une main ferme la terre glissante sur laquelle il n'ose marcher. Tu attends cela de moi, je t'ai compris, et j'agirai sans parler, comme tu as commandé. Tu as deviné qui j'étais lorsque tu m'as placé auprès d'Alexandre sans me revêtir d'aucun titre qui me donnât quelque pouvoir sur lui. C'est d'un autre qu'il se défiera, en m'obéissant à son insu. Qu'il épuise sa force contre des ombres d'hommes gonflés d'une ombre de puissance, je serai l'anneau invisible qui l'attachera, pieds et poings liés, à la chaîne de fer dont Rome et César tiennent les deux bouts. Si mes yeux ne me trompent pas, c'est dans cette maison qu'est le marteau dont je me servirai. Alexandre aime ma belle-sœur : que cet amour l'ait flattée, cela est croyable; ce qui peut en résulter est douteux; mais ce qu'elle en veut faire, c'est là ce qui est certain pour moi. Qui sait jusqu'où pourrait aller l'influence d'une femme exaltée, même sur cet homme grossier, sur cette armure vivante ? Un si doux péché pour une si belle cause, cela est tentant, n'est-il pas vrai, Ricciarda ? Presser ce cœur de lion sur ton faible cœur tout percé de flèches saignantes, comme celui de saint Sébastien; parler, les yeux en pleurs, pendant que le tyran adoré passera ses rudes mains dans ta chevelure dénouée; faire jaillir d'un rocher l'étincelle sacrée, cela valait bien le petit sacrifice de l'honneur conjugal, et de quelques autres bagatelles. Florence y gagnerait tant, et ces bons maris n'y perdent rien ! Mais il ne fallait pas me prendre pour confesseur.

La voici qui s'avance, son livre de prières à la main. Aujourd'hui donc, tout va s'éclaircir; laisse seulement tomber ton secret dans l'oreille du prêtre : le courtisan pourra bien en profiter; mais, en conscience, il n'en dira rien.

Entre la marquise de Cibo.

LE CARDINAL, *s'asseyant.*

Me voilà prêt.

La marquise s'agenouille auprès de lui sur son prie-Dieu.

LA MARQUISE

Bénissez-moi, mon père, parce que j'ai péché.

LE CARDINAL

Avez-vous dit votre *Confiteor?* Nous pouvons commencer, marquise.

LA MARQUISE

Je m'accuse de mouvements de colère, de doutes irréligieux et injurieux pour notre saint-père le pape.

LE CARDINAL

Continuez.

LA MARQUISE

J'ai dit hier, dans une assemblée, à propos de l'évêque de Fano, que la sainte Église catholique était un lieu de débauche.

LE CARDINAL

Continuez.

LA MARQUISE

J'ai écouté des discours contraires à la fidélité que j'ai jurée à mon mari.

LE CARDINAL

Qui vous a tenu ces discours ?

LA MARQUISE

J'ai lu une lettre écrite dans la même pensée.

LE CARDINAL

Qui vous a écrit cette lettre ?

LA MARQUISE

Je m'accuse de ce que j'ai fait, et non de ce qu'ont fait les autres.

LE CARDINAL

Ma fille, vous devez me répondre, si vous voulez que je puisse vous donner l'absolution en toute sécurité. Avant tout, dites-moi si vous avez répondu à cette lettre.

LA MARQUISE

J'y ai répondu de vive voix, mais non par écrit.

LE CARDINAL

Qu'avez-vous répondu ?

LA MARQUISE

J'ai accordé à la personne qui m'avait écrit la permission de me voir comme elle le demandait.

LE CARDINAL

Comment s'est passée cette entrevue ?

LA MARQUISE

Je me suis accusée déjà d'avoir écouté des discours contraires à mon honneur.

LE CARDINAL

Comment y avez-vous répondu?

LA MARQUISE

Comme il convient à une femme qui se respecte.

LE CARDINAL

N'avez-vous point laissé entrevoir qu'on finirait par vous persuader?

LA MARQUISE

Non, mon père.

LE CARDINAL

Avez-vous annoncé à la personne dont il s'agit la résolution de ne plus écouter de semblables discours à l'avenir?

LA MARQUISE

Oui, mon père.

LE CARDINAL

Cette personne vous plaît-elle?

LA MARQUISE

Mon cœur n'en sait rien, j'espère.

LE CARDINAL

Avez-vous averti votre mari?

LA MARQUISE

Non, mon père. Une honnête femme ne doit point troubler son ménage par des récits de cette sorte.

LE CARDINAL

Ne me cachez-vous rien? Ne s'est-il rien passé entre vous et la personne dont il s'agit, que vous hésitiez à me confier?

LA MARQUISE

Rien, mon père.

LE CARDINAL

Pas un regard tendre? pas un baiser pris à la dérobée?

LA MARQUISE

Non, mon père.

LE CARDINAL

Cela est-il sûr, ma fille?

LA MARQUISE

Mon beau-frère, il me semble que je n'ai pas l'habitude de mentir devant Dieu.

LE CARDINAL

Vous avez refusé de me dire le nom que je vous ai demandé tout à l'heure; je ne puis cependant vous donner l'absolution sans le savoir.

LA MARQUISE

Pourquoi cela? Lire une lettre peut être un péché, mais non pas une signature. Qu'importe le nom à la chose?

LE CARDINAL

Il importe plus que vous ne pensez.

LA MARQUISE

Malaspina, vous en voulez trop savoir. Refusez-moi l'absolution, si vous voulez; je prendrai pour confesseur le premier prêtre venu, qui me la donnera.
Elle se lève.

LE CARDINAL

Quelle violence, marquise ! Est-ce que je ne sais pas que c'est du duc que vous voulez parler ?

LA MARQUISE

Du duc ! — Eh bien ! si vous le savez, pourquoi voulez-vous me le faire dire ?

LE CARDINAL

Pourquoi refusez-vous de le dire ? Cela m'étonne.

LA MARQUISE

Et qu'en voulez-vous faire, vous, mon confesseur ? Est-ce pour le répéter à mon mari que vous tenez si fort à l'entendre ? Oui, cela est bien certain : c'est un tort que d'avoir pour confesseur un de ses parents. Le ciel m'est témoin qu'en m'agenouillant devant vous j'oublie que je suis votre belle-sœur; mais vous prenez soin de me le rappeler. Prenez garde, Cibo, prenez garde à votre salut éternel, tout cardinal que vous êtes.

LE CARDINAL

Revenez donc à cette place, marquise; il n'y a pas tant de mal que vous croyez.

LA MARQUISE

Que voulez-vous dire ?

LE CARDINAL

Qu'un confesseur doit tout savoir, parce qu'il peut tout diriger, et qu'un beau-frère ne doit rien dire, à certaines conditions.

LA MARQUISE

Quelles conditions ?

LE CARDINAL

Non, non, je me trompe; ce n'était pas ce mot-là que je voulais employer. Je voulais dire que le duc est puissant, qu'une rupture avec lui peut nuire aux plus riches familles; mais qu'un secret d'importance entre des mains expérimentées peut devenir une source de biens abondante.

LA MARQUISE

Une source de biens ! des mains expérimentées ! — Je reste là, en vérité, comme une statue. Que couves-tu, prêtre, sous ces paroles ambiguës ? Il y a certains assemblages de mots qui passent par instant sur vos lèvres, à vous autres : on ne sait qu'en penser.

LE CARDINAL

Revenez donc vous asseoir là, Ricciarda. Je ne vous ai point encore donné l'absolution.

LA MARQUISE

Parlez toujours; il n'est pas prouvé que j'en veuille.

LE CARDINAL, *se levant.*

Prenez garde à vous, marquise ! Quand on veut me braver en face,

il faut avoir une armure solide et sans défaut ; je ne veux point menacer ;
je n'ai qu'un mot à vous dire : prenez un autre confesseur.

Il sort.

LA MARQUISE, *seule.*

Cela est inouï. S'en aller en serrant les poings, les yeux enflammés
de colère ! Parler de mains expérimentées, de direction à donner à
certaines choses ! Eh mais ! qu'y a-t-il donc ? Qu'il voulût pénétrer
mon secret pour en avertir mon mari, je le conçois ; mais, si ce n'est
pas là son but, que veut-il donc faire de moi ? la maîtresse du duc ?
Tout savoir, dit-il, et tout diriger ! cela n'est pas possible ; il y a
quelque autre mystère plus sombre et plus inexplicable là-dessous ;
Cibo ne ferait pas un pareil métier. Non ! cela est sûr ; je le connais.
C'est bon pour Lorenzaccio ; mais lui ! il faut qu'il ait quelque sourde
pensée, plus vaste que cela et plus profonde. Ah ! comme les hommes
sortent d'eux-mêmes tout à coup après dix ans de silence ! Cela est
effrayant.

Maintenant, que ferai-je ? Est-ce que j'aime Alexandre ? Non, je
ne l'aime pas, non, assurément ; j'ai dit que non dans ma confession,
et je n'ai pas menti. Pourquoi Laurent est-il à Massa ? Pourquoi
le duc me presse-t-il ? Pourquoi ai-je répondu que je ne voulais
plus le voir ? pourquoi ? — Ah ! pourquoi y a-t-il dans tout cela
un aimant, un charme inexplicable qui m'attire ?

Elle ouvre sa fenêtre.

Que tu es belle, Florence, mais que tu es triste ! Il y a là plus d'une
maison où Alexandre est entré la nuit couvert de son manteau ; c'est
un libertin, je le sais. — Et pourquoi est-ce que tu te mêles à tout
cela, toi, Florence ? Qui est-ce donc que j'aime ? Est-ce toi, ou
est-ce lui ?

AGNOLO, *entrant.*

Madame, Son Altesse vient d'entrer dans la cour.

LA MARQUISE

Cela est singulier; ce Malaspina m'a laissée toute tremblante.

SCÈNE IV

Au palais des Soderini.

MARIE SODERINI, CATHERINE, LORENZO, *assis*.

CATHERINE, *tenant un livre*.

Quelle histoire vous lirai-je, ma mère?

MARIE

Ma Cattina se moque de sa pauvre mère. Est-ce que je comprends rien à tes livres latins?

CATHERINE

Celui-ci n'est point en latin, mais il en est traduit. C'est l'histoire romaine.

LORENZO

Je suis très fort sur l'histoire romaine. Il y avait une fois un jeune gentilhomme nommé Tarquin le fils.

CATHERINE

Ah ! c'est une histoire de sang.

LORENZO

Pas du tout : c'est un conte de fées. Brutus était un fou, un mono-

mane, et rien de plus. Tarquin était un duc plein de sagesse, qui
allait voir en pantoufles si les petites filles dormaient bien.

CATHERINE

Dites-vous aussi du mal de Lucrèce?

LORENZO

Elle s'est donné le plaisir du péché et la gloire du trépas. Elle s'est
laissé prendre toute vive comme une alouette au piège, et puis elle
s'est fourré bien gentiment son petit couteau dans le ventre.

MARIE

Si vous méprisez les femmes, pourquoi affectez-vous de les rabaisser
devant votre mère et votre sœur?

LORENZO

Je vous estime, vous et elle. Hors de là, le monde me fait horreur.

MARIE

Sais-tu le rêve que j'ai eu cette nuit, mon enfant?

LORENZO

Quel rêve?

MARIE

Ce n'était point un rêve, car je ne dormais pas. J'étais seule dans
cette grande salle; ma lampe était loin de moi, sur cette table auprès
de la fenêtre. Je songeais aux jours où j'étais heureuse, aux jours de
ton enfance, mon Lorenzino. Je regardais cette nuit obscure, et je
me disais : Il ne rentrera qu'au jour, lui qui passait autrefois les nuits

à travailler. Mes yeux se remplissaient de larmes, et je secouais la tête en les sentant couler. J'ai entendu tout d'un coup marcher lentement dans la galerie ; je me suis retournée ; un homme vêtu de noir venait à moi, un livre sous le bras : c'était toi, Renzo : « Comme tu reviens de bonne heure ! » me suis-je écriée. Mais le spectre s'est assis auprès de la lampe, sans me répondre ; il a ouvert son livre, et j'ai reconnu mon Lorenzino d'autrefois.

LORENZO

Vous l'avez vu ?

MARIE

Comme je te vois.

LORENZO

Quand s'en est-il allé ?

MARIE

Quand tu as tiré la cloche ce matin en rentrant.

LORENZO

Mon spectre, à moi ! Et il s'en est allé quand je suis rentré ?

MARIE

Il s'est levé d'un air mélancolique, et s'est effacé comme une vapeur du matin.

LORENZO

Catherine, Catherine, lis-moi l'histoire de Brutus.

CATHERINE

Qu'avez-vous ? vous tremblez de la tête aux pieds.

LORENZO

Ma mère, asseyez-vous ce soir à la place où vous étiez cette nuit,
et, si mon spectre revient, dites-lui qu'il verra bientôt quelque chose
qui l'étonnera.

On frappe.

CATHERINE

C'est mon oncle Bindo et Battista Venturi.

Bindo et Venturi entrent.

BINDO, *bas, à Marie.*

Je viens tenter un dernier effort.

MARIE

Nous vous laissons; puissiez-vous réussir !

Elle sort avec Catherine.

BINDO

Lorenzo, pourquoi ne démens-tu pas l'histoire scandaleuse qui
court sur ton compte?

LORENZO

Quelle histoire?

BINDO

On dit que tu t'es évanoui à la vue d'une épée.

LORENZO

Le croyez-vous, mon oncle?

BINDO

Je t'ai vu faire des armes à Rome; mais cela ne m'étonnerait pas
que tu devinsses plus vil qu'un chien, au métier que tu fais ici.

LORENZO

L'histoire est vraie : je me suis évanoui. Bonjour, Venturi. A quel taux sont vos marchandises ? comment va le commerce ?

VENTURI

Seigneur, je suis à la tête d'une fabrique de soie ; mais c'est me faire une injure que de m'appeler marchand.

LORENZO

C'est vrai. Je voulais dire seulement que vous aviez contracté au collège l'habitude innocente de vendre de la soie.

BINDO

J'ai confié au seigneur Venturi les projets qui occupent en ce moment tant de familles à Florence. C'est un digne ami de la liberté, et j'entends, Lorenzo, que vous le traitiez comme tel. Le temps de plaisanter est passé. Vous nous avez dit quelquefois que cette confiance extrême que le duc vous témoigne n'était qu'un piège de votre part. Cela est-il vrai ou faux ? Êtes-vous des nôtres, ou n'en êtes-vous pas ? voilà ce qu'il nous faut savoir. Toutes les grandes familles voient bien que le despotisme des Médicis n'est ni juste ni tolérable. De quel droit laisserions-nous s'élever paisiblement cette maison orgueilleuse sur les ruines de nos privilèges ? La capitulation n'est point observée. La puissance de l'Allemagne se fait sentir de jour en jour d'une manière plus absolue. Il est temps d'en finir et de rassembler les patriotes. Répondrez-vous à cet appel ?

LORENZO

Qu'en dites-vous, seigneur Venturi ? Parlez, parlez, voilà mon oncle qui reprend haleine ; saisissez cette occasion, si vous aimez votre pays.

VENTURI

Seigneur, je pense de même, et je n'ai pas un mot à ajouter.

LORENZO

Pas un mot ? pas un beau petit mot bien sonore ? Vous ne connaissez pas la véritable éloquence. On tourne une grande période autour d'un beau petit mot, pas trop court ni trop long, et rond comme une toupie ; on rejette son bras gauche en arrière, de manière à faire faire à son manteau des plis pleins d'une dignité tempérée par la grâce ; on lâche sa période qui se déroule comme une corde ronflante, et la petite toupie s'échappe avec un murmure délicieux. On pourrait presque la ramasser dans le creux de la main, comme les enfants des rues.

BINDO

Tu es un insolent ! Réponds, ou sors d'ici.

LORENZO

Je suis des vôtres, mon oncle. Ne voyez-vous pas à ma coiffure que je suis républicain dans l'âme ? Regardez comme ma barbe est coupée. N'en doutez pas un seul instant, l'amour de la patrie respire dans mes vêtements les plus cachés.

> *On sonne à la porte d'entrée, la cour se remplit de pages et de chevaux.*

UN PAGE, *entrant.*

Le duc !
Entre Alexandre.

LORENZO

Quel excès de faveur, mon prince ! Vous daignez visiter un pauvre serviteur en personne ?

. LE DUC

Quels sont ces hommes-là ? J'ai à te parler.

LORENZO

J'ai l'honneur de présenter à Votre Altesse mon oncle Bindo Altoviti, qui regrette qu'un long séjour à Naples ne lui ait pas permis de se jeter plus tôt à vos pieds. Cet autre seigneur est l'illustre Battista Venturi, qui fabrique, il est vrai, de la soie, mais qui n'en vend point. Que la présence inattendue d'un si grand prince dans cette humble maison ne vous trouble pas, mon cher oncle, ni vous non plus, digne Venturi. Ce que vous demandez vous sera accordé, ou vous serez en droit de dire que mes supplications n'ont aucun crédit auprès de mon gracieux souverain.

LE DUC

Que demandez-vous, Bindo ?

BINDO

Altesse, je suis désolé que mon neveu...

LORENZO

Le titre d'ambassadeur à Rome n'appartient à personne en ce moment. Mon oncle se flattait de l'obtenir de vos bontés. Il n'est pas dans Florence un seul homme qui puisse soutenir la comparaison avec lui, dès qu'il s'agit du dévouement et du respect qu'on doit aux Médicis.

LE DUC

En vérité, Renzino ? Eh bien ! mon cher Bindo, voilà qui est dit. Viens demain matin au palais.

BINDO

Altesse, je suis confondu. Comment reconnaître?...

LORENZO

Le seigneur Venturi, bien qu'il ne vende point de soie, demande un privilège pour ses fabriques.

LE DUC

Quel privilège?

LORENZO

Vos armoiries sur la porte, avec le brevet. Accordez-le-lui, monseigneur, si vous aimez ceux qui vous aiment.

LE DUC

Voilà qui est bon. Est-ce fini? Allez, messieurs; la paix soit avec vous !

VENTURI

Altesse !... vous me comblez de joie... je ne puis exprimer...

LE DUC, *à ses gardes.*

Qu'on laisse passer ces deux personnes !

BINDO, *sortant, bas, à Venturi.*

C'est un tour infâme.

VENTURI, *de même.*

Que ferez-vous?

BINDO, *de même.*

Que diable veux-tu que je fasse? Je suis nommé.

VENTURI, *de même.*

Cela est terrible !
Ils sortent.

LE DUC

La Cibo est à moi.

LORENZO

J'en suis fâché.

LE DUC

Pourquoi?

LORENZO

Parce que cela fera tort aux autres.

LE DUC

Ma foi, non, elle m'ennuie déjà. Dis-moi donc, mignon, quelle
est donc cette belle femme qui arrange ces fleurs sur cette fenêtre?
Voilà longtemps que je la vois sans cesse en passant.

LORENZO

Où donc?

LE DUC

Là-bas, en face, dans le palais.

LORENZO

Oh ! ce n'est rien.

LE DUC

Rien? Appelles-tu rien ces bras-là ! Quelle Vénus, entrailles du diable !

LORENZO

C'est une voisine.

LE DUC

Je veux parler à cette voisine-là. Eh, parbleu ! si je ne me trompe, c'est Catherine Ginori.

LORENZO

Non.

LE DUC

Je la reconnais très bien ; c'est ta tante. Peste ! j'avais oublié cette figure-là. Amène-la donc souper.

LORENZO

Cela serait très difficile. C'est une vertu.

LE DUC

Allons donc ! Est-ce qu'il y en a pour nous autres ?

LORENZO

Je lui demanderai, si vous voulez, mais je vous avertis que c'est une pédante : elle parle latin.

LE DUC

Bon ! elle ne fait pas l'amour en latin. Viens donc par ici ; nous la verrons mieux de cette galerie.

LORENZO

Une autre fois, mignon; — à l'heure qu'il est, je n'ai pas de temps à perdre : — il faut que j'aille chez le Strozzi.

LE DUC

Quoi ! chez ce vieux fou ?

LORENZO

Oui, chez ce vieux misérable, chez cet infâme. Il paraît qu'il ne peut se guérir de cette singulière lubie d'ouvrir sa bourse à toutes ces viles créatures qu'on nomme bannis, et que ces meurt-de-faim se réunissent chez lui tous les jours, avant de mettre leurs souliers et de prendre leurs bâtons. Maintenant, mon projet est d'aller au plus vite manger le dîner de ce vieux gibier de potence, et de lui renouveler l'assurance de ma cordiale amitié. J'aurai ce soir quelque bonne histoire à vous conter, quelque charmante petite fredaine qui pourra faire lever de bonne heure demain matin quelques-unes de toutes ces canailles.

LE DUC

Que je suis heureux de t'avoir, mignon ! J'avoue que je ne comprends pas comment ils te reçoivent.

LORENZO

Bon ! si vous saviez comme cela est aisé de mentir impudemment au nez d'un butor ! Cela prouve bien que vous n'avez jamais essayé. A propos, ne m'avez-vous pas dit que vous vouliez donner votre portrait, je ne sais plus à qui ? J'ai un peintre à vous amener; c'est un protégé.

LE DUC

Bon, bon ; mais pense à ta tante. C'est pour elle que je suis venu te voir ; le diable m'emporte ! tu as une tante qui me revient.

LORENZO

Et la Cibo ?

LE DUC

Je te dis de parler de moi à ta tante.

Ils sortent.

SCÈNE V

Une salle du palais des Strozzi.

PHILIPPE STROZZI, LE PRIEUR, LOUISE, occupée à travailler ; LORENZO, couché sur un sofa.

PHILIPPE

Dieu veuille qu'il n'en soit rien ! Que de haines inextinguibles, implacables, n'ont pas commencé autrement ! Un propos ! la fumée d'un repas jasant sur les lèvres épaisses d'un débauché ! voilà les guerres de famille, voilà comme les couteaux se tirent. On est insulté, et on tue ; on a tué, et on est tué. Bientôt les haines s'enracinent ; on berce les fils dans les cercueils de leurs aïeux, et des générations entières sortent de terre l'épée à la main.

LE PRIEUR

J'ai peut-être eu tort de me souvenir de ce méchant propos et de ce maudit voyage à Montolivet; mais le moyen d'endurer ces Salviati?

PHILIPPE

Ah ! Léon, Léon, je te le demande, qu'y aurait-il de changé pour Louise et pour nous-mêmes, si tu n'avais rien dit à mes enfants? La vertu d'une Strozzi ne peut-elle oublier un mot d'un Salviati? L'habitant d'un palais de marbre doit-il savoir les obscénités que la populace écrit sur ses murs? Qu'importe le propos d'un Julien? Ma fille en trouvera-t-elle moins un honnête mari ? Ses enfants la respecteront-ils moins? M'en souviendrai-je, moi, son père, en lui donnant le baiser du soir? Où en sommes-nous, si l'insolence du premier venu tire du fourreau des épées comme les nôtres? Maintenant tout est perdu; voilà Pierre furieux de tout ce que tu nous as conté. Il s'est mis en campagne; il est allé chez les Pazzi. Dieu sait ce qui peut arriver ! Qu'il rencontre Salviati, voilà le sang répandu, le mien, mon sang sur le pavé de Florence ! Ah ! pourquoi suis-je père !

LE PRIEUR

Si on m'eût rapporté un propos sur ma sœur, quel qu'il fût, j'aurais tourné le dos, et tout aurait été fini là; mais celui-là m'était adressé; il était si grossier que je me suis figuré que le rustre ne savait de qui il parlait; — mais il le savait bien.

PHILIPPE

Oui, ils le savent, les infâmes ! ils savent bien où ils frappent ! Le vieux tronc d'arbre est d'un bois trop solide; ils ne viendraient pas l'entamer. Mais ils connaissent la fibre délicate qui tressaille dans ses entrailles lorsqu'on attaque son plus faible bourgeon. Ma Louise ! ah ! qu'est-ce donc que la raison? Les mains me tremblent à cette idée. Juste Dieu, la raison, est-ce donc la vieillesse?

IV.   6

LE PRIEUR

Pierre est trop violent.

PHILIPPE

Pauvre Pierre ! comme le rouge lui est monté au front ! comme il a frémi en t'écoutant raconter l'insulte faite à sa sœur ! C'est moi qui suis un fou, car je t'ai laissé dire. Pierre se promenait par la chambre à grands pas, inquiet, furieux, la tête perdue ; il allait, il venait, comme moi maintenant. Je le regardais en silence : c'est un si beau spectacle qu'un sang pur montant à un front sans reproche ! O ma patrie ! pensais-je, en voilà un, et c'est mon aîné. Ah ! Léon, j'ai beau faire, je suis un Strozzi.

LE PRIEUR

Il n'y a peut-être pas tant de danger que vous le pensez. — C'est un grand hasard s'il rencontre Salviati ce soir. — Demain nous verrons tous les choses plus sagement.

PHILIPPE

N'en doute pas ; Pierre le tuera, ou il se fera tuer.
Il ouvre la fenêtre.
Où sont-ils maintenant ? Voilà la nuit ; la ville se couvre de profondes ténèbres ; ces rues sombres me font horreur ; — le sang coule quelque part ; j'en suis sûr.

LE PRIEUR

Calmez-vous.

PHILIPPE

A la manière dont mon Pierre est sorti, je suis sûr qu'il ne rentrera que vengé ou mort. Je l'ai vu décrocher son épée en fronçant le sourcil; il se mordait les lèvres, et les muscles de ses bras étaient tendus comme des arcs. Oui, oui, maintenant il meurt ou il est vengé; cela n'est pas douteux.

LE PRIEUR

Remettez-vous, fermez cette fenêtre.

PHILIPPE

Eh bien ! Florence, apprends-la donc à tes pavés, la couleur de mon noble sang ! Il y a quarante de tes fils qui l'ont dans les veines. Et moi, le chef de cette famille immense, plus d'une fois encore ma tête blanche se penchera du haut de ces fenêtres, dans les angoisses paternelles ! plus d'une fois ce sang, que tu bois peut-être à cette heure avec indifférence, séchera au soleil de tes places ! Mais ne ris pas ce soir du vieux Strozzi, qui a peur pour son enfant. Sois avare de sa famille, car il viendra un jour où tu la compteras, où tu te mettras avec lui à la fenêtre et où le cœur te battra aussi lorsque tu entendras le bruit de nos épées.

LOUISE

Mon père ! mon père ! vous me faites peur.

LE PRIEUR, *bas, à Louise.*

N'est-ce pas Thomas qui rôde sous ces lanternes? Il m'a semblé le reconnaître à sa petite taille. Le voilà parti.

PHILIPPE

Pauvre ville ! où les pères attendent ainsi le retour de leurs enfants ! Pauvre patrie ! Pauvre patrie ! Il y en a bien d'autres à cette heure qui ont pris leur manteau et leur épée pour s'enfoncer dans une nuit obscure; et ceux qui les attendent ne sont point inquiets; ils savent qu'ils mourront demain de misère, s'ils ne meurent de froid cette nuit. Et nous, dans ces palais somptueux, nous attendons qu'on nous insulte pour tirer nos épées ! Le propos d'un ivrogne nous transporte de colère, et disperse dans ces sombres rues nos fils et nos amis ! Mais les malheurs publics ne secouent pas la poussière de nos armes. On croit Philippe Strozzi un honnête homme, parce qu'il fait le bien sans empêcher le mal ; et maintenant, moi, père, que ne donnerais-je pas pour qu'il y eût au monde un être capable de me rendre mon fils et punir juridiquement l'insulte faite à ma fille ! Mais pourquoi empêcherait-on le mal qui m'arrive, quand je n'ai pas empêché celui qui arrive aux autres, moi qui en avais le pouvoir ? Je me suis courbé sur des livres, et j'ai rêvé pour ma patrie ce que j'admirais dans l'antiquité. Les murs criaient vengeance autour de moi, et je me bouchais les oreilles pour m'enfoncer dans mes méditations ; il a fallu que la tyrannie vînt me frapper au visage pour me faire dire : « Agissons ! » et ma vengeance a des cheveux gris !

Entrent Pierre, Thomas et François Pazzi.

PIERRE

C'est fait ; Salviati est mort.
Il embrasse sa sœur.

LOUISE

Quelle horreur ! tu es couvert de sang.

PIERRE

Nous l'avons attendu au coin de la rue des Archers ; François a arrêté son cheval ; Thomas l'a frappé à la jambe, et moi...

LOUISE

Tais-toi ! tais-toi, tu me fais frémir ; tes yeux sortent de leurs

orbites; tes mains sont hideuses; tout ton corps tremble, et tu es pâle comme la mort.

LORENZO, se levant.

Tu es beau, Pierre, tu es grand comme la vengeance.

PIERRE

Qui dit cela ? Te voilà ici, toi, Lorenzaccio !
Il s'approche de son père.
Quand donc fermerez-vous votre porte à ce misérable ? ne savez-vous donc pas ce que c'est, sans compter l'histoire de son duel avec Maurice ?

PHILIPPE

C'est bon, je sais tout cela. Si Lorenzo est ici, c'est que j'ai de bonnes raisons pour l'y recevoir. Nous en parlerons en temps et lieu.

PIERRE, entre ses dents.

Hum ! des raisons pour recevoir cette canaille ? Je pourrais bien en trouver, un de ces matins, une très bonne aussi pour le faire sauter par les fenêtres. Dites ce que vous voudrez, j'étouffe dans cette chambre de voir une pareille lèpre se traîner sur nos fauteuils.

PHILIPPE

Allons, paix ! tu es un écervelé ! Dieu veuille que ton coup de ce soir n'ait pas de mauvaises suites pour nous ! Il faut commencer par te cacher.

PIERRE

Me cacher ! Et, au nom de tous les saints, pourquoi me cacherais-je ?

LORENZO, *à Thomas.*

En sorte que vous l'avez frappé à l'épaule ? Dites-moi donc un peu...

Il l'entraîne dans l'embrasure d'une fenêtre ; tous deux s'entre-tiennent à voix basse.

PIERRE

Non, mon père, je ne me cacherai pas. L'insulte a été publique, il nous l'a faite au milieu d'une place. Moi, je l'ai assommé au milieu d'une rue, et il me convient, demain matin, de le raconter à toute la ville. Depuis quand se cache-t-on pour avoir vengé son honneur ? Je me promènerais volontiers l'épée nue, et sans en essuyer une goutte de sang.

PHILIPPE

Viens par ici, il faut que je te parle. Tu n'es pas blessé, mon enfant ? tu n'as rien reçu dans tout cela ?

Ils sortent.

SCÈNE VI

Au palais du duc.

LE DUC, *à demi nu ;* TEBALDEO, *faisant son portrait ;*
GIOMO *joue de la guitare.*

GIOMO, *chantant.*

Quand je mourrai, mon échanson,
Porte mon cœur à ma maîtresse :

Qu'elle envoie au diable la messe,
La prêtraille et les oraisons !
Les pleurs ne sont que de l'eau claire :
Dis-lui qu'elle éventre un tonneau;
Qu'on entonne un chœur sur ma bière.
J'y répondrai du fond de mon tombeau.

LE DUC

Je savais bien que j'avais quelque chose à te demander. Dis-moi, Hongrois, que t'avait donc fait ce garçon que je t'ai vu bâtonner tantôt d'une si joyeuse manière ?

GIOMO

Ma foi, je ne saurais le dire, ni lui non plus.

LE DUC

Pourquoi ? Est-ce qu'il est mort ?

GIOMO

C'est un gamin d'une maison voisine; tout à l'heure, en passant, il m'a semblé qu'on l'enterrait.

LE DUC

Quand mon Giomo frappe, il frappe ferme.

GIOMO

Cela vous plaît à dire; je vous ai vu tuer un homme d'un coup plus d'une fois.

LE DUC

Tu crois ? J'étais donc gris ? Quand je suis en pointe de gaieté,

tous mes moindres coups sont mortels. Qu'as-tu donc, petit? est-ce
que ta main tremble? tu louches terriblement.

TEBALDEO

Rien, monseigneur, plaise à Votre Altesse.
Entre Lorenzo.

LORENZO

Cela avance-t-il? Êtes-vous content de mon protégé?
Il prend la cotte de mailles du duc sur le sofa.
Vous avez une jolie cotte de mailles, mignon ! Mais cela doit être
bien chaud.

LE DUC

En vérité, si elle me gênait, je n'en porterais pas. Mais c'est du
fil d'acier; la lime la plus aiguë n'en pourrait ronger une maille, et
en même temps c'est léger comme de la soie. Il n'y a peut-être pas
la pareille dans toute l'Europe; aussi je ne la quitte guère; jamais,
pour mieux dire.

LORENZO

C'est très léger, mais très solide. Croyez-vous cela à l'épreuve
du stylet?

LE DUC

Assurément.

LORENZO

Au fait, j'y réfléchis à présent; vous la portez toujours sous votre
pourpoint. L'autre jour, à la chasse, j'étais en croupe derrière vous,
et en vous tenant à bras-le-corps je la sentais très bien. C'est une
prudente habitude.

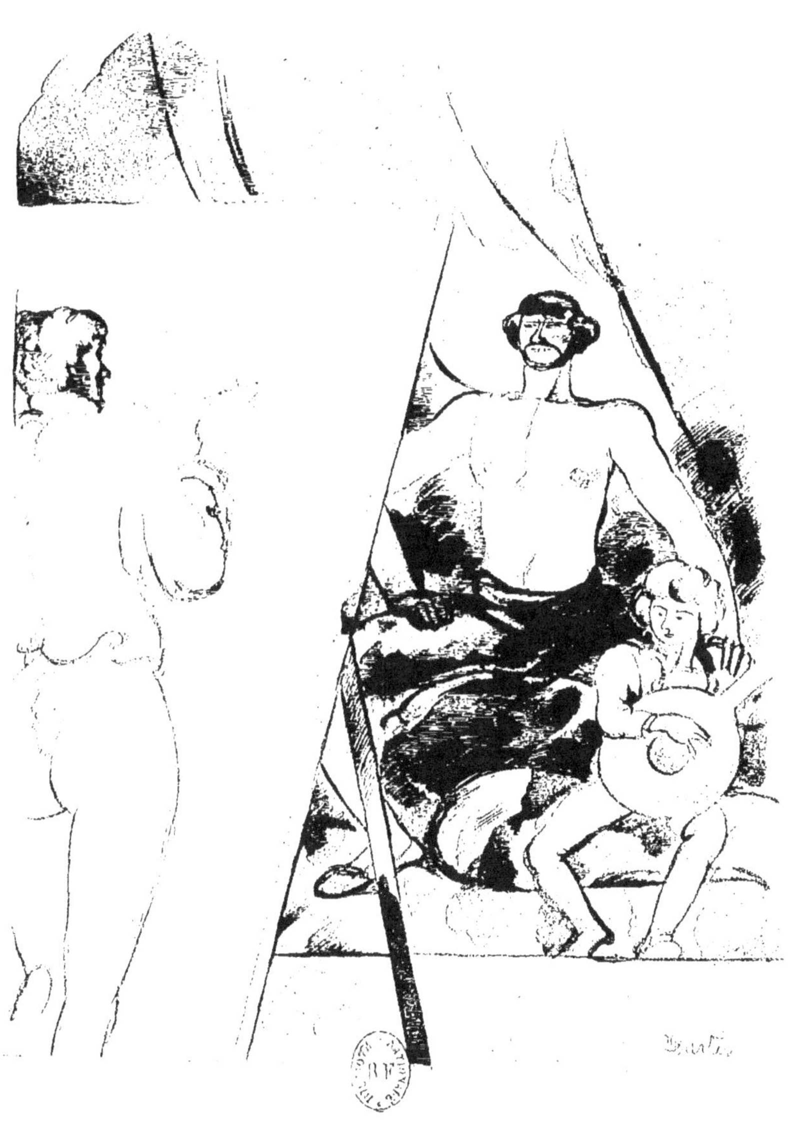

LE DUC

Ce n'est pas que je me défie de personne ; comme tu dis, c'est une habitude, — pure habitude de soldat.

LORENZO

Votre habit est magnifique. Quel parfum que ces gants ! Pourquoi donc posez-vous à moitié nu ? Cette cotte de mailles aurait fait son effet dans votre portrait ; vous avez eu tort de la quitter.

LE DUC

C'est le peintre qui l'a voulu ; cela vaut toujours mieux, d'ailleurs, de poser le cou découvert : regarde les antiques.

LORENZO

Où diable est ma guitare ? Il faut que je fasse un second dessus à Giomo.

Il sort.

TEBALDEO

Altesse, je n'en ferai pas davantage aujourd'hui.

GIOMO, *à la fenêtre.*

Que fait donc Lorenzo ? Le voilà en contemplation devant le puits qui est au milieu du jardin : ce n'est pas là, il me semble, qu'il devrait chercher sa guitare.

LE DUC

Donne-moi mes habits. Où donc est ma cotte de mailles ?

GIOMO

Je ne la trouve pas ; j'ai beau chercher : elle s'est envolée.

LE DUC

Renzino la tenait il n'y a pas cinq minutes; il l'aura jetée dans un coin en s'en allant, selon sa louable coutume de paresseux.

GIOMO

Cela est incroyable; pas plus de cotte de mailles que sur ma main.

LE DUC

Allons, tu rêves ! cela est impossible.

GIOMO

Voyez vous-même, Altesse; la chambre n'est pas si grande !

LE DUC

Renzo la tenait là, sur ce sofa.
Rentre Lorenzo.
Qu'as-tu donc fait de ma cotte? nous ne pouvons plus la retrouver.

LORENZO

Je l'ai remise où elle était. Attendez; non, je l'ai posée sur ce fauteuil; non, c'est sur le lit. Je n'en sais rien; mais j'ai trouvé ma guitare.
Il chante en s'accompagnant.
Bonjour, madame l'abbesse...

GIOMO

Dans le puits du jardin, apparemment? car vous étiez penché dessus tout à l'heure d'un air tout à fait absorbé.

LORENZO

Cracher dans un puits pour faire des ronds est mon plus grand
bonheur. Après boire et dormir, je n'ai pas d'autre occupation.
Il continue à jouer.

Bonjour, bonjour, abbesse de mon cœur.

LE DUC

Cela est inouï que cette cotte se trouve perdue ! Je crois que je
ne l'ai pas ôtée deux fois dans ma vie, si ce n'est pour me coucher.

LORENZO

Laissez donc, laissez donc. N'allez-vous pas faire un valet de chambre d'un fils de pape ? Vos gens la trouveront.

LE DUC

Que le diable t'emporte ! c'est toi qui l'as égarée.

LORENZO

Si j'étais le duc de Florence, je m'inquiéterais d'autre chose que
de mes cottes. A propos, j'ai parlé de vous à ma chère tante. Tout
est au mieux ; venez donc vous asseoir un peu ici que je vous parle
à l'oreille.

GIOMO, *bas, au duc.*

Cela est singulier, au moins ; la cotte de mailles est enlevée.

LE DUC

On la retrouvera.
Il s'assoit à côté de Lorenzo.

GIOMO, *à part.*

Quitter la compagnie pour aller cracher dans un puits, cela n'est pas naturel. Je voudrais retrouver cette cotte de mailles, pour m'ôter de la tête une vieille idée qui se rouille de temps en temps. Bah ! un Lorenzaccio ! La cotte est sous quelque fauteuil.

SCÈNE VII

Devant le palais.

Entre SALVIATI, *couvert de sang et boitant ; deux hommes le soutiennent.*

SALVIATI, *criant.*

Alexandre de Médicis ! ouvre ta fenêtre, et regarde un peu comme on traite tes serviteurs !

LE DUC, *à la fenêtre.*

Qui est là dans la boue ? Qui se traîne aux murailles de mon palais avec ces cris épouvantables ?

SALVIATI

Les Strozzi m'ont assassiné ; je vais mourir à ta porte.

LE DUC

Lesquels des Strozzi, et pourquoi ?

SALVIATI

Parce que j'ai dit que leur sœur était amoureuse de toi, mon noble duc. Les Strozzi ont trouvé leur sœur insultée parce que j'ai dit que tu lui plaisais; trois d'entre eux m'ont assassiné. J'ai reconnu Pierre et Thomas; je ne connais pas le troisième.

LE DUC

Fais-toi monter ici; par Hercule ! les meurtriers passeront la nuit en prison, et on les pendra demain matin.
  Salviati entre dans le palais.

ACTE III

SCÈNE PREMIÈRE

La chambre à coucher de Lorenzo.

LORENZO, SCORONCONCOLO,
faisant des armes.

SCORONCONCOLO

Maître, as-tu assez du jeu ?

LORENZO

Non ; crie plus fort. Tiens, pare celle-ci ! tiens, meurs ! tiens, misérable !

SCORONCONCOLO

A l'assassin ! on me tue ! on me coupe la gorge !

LORENZO

Meurs ! meurs ! meurs ! — Frappe donc du pied !

SCORONCONCOLO

A moi, mes archers ! au secours ! on me tue ! Lorenzo de l'enfer !

LORENZO

Meurs, infâme ! Je te saignerai, pourceau, je te saignerai ! Au
cœur, au cœur ! il est éventré. — Crie donc, frappe donc, tue donc !
Ouvre-lui les entrailles ! Coupons-le par morceaux, et mangeons,
mangeons ! J'en ai jusqu'au coude. Fouille dans la gorge, roule-le,
roule ! Mordons, mordons, et mangeons !

Il tombe épuisé.

SCORONCONCOLO, *s'essuyant le front.*

Tu as inventé un rude jeu, maître, et tu y vas en vrai tigre ; mille
millions de tonnerres ! tu rugis comme une caverne pleine de panthè-
res et de lions.

LORENZO

O jour de sang, jour de mes noces ! O soleil ! soleil ! il y assez longtemps que tu es sec comme le plomb ; tu te meurs de soif, soleil !
son sang t'enivrera. O ma vengeance ! qu'il y a longtemps que tes
ongles poussent ! O dents d'Ugolin ! il vous faut le crâne, le crâne !

SCORONCONCOLO

Es-tu en délire ? As-tu la fièvre, ou es-tu toi-même un rêve ?

LORENZO

Lâche, lâche, — ruffian, — le petit maigre, les pères, les filles, —
des adieux, des adieux sans fin, — les rives de l'Arno pleines d'adieux !
— les gamins l'écrivent sur les murs. — Ris, vieillard, ris dans ton
bonnet blanc ; — tu ne vois pas que mes ongles poussent ? — Ah !
le crâne ! le crâne !

Il s'évanouit.

SCORONCONCOLO

Maître, tu as un ennemi.

Il lui jette de l'eau à la figure.

Allons ! maître, ce n'est pas la peine de tant te démener. On a des sentiments élevés, ou on n'en a pas : je n'oublierai jamais que tu m'as fait avoir une certaine grâce sans laquelle je serais loin. Maître, si tu as un ennemi, dis-le, et je t'en débarrasserai sans qu'il y paraisse autrement.

LORENZO

Ce n'est rien ; je te dis que mon seul plaisir est de faire peur à mes voisins.

SCORONCONCOLO

Depuis que nous trépignons dans cette chambre et que nous y mettons tout à l'envers, ils doivent être bien accoutumés à notre tapage. Je crois que tu pourrais égorger trente hommes dans ce corridor, et les rouler sur ton plancher, sans qu'on s'aperçût dans la maison qu'il s'y passe du nouveau. Si tu veux faire peur aux voisins, tu t'y prends mal. Ils ont eu peur la première fois, c'est vrai ; mais maintenant ils se contentent d'enrager, et ne s'en mettent pas en peine jusqu'au point de quitter leurs fauteuils ou d'ouvrir leurs fenêtres.

LORENZO

Tu crois ?

SCORONCONCOLO

Tu as un ennemi, maître. Ne t'ai-je pas vu frapper du pied la terre, et maudire le jour de ta naissance ? N'ai-je pas des oreilles ? Et, au milieu de toutes tes fureurs, n'ai-je pas entendu résonner distinctement un petit mot bien net : la vengeance ? Tiens, maître, crois-moi, tu maigris ; — tu n'as plus le mot pour rire comme devant ; — crois-moi, il n'y a rien de si mauvaise digestion qu'une bonne haine. Est-ce

que sur deux hommes au soleil il n'y en a pas toujours un dont l'ombre gêne l'autre ? Ton médecin est dans ma gaine ; laisse-moi te guérir.
Il tire son épée.

LORENZO

Ce médecin-là t'a-t-il jamais guéri, toi ?

SCORONCONCOLO

Quatre ou cinq fois. Il y avait un jour à Padoue une petite demoiselle qui me disait...

LORENZO

Montre-moi cette épée. Ah ! garçon, c'est une brave lame.

SCORONCONCOLO

Essaye-la, et tu verras.

LORENZO

Tu as deviné mon mal, — j'ai un ennemi. Mais pour lui je ne me
servirai pas d'une épée qui ait servi pour d'autres. Celle qui le tuera
n'aura ici-bas qu'un baptême ; elle gardera son nom.

SCORONCONCOLO

Quel est le nom de l'homme ?

LORENZO

Qu'importe ? M'es-tu dévoué ?

SCORONCONCOLO

Pour toi, je remettrais le Christ en croix.

LORENZO

Je te le dis en confidence, — je ferai le coup dans cette chambre. Écoute bien, et ne te trompe pas. Si je l'abats du premier coup, ne t'avise pas de le toucher. Mais je ne suis pas plus gros qu'une puce, et c'est un sanglier. S'il se défend, je compte sur toi pour lui tenir les mains ; rien de plus, entends-tu ? c'est à moi qu'il appartient. Je t'avertirai en temps et lieu.

SCORONCONCOLO

Amen.

SCÈNE II

Au palais Strozzi.

Entrent PHILIPPE *et* PIERRE.

PIERRE

Quand je pense à cela, j'ai envie de me couper la main droite. Avoir manqué cette canaille ! un coup si juste, et l'avoir manqué ! A qui n'était-ce pas rendre service que de faire dire aux gens : « Il y a un Salviati de moins dans les rues. » Mais le drôle a fait comme les araignées : — il s'est laissé tomber en repliant ses pattes crochues, et il a fait le mort de peur d'être achevé.

PHILIPPE

Que t'importe qu'il vive ? ta vengeance n'en est que plus complète.

PIERRE

Oui, je le sais bien, voilà comme vous voyez les choses. Tenez,

mon père, vous êtes bon patriote, mais encore meilleur père de
famille : ne vous mêlez pas de tout cela.

PHILIPPE

Qu'as-tu encore en tête ? Ne saurais-tu vivre un quart d'heure
sans penser à mal ?

PIERRE

Non, par l'enfer ! je ne saurais vivre un quart d'heure tranquille
dans cet air empoisonné. Le ciel me pèse sur la tête comme une voûte
de prison, et il me semble que je respire dans les rues des quolibets
et des hoquets d'ivrogne. Adieu, j'ai affaire à présent.

PHILIPPE

Où vas-tu ?

PIERRE

Pourquoi voulez-vous le savoir ? Je vais chez les Pazzi.

PHILIPPE

Attends-moi donc, car j'y vais aussi.

PIERRE

Pas à présent, mon père ; ce n'est pas un bon moment pour vous.

PHILIPPE

Parle-moi franchement.

PIERRE

Cela est entre nous. Nous sommes là une cinquantaine, les Ruccellai et d'autres, qui ne portons pas le bâtard dans nos entrailles.

PHILIPPE

Ainsi donc ?

PIERRE

Ainsi donc les avalanches se font quelquefois au moyen d'un caillou gros comme le bout du doigt.

PHILIPPE

Mais vous n'avez rien d'arrêté ? pas de plan, pas de mesures prises ? O enfants, enfants ! jouer avec la vie et la mort ! Des questions qui ont remué le monde ! des idées qui ont blanchi des milliers de têtes, et qui les ont fait rouler comme des grains de sable sous les pieds du bourreau ! des projets que la Providence elle-même regarde en silence et avec terreur, et qu'elle laisse achever à l'homme, sans oser y toucher ! Vous parlez de tout cela en faisant des armes et en buvant un verre de vin d'Espagne, comme s'il s'agissait d'un cheval ou d'une mascarade ! Savez-vous ce que c'est qu'une république, que l'artisan au fond de son atelier, que le laboureur dans son champ, que le citoyen sur la place, que la vie entière d'un royaume ? le bonheur des hommes, Dieu de justice ! O enfants, enfants ! savez-vous compter sur vos doigts ?

PIERRE

Un bon coup de lancette guérit tous les maux.

PHILIPPE

Guérir ! guérir ! Savez-vous que le plus petit coup de lancette doit être donné par le médecin ? Savez-vous qu'il faut une expérience longue comme la vie, et une science grande comme le monde, pour tirer du bras d'un malade une goutte de sang ? N'étais-je pas offensé aussi, la nuit dernière, lorsque tu avais mis ton épée nue sous ton manteau ? Ne suis-je pas le père de ma Louise, comme tu es son frère ? N'était-ce pas une juste vengeance ? Et cependant sais-tu ce qu'elle m'a coûté ? Ah ! les pères savent cela, mais non les enfants. Si tu es père un jour, nous en parlerons.

PIERRE

Vous qui savez aimer, vous devriez savoir haïr.

PHILIPPE

Qu'ont donc fait à Dieu ces Pazzi ? Ils invitent leurs amis à venir conspirer, comme on invite à jouer aux dés, et les amis, en entrant dans leur cour, glissent dans le sang de leurs grands-pères. Quelle soif ont donc leurs épées ? Que voulez-vous donc, que voulez-vous ?

PIERRE

Et pourquoi vous démentir vous-même ? Ne vous ai-je pas entendu cent fois dire ce que nous disons ? Ne savons-nous pas ce qui vous occupe, quand vos domestiques voient à leur lever vos fenêtres éclairées des flambeaux de la veille ? Ceux qui passent les nuits sans dormir ne meurent pas silencieux.

PHILIPPE

Où en viendrez-vous ? réponds-moi !

PIERRE

Les Médicis sont une peste. Celui qui est mordu par un serpent n'a que faire d'un médecin ; il n'a qu'à se brûler la plaie.

PHILIPPE

Et quand vous aurez renversé ce qui est, que voulez-vous mettre à la place ?

PIERRE

Nous sommes toujours sûrs de ne pas trouver pire.

PHILIPPE

Je vous le dis, comptez sur vos doigts.

PIERRE

Les têtes d'une hydre sont faciles à compter.

PHILIPPE

Et vous voulez agir ? cela est décidé ?

PIERRE

Nous voulons couper les jarrets aux meurtriers de Florence.

PHILIPPE

Cela est irrévocable ? vous voulez agir ?

PIERRE

Adieu, mon père ; laissez-moi aller seul.

PHILIPPE

Depuis quand le vieil aigle reste-t-il dans le nid, quand ses aiglons vont à la curée ? O mes enfants ! ma brave et belle jeunesse ! vous qui avez la force que j'ai perdue, vous qui êtes aujourd'hui ce qu'était le jeune Philippe, laissez-le avoir vieilli pour vous ! Emmène-moi, mon fils, je vois que vous allez agir. Je ne vous ferai pas de longs discours, je ne dirai que quelques mots ; il peut y avoir quelque chose de bon dans cette tête grise : deux mots, et ce sera fait. Je ne radote pas encore ; je ne vous serai pas à charge ; ne pars pas sans moi, mon enfant ; attends que je prenne mon manteau.

PIERRE

Venez, mon noble père ; nous baiserons le bas de votre robe. Vous êtes notre patriarche, venez voir marcher au soleil les rêves de votre vie. La liberté est mûre : venez, vieux jardinier de Florence, voir sortir de terre la plante que vous aimez.

Ils sortent.

SCÈNE III

Une rue.

UN OFFICIER ALLEMAND *et* DES SOLDATS ;
THOMAS STROZZI, *au milieu d'eux.*

L'OFFICIER

Si nous ne le trouvons pas chez lui, nous le trouverons chez les Pazzi.

THOMAS

Va ton train, et ne sois pas en peine ; tu sauras ce qu'il en coûte.

L'OFFICIER

Pas de menace ! j'exécute les ordres du duc, et n'ai rien à souffrir de personne.

THOMAS

Imbécile ! qui arrêtes un Strozzi sur la parole d'un Médicis !
Il se forme un groupe autour d'eux.

UN BOURGEOIS

Pourquoi arrêtez-vous ce seigneur ? nous le connaissons bien,
c'est le fils de Philippe.

UN AUTRE

Lâche-le ; nous répondons pour lui.

LE PREMIER

Oui, oui, nous répondons pour les Strozzi. Laisse-le aller, ou
prends garde à tes oreilles.

L'OFFICIER

Hors de là, canaille ! laissez passer la justice du duc, si vous n'aimez
pas les coups de hallebarde.
Pierre et Philippe arrivent.

PIERRE

Qu'y a-t-il ? quel est ce tapage ? Que fais-tu là, Thomas ?

LE BOURGEOIS

Empêche-le, Philippe, il veut emmener ton fils en prison.

PHILIPPE

En prison ? et sur quel ordre ?

PIERRE

En prison ? sais-tu à qui tu as affaire ?

L'OFFICIER

Qu'on saisisse cet homme !
Les soldats arrêtent Pierre.

PIERRE

Lâchez-moi, misérables, ou je vous éventre comme des pourceaux.

PHILIPPE

Sur quel ordre agissez-vous, monsieur ?

L'OFFICIER, *montrant l'ordre du duc.*

Voilà mon mandat. J'ai ordre d'arrêter Pierre et Thomas Strozzi.
Les soldats repoussent le peuple, qui leur jette des cailloux.

PIERRE

De quoi nous accuse-t-on ? qu'avons-nous fait ? Aidez-moi, mes
amis ; rossons cette canaille.
Il tire son épée. Un autre détachement de soldats arrive.

L'OFFICIER

Venez ici ; prêtez-moi main-forte.
Pierre est désarmé.
En marche ! et le premier qui approche de trop près, un coup de
pique dans le ventre ! Cela leur apprendra à se mêler de leurs affaires.

PIERRE

On n'a pas le droit de m'arrêter sans un ordre des Huit. Je me
soucie bien des ordres d'Alexandre ! Où est l'ordre des Huit ?

L'OFFICIER

C'est devant eux que nous vous menons.

PIERRE

Si c'est devant eux, je n'ai rien à dire. De quoi suis-je accusé?

UN HOMME DU PEUPLE

Comment, Philippe, tu laisses emmener tes enfants au tribunal des Huit?

PIERRE

Répondez donc, de quoi suis-je accusé?

L'OFFICIER

Cela ne me regarde pas.
Les soldats sortent avec Pierre et Thomas.

PIERRE, *en sortant.*

N'ayez aucune inquiétude, mon père; les Huit me renverront souper à la maison, et le bâtard en sera pour ses frais de justice.

PHILIPPE, *seul, s'asseyant sur un banc.*

J'ai beaucoup d'enfants, mais pas pour longtemps, si cela va si vite. Où en sommes-nous donc si une vengeance aussi juste que le ciel que voilà est clair est punie comme un crime? Eh quoi! les deux aînés d'une famille vieille comme la ville, emprisonnés comme des voleurs de grand chemin! la plus grossière insulte châtiée, un Salviati frappé, seulement frappé, et des hallebardes en jeu! Sors donc du fourreau, mon épée! Si le saint appareil des exécutions judiciaires devient la cuirasse des ruffians et des ivrognes, que la hache

et le poignard, cette arme des assassins, protègent l'homme de bien !
O Christ ! la justice devenue une entremetteuse ! l'honneur des Strozzi
souffleté en place publique, et un tribunal répondant des quolibets
d'un rustre ! Un Salviati jetant à la plus noble famille de Florence
son gant taché de vin et de sang, et, lorsqu'on le châtie, tirant pour
se défendre le coupe-tête du bourreau ! Lumière du soleil ! j'ai parlé,
il n'y a pas un quart d'heure, contre les idées de révolte, et voilà le
pain qu'on me donne à manger, avec mes paroles de paix sur les
lèvres ! Allons ! mes bras, remuez ; et toi, vieux corps courbé par
l'âge et par l'étude, redresse-toi pour l'action !

Entre Lorenzo.

LORENZO

Demandes-tu l'aumône, Philippe, assis au coin de cette rue ?

PHILIPPE

Je demande l'aumône à la justice des hommes ; je suis un mendiant affamé de justice, et mon honneur est en haillons.

LORENZO

Quel changement va donc s'opérer dans le monde, et quelle robe
nouvelle va revêtir la nature, si le masque de la colère s'est posé
sur le visage auguste et paisible du vieux Philippe ? O mon père !
quelles sont ces plaintes ? pour qui répands-tu sur la terre les joyaux
les plus précieux qu'il y ait sous le soleil, les larmes d'un homme
sans peur et sans reproche ?

PHILIPPE

Il faut nous délivrer des Médicis, Lorenzo. Tu es un Médicis toi-
même, mais seulement par ton nom ; si je t'ai bien connu, si la hideuse
comédie que tu joues m'a trouvé impassible et fidèle spectateur,

que l'homme sorte de l'histrion! Si tu as jamais été quelque chose d'honnête, sois-le aujourd'hui. Pierre et Thomas sont en prison.

LORENZO

Oui, oui, je sais cela.

PHILIPPE

Est-ce là ta réponse? Est-ce-là ton visage, homme sans épée?

LORENZO

Que veux-tu? dis-le, et tu auras alors ma réponse.

PHILIPPE

Agir. Comment? je n'en sais rien. Quel moyen employer, quel levier mettre sous cette citadelle de mort, pour la soulever et la pousser dans le fleuve? quoi faire, que résoudre, quels hommes aller trouver? je ne puis le savoir encore. Mais agir, agir, agir. O Lorenzo! le temps est venu. N'es-tu pas diffamé, traité de chien et de sans-cœur? Si je t'ai tenu, en dépit de tout, ma porte ouverte, ma main ouverte, mon cœur ouvert, parle, et que je voie si je me suis trompé! Ne m'as-tu pas parlé d'un homme qui s'appelle aussi Lorenzo, et qui se cache derrière le Lorenzo que voilà? Cet homme n'aime-t-il pas sa patrie, n'est-il pas dévoué à ses amis? Tu le disais, et je l'ai cru. Parle, parle, le temps est venu.

LORENZO

Si je ne suis pas tel que vous le désirez, que le soleil me tombe sur la tête !

PHILIPPE

Ami, rire d'un vieillard désespéré, cela porte malheur; si tu dis vrai, à l'action ! J'ai de toi des promesses qui engageraient Dieu

lui-même, et c'est sur ces promesses que je t'ai reçu. Le rôle que tu
joues est un rôle de boue et de lèpre, tel que l'enfant prodigue ne l'aurait pas joué dans un jour de démence; et cependant je t'ai reçu.
Quand les pierres criaient à ton passage, quand chacun de tes pas
faisait jaillir des mares de sang humain, je t'ai appelé du nom sacré
d'ami, je me suis fait sourd pour te croire, aveugle pour t'aimer;
j'ai laissé l'ombre de ta mauvaise réputation passer sur mon honneur,
et mes enfants ont douté de moi en trouvant sur ma main la trace
hideuse du contact de la tienne. Sois honnête, car je l'ai été; agis,
car tu es jeune, et je suis vieux.

LORENZO

Pierre et Thomas sont en prison; est-ce là tout?

PHILIPPE

O ciel et terre ! oui, c'est là tout. Presque rien, deux enfants de
mes entrailles qui vont s'asseoir au banc des voleurs ! Deux têtes
que j'ai baisées autant de fois que j'ai de cheveux gris, et que je vais
trouver demain matin clouées sur la porte de la forteresse; oui, c'est
là tout, rien de plus, en vérité.

LORENZO

Ne me parle pas sur ce ton : je suis rongé d'une tristesse auprès
de laquelle la nuit la plus sombre est une lumière éblouissante.
Il s'assoit près de Philippe.

PHILIPPE

Que je laisse mourir mes enfants, cela est impossible, vois-tu !
On m'arracherait les bras et les jambes, que, comme le serpent, les
morceaux mutilés de Philippe se rejoindraient encore et se lèveraient

pour la vengeance. Je connais si bien tout cela ! Les Huit ! un tribunal d'hommes de marbre ! une forêt de spectres, sur laquelle passe
de temps en temps le vent lugubre du doute qui les agite pendant
une minute, pour se résoudre en un mot sans appel. Un mot, un mot,
ô conscience ! Ces hommes-là mangent, ils dorment, ils ont des femmes et des filles ! Ah ! qu'ils tuent et qu'ils égorgent; mais pas mes
enfants, pas mes enfants !

LORENZO

Pierre est un homme : il parlera, et il sera mis en liberté.

PHILIPPE

O mon Pierre, mon premier-né !

LORENZO

Rentrez chez vous, tenez-vous tranquille; ou faites mieux, quittez
Florence. Je vous réponds de tout, si vous quittez Florence.

PHILIPPE

Moi, un banni ! moi dans un lit d'auberge à mon heure dernière !
O Dieu ! tout cela pour une parole d'un Salviati !

LORENZO

Sachez-le, Salviati voulait séduire votre fille, mais non pas pour lui
seul. Alexandre a un pied dans le lit de cet homme; il y exerce le droit
du seigneur sur la prostitution.

PHILIPPE

Et nous n'agirons pas ! O Lorenzo, Lorenzo ! tu es un homme
ferme, toi; parle-moi, je suis faible, et mon cœur est trop intéressé

dans tout cela. Je m'épuise, vóis-tu ! j'ai trop réfléchi, ici-bas; j'ai trop tourné sur moi-même, comme un cheval de pressoir : je ne vaux plus rien pour la bataille. Dis-moi ce que tu penses; je le ferai.

LORENZO

Rentrez chez vous, mon bon monsieur.

PHILIPPE

Voilà qui est certain, je vais aller chez les Pazzi; là sont cinquante jeunes gens tous déterminés. Ils ont juré d'agir; je leur parlerai noblement, comme un Strozzi et comme un père, et ils m'entendront. Ce soir, j'inviterai à souper les quarante membres de ma famille; je leur raconterai ce qui m'arrive. Nous verrons, nous verrons ! rien n'est encore fait. Que les Médicis prennent garde à eux ! Adieu, je vais chez les Pazzi; aussi bien, j'y allais avec Pierre, quand on l'a arrêté.

LORENZO

Il y a plusieurs démons, Philippe : celui qui te tente en ce moment n'est pas le moins à craindre de tous.

PHILIPPE

Que veux-tu dire ?

LORENZO

Prends-y garde, c'est un démon plus beau que Gabriel : la liberté, la patrie, le bonheur des hommes, tous ces mots résonnent à son approche comme les cordes d'une lyre; c'est le bruit des écailles d'argent de ses ailes flamboyantes. Les larmes de ses yeux fécondent la terre, et il tient à la main la palme des martyrs. Ses paroles épurent l'air autour de ses lèvres; son vol est si rapide, que nul ne peut dire où il va. Prends-y garde ! une fois dans ma vie je l'ai vu traverser les cieux. J'étais courbé sur mes livres ; le toucher de sa main a fait frémir mes cheveux comme une plume légère. Que je l'aie écouté ou non, n'en parlons pas.

PHILIPPE

Je ne te comprends qu'avec peine, et je ne sais pourquoi j'ai peur de te comprendre.

LORENZO

N'avez-vous dans la tête que cela : délivrer vos fils ? Mettez la main sur la conscience ; quelque autre pensée plus vaste, plus terrible, ne vous entraîne-t-elle pas comme un chariot étourdissant au milieu de cette jeunesse ?

PHILIPPE

Eh bien ! oui, que l'injustice faite à ma famille soit le signal de la liberté ! Pour moi, et pour tous, j'irai !

LORENZO

Prends garde à toi, Philippe ! tu as pensé au bonheur de l'humanité.

PHILIPPE

Que veut dire ceci ? Es-tu dedans comme dehors une vapeur infecte ? Toi qui m'as parlé d'une liqueur précieuse dont tu étais le flacon, est-ce là ce que tu renfermes ?

LORENZO

Je suis, en effet, précieux pour vous, car je tuerai Alexandre.

PHILIPPE

Toi ?

LORENZO

Moi, demain ou après-demain. Rentrez chez vous, tâchez de délivrer vos enfants; si vous ne le pouvez pas, laissez-leur subir une légère punition; je sais pertinemment qu'il n'y a pas d'autres dangers pour eux, et je vous répète que d'ici à quelques jours il n'y aura pas plus d'Alexandre de Médicis à Florence qu'il n'y a de soleil à minuit.

PHILIPPE

Quand cela serait vrai, pourquoi aurais-je tort de penser à la liberté? Ne viendra-t-elle pas quand tu auras fait ton coup, si tu le fais?

LORENZO

Philippe, Philippe, prends garde à toi. Tu as soixante ans de vertu sur ta tête grise; c'est un enjeu trop cher pour le jouer aux dés.

PHILIPPE

Si tu caches sous ces sombres paroles quelque chose que je puisse entendre, parle; tu m'irrites singulièrement.

LORENZO

Tel que tu me vois, Philippe, j'ai été honnête. J'ai cru à la vertu, à la grandeur humaine, comme un martyr croit à son Dieu. J'ai versé plus de larmes sur la pauvre Italie que Niobé sur ses filles.

PHILIPPE

Eh bien, Lorenzo?

LORENZO

Ma jeunesse a été pure comme l'or. Pendant vingt ans de silence, la foudre s'est amoncelée dans ma poitrine; et il faut que je sois réellement une étincelle du tonnerre, car tout à coup, une certaine nuit que j'étais assis dans les ruines du Colisée antique, je ne sais pourquoi, je me levai; je tendis vers le ciel mes bras trempés de rosée, et je jurai qu'un des tyrans de ma patrie mourrait de ma main. J'étais un étudiant paisible, et je ne m'occupais alors que des arts et des sciences, et il m'est impossible de dire comment cet étrange serment s'est fait en moi. Peut-être est-ce là ce qu'on éprouve quand on devient amoureux.

PHILIPPE

J'ai toujours eu confiance en toi, et cependant je crois rêver.

LORENZO

Et moi aussi. J'étais heureux alors; j'avais le cœur et les mains tranquilles; mon nom m'appelait au trône, et je n'avais qu'à laisser le soleil se lever et se coucher pour voir fleurir autour de moi toutes les espérances humaines. Les hommes ne m'avaient fait ni bien ni mal; mais j'étais bon, et, pour mon malheur éternel, j'ai voulu être grand. Il faut que je l'avoue : si la Providence m'a poussé à la résolution de tuer un tyran, quel qu'il fût, l'orgueil m'y a poussé aussi. Que te dirai-je de plus? Tous les Césars du monde me faisaient penser à Brutus.

PHILIPPE

L'orgueil de la vertu est un noble orgueil. Pourquoi t'en défendrais-tu ?

LORENZO

Tu ne sauras jamais, à moins d'être fou, de quelle nature est la pensée qui m'a travaillé. Pour comprendre l'exaltation fièvreuse qui a enfanté en moi le Lorenzo qui te parle, il faudrait que mon cerveau et mes entrailles fussent à nu sous un scalpel. Une statue

qui descendrait de son piédestal, pour marcher parmi les hommes sur
la place publique, serait peut-être semblable à ce que j'ai été le jour où
j'ai commencé à vivre avec cette idée : il faut que je sois un Brutus !

PHILIPPE

Tu m'étonnes de plus en plus.

LORENZO

J'ai voulu d'abord tuer Clément VII : je n'ai pu le faire, parce qu'on
m'a banni de Rome avant le temps. J'ai recommencé mon ouvrage
avec Alexandre. Je voulais agir seul, sans le secours d'aucun homme.
Je travaillais pour l'humanité; mais mon orgueil restait solitaire
au milieu de tous mes rêves philanthropiques. Il fallait donc entamer
par la ruse un combat singulier avec mon ennemi. Je ne voulais
pas soulever les masses, ni conquérir la gloire bavarde d'un paraly-
tique comme Cicéron; je voulais arriver à l'homme, me prendre
corps à corps avec la tyrannie vivante, la tuer, et après cela porter
mon épée sanglante sur la tribune, et laisser la fumée du sang
d'Alexandre monter au nez des harangueurs, pour réchauffer leur
cervelle ampoulée.

PHILIPPE

Quelle tête de fer as-tu, ami ! quelle tête de fer !

LORENZO

La tâche que je m'imposais était rude avec Alexandre. Florence
était, comme aujourd'hui, noyée de vin et de sang. L'empereur
et le pape avaient fait un duc d'un garçon boucher. Pour plaire à
mon cousin, il fallait arriver à lui porté par les larmes des familles;
pour devenir son ami et acquérir sa confiance, il fallait baiser sur ses
lèvres épaisses tous les restes de ses orgies. J'étais pur comme un lis,

et cependant je n'ai pas reculé devant cette tâche. Ce que je suis devenu à cause de cela, n'en parlons pas. Tu dois comprendre que j'ai souffert, et il y a des blessures dont on ne lève pas l'appareil impunément. Je suis devenu vicieux, lâche, un objet de honte et d'opprobre; qu'importe? ce n'est pas de cela qu'il s'agit.

PHILIPPE

Tu baisses la tête; tes yeux sont humides.

LORENZO

Non, je ne rougis point; les masques de plâtre n'ont point de rougeur au service de la honte. J'ai fait ce que j'ai fait. Tu sauras seulement que j'ai réussi dans mon entreprise. Alexandre viendra bientôt dans un certain lieu d'où il ne sortira pas debout. Je suis au terme de ma peine, et sois certain, Philippe, que le buffle sauvage, quand le bouvier l'abat sur l'herbe, n'est pas entouré de plus de filets, de plus de nœuds coulants que je n'en ai tissu autour de mon bâtard. Ce cœur, jusques auquel une armée ne serait pas parvenue en un an, il est maintenant à nu sous ma main; je n'ai qu'à laisser tomber mon stylet pour qu'il y entre. Tout sera fait. Maintenant sais-tu ce qui m'arrive, et ce dont je veux t'avertir?

PHILIPPE

Tu es notre Brutus si tu dis vrai.

LORENZO

Je me suis cru un Brutus, mon pauvre Philippe; je me suis souvenu du bâton d'or couvert d'écorce. Maintenant je connais les hommes et je te conseille de ne pas t'en mêler.

PHILIPPE

Pourquoi ?

LORENZO

Ah ! vous avez vécu tout seul, Philippe. Pareil à un fanal éclatant, vous êtes resté immobile au bord de l'océan des hommes, et vous avez regardé dans les eaux la réflexion de votre propre lumière ; du fond de votre solitude, vous trouviez l'océan magnifique sous le dais splendide des cieux ; vous ne comptiez pas chaque flot, vous ne jetiez pas la sonde ; vous étiez plein de confiance dans l'ouvrage de Dieu. Mais moi, pendant ce temps-là, j'ai plongé ; je me suis enfoncé dans cette mer houleuse de la vie ; j'en ai parcouru toutes les profondeurs, couvert de ma cloche de verre ; tandis que vous admiriez la surface, j'ai vu les débris des naufrages, les ossements et les Léviathans.

PHILIPPE

Ta tristesse me fend le cœur.

LORENZO

C'est parce que je vous vois tel que j'ai été, et sur le point de faire ce que j'ai fait, que je vous parle ainsi. Je ne méprise point les hommes ; le tort des livres et des historiens est de nous les montrer différents de ce qu'ils sont. La vie est comme une cité : on peut y rester cinquante ou soixante ans sans voir autre chose que des promenades et des palais ; mais il ne faut pas entrer dans les tripots, ni s'arrêter, en rentrant chez soi, aux fenêtres des mauvais quartiers. Voilà mon avis, Philippe : s'il s'agit de sauver tes enfants, je te dis de rester tranquille ; c'est le meilleur moyen pour qu'on te les renvoie après une petite semonce. S'il s'agit de tenter quelque chose pour les hommes, je te conseille de te couper les bras, car tu ne seras pas longtemps à t'apercevoir qu'il n'y a que toi qui en aies.

PHILIPPE

Je conçois que le rôle que tu joues t'ait donné de pareilles idées. Si je te comprends bien, tu as pris, dans un but sublime, une route hideuse, et tu crois que tout ressemble à ce que tu as vu.

LORENZO

Je me suis réveillé de mes rêves, rien de plus. Je te dis le danger d'en faire. Je connais la vie, et c'est une vilaine cuisine, sois-en persuadé. Ne mets pas la main là dedans, si tu respectes quelque chose.

PHILIPPE

Arrête; ne brise pas comme un roseau mon bâton de vieillesse. Je crois à tout ce que tu appelles des rêves; je crois à la vertu, à la pudeur et à la liberté.

LORENZO

Et me voilà dans la rue, moi, Lorenzaccio ! et les enfants ne me jettent pas de la boue ! Les lits des filles sont encore chauds de ma sueur, et les pères ne prennent pas, quand je passe, leurs couteaux et leurs balais pour m'assommer ! Au fond de ces dix mille maisons que voilà, la septième génération parlera encore de la nuit où je suis entré, et pas une ne vomit à ma vue un valet de charrue qui me fende en deux comme une bûche pourrie ! L'air que vous respirez, Philippe, je le respire; mon manteau de soie bariolé traîne paresseusement sur le sable fin des promenades; pas une goutte de poison ne tombe dans mon chocolat; que dis-je? ô Philippe ! les mères pauvres soulèvent honteusement le voile de leurs filles quand je m'arrête au seuil de leurs portes; elles me laissent voir leur beauté avec un sourire plus vil que le baiser de Judas, tandis que moi, pinçant le menton de la petite, je serre les poings de rage en remuant dans ma poche quatre ou cinq méchantes pièces d'or.

PHILIPPE

Que le tentateur ne méprise pas le faible ! pourquoi tenter lorsque
l'on doute ?

LORENZO

Suis-je un Satan ? Lumière du ciel ! je m'en souviens encore,
j'aurais pleuré avec la première fille que j'ai séduite si elle ne s'était
mise à rire. Quand j'ai commencé à jouer mon rôle de Brutus mo-
derne, je marchais dans mes habits neufs de la grande confrérie du
vice comme un enfant de dix ans dans l'armure d'un géant de la fable.
Je croyais que la corruption était un stigmate, et que les monstres
seuls le portaient au front. J'avais commencé à dire tout haut que
mes vingt années de vertu étaient un masque étouffant : ô Philippe !
j'entrai alors dans la vie, et je vis qu'à mon approche tout le monde
en faisait autant que moi ; tous les masques tombaient devant mon
regard ; l'humanité souleva sa robe, et me montra, comme à un adepte
digne d'elle, sa monstrueuse nudité. J'ai vu les hommes tels qu'ils
sont, et je me suis dit : Pour qui est-ce donc que je travaille ? Lorsque
je parcourais les rues de Florence, avec mon fantôme à mes côtés, je
regardais autour de moi, je cherchais les visages qui me donnaient
du cœur, et je me demandais : Quand j'aurai fait mon coup, celui-là
en profitera-t-il ? J'ai vu les républicains dans leurs cabinets ; je suis
entré dans les boutiques ; j'ai écouté et j'ai guetté. J'ai recueilli les
discours des gens du peuple ; j'ai vu l'effet que produisait sur eux la
tyrannie ; j'ai bu dans les banquets patriotiques le vin qui engendre
la métaphore et la prosopopée ; j'ai avalé entre deux baisers les larmes
les plus vertueuses ; j'attendais toujours que l'humanité me laissât
voir sur sa face quelque chose d'honnête. J'observais, comme un
amant observe sa fiancée en attendant le jour des noces.

PHILIPPE

Si tu n'as vu que le mal, je te plains, mais je ne puis te croire. Le mal existe, mais non pas sans le bien : comme l'ombre existe, mais non sans la lumière.

LORENZO

Tu ne veux voir en moi qu'un mépriseur d'hommes : c'est me faire injure. Je sais parfaitement qu'il y en a de bons ; mais à quoi servent-ils ? que font-ils ? comment agissent-ils ? Qu'importe que la conscience soit vivante, si le bras est mort ? Il y a de certains côtés par où tout devient bon : un chien est un ami fidèle ; on peut trouver en lui le meilleur des serviteurs, comme on peut voir aussi qu'il se roule sur les cadavres et que la langue avec laquelle il lèche son maître sent la charogne d'une lieue. Tout ce que j'ai à voir, moi, c'est que je suis perdu, et que les hommes n'en profiteront pas plus qu'ils ne me comprendront.

PHILIPPE

Pauvre enfant, tu me navres le cœur ! Mais si tu es honnête, quand tu auras délivré ta patrie, tu le redeviendras. Cela réjouit mon vieux cœur, Lorenzo, de penser que tu es honnête ; alors tu jetteras ce déguisement hideux qui te défigure, et tu redeviendras d'un métal aussi pur que les statues de bronze d'Harmodius et d'Aristogiton.

LORENZO

Philippe, Philippe, j'ai été honnête. La main qui a soulevé une fois le voile de la vérité ne peut plus le laisser retomber ; elle reste immobile jusqu'à la mort, tenant toujours ce voile terrible, et l'élevant de plus en plus au-dessus de la tête de l'homme, jusqu'à ce que l'ange du sommeil éternel lui bouche les yeux.

PHILIPPE

Toutes les maladies se guérissent ; et le vice est une maladie aussi.

LORENZO

Il est trop tard. Je me suis fait à mon métier. Le vice a été pour moi un vêtement, maintenant il est collé à ma peau. Je suis vraiment un ruffian, et, quand je plaisante sur mes pareils, je me sens sérieux comme la mort au milieu de ma gaieté. Brutus a fait le fou pour tuer Tarquin, et ce qui m'étonne en lui, c'est qu'il n'y ait pas laissé sa raison. Profite de moi, Philippe, voilà ce que j'ai à te dire : ne travaille pas pour ta patrie.

PHILIPPE

Si je te croyais, il me semble que le ciel s'obscurcirait pour toujours, et que ma vieillesse serait condamnée à marcher à tâtons. Que tu aies pris une route dangereuse, cela peut être; pourquoi ne pourrais-je en prendre une autre qui me mènerait au même point? Mon intention est d'en appeler au peuple et d'agir ouvertement.

LORENZO

Prends garde à toi, Philippe; celui qui te le dit sait pourquoi il le dit. Prends le chemin que tu voudras, tu auras toujours affaire aux hommes.

PHILIPPE

Je crois à l'honnêteté des républicains.

LORENZO

Je te fais une gageure. Je vais tuer Alexandre; une fois mon coup fait, si les républicains se comportent comme ils le doivent, il leur sera facile d'établir une république, la plus belle qui ait jamais fleuri sur la terre. Qu'ils aient pour eux le peuple, et tout est dit. Je te gage que ni eux ni le peuple ne feront rien. Tout ce que je te demande, c'est de ne pas t'en mêler; parle, si tu le veux, mais prends garde

à tes paroles, et encore plus à tes actions. Laisse-moi faire mon coup :
tu as les mains pures, et moi je n'ai rien à perdre.

PHILIPPE

Fais-le, et tu verras.

LORENZO

Soit ! — mais souviens-toi de ceci. Vois-tu dans cette petite maison
cette famille assemblée autour d'une table ? Ne dirait-on pas des
hommes ? Ils ont un corps, et une âme dans ce corps. Cependant,
s'il me prenait envie d'entrer chez eux, tout seul, comme me voilà,
et de poignarder leur fils aîné au milieu d'eux, il n'y aurait pas un
couteau de levé sur moi.

PHILIPPE

Tu me fais horreur. Comment le cœur peut-il rester grand avec
des mains comme les tiennes ?

LORENZO

Viens, rentrons à ton palais, et tâchons de délivrer tes enfants.

PHILIPPE

Mais pourquoi tueras-tu le duc, si tu as des idées pareilles ?

LORENZO

Pourquoi ? tu le demandes ?

PHILIPPE

Si tu crois que c'est un meurtre inutile à ta patrie, comment le
commets-tu ?

LORENZO

Tu me demandes cela en face ? regarde-moi un peu. J'ai été beau, tranquille et vertueux.

PHILIPPE

Quel abîme ! quel abîme tu m'ouvres !

LORENZO

Tu me demandes pourquoi je tue Alexandre ? Veux-tu donc que je m'empoisonne, ou que je saute dans l'Arno ? Veux-tu donc que je sois un spectre, et qu'en frappant sur ce squelette,

Il frappe sa poitrine.

il n'en sorte aucun son ? Si je suis l'ombre de moi-même, veux-tu donc que je m'arrache le seul fil qui rattache aujourd'hui mon cœur à quelques fibres de mon cœur d'autrefois ? Songes-tu que ce meurtre, c'est tout ce qui me reste de ma vertu ? Songes-tu que je glisse depuis deux ans sur un mur taillé à pic, et que ce meurtre est le seul brin d'herbe où j'aie pu cramponner mes ongles ? Crois-tu donc que je n'aie plus d'orgueil, parce que je n'ai plus de honte ? et veux-tu que je laisse mourir en silence l'énigme de ma vie ? Oui, cela est certain : si je pouvais revenir à la vertu, si mon apprentissage de vice pouvait s'évanouir, j'épargnerais peut-être ce conducteur de bœufs. Mais j'aime le vin, le jeu et les filles ; comprends-tu cela ? Si tu honores en moi quelque chose, toi qui me parles, c'est mon meurtre que tu honores, peut-être justement parce que tu ne le ferais pas. Voilà assez longtemps, vois-tu, que les républicains me couvrent de boue et d'infamie ; voilà assez longtemps que les oreilles me tintent, et que l'exécration des hommes empoisonne le pain que je mâche ; j'en ai assez de me voir conspué par des lâches sans nom, qui m'accablent d'injures pour se dispenser de m'assommer, comme ils le devraient. J'en ai assez d'entendre brailler en plein vent le bavardage humain ;

il faut que le monde sache un peu qui je suis, et qui il est. Dieu merci ! c'est peut-être demain que je tue Alexandre ; dans deux jours j'aurai fini. Ceux qui tournent autour de moi avec des yeux louches, comme autour d'une curiosité monstrueuse apportée d'Amérique, pourront satisfaire leur gosier et vider leur sac à paroles. Que les hommes me comprennent ou non, qu'ils agissent ou n'agissent pas, j'aurai dit tout ce que j'ai à dire ; je leur ferai tailler leur plume, si je ne leur fais pas nettoyer leurs piques, et l'humanité gardera sur sa joue le soufflet de mon épée marqué en traits de sang. Qu'ils m'appellent comme ils voudront, Brutus ou Erostrate, il ne me plaît pas qu'ils m'oublient. Ma vie entière est au bout de ma dague, et que la Providence retourne ou non la tête en m'entendant frapper, je jette la nature humaine à pile ou face sur la tombe d'Alexandre ; dans deux jours les hommes comparaîtront devant le tribunal de ma volonté.

PHILIPPE

Tout cela m'étonne, et il y a dans tout ce que tu m'as dit des choses qui me font peine, et d'autres qui me font plaisir. Mais Pierre et Thomas sont en prison, et je ne saurais là-dessus m'en fier à personne qu'à moi-même. C'est en vain que ma colère voudrait ronger son frein ; mes entrailles sont émues trop vivement ; tu peux avoir raison, mais il faut que j'agisse ; je vais rassembler mes parents.

LORENZO

Comme tu voudras ; mais prends garde à toi. Garde-moi le secret, même avec tes amis, c'est tout ce que je te demande.

Ils sortent.

SCÈNE IV

Au palais Soderini.

Entre CATHERINE, *lisant un billet.*

« Lorenzo a dû vous parler de moi ; mais qui pourrait vous parler ignement d'un amour pareil au mien ? Que ma plume vous apprenne e que ma bouche ne peut vous dire et ce que mon cœur voudrait igner de son sang !

« ALEXANDRE DE MÉDICIS. »

Si mon nom n'était pas sur l'adresse, je croirais que le messager s'est rompé, et ce que je lis me fait douter de mes yeux.

Entre Marie.

O ma mère chérie ! voyez ce qu'on m'écrit ; expliquez-moi, si ous pouvez, ce mystère.

MARIE

Malheureuse ! malheureuse ! il t'aime ! Où t'a-t-il vue ? où lui s-tu parlé ?

CATHERINE

Nulle part ; un messager m'a apporté cela comme je sortais de église.

MARIE

Lorenzo, dit-il, a dû te parler de lui ! Ah ! Catherine, avoir un ls pareil ! Oui, faire de la sœur de sa mère la maîtresse du duc, on pas même la maîtresse, ô ma fille ! Quels noms portent ces créa- res ! je ne puis le dire ; oui, il manquait cela à Lorenzo. Viens, je veux lui porter cette lettre ouverte, et savoir devant Dieu comment il répondra.

CATHERINE

Je croyais que le duc aimait... pardon, ma mère ! mais je croyais que le duc aimait la marquise de Cibo ; on me l'avait dit...

MARIE

Cela est vrai, il l'a aimée, s'il peut aimer.

CATHERINE

Il ne l'aime plus ? Ah ! comment peut-on offrir sans honte un cœur pareil ! Venez, ma mère ; venez, chez Lorenzo.

MARIE

Donne-moi ton bras. Je ne sais ce que j'éprouve depuis quelques jours ; j'ai eu la fièvre toutes les nuits : il est vrai que depuis trois mois elle ne me quitte guère. J'ai trop souffert, ma pauvre Catherine ; pourquoi m'as-tu lu cette lettre ? je ne puis plus rien supporter. Je ne suis plus jeune, et cependant il me semble que je le redeviendrais à certaines conditions ; mais tout ce que je vois m'entraîne vers la tombe. Allons ! soutiens-moi, pauvre enfant ; je ne te donnerai pas longtemps cette peine.

Elles sortent.

SCÈNE V

Chez la marquise.

LA MARQUISE, *parée, devant un miroir*.

Quand je pense que cela est, cela me fait l'effet d'une nouvelle

qu'on m'apprendrait tout à coup. Quel précipice que la vie ! Comment,
il est déjà neuf heures, et c'est le duc que j'attends dans cette toilette ! Qu'il en soit ce qu'il pourra, je veux essayer mon pouvoir.

Entre le cardinal.

LE CARDINAL

Quelle parure, marquise ! voilà des fleurs qui embaument.

LA MARQUISE

Je ne puis vous recevoir, cardinal ; j'attends une amie : vous m'ex-
cuserez.

LE CARDINAL

Je vous laisse, je vous laisse. Ce boudoir dont j'aperçois la porte
entr'ouverte là-bas, c'est un petit paradis. Irai-je vous y attendre ?

LA MARQUISE

Je suis pressée, pardonnez-moi. Non, pas dans mon boudoir ;
où vous voudrez.

LE CARDINAL

Je reviendrai dans un moment plus favorable.

Il sort.

LA MARQUISE

Pourquoi toujours le visage de ce prêtre ? Quels cercles décrit
donc autour de moi ce vautour à tête chauve, pour que je le trouve
sans cesse derrière moi quand je me retourne ? Est-ce que l'heure
de ma mort serait proche ?

Entre un page qui lui parle à l'oreille.

C'est bon, j'y vais. Ah ! ce métier de servante, tu n'y es pas fait,
pauvre cœur orgueilleux.

Elle sort.

SCÈNE VI

Le boudoir de la marquise.

LA MARQUISE, LE DUC.

LA MARQUISE

C'est ma façon de penser; je t'aimerais ainsi.

LE DUC

Des mots, des mots, et rien de plus.

LA MARQUISE

Vous autres, hommes, cela est si peu pour vous ! Sacrifier le repos de ses jours, la sainte chasteté de l'honneur ! quelquefois ses enfants même ; — ne vivre que pour un seul être au monde ; se donner, enfin, se donner, puisque cela s'appelle ainsi ! Mais cela n'en vaut pas la peine : à quoi bon écouter une femme ? une femme qui parle d'autre chose que de chiffons et de libertinage, cela ne se voit pas.

LE DUC

Vous rêvez tout éveillée.

LA MARQUISE

Oui, par le ciel ! oui, j'ai fait un rêve ; hélas ! les rois seuls n'en font jamais : toutes les chimères de leurs caprices se tranforment en réalités, et leurs cauchemars eux-mêmes se changent en marbre ! Alexandre ! Alexandre ! quel mot que celui-là : Je peux si je veux ! Ah ! Dieu lui-même n'en sait pas plus : devant ce mot, les mains

des peuples se joignent dans une prière craintive, et le pâle troupeau
des hommes retient son haleine pour écouter.

LE DUC

N'en parlons plus, ma chère, cela est fatigant.

LA MARQUISE

Être un roi, sais-tu ce que c'est ? Avoir au bout de son bras cent
mille mains ! Être le rayon de soleil qui sèche les larmes des hommes !
Être le bonheur et le malheur ! Ah ! quel frisson mortel cela donne !
Comme il tremblerait, ce vieux du Vatican, si tu ouvrais tes ailes,
toi, mon aiglon ! César est si loin ! la garnison t'est si dévouée ! Et
d'ailleurs on égorge une armée et l'on n'égorge pas un peuple. Le
jour où tu auras pour toi la nation tout entière, où tu seras la tête
d'un corps libre, où tu diras : « Comme le doge de Venise épouse
l'Adriatique, ainsi je mets mon anneau d'or au doigt de ma belle
Florence, et ses enfants sont mes enfants... » Ah ! sais-tu ce que c'est
qu'un peuple qui prend son bienfaiteur dans ses bras ? Sais-tu ce que
c'est que d'être porté comme un nourrisson chéri par le vaste océan
des hommes ? Sais-tu ce que c'est que d'être montré par un père à
son enfant ?

LE DUC

Je me soucie de l'impôt ; pourvu qu'on le paye, que m'importe ?

LA MARQUISE

Mais enfin, on t'assassinera. — Les pavés sortiront de terre et
t'écraseront. Ah ! la postérité ! N'as-tu jamais vu ce spectre-là au
chevet de ton lit ? Ne t'es-tu jamais demandé ce que penseront de
toi ceux qui sont dans le ventre des vivants ? Et tu vis, toi, il est encore temps ! Tu n'as qu'un mot à dire. Te souviens-tu du père de la

patrie ? Va ! cela est facile d'être un grand roi quand on est roi. Déclare Florence indépendante; réclame l'exécution du traité avec l'Empire; tire ton épée et montre-la : ils te diront de la remettre au fourreau, que ses éclairs leur font mal aux yeux. Songe donc comme tu es jeune ! Rien n'est décidé sur ton compte. — Il y a dans le cœur des peuples de larges indulgences pour les princes, et la reconnaissance publique est un profond fleuve d'oubli pour leurs fautes passées. On t'a mal conseillé, on t'a trompé. — Mais il est encore temps; tu n'as qu'à dire; tant que tu es vivant, la page n'est pas tournée dans le livre de Dieu.

LE DUC

Assez, ma chère, assez !

LA MARQUISE

Ah ! quand elle le sera ! quand un misérable jardinier payé à la journée viendra arroser à contre-cœur quelques chétives marguerites autour du tombeau d'Alexandre; — quand les pauvres respireront gaiement l'air du ciel, et n'y verront plus planer le sombre météore de ta puissance; — quand ils parleront de toi en secouant la tête; quand ils compteront autour de ta tombe les tombes de leurs parents, — es-tu sûr de dormir tranquille dans ton dernier sommeil ? — Toi qui ne vas pas à la messe, et qui ne tiens qu'à l'impôt, es-tu sûr que l'éternité soit sourde, et qu'il n'y ait pas un écho de la vie dans le séjour hideux des trépassés ? Sais-tu où vont les larmes des peuples quand le vent les emporte ?

LE DUC

Tu as une jolie jambe.

LA MARQUISE

Écoute-moi ! tu es étourdi, je le sais; mais tu n'es pas méchant;

non, sur Dieu, tu ne l'es pas, tu ne peux pas l'être. Voyons ! fais-toi
violence ; — réfléchis un instant, un seul instant, à ce que je te dis.
N'y a-t-il rien dans tout cela ? Suis-je décidément une folle ?

LE DUC

Tout cela me passe bien par la tête ; mais qu'est-ce que je fais donc
de si mal ? Je vaux bien mes voisins ; je vaux, ma foi, mieux que le
pape. Tu me fais penser aux Strozzi avec tous tes discours ; — et tu
sais que je les déteste. Tu veux que je me révolte contre César ! César
est mon beau-père, ma chère amie. Tu te figures que les Florentins
ne m'aiment pas ! je suis sûr qu'ils m'aiment, moi. Eh ! parbleu !
quand tu aurais raison, de qui veux-tu que j'aie peur ?

LA MARQUISE

Tu n'as pas peur de ton peuple, — mais tu as peur de l'empereur ;
tu as tué ou déshonoré des centaines de citoyens, et tu crois avoir
tout fait quand tu mets une cotte de mailles sous ton habit.

LE DUC

Paix ! point de ceci.

LA MARQUISE

Ah ! je m'emporte ; je dis ce que je ne veux pas dire. Mon ami,
qui ne sait pas que tu es brave ? Tu es brave comme tu es beau ; ce
que tu as fait de mal, c'est ta jeunesse, c'est ta tête, — que sais-je,
moi ? c'est le sang qui coule violemment dans ces veines brûlantes,
c'est le soleil étouffant qui nous pèse. — Je t'en supplie, que je ne
sois pas perdue sans ressource ! que mon nom, que mon pauvre amour
pour toi ne soit pas inscrit sur une liste infâme ! Je suis une femme,
c'est vrai, et si la beauté est tout pour les femmes, bien d'autres va-

lent mieux que moi. Mais n'as-tu rien, dis-moi, — dis-moi donc, toi, voyons ! n'as-tu donc rien, rien là !
Elle lui frappe le cœur.

LE DUC

Quel démon ! assois-toi donc là, ma petite.

LA MARQUISE

Eh bien ! oui, je veux bien l'avouer ; oui, j'ai de l'ambition, non pas pour moi ; — mais pour toi ! toi et ma chère Florence ! O Dieu ! tu m'es témoin de ce que je souffre.

LE DUC

Tu souffres ! qu'est-ce que tu as ?

LA MARQUISE

Non, je ne souffre pas. Écoute ! écoute ! Je vois que tu t'ennuies auprès de moi. Tu comptes les moments, tu détournes la tête ; ne t'en va pas encore : c'est peut-être la dernière fois que je te vois. Écoute ! je te dis que Florence t'appelle sa peste nouvelle, et qu'il n'y a pas une chaumière où ton portrait ne soit collé sur les murailles avec un coup de couteau dans le cœur. Que je sois folle, que tu me haïsses demain, que m'importe ? tu sauras cela !

LE DUC

Malheur à toi si tu joues avec ma colère !

LA MARQUISE

Oui, malheur à moi ! malheur à moi !

LE DUC

Une autre fois, — demain matin, si tu veux, — nous pourrons nous revoir et parler de cela. Ne te fâche pas si je te quitte à présent : il faut que j'aille à la chasse.

LA MARQUISE

Oui, malheur à moi ! malheur à moi !

LE DUC

Pourquoi ? Tu as l'air sombre comme l'enfer. Pourquoi diable aussi te mêles-tu de politique ? Allons ! allons ! ton petit rôle de femme, et de vraie femme, te va si bien ! Tu es trop dévote ; cela se formera. Aide-moi donc à remettre mon habit ; je suis tout débraillé.

LA MARQUISE

Adieu, Alexandre !
Le duc l'embrasse. — Entre le cardinal Cibo.

LE CARDINAL

Ah ! — Pardon, Altesse, je croyais ma sœur toute seule. Je suis un maladroit ; c'est à moi d'en porter la peine. Je vous supplie de m'excuser.

LE DUC

Comment l'entendez-vous ? Allons donc ! Malaspina, voilà qui sent le prêtre. Est-ce que vous devez voir ces choses-là ? Venez donc, venez donc ; que diable est-ce que cela vous fait ?

Ils sortent ensemble.

LA MARQUISE, *seule, tenant le portrait de son mari.*

Où es-tu maintenant, Laurent ? Il est midi passé ; tu te promènes sur la terrasse, devant les grands marronniers. Autour de toi paissent tes génisses grasses; tes garçons de ferme dînent à l'ombre; la pelouse soulève son manteau blanchâtre aux rayons du soleil; les arbres, entretenus par tes soins, murmurent religieusement sur la tête blanche de leur vieux maître, tandis que l'écho de nos longues arcades répète avec respect le bruit de ton pas tranquille. O mon Laurent! j'ai perdu le trésor de ton honneur; j'ai voué au ridicule et au doute les dernières années de ta noble vie; tu ne presseras plus sur ta cuirasse un cœur digne du tien; ce sera une main tremblante qui t'apportera ton repas du soir quand tu rentreras de la chasse.

SCÈNE VII

Chez les Strozzi.

LES QUARANTE STROZZI, *à souper.*

PHILIPPE

Mes enfants, mettons-nous à table.

LES CONVIVES

Pourquoi reste-t-il deux sièges vides?

PHILIPPE

Pierre et Thomas sont en prison.

LES CONVIVES

Pourquoi?

PHILIPPE

Parce que Salviati a insulté ma fille, que voilà, à la foire de Montolivet, publiquement, et devant son frère Léon. Pierre et Thomas
ont tué Salviati, et Alexandre de Médicis les a fait arrêter pour venger
la mort de son ruffian.

LES CONVIVES

Meurent les Médicis !

PHILIPPE

J'ai rassemblé ma famille pour lui raconter mes chagrins et la prier
de me secourir. Soupons et sortons ensuite, l'épée à la main, pour
redemander mes deux fils, si vous avez du cœur.

LES CONVIVES

C'est dit; nous voulons bien.

PHILIPPE

Il est temps que cela finisse, voyez-vous; on nous tuerait nos
enfants et on déshonorerait nos filles. Il est temps que Florence
apprenne à ces bâtards ce que c'est que le droit de vie et de mort. Les
Huit n'ont pas le droit de condamner mes enfants; et moi je n'y
survivrais pas, voyez-vous !

LES CONVIVES

N'aie pas peur, Philippe, nous sommes là.

PHILIPPE

Je suis le chef de la famille : comment souffrirais-je qu'on m'in-
sultât? Nous sommes tout autant que les Médicis, les Ruccellai

tout autant, les Aldobrandini, et vingt autres. Pourquoi ceux-là pourraient-ils faire égorger nos enfants plutôt que nous les leurs ? Qu'on allume un tonneau de poudre dans les caves de la citadelle, et voilà la garnison allemande en déroute. Que reste-t-il à ces Médicis ? Là est leur force ; hors de là, ils ne sont rien. Sommes-nous des hommes ? Est-ce à dire qu'on abattra d'un coup de hache les familles de Florence, et qu'on arrachera de la terre natale des racines aussi vieilles qu'elle ? C'est par nous qu'on commence, c'est à nous de tenir ferme ; notre premier cri d'alarme, comme le coup de sifflet de l'oiseleur, va rabattre sur Florence une armée tout entière d'aigles chassés du nid ; ils ne sont pas loin ; ils tournoient autour de la ville, les yeux fixés sur ses clochers. Nous y planterons le drapeau noir de la peste ; ils accourront à ce signal de mort. Ce sont les couleurs de la colère céleste. Ce soir, allons d'abord délivrer nos fils ; demain, nous irons tous ensemble, l'épée nue à la porte de toutes les grandes familles ; il y a à Florence quatre-vingts palais, et de chacun d'eux sortira une troupe pareille à la nôtre quand la liberté y frappera.

LES CONVIVES

Vive la liberté !

PHILIPPE

Je prends Dieu à témoin que c'est la violence qui me force à tirer l'épée ; que je suis resté durant soixante ans bon et paisible citoyen ; que je n'ai jamais fait de mal à qui que ce soit au monde, et que la moitié de ma fortune a été employée à secourir les malheureux.

LES CONVIVES

C'est vrai.

PHILIPPE

C'est une juste vengeance qui me pousse à la révolte, et je me fais rebelle parce que Dieu m'a fait père. Je ne suis poussé par aucun motif d'ambition, ni d'intérêt, ni d'orgueil. Ma cause est loyale, honorable et sacrée. Emplissez vos coupes et levez-vous. Notre vengeance est une hostie que nous pouvons briser sans crainte et nous partager devant Dieu. Je bois à la mort des Médicis !

LES CONVIVES, se levant et buvant.

A la mort des Médicis !

LOUISE, posant son verre.

Ah ! je vais mourir.

PHILIPPE

Qu'as-tu, ma fille, mon enfant bien-aimée ? Qu'as-tu, mon Dieu ? que t'arrive-t-il ? Mon Dieu, mon Dieu ! comme tu pâlis ! parle, qu'as-tu ? parle à ton père. Au secours ! au secours ! un médecin ! Vite, vite ! il n'est plus temps.

LOUISE

Je vais mourir, je vais mourir.
  Elle meurt.

PHILIPPE

Elle s'en va, mes amis, elle s'en va ! Un médecin ! ma fille est empoisonnée !
  Il tombe à genoux près de Louise.

UN CONVIVE

Coupez son corset ! faites-lui boire de l'eau tiède ; si c'est du poison, il faut de l'eau tiède.
  Les domestiques accourent.

UN AUTRE CONVIVE

Frappez-lui dans les mains; ouvrez les fenêtres et frappez-lui dans les mains.

UN AUTRE

Ce n'est peut-être qu'un étourdissement; elle aura bu avec trop de précipitation.

UN AUTRE

Pauvre enfant ! comme ses traits sont calmes ! Elle ne peut pas être morte ainsi tout d'un coup.

PHILIPPE

Mon enfant ! es-tu morte, es-tu morte, Louise, ma fille bien-aimée ?

LE PREMIER CONVIVE

Voilà le médecin qui accourt.
Un médecin entre.

LE SECOND CONVIVE

Dépêchez-vous, monsieur; dites-nous si c'est du poison.

PHILIPPE

C'est un étourdissement, n'est-ce pas ?

LE MÉDECIN

Pauvre jeune fille ! elle est morte.
Un profond silence règne dans la salle; Philippe est toujours à genoux auprès de Louise et lui tient les mains.

UN DES . CONVIVES

C'est du poison des Médicis. Ne laissons pas Philippe dans l'état où il est. Cette immobilité est effrayante.

UN AUTRE

Je suis sûr de ne pas me tromper. Il y avait autour de la table un domestique ayant appartenu à la femme de Salviati.

UN AUTRE

C'est lui qui a fait le coup, sans aucun doute. Sortons, et arrêtons-le.
Ils sortent.

LE PREMIER CONVIVE

Philippe ne veut pas répondre à ce qu'on lui dit; il est frappé de la foudre.

UN AUTRE

C'est horrible ! C'est un meurtre inouï !

UN AUTRE

Cela crie vengeance au ciel; sortons et allons égorger Alexandre.

UN AUTRE

Oui, sortons; mort à Alexandre ! C'est lui qui a tout ordonné. Insensés que nous sommes ! ce n'est pas d'hier que date sa haine contre nous. Nous agissons trop tard.

UN AUTRE

Salviati n'en voulait pas à cette pauvre Louise pour son propre compte; c'est pour le duc qu'il travaillait. Allons, partons, quand on devrait nous tuer jusqu'au dernier.

PHILIPPE se lève.

Mes amis, vous enterrerez ma pauvre fille, n'est-ce pas,
    Il met son manteau.
dans mon jardin, derrière les figuiers? Adieu, mes bons amis; adieu, portez-vous bien.

UN CONVIVE

Où vas-tu, Philippe?

PHILIPPE

J'en ai assez, voyez-vous ! j'en ai autant que j'en puis porter. J'ai mes deux fils en prison, et voilà ma fille morte. J'en ai assez, je m'en vais d'ici.

UN CONVIVE

Tu t'en vas, tu t'en vas sans vengeance?

PHILIPPE

Oui, oui. Ensevelissez seulement ma pauvre fille, mais ne l'enterrez pas; c'est à moi de l'enterrer, je le ferai à ma façon, chez de pauvres moines que je connais et qui viendront la chercher demain. A quoi sert-il de la regarder? elle est morte; ainsi cela est inutile. Adieu, mes amis, rentrez chez vous; portez-vous bien.

UN CONVIVE

Ne le laissez pas sortir, il a perdu la raison.

UN AUTRE

Quelle horreur ! je me sens prêt à m'évanouir dans cette salle.

Il sort.

PHILIPPE

Ne me faites pas violence ; ne m'enfermez pas dans une chambre
où est le cadavre de ma fille ; laissez-moi m'en aller.

UN CONVIVE

Venge-toi, Philippe, laisse-nous te venger. Que ta Louise soit
notre Lucrèce ! Nous ferons boire à Alexandre le reste de son verre.

UN AUTRE

La nouvelle Lucrèce ! Nous allons jurer sur son corps de mourir
pour la liberté ! Rentre chez toi, Philippe, pense à ton pays. Ne
rétracte pas tes paroles.

PHILIPPE

Liberté, vengeance, voyez-vous, tout cela est beau ; j'ai deux fils
en prison, et voilà ma fille morte. Si je reste ici, tout va mourir autour
de moi. L'important, c'est que je m'en aille, et que vous vous teniez
tranquilles. Quand ma porte et mes fenêtres seront fermées, on ne
pensera plus aux Strozzi. Si elles restent ouvertes, je m'en vais vous
voir tomber tous les uns après les autres. Je suis vieux, voyez-vous ;
il est temps que je ferme ma boutique. Adieu, mes amis, restez tranquilles ; si je n'y suis plus, on ne vous fera rien. Je m'en vais de ce
pas à Venise.

UN CONVIVE

Il fait un orage épouvantable ; reste ici cette nuit.

PHILIPPE

N'enterrez pas ma pauvre enfant ; mes vieux moines viendront demain, et ils l'emporteront. Dieu de justice ! Dieu de justice ! que t'ai-je fait ?

Il sort en courant.

ACTE IV

SCÈNE PREMIÈRE

Au palais du duc.

Entrent LE DUC *et* LORENZO.

LE DUC

J'aurais voulu être là ; il devait y avoir plus d'une face en colère. Mais je ne conçois pas qui a pu empoisonner cette Louise.

LORENZO

Ni moi non plus ; à moins que ce ne soit vous.

LE DUC

Philippe doit être furieux ! On dit qu'il est parti pour Venise. Dieu merci, me voilà délivré de ce vieillard insupportable. Quant à la chère famille, elle aura la bonté de se tenir tranquille. Sais-tu qu'ils ont failli faire une petite révolution dans leur quartier ? On m'a tué deux Allemands.

LORENZO

Ce qui me fâche le plus, c'est que cet honnête Salviati a une jambe coupée. Avez-vous retrouvé votre cotte de mailles ?

LE · DUC

Non, en vérité ; j'en suis plus mécontent que je ne puis le dire.

LORENZO

Méfiez-vous de Giomo ; c'est lui qui vous l'a volée. Que portez-vous à la place ?

LE DUC

Rien ; je ne puis en supporter une autre ; il n'y en a pas d'aussi légère que celle-là.

LORENZO

Cela est fâcheux pour vous.

LE DUC

Tu ne me parles pas de ta tante.

LORENZO

C'est par oubli, car elle vous adore ; ses yeux ont perdu le repos depuis que l'astre de votre amour s'est levé dans son pauvre cœur. De grâce, seigneur, ayez quelque pitié pour elle ; dites quand vous voulez la recevoir, et à quelle heure il lui sera loisible de vous sacrifier le peu de vertu qu'elle a.

LE DUC

Parles-tu sérieusement ?

LORENZO

Aussi sérieusement que la mort elle-même. Je voudrais voir qu'une tante à moi ne couchât pas avec vous !

LE DUC

Où pourrais-je la voir ?

LORENZO

Dans ma chambre, seigneur ; je ferai mettre des rideaux blancs à mon lit et un pot de réséda sur ma table ; après quoi je coucherai par écrit sur votre calepin que ma tante sera en chemise à minuit précis, afin que vous ne l'oubliez pas après souper.

LE DUC

Je n'en ai garde. Peste ! Catherine est un morceau de roi. Eh ! dis-moi, habile garçon, tu es vraiment sûr qu'elle viendra ? Comment t'y es-tu pris ?

LORENZO

Je vous dirai cela.

LE DUC

Je m'en vais voir un cheval que je viens d'acheter ; adieu et à ce soir. Viens me prendre après souper ; nous irons ensemble à ta maison ; quant à la Cibo, j'en ai par-dessus les oreilles ; hier encore, il a fallu l'avoir sur le dos pendant toute la chasse. Bonsoir, mignon.

Il sort.

LORENZO, seul.

Ainsi, c'est convenu. Ce soir je l'emmène chez moi, et demain les républicains verront ce qu'ils ont à faire, car le duc de Florence sera mort. Il faut que j'avertisse Scoronconcolo. Dépêche-toi, soleil, si tu es curieux des nouvelles que cette nuit te dira demain.

Il sort.

————

SCÈNE II

Une rue.

PIERRE *et* THOMAS STROZZI,
sortant de prison.

PIERRE

J'étais bien sûr que les Huit me renverraient absous, et toi aussi.
Viens, frappons à notre porte, et allons embrasser notre père. Cela
est singulier; les volets sont fermés !

LE PORTIER, *ouvrant.*

Hélas ! seigneur, vous savez les nouvelles?

PIERRE

Quelles nouvelles? Tu as l'air d'un spectre qui sort d'un tombeau,
à la porte de ce palais désert.

LE PORTIER

Est-il possible que vous ne sachiez rien?
Deux moines arrivent.

THOMAS

Et que pourrions-nous savoir? Nous sortons de prison. Parle;
qu'est-il arrivé?

LE PORTIER

Hélas ! mes pauvres seigneurs, cela est horrible à dire.

LES MOINES, *s'approchant.*

Est-ce ici le palais des Strozzi ?

LE PORTIER

Oui ; que demandez-vous ?

LES MOINES

Nous venons chercher le corps de Louise Strozzi. Voilà l'autorisation de Philippe, afin que vous nous laissiez l'emporter.

PIERRE

Comment dites-vous ? Quel corps demandez-vous ?

LES MOINES

Éloignez-vous, mon enfant, vous portez sur votre visage la ressemblance de Philippe ; il n'y a rien de bon à apprendre ici pour vous.

THOMAS

Comment ? elle est morte ! morte, ô Dieu du ciel !
Il s'assoit à l'écart.

PIERRE

Je suis plus ferme que vous ne pensez. Qui a tué ma sœur ? car on ne meurt pas à son âge, dans l'espace d'une nuit, sans une cause surnaturelle. Qui l'a tuée, que je le tue ? Répondez-moi, ou vous êtes mort vous-même.

LE PORTIER

Hélas ! hélas ! qui peut le dire ? Personne n'en sait rien.

PIERRE

Où est mon père? Viens, Thomas; point de larmes. Par le ciel!
mon cœur se serre comme s'il allait s'ossifier dans mes entrailles
et rester un rocher pour l'éternité.

LES MOINES

Si vous êtes le fils de Philippe, venez avec nous, nous vous condui-
rons à lui; il est depuis hier à notre couvent.

PIERRE

Et je ne saurai pas qui a tué ma sœur! Écoutez-moi, prêtres; si
vous êtes l'image de Dieu, vous pouvez recevoir un serment. Par tout
ce qu'il y a d'instruments de supplice sous le ciel, par les tortures
de l'enfer... Non; je ne veux pas dire un mot. Dépêchons-nous, que
je voie mon père. O Dieu! ô Dieu! faites que ce que je soupçonne
soit la vérité, afin que je les broie sous mes pieds comme des grains
de sable. Venez, venez, avant que je perde la force; ne me dites pas
un mot : il s'agit là d'une vengeance, voyez-vous! telle que la colère
céleste n'en a pas rêvé.

Ils sortent.

SCÈNE III

Une rue.

LORENZO, SCORONCONCOLO.

LORENZO

Rentre chez toi, et ne manque pas de venir à minuit; tu t'enfer-
meras dans mon cabinet jusqu'à ce qu'on vienne t'avertir.

SCORONCONCOLO

Oui, monseigneur.

Il sort.

LORENZO, *seul.*

De quel tigre a rêvé ma mère enceinte de moi ? Quand je pense que j'ai aimé les fleurs, les prairies et les sonnets de Pétrarque, le spectre de ma jeunesse se lève devant moi en frissonnant. O Dieu ! pourquoi ce seul mot : « A ce soir, » fait-il pénétrer jusque dans mes os cette joie brûlante comme un fer rouge ? De quelles entrailles fauves, de quels velus embrassements suis-je donc sorti ? Que m'avait fait cet homme ? Quand je pose ma main là et que je réfléchis, — qui donc m'entendra dire demain : « Je l'ai tué, » sans me répondre : « Pourquoi l'as-tu tué ? » Cela est étrange. Il a fait du mal aux autres, mais il m'a fait du bien, du moins à sa manière. Si j'étais resté tranquille au fond de mes solitudes de Cafaggiuolo, il ne serait pas venu m'y chercher, et moi je suis venu le chercher à Florence. Pourquoi cela ? Le spectre de mon père me conduisait-il, comme Oreste, vers un nouvel Égiste ? M'avait-il offensé alors ? Cela est étrange, et cependant pour cette action j'ai tout quitté ; la seule pensée de ce meurtre a fait tomber en poussière les rêves de ma vie ; je n'ai plus été qu'une ruine, dès que ce meurtre, comme un corbeau sinistre, s'est posé sur ma route et m'a appelé à lui. Que veut dire cela ? Tout à l'heure, en passant sur la place, j'ai entendu deux hommes parler d'une comète. Sont-ce bien les battements d'un cœur humain que je sens là sous les os de ma poitrine ? Ah ! pourquoi cette idée me vient-elle si souvent depuis quelque temps ? Suis-je le bras de Dieu ? Y a-t-il une nuée au-dessus de ma tête ? Quand j'entrerai dans cette chambre, et que je voudrai tirer mon épée du fourreau, j'ai peur de tirer l'épée flamboyante de l'archange, et de tomber en cendres sur ma proie.

Il sort.

SCÈNE IV

Chez le marquis de Cibo.

Entrent LE CARDINAL *et* LA MARQUISE.

LA MARQUISE

Comme vous voudrez, Malaspina.

LE CARDINAL

Oui, comme je voudrai. Pensez-y à deux fois, marquise, avant de vous jouer à moi. Êtes-vous une femme comme les autres, et faut-il qu'on ait une chaîne d'or au cou et un mandat à la main pour que vous compreniez qui on est ? Attendez-vous qu'un valet crie à tue-tête en ouvrant une porte devant moi, pour savoir quelle est ma puissance ? Apprenez-le : ce ne sont pas les titres qui font l'homme ; je ne suis ni envoyé du pape ni capitaine de Charles-Quint, je suis plus que cela.

LA MARQUISE

Oui, je le sais : César a vendu son ombre au diable ; cette ombre impériale se promène, affublée d'une robe rouge, sous le nom de Cibo.

LE CARDINAL

Vous êtes la maîtresse d'Alexandre, songez à cela ; et votre secret est entre mes mains.

LA MARQUISE

Faites-en ce qu'il vous plaira ; nous verrons l'usage qu'un confesseur sait faire de sa conscience.

LE CARDINAL

Vous vous trompez, ce n'est pas par votre confession que je l'ai appris ;
je l'ai vu de mes propres yeux : je vous ai vue embrasser le duc. Vous
me l'auriez avoué au confessionnal que je pourrais encore en parler
sans péché, puisque je l'ai vu hors du confessionnal.

LA MARQUISE

Eh bien ! après ?

LE CARDINAL

Pourquoi le duc vous quittait-il d'un pas si nonchalant, et en sou-
pirant comme un écolier quand la cloche sonne ? Vous l'avez rassasié
de votre patriotisme, qui, comme une fade boisson, se mêle à tous
les mets de votre table ; quels livres avez-vous lus, et quelle sotte
duègne était donc votre gouvernante, pour que vous ne sachiez pas
que la maîtresse d'un roi parle ordinairement d'autre chose que de
patriotisme ?

LA MARQUISE

J'avoue que l'on ne m'a jamais appris bien nettement de quoi
devait parler la maîtresse d'un roi ; j'ai négligé de m'instruire sur
ce point, comme aussi, peut-être, de manger du riz pour m'engraisser,
à la mode turque.

LE CARDINAL

Il ne faut pas une grande science pour garder un amant un peu
plus de trois jours.

LA MARQUISE

Qu'un prêtre eût appris cette science à une femme, cela eût été
fort simple : que ne m'avez-vous conseillée ?

LE CARDINAL

Voulez-vous que je vous conseille ? Prenez votre manteau, et allez
vous glisser dans l'alcôve du duc. S'il s'attend à des phrases en vous
voyant, prouvez-lui que vous savez n'en pas faire à toutes les heures ;
soyez pareille à une somnambule, et faites en sorte que, s'il s'endort
sur ce cœur républicain, ce ne soit pas d'ennui. Êtes-vous vierge ?
n'y a-t-il plus de vin de Chypre ? n'avez-vous pas au fond de la
mémoire quelque joyeuse chanson ? n'avez-vous pas lu l'Arétin ?

LA MARQUISE

O ciel ! j'ai entendu murmurer des mots comme ceux-là à de
hideuses vieilles qui grelottent sur le Marché-Neuf. Si vous n'êtes
pas un prêtre, êtes-vous un homme ? êtes-vous sûr que le ciel est vide,
pour faire ainsi rougir votre pourpre elle-même ?

LE CARDINAL

Il n'y a rien de si vertueux que l'oreille d'une femme dépravée.
Feignez ou non de me comprendre, mais souvenez-vous que mon
frère est votre mari.

LA MARQUISE

Quel intérêt vous avez à me torturer ainsi, voilà ce que je ne puis
comprendre que vaguement. Vous me faites horreur : que voulez-vous
de moi ?

LE CARDINAL

Il y a des secrets qu'une femme ne doit pas savoir, mais qu'elle
peut faire prospérer en en sachant les éléments.

LA MARQUISE

Quel fil mystérieux de vos sombres pensées voudriez-vous me

faire tenir ? Si vos désirs sont aussi effrayants que vos menaces, parlez ; montrez-moi du moins le cheveu qui suspend l'épée sur ma tête.

LE CARDINAL

Je ne puis parler qu'en termes couverts, par la raison que je ne suis pas sûr de vous. Qu'il vous suffise de savoir que, si vous eussiez été une autre femme, vous seriez une reine à l'heure qu'il est. Puisque vous m'appelez l'ombre de César, vous auriez vu qu'elle est assez grande pour intercepter le soleil de Florence. Savez-vous où peut conduire un sourire féminin ? Savez-vous où vont les fortunes dont les racines poussent dans les alcôves ? Alexandre est fils d'un pape, apprenez-le ; et quand ce pape était à Bologne... Mais je me laisse entraîner trop loin.

LA MARQUISE

Prenez garde de vous confesser à votre tour. Si vous êtes frère de mon mari, je suis maîtresse d'Alexandre.

LE CARDINAL

Vous l'avez été, marquise, et bien d'autres aussi.

LA MARQUISE

Je l'ai été ; oui, Dieu merci ! je l'ai été.

LE CARDINAL

J'étais sûr que vous commenceriez par vos rêves ; il faudra cependant que vous en veniez quelque jour aux miens. Écoutez-moi : nous nous querellons assez mal à propos ; mais, en vérité, vous prenez tout au sérieux. Réconciliez-vous avec Alexandre, et, puisque je vous ai blessée tout à l'heure en vous disant comment, je n'ai que faire de le répéter. Laissez-vous conduire ; dans un an, dans deux ans, vous me remercierez. J'ai travaillé longtemps pour être ce que je suis, et je sais où l'on peut aller. Si j'étais sûr de vous, je vous dirais des choses que Dieu lui-même ne saura jamais.

LA MARQUISE

N'espérez rien, et soyez assuré de mon mépris.

Elle veut sortir.

LE CARDINAL

Un instant ! pas si vite ! N'entendez-vous pas le bruit d'un cheval ? mon frère ne doit-il pas venir aujourd'hui ou demain ? me connaissez-vous pour un homme qui a deux paroles ? Allez au palais ce soir, ou vous êtes perdue.

LA MARQUISE

Mais enfin, que vous soyez ambitieux, que tous les moyens vous soient bons, je le conçois ; mais parlerez-vous plus clairement ? Voyons, Malaspina, je ne veux pas désespérer tout à fait de ma perversion. Si vous pouvez me convaincre, faites-le, parlez-moi franchement. Quel est votre but ?

LE CARDINAL

Vous ne désespérez pas de vous laisser convaincre, n'est-il pas vrai ? Me prenez-vous pour un enfant, et croyez-vous qu'il suffise de me frotter les lèvres de miel pour me les desserrer ? Agissez d'abord, je parlerai après. Le jour où, comme femme, vous aurez pris l'empire nécessaire, non pas sur l'esprit d'Alexandre duc de Florence, mais sur le cœur d'Alexandre votre amant, je vous apprendrai le reste, et vous saurez ce que j'attends.

LA MARQUISE

Ainsi donc, quand j'aurai lu l'Arétin pour me donner une première expérience, j'aurai à lire, pour en acquérir une seconde, le livre secret de vos pensées ? Voulez-vous que je vous dise, moi, ce que vous n'osez pas me dire ? Vous servez le pape, jusqu'à ce que l'empereur trouve que vous êtes meilleur valet que le pape lui-même. Vous espérez qu'un jour César vous devra bien réellement, bien complètement l'esclavage de l'Italie, et ce jour-là, — oh ! ce jour-là, n'est-il pas vrai ? — celui qui est le roi de la moitié du monde pourrait bien vous donner en récompense le chétif héritage des cieux. Pour gouverner Florence en gouvernant le duc, vous vous feriez femme tout à l'heure, si vous pouviez. Quand la pauvre Ricciarda Cibo aura fait faire deux ou trois coups d'État à Alexandre, on aura bientôt ajouté que Ricciarda Cibo mène le duc, mais qu'elle est menée par son beau-frère ; et comme vous dites, qui sait jusqu'où les larmes des peuples, devenues un océan, pourraient lancer votre barque ? Est-ce à peu près cela ? Mon imagination ne peut aller aussi loin que la vôtre, sans doute ; mais je crois que c'est à peu près cela.

LE CARDINAL

Allez ce soir chez le duc, ou vous êtes perdue.

LA MARQUISE

Perdue ? et comment ?

LE CARDINAL

Ton mari saura tout.

LA MARQUISE

Faites-le, faites-le, je me tuerai.

LE CARDINAL

Menace de femme ! Écoutez, et ne vous jouez pas de moi. Que vous m'ayez compris bien ou mal, allez ce soir chez le duc.

LA MARQUISE

Non.

LE CARDINAL

Voilà votre mari qui entre dans la cour. Par tout ce qu'il y a de sacré au monde, je lui raconte tout, si vous dites non encore une fois.

LA MARQUISE

Non, non, non !

Entre le marquis.

Laurent, pendant que vous étiez à Massa, je me suis livrée à Alexandre, je me suis livrée, sachant qui il était, et quel rôle misérable j'allais jouer. Mais voilà un prêtre qui veut m'en faire jouer un plus vil encore; il me propose des horreurs pour m'assurer le titre de maîtresse du duc, et le tourner à son profit.

Elle se jette à genoux.

LE MARQUIS

Êtes-vous folle ? Que veut-elle dire, Malaspina ? — Eh bien ! vous voilà comme une statue. Ceci est-il une comédie, cardinal ? Eh bien donc ! que faut-il que j'en pense ?

LE CARDINAL

Ah ! corps du Christ !

Il sort.

LE MARQUIS

Elle est évanouie. Holà ! qu'on apporte du vinaigre !

SCÈNE V

La chambre de Lorenzo.

LORENZO, deux Domestiques.

LORENZO

Quand vous aurez placé ces fleurs sur la table et celles-ci au pied du lit, vous ferez un bon feu, mais de manière à ce que cette nuit la flamme ne flambe pas, et que les charbons échauffent sans éclairer. Vous me donnerez la clef, et vous irez vous coucher.

Les domestiques sortent. Entre Catherine.

CATHERINE

Notre mère est malade; ne viens-tu pas la voir, Renzo?

LORENZO

Ma mère est malade !

CATHERINE

Hélas ! je ne puis te cacher la vérité. J'ai reçu hier un billet du duc, dans lequel il me disait que tu avais dû me parler d'amour pour lui; cette lecture a fait bien du mal à Marie.

LORENZO

Cependant je ne t'avais pas parlé de cela. N'as-tu pas pu lui dire que je n'étais pour rien là dedans?

CATHERINE

Je le lui ai dit. Pourquoi ta chambre est-elle aujourd'hui si belle

et en si bon état ? je ne croyais pas que l'esprit d'ordre fût ton major-
dome.

LORENZO

Le duc t'a donc écrit ? Cela est singulier que je ne l'aie point su.
Et, dis-moi, que penses-tu de sa lettre ?

CATHERINE

Ce que j'en pense ?

LORENZO

Oui, de la déclaration d'Alexandre. Qu'en pense ce petit cœur
innocent ?

CATHERINE

Que veux-tu que j'en pense ?

LORENZO

N'as-tu pas été flattée ? un amour qui fait l'envie de tant de femmes ! un titre si beau à conquérir, la maîtresse de... Va-t'en, Catherine, va dire à ma mère que je te suis. Sors d'ici. Laisse-moi !

Catherine sort.

Par le ciel ! quel homme de cire suis-je donc ! Le vice, comme
la robe de Déjanire, s'est-il si profondément incorporé à mes fibres,
que je ne puisse plus répondre de ma langue, et que l'air qui sort de
mes lèvres se fasse ruffian malgré moi ? J'allais corrompre Catherine ;
je crois que je corromprais ma mère, si mon cerveau le prenait à tâche ;
car Dieu sait quelle corde et quel arc les dieux ont tendus dans ma
tête, et quelle force ont les flèches qui en partent. Si tous les hommes
sont des parcelles d'un foyer immense, assurément l'être inconnu
qui m'a pétri a laissé tomber un tison au lieu d'une étincelle dans
ce corps faible et chancelant. Je puis délibérer et choisir, mais non

revenir sur mes pas quand j'ai choisi. O Dieu ! les jeunes gens à la mode ne se font-ils pas une gloire d'être vicieux, et les enfants qui sortent du collège ont-ils quelque chose de plus pressé que de se pervertir ? Quel bourbier doit donc être l'espèce humaine qui se rue ainsi dans les tavernes avec des lèvres affamées de débauche, quand moi, qui n'ai voulu prendre qu'un masque pareil à leurs visages, et qui ai été aux mauvais lieux avec une résolution inébranlable de rester pur sous mes vêtements souillés, je ne puis ni me retrouver moi-même ni laver mes mains, même avec du sang ! Pauvre Catherine ! tu mourrais cependant comme Louise Strozzi, ou tu te laisserais tomber comme tant d'autres dans l'éternel abîme, si je n'étais pas là. O Alexandre ! je ne suis pas dévot, mais je voudrais, en vérité, que tu fisses ta prière avant de venir ce soir dans cette chambre. Catherine n'est-elle pas vertueuse, irréprochable ? Combien faudrait-il pourtant de paroles pour faire de cette colombe ignorante la proie de ce gladiateur aux poils roux ? Quand je pense que j'ai failli parler ! Que de filles maudites par leurs pères rôdent aux coins des bornes, ou regardent leur tête rasée dans le miroir cassé d'une cellule, qui ont valu autant que Catherine, et qui ont écouté un ruffian moins habile que moi ! Hé bien ! j'ai commis bien des crimes, et, si ma vie est jamais dans la balance d'un juge quelconque, il y aura d'un côté une montagne de sanglots ; mais il y aura peut-être de l'autre une goutte de lait pur tombée du sein de Catherine, et qui aura nourri d'honnêtes enfants.

Il sort.

SCÈNE VI

Une vallée; un couvent dans le fond.

Entrent PHILIPPE STROZZI *et* DEUX MOINES; *des novices portent le cercueil de Louise; ils le posent dans un tombeau.*

PHILIPPE

Avant de la mettre dans son dernier lit, laissez-moi l'embrasser. Lorsqu'elle était couchée, c'est ainsi que je me penchais sur elle pour lui donner le baiser du soir. Ses yeux mélancoliques étaient ainsi fermés à demi; mais ils se rouvraient au premier rayon du soleil, comme des fleurs d'azur; elle se levait doucement, le sourire sur les lèvres, et elle venait rendre à son vieux père son baiser de la veille. Sa figure céleste rendait délicieux un moment bien triste, le réveil d'un homme fatigué de la vie. Un jour de plus, pensais-je en voyant l'aurore, un sillon de plus dans mon champ ! Mais alors j'apercevais ma fille, la vie m'apparaissait sous la forme de sa beauté, et la clarté du jour était la bienvenue.

On ferme le tombeau.

PIERRE STROZZI, *derrière la scène.*

Par ici, venez par ici.

PHILIPPE

Tu ne te lèveras plus de ta couche; tu ne poseras plus tes pieds nus sur ce gazon pour revenir trouver ton père. O ma Louise ! il n'y a que Dieu qui a su qui tu étais, et moi, moi, moi !

PIERRE, *entrant.*

Ils sont cent à Sestino qui arrivent du Piémont. Venez, Philippe; le temps des larmes est passé.

PHILIPPE

Enfant, sais-tu ce que c'est que le temps des larmes ?

PIERRE

Les bannis se sont rassemblés à Sestino ; il est temps de penser à la vengeance ; marchons franchement sur Florence avec notre petite armée. Si nous pouvons arriver à propos pendant la nuit et surprendre les postes de la citadelle, tout est dit. Par le ciel ! j'élèverai à ma sœur un autre mausolée que celui-là.

PHILIPPE

Non pas moi ; allez sans moi, mes amis.

PIERRE

Nous ne pouvons nous passer de vous ; sachez-le, les confédérés comptent sur votre nom ; François Ier lui-même attend de vous un mouvement en faveur de la liberté. Il vous écrit comme au chef des républicains ; voilà sa lettre.

PHILIPPE *ouvre la lettre.*

Dis à celui qui t'a apporté cette lettre qu'il réponde ceci au roi de France : « Le jour où Philippe portera les armes contre son pays, il sera devenu fou. »

PIERRE

Quelle est cette nouvelle sentence ?

PHILIPPE

Celle qui me convient.

PIERRE

Ainsi vous perdez la cause des bannis pour le plaisir de faire une phrase ? Prenez garde, mon père, il ne s'agit pas là d'un passage de Pline ; réfléchissez avant de dire non.

PHILIPPE

Il y a soixante ans que je sais ce que je devais répondre à la lettre du roi de France.

PIERRE

Cela passe toute idée ! vous me forceriez à vous dire de certaines choses. Venez avec nous, mon père, je vous en supplie. Lorsque j'allais chez les Pazzi, ne m'avez-vous pas dit : « Emmène-moi » ? Cela était-il différent alors ?

PHILIPPE

Très différent. Un père offensé, qui sort de sa maison l'épée à la main, avec ses amis, pour aller réclamer justice, est très différent d'un rebelle qui porte les armes contre son pays, en rase campagne et au mépris des lois.

PIERRE

Il s'agissait bien de réclamer justice ! il s'agissait d'assommer Alexandre. Qu'est-ce qu'il y a de changé aujourd'hui ? Vous n'aimez pas votre pays, ou sans cela vous profiteriez d'une occasion comme celle-ci.

PHILIPPE

Une occasion, mon Dieu ! cela, une occasion !
Il frappe le tombeau.

PIERRE

Laissez-vous fléchir.

PHILIPPE

Je n'ai pas une douleur ambitieuse; laisse-moi seul, j'en ai assez
dit.

PIERRE

Vieillard obstiné ! inexorable faiseur de sentences ! vous serez
cause de notre perte.

PHILIPPE

Tais-toi, insolent ! sors d'ici !

PIERRE

Je ne puis dire ce qui se passe en moi. Allez où il vous plaira, nous
agirons sans vous cette fois. Eh ! mort de Dieu ! il ne sera pas dit
que tout soit perdu faute d'un traducteur de latin !

Il sort.

PHILIPPE

Ton jour est venu, Philippe ! tout cela signifie que ton jour est venu.

Il sort.

SCÈNE VII

Le bord de l'Arno; un quai. On voit une longue suite de palais.

Entre LORENZO.

Voilà le soleil qui se couche ! je n'ai pas de temps à perdre, et
cependant tout ressemble ici à du temps perdu.

Il frappe à la porte.

Holà ! seigneur Alamanno ! holà !

ALAMANNO, *sur sa terrasse.*

Qui est là ? que me voulez-vous ?

LORENZO

Je viens vous avertir que le duc doit être tué cette nuit ; prenez vos mesures pour demain avec vos amis, si vous aimez la liberté.

ALAMANNO

Par qui doit être tué Alexandre ?

LORENZO

Par Lorenzo de Médicis.

ALAMANNO

C'est toi, Renzinaccio ? Eh ! entre donc souper avec de bons vivants qui sont dans mon salon.

LORENZO

Je n'ai pas le temps ; préparez-vous à agir demain.

ALAMANNO

Tu veux tuer le duc, toi ? Allons donc ! tu as un coup de vin dans la tête.

Il sort.

LORENZO, *seul.*

Peut-être que j'ai tort de leur dire que c'est moi qui tuerai Alexandre, car tout le monde refuse de me croire.
Il frappe à une autre porte.
Holà ! seigneur Pazzi ! holà !

PAZZI, *sur sa terrasse.*

Qui m'appelle ?

LORENZO

Je viens vous dire que le duc sera tué cette nuit ; tâchez d'agir demain pour la liberté de Florence.

PAZZI

Qui doit tuer le duc ?

LORENZO

Peu importe, agissez toujours, vous et vos amis. Je ne puis vous dire le nom de l'homme.

PAZZI

Tu es fou, drôle, va-t'en au diable !

Il sort.

LORENZO, *seul.*

Il est clair que, si je ne dis pas que c'est moi, on me croira encore bien moins.

Il frappe à une porte.

Holà ! seigneur Corsini !

LE PROVÉDITEUR, *sur sa terrasse.*

Qu'est-ce donc ?

LORENZO

Le duc Alexandre sera tué cette nuit.

LE PROVÉDITEUR

Vraiment, Lorenzo ! Si tu es gris, va plaisanter ailleurs. Tu m'as blessé bien mal à propos un cheval au bal des Nasi ; que le diable te confonde !

Il sort.

LORENZO

Pauvre Florence ! pauvre Florence !

Il sort.

SCÈNE VIII

Une plaine.

Entrent PIERRE STROZZI *et* DEUX BANNIS.

PIERRE

Mon père ne veut pas venir. Il m'a été impossible de lui faire entendre raison.

PREMIER BANNI

Je n'annoncerai pas cela à mes camarades : il y a de quoi les mettre en déroute.

PIERRE

Pourquoi ? Montez à cheval ce soir, et allez bride abattue à Sestino ; j'y serai demain matin. Dites que Philippe a refusé, mais que Pierre ne refuse pas.

PREMIER BANNI

Les confédérés veulent le nom de Philippe : nous ne ferons rien sans cela.

PIERRE

Le nom de famille de Philippe est le même que le mien ; dites que Strozzi viendra, cela suffit.

PREMIER BANNI

On me demandera lequel des Strozzi, et si je ne réponds pas :
« Philippe », rien ne se fera.

PIERRE

Imbécile ! fais ce qu'on te dit, et ne réponds que pour toi-même.
Comment sais-tu d'avance que rien ne se fera ?

PREMIER BANNI

Seigneur, il ne faut pas maltraiter les gens.

PIERRE

Allons ! monte à cheval, et va à Sestino,

PREMIER BANNI

Ma foi, monsieur, mon cheval est fatigué ! j'ai fait douze lieues
dans la nuit. Je n'ai pas envie de le seller à cette heure.

PIERRE

Tu n'es qu'un sot.
A l'autre banni.
Allez-y, vous : vous vous y prendrez mieux.

DEUXIÈME BANNI

Le camarade n'a pas tort pour ce qui regarde Philippe ; il est certain que son nom ferait bien pour la cause.

PIERRE

Lâches ! manants sans cœur ! ce qui fait bien pour la cause, ce sont vos femmes et vos enfants qui meurent de faim, entendez-vous ? Le nom de Philippe leur remplira la bouche, mais il ne leur remplira pas le ventre. Quels pourceaux êtes-vous !

DEUXIÈME BANNI

Il est impossible de s'entendre avec un homme aussi grossier ; allons-nous-en, camarade.

PIERRE

Va au diable, canaille ! et dis à tes confédérés que, s'ils ne veulent pas de moi, le roi de France en veut, lui ; et qu'ils prennent garde qu'on ne me donne la main haute sur vous tous !

DEUXIÈME BANNI, *à l'autre.*

Viens, camarade, allons souper ; je suis, comme toi, excédé de fatigue.

Ils sortent.

SCÈNE IX

Une place ; il est nuit.

Entre LORENZO.

Je lui dirai que c'est un motif de pudeur, et j'emporterai la lumière ; — cela se fait tous les jours ; — une nouvelle mariée, par exemple, exige cela de son mari pour entrer dans la chambre nuptiale, et Catherine passe pour très vertueuse. — Pauvre fille ! qui l'est sous le soleil, si elle ne l'est pas ? Que ma mère mourût de tout cela, voilà ce qui pourrait arriver.

Ainsi donc, voilà qui est fait. Patience ! une heure est une heure, et l'horloge vient de sonner. — Si vous y tenez cependant ? — Mais non, pourquoi ? Emporte le flambeau si tu veux : la première fois qu'une femme se donne, cela est tout simple. — Entrez donc, chauffez-vous donc un peu. Oh ! mon Dieu, oui, pur caprice de jeune fille. — Et quel motif de croire à ce meurtre ? Cela pourra les étonner, même Philippe.

La lune paraît.

Te voilà, toi, face livide ?

Si les républicains étaient des hommes, quelle révolution demain dans la ville ! Mais Pierre est un ambitieux ; les Rucellai seuls valent quelque chose. — Ah ! les mots, les mots, les éternelles paroles ! S'il y a quelqu'un là-haut, il doit bien rire de nous tous ; cela est très comique, très comique, vraiment. — O bavardage humain ! ô grand tueur de corps morts ! ô grand défonceur de portes ouvertes ! ô hommes sans bras !

Non ! non ! je n'emporterai pas la lumière. — J'irai droit au cœur ; il se verra tuer... Sang du Christ ! on se mettra demain aux fenêtres.

Pourvu qu'il n'ait pas imaginé quelque cuirasse nouvelle, quelque cotte de mailles. Maudite invention ! Lutter avec Dieu et le diable, cela n'est rien ; mais lutter avec des bouts de ferraille croisés les uns sur les autres par la main sale d'un armurier ! — Je passerai le second pour entrer ; il posera son épée là, — ou là, — oui, sur le canapé. — Quant à l'affaire du baudrier à rouler autour de la garde, cela est aisé. S'il pouvait lui prendre fantaisie de se coucher, voilà où serait le vrai moyen. Couché, assis, ou debout ? Assis plutôt. Je commencerai par sortir. Scoronconcolo est enfermé dans le cabinet. Alors nous venons, nous venons. Je ne voudrais pourtant pas qu'il tournât le dos. J'irai à lui tout droit. Allons ! la paix, la paix ! l'heure va venir.

— Il faut que j'aille dans quelque cabaret ; je ne m'aperçois pas que je prends du froid ; je boirai une bouteille. — Non, je ne veux pas boire. Où diable vais-je donc ? les cabarets sont fermés.

Est-elle bonne fille ? — Oui, vraiment. — En chemise ? — Oh !
non, non, je ne le pense pas. — Pauvre Catherine ! — Que ma mère
mourût de tout cela, ce serait triste. Et quand je lui aurais dit mon
projet, qu'aurais-je pu y faire ? au lieu de la consoler, cela lui aurait
fait dire : « Crime, crime ! » jusqu'à son dernier soupir.

Je ne sais pourquoi je marche ; je tombe de lassitude.

Il s'assoit.

Pauvre Philippe ! une fille belle comme le jour ! Une seule fois
je me suis assis près d'elle sous le marronnier ; ces petites mains blan-
ches, comme cela travaillait ! Que de journées j'ai passées, moi, assis
sous les arbres ! Ah ! quelle tranquillité ! quel horizon à Cafaggiuolo !
Jeannette était jolie, la petite fille du concierge, en faisant sécher sa
lessive. Comme elle chassait les chèvres qui venaient marcher sur
son linge étendu sur le gazon ! la chèvre blanche revenait toujours,
avec ses grandes pattes menues.

Une horloge sonne.

Ah ! ah ! il faut que j'aille là-bas. — Bonsoir, mignon ; eh ! trinque
donc avec Giomo. — Bon vin ! Cela serait plaisant qu'il lui vînt à
l'idée de me dire : « Ta chambre est-elle retirée ? entendra-t-on quelque chose du voisinage ? » Cela serait plaisant. Ah ! on y a pourvu.
Oui, cela serait drôle qu'il lui vînt cette idée.

Je me trompe d'heure ; ce n'est que la demie. Quelle est donc cette
lumière sous le portique de l'église ? on taille, on remue des pierres.
Il paraît que ces hommes sont courageux avec les pierres. Comme
ils coupent ! comme ils enfoncent ! ils font un crucifix ; avec quel
courage ils le clouent ! Je voudrais voir que leur cadavre de marbre les
prît d'un coup à la gorge.

Eh bien ! eh bien ! quoi donc ? j'ai des envies de danser qui sont
incroyables. Je crois, si je m'y laissais aller, que je sauterais comme
un moineau sur tous ces gros plâtras et sur toutes ces poutres. Eh,
mignon ! eh, mignon ! mettez vos gants neufs, un plus bel habit

que cela; tra la la ! faites-vous beau, la mariée est belle. Mais, je vous le dis à l'oreille, prenez garde à son petit couteau.

Il sort en courant.

SCÈNE X

Chez le duc.

LE DUC, *à souper;* GIOMO. — *Entre le cardinal* CIBO.

LE CARDINAL

Altesse, prenez garde à Lorenzo.

LE DUC

Vous voilà, cardinal ! asseyez-vous donc, et prenez donc un verre.

LE CARDINAL

Prenez garde à Lorenzo, duc. Il a été demander ce soir à l'évêque de Marzi la permission d'avoir des chevaux de poste cette nuit.

LE DUC

Cela ne se peut pas.

LE CARDINAL

Je le tiens de l'évêque lui-même.

LE DUC

Allons donc ! je vous dis que j'ai de bonnes raisons pour savoir que cela ne se peut pas.

LE CARDINAL

Me faire croire est peut-être impossible; je remplis mon devoir en vous avertissant.

LE DUC

Quand cela serait vrai, que voyez-vous d'effrayant à cela? Il va peut-être à Cafaggiuolo.

LE CARDINAL

Ce qu'il y a d'effrayant, monseigneur, c'est qu'en passant sur la place pour venir ici, je l'ai vu de mes yeux sauter sur des poutres et des pierres comme un fou. Je l'ai appelé, et, je suis forcé d'en convenir, son regard m'a fait peur. Soyez certain qu'il mûrit dans sa tête quelque projet pour cette nuit.

LE DUC

Et pourquoi ces projets me seraient-ils dangereux?

LE CARDINAL

Faut-il tout dire, même quand on parle d'un favori? Apprenez qu'il a dit ce soir à deux personnes de ma connaissance, publiquement sur la terrasse, qu'il vous tuerait cette nuit.

LE DUC

Buvez donc un verre de vin, cardinal. Est-ce que vous ne savez pas que Renzo est ordinairement gris au coucher du soleil?
Entre sire Maurice.

SIRE MAURICE

Altesse, défiez-vous de Lorenzo. Il a dit à trois de mes amis, ce soir, qu'il voulait vous tuer cette nuit.

LE DUC

Et vous aussi, brave Maurice, vous croyez aux fables? je vous croyais plus homme que cela.

SIRE MAURICE

Votre Altesse sait si je m'effraye sans raison. Ce que je dis, je puis le prouver.

LE DUC

Asseyez-vous donc, et trinquez avec le cardinal; vous ne trouverez pas mauvais que j'aille à mes affaires.

Entre Lorenzo.

Eh bien ! mignon, est-il déjà temps ?

LORENZO

Il est minuit tout à l'heure.

LE DUC

Qu'on me donne mon pourpoint de zibeline !

LORENZO

Dépêchons-nous ! votre belle est peut-être déjà au rendez-vous.

LE DUC

Quels gants faut-il prendre ? ceux de guerre, ou ceux d'amour ?

LORENZO

Ceux d'amour, Altesse.

LE DUC

Soit, je veux être un vert galant.

Ils sortent.

SIRE MAURICE

Que dites-vous de cela, cardinal ?

LE CARDINAL

Que la volonté de Dieu se fait malgré les hommes.

Ils sortent.

SCÈNE XI

La chambre de Lorenzo.

Entrent LE DUC *et* LORENZO.

LE DUC

Je suis transi, — il fait vraiment froid.
  Il ôte son épée.
Eh bien ! mignon, qu'est-ce que tu fais donc ?

LORENZO

Je roule votre baudrier autour de votre épée, et je la mets sous votre chevet. Il est bon d'avoir toujours une arme sous la main.
  Il entortille le baudrier de manière à empêcher l'épée de sortir du fourreau.

LE DUC

Tu sais que je n'aime pas les bavardes, et il m'est revenu que la

Catherine était une belle parleuse. Pour éviter les conversations, je vais me mettre au lit. A propos, pourquoi donc as-tu fait demander des chevaux de poste à l'évêque de Marzi ?

LORENZO

Pour aller voir mon frère, qui est très malade, à ce qu'il m'écrit.

LE DUC

Va donc chercher ta tante.

LORENZO

Dans un instant.

Il sort.

LE DUC, *seul.*

Faire la cour à une femme qui vous répond oui lorsqu'on lui demande oui ou non, cela m'a toujours paru très sot et tout à fait digne d'un Français. Aujourd'hui surtout que j'ai soupé comme trois moines, je serais incapable de dire seulement : « Mon cœur, » ou : « Mes chères entrailles, » à l'infante d'Espagne. Je veux faire semblant de dormir : ce sera peut-être cavalier, mais ce sera commode.

Il se couche. — Lorenzo rentre, l'épée à la main.

LORENZO

Dormez-vous, seigneur ?
Il le frappe.

LE DUC

C'est toi, Renzo ?

LORENZO

Seigneur, n'en doutez pas.
Il le frappe de nouveau. — Entre Scoronconcolo.

SCORONCONCOLO

Est-ce fait ?

LORENZO

Regarde, il m'a mordu au doigt. Je garderai jusqu'à la mort cette bague sanglante, inestimable diamant.

SCORONCONCOLO

Ah ! mon Dieu ! c'est le duc de Florence !

LORENZO, *s'asseyant sur la fenêtre.*

Que la nuit est belle ! que l'air du ciel est pur ! Respire, respire, cœur navré de joie !

SCORONCONCOLO

Viens, maître, nous en avons trop fait; sauvons-nous.

LORENZO

Que le vent du soir est doux et embaumé ! comme les fleurs des prairies s'entr'ouvrent ! O nature magnifique ! ô éternel repos !

SCORONCONCOLO

Le vent va glacer sur votre visage la sueur qui en découle. Venez, seigneur.

LORENZO

Ah ! Dieu de bonté ! quel moment !

SCORONCONCOLO, *à part.*

Son âme se dilate singulièrement. Quant à moi, je prendrai les devants.

Il veut sortir.

LORENZO

Attends, tire ces rideaux. Maintenant, donne-moi la clef de cette
chambre.

SCORONCONCOLO

Pourvu que les voisins n'aient rien entendu !

LORENZO

Ne te souviens-tu pas qu'ils sont habitués à notre tapage ? Viens,
partons.

Ils sortent.

ACTE V

SCÈNE PREMIÈRE

Au palais du duc.

Entrent VALORI, SIRE MAURICE *et* GUICCIARDINI.
Une foule de courtisans circulent dans la salle et dans les environs.

SIRE MAURICE

Giomo n'est pas revenu encore de son message; cela devient de plus en plus inquiétant.

GUICCIARDINI

Le voilà qui entre dans la salle.
Entre Giomo.

SIRE MAURICE

Eh bien ! qu'as-tu appris ?

GIOMO

Rien du tout.

Il sort.

GUICCIARDINI

Il ne veut pas répondre : le cardinal Cibo est enfermé dans le cabinet du duc; c'est à lui seul que les nouvelles arrivent.

Entre un autre messager.
Eh bien ! le duc est-il retrouvé ? sait-on ce qu'il est devenu ?

LE MESSAGER

Je ne sais pas.
Il entre dans le cabinet.

VALORI

Quel événement épouvantable, messieurs, que cette disparition ! point de nouvelles du duc ! Ne disiez-vous pas, sire Maurice, que vous l'avez vu hier au soir ? Il ne paraissait pas malade ?
Rentre Giomo.

GIOMO, *à sire Maurice.*

Je puis vous le dire à l'oreille : le duc est assassiné.

SIRE MAURICE

Assassiné ! par qui ? où l'avez-vous trouvé ?

GIOMO

Où vous nous aviez dit : — dans la chambre de Lorenzo

SIRE MAURICE

Ah ! sang du diable ! Le cardinal le sait-il ?

GIOMO

Oui, Excellence.

SIRE MAURICE

Que décide-t-il ? qu'y a-t-il à faire ? Déjà le peuple se porte en foule vers le palais; toute cette affreuse affaire a transpiré; nous sommes morts si elle se confirme; on nous massacrera.

Des valets portant des tonneaux pleins de vin et de comestibles passent dans le fond.

GUICCIARDINI

Que signifie cela? va-t-on faire des distributions au peuple?
Entre un seigneur de la cour.

LE SEIGNEUR

Le duc est-il visible, messieurs? Voici un cousin à moi, nouvelle-ment arrivé d'Allemagne, que je désire présenter à Son Altesse; soyez assez bons pour le voir d'un œil favorable.

GUICCIARDINI

Répondez-lui, seigneur Valori; je ne sais que lui dire.

VALORI

La salle se remplit à tout instant de ces complimenteurs du matin. Ils attendent tranquillement qu'on les admette.

SIRE MAURICE, *à Giomo.*

On l'a enterré là?

GIOMO

Ma foi, oui, dans la sacristie. Que voulez-vous? si le peuple appre-nait cette mort-là, elle pourrait en causer bien d'autres. Lorsqu'il en sera temps, on lui fera des obsèques publiques. En attendant, nous l'avons emporté dans un tapis.

VALORI

Qu'allons-nous devenir ?

PLUSIEURS SEIGNEURS, *s'approchant.*

Nous sera-t-il bientôt permis de présenter nos devoirs à Son Altesse ? qu'en pensez-vous, messieurs ?

LE CARDINAL CIBO, *entrant.*

Oui, messieurs, vous pourrez entrer dans une heure ou deux ; le duc a passé la nuit à une mascarade, et il repose dans ce moment. *Des valets suspendent des dominos aux croisées.*

LES COURTISANS

Retirons-nous ; le duc est encore couché. Il a passé la nuit au bal. *Les courtisans se retirent. Entrent les Huit.*

NICCOLINI

Eh bien ! cardinal, qu'y a-t-il de décidé ?

LE CARDINAL

Primo avulso, non deficit alter
Aurens, et simili frondescit virga metallo.

Il sort.

NICCOLINI

Voilà qui est admirable ! mais qu'y a-t-il de fait ? Le duc est mort ; il faut en élire un autre, et cela le plus vite possible. Si nous n'avons pas un duc ce soir ou demain, c'en est fait de nous. Le peuple est en ce moment comme l'eau qui va bouillir.

VÉTTORI

Je propose Octavien de Médicis.

CAPPONI

Pourquoi ? il n'est pas le premier par les droits du sang.

ACCIAIUOLI

Si nous prenions le cardinal ?

SIRE MAURICE

Plaisantez-vous ?

RUCCELLAI

Pourquoi, en effet, ne prendriez-vous pas le cardinal, vous qui le laissez, au mépris de toutes les lois, se déclarer seul juge de cette affaire ?

VETTORI

C'est un homme capable de la bien diriger.

RUCCELLAI

Qu'il se fasse donner l'ordre du pape.

VÉTTORI

C'est ce qu'il a fait ; le pape a envoyé l'autorisation par un courrier que le cardinal a fait partir dans la nuit.

RUCCELLAI

Vous voulez dire par un oiseau, sans doute ; car un courrier commence par prendre le temps d'aller, avant d'avoir celui de revenir. Nous traite-t-on comme des enfants ?

CANIGIANI, *s'approchant.*

Messieurs, si vous m'en croyez, voilà ce que nous ferons : nous élirons duc de Florence son fils naturel Julien.

RUCCELLAI

Bravo ! un enfant de cinq ans ! N'a-t-il pas cinq ans, Canigiani ?

GUICCIARDINI, *bas.*

Ne voyez-vous pas le personnage ? c'est le cardinal qui lui met dans la tête cette sotte proposition ; Cibo serait régent et l'enfant mangerait des gâteaux.

RUCCELLAI

Cela est honteux ; je sors de cette salle, si on y tient de pareils discours.

CORSI, *entrant.*

Messieurs, le cardinal vient d'écrire à Côme de Médicis.

LES HUIT

Sans nous consulter ?

CORSI

Le cardinal a écrit pareillement à Pise, à Arezzo et à Pistoie, aux commandants militaires. Jacques de Médicis sera demain ici avec le plus de monde possible ; Alexandre Vitelli est déjà dans la forteresse avec la garnison entière. Quant à Lorenzo, il est parti trois courriers pour le joindre.

RUCCELLAI

Qu'il se fasse duc tout de suite, votre cardinal ! cela sera plus tôt
ait.

CORSI

Il m'est ordonné de vous prier de mettre aux voix l'élection de
ôme de Médicis, sous le titre provisoire de gouverneur de la ré-
ublique florentine.

GIOMO, à des valets qui traversent la salle.

Répandez du sable autour de la porte, et n'épargnez pas le vin
lus que le reste.

RUCCELLAI

Pauvre peuple ! quel badaud on fait de toi !

SIRE MAURICE

Allons ! messieurs, aux voix. Voici vos billets.

VETTORI

Côme est en effet le premier en droit après Alexandre; c'est son
us proche parent.

ACCIAIUOLI

Quel homme est-ce ? je le connais fort peu.

CORSI

C'est le meilleur prince du monde.

GUICCIARDINI

Hé ! hé ! pas tout à fait cela. Si vous disiez le plus diffus et le plus
oli des princes, ce serait plus vrai.

SIRE MAURICE

Vos voix, seigneurs !

RUCCELLAI

Je m'oppose à ce vote formellement, et au nom de tous les citoyens.

VETTORI

Pourquoi ?

RUCCELLAI

Il ne faut plus à la république ni prince, ni ducs, ni seigneurs; voici mon vote.

Il montre son billet blanc.

VETTORI

Votre voix n'est qu'une voix. Nous nous passerons de vous.

RUCCELLAI

Adieu donc; je m'en lave les mains.

GUICCIARDINI, *courant après lui.*

Eh ! mon Dieu ! Palla, vous êtes trop violent.

RUCCELLAI

Laissez-moi; j'ai soixante-deux ans passés; ainsi vous ne pouvez pas me faire grand mal désormais.

Il sort.

NICCOLINI

Vos voix, messieurs !

Il déplie les billets jetés dans un bonnet.

Il y a unanimité. Le courrier est-il parti pour Trebbio ?

CORSI

Oui, Excellence. Côme sera ici dans la matinée de demain, à moins qu'il ne refuse.

VETTORI

Pourquoi refuserait-il ?

NICCOLINI

Ah ! mon Dieu ! s'il allait refuser, que deviendrions-nous ? quinze lieues à faire d'ici à Trebbio pour trouver Côme, et autant pour revenir, ce serait une journée de perdue. Nous aurions dû choisir quelqu'un qui fût plus près de nous.

VETTORI

Que voulez-vous ! notre vote est fait, et il est probable qu'il acceptera. Tout cela est étourdissant.

Ils sortent.

SCÈNE II

A Venise.

PHILIPPE STROZZI, *dans son cabinet.*

J'en étais sûr. — Pierre est en correspondance avec le roi de France ; le voilà à la tête d'une espèce d'armée, et prêt à mettre le bourg à feu et à sang. C'est donc là ce qu'aura fait ce pauvre nom de Strozzi, qu'on a respecté si longtemps ! il aura produit un rebelle et deux ou trois massacres. O ma Louise ! tu dors en paix sous le gazon ; l'oubli du monde entier est autour de toi, comme en toi, au fond de la triste vallée où je t'ai laissée.

On frappe à la porte.

Entrez.

Entre Lorenzo.

LORENZO

Philippe ! je t'apporte le plus beau joyau de ta couronne.

PHILIPPE

Qu'est-ce que tu jettes-là ? une clef ?

LORENZO

Cette clef ouvre ma chambre, et dans ma chambre est Alexandre de Médicis, mort de la main que voilà.

PHILIPPE

Vraiment ! vraiment ! cela est incroyable !

. LORENZO

Crois-le si tu veux. Tu le sauras par d'autres que par moi.

PHILIPPE, *prenant la clef.*

Alexandre est mort ! cela est-il possible ?

LORENZO

Que dirais-tu si les républicains t'offraient d'être duc à sa place ?

PHILIPPE

Je refuserais, mon ami.

LORENZO

Vraiment ! vraiment ! cela est incroyable.

PHILIPPE

Pourquoi ? cela est tout simple pour moi.

LORENZO

Comme pour moi de tuer Alexandre. Pourquoi ne veux-tu pas
me croire ?

PHILIPPE

O notre nouveau Brutus ! je te crois et je t'embrasse. La liberté
est donc sauvée ! Oui, je te crois, tu es tel que tu me l'as dit. Donne-
moi ta main. Le duc est mort ! ah ! il n'y a pas de haine dans ma joie ;
il n'y a que l'amour le plus pur, le plus sacré pour la patrie ; j'en
prends Dieu à témoin.

LORENZO

Allons, calme-toi ; il n'y a rien de sauvé que moi, qui ai les reins
brisés par les chevaux de l'évêque de Marzi.

PHILIPPE

N'as-tu pas averti nos amis ? N'ont-ils pas l'épée à la main à l'heure
qu'il est ?

LORENZO

Je les ai avertis ; j'ai frappé à toutes les portes républicaines avec
la constance d'un frère quêteur ; je leur ai dit de frotter leurs épées,
qu'Alexandre serait mort quand ils s'éveilleraient. Je pense qu'à
l'heure qu'il est ils se sont éveillés plus d'une fois, et rendormis à
l'avenant. Mais, en vérité, je ne pense pas autre chose.

PHILIPPE

As-tu averti les Pazzi ? l'as-tu dit à Corsini ?

LORENZO

A tout le monde ; je l'aurais dit, je crois, à la lune, tant j'étais sûr de n'être pas écouté.

PHILIPPE

Comment l'entends-tu ?

LORENZO

J'entends qu'ils ont haussé les épaules, et qu'ils sont retournés à leurs dîners, à leurs cornets et à leurs femmes.

PHILIPPE

Tu ne leur as donc pas expliqué l'affaire ?

LORENZO

Que diantre voulez-vous que j'explique ? croyez-vous que j'eusse une heure à perdre avec chacun d'eux ? Je leur ai dit : «Préparez-vous ; » et j'ai fait mon coup.

PHILIPPE

Et tu crois que les Pazzi ne font rien ? qu'en sais-tu ? Tu n'as pas de nouvelles depuis ton départ, et il y a plusieurs jours que tu es en route.

LORENZO

Je crois que les Pazzi font quelque chose ; je crois qu'ils font des armes dans leur antichambre, en buvant du vin du Midi de temps à autre, quand ils ont le gosier sec.

PHILIPPE

Tu soutiens ta gageure : ne m'as-tu pas voulu parier ce que tu me dis là ? Sois tranquille ; j'ai meilleure espérance.

LORENZO

Je suis tranquille, plus que je ne puis dire.

PHILIPPE

Pourquoi n'es-tu pas sorti, la tête du duc à la main ? le peuple t'aurait suivi comme son sauveur et son chef.

LORENZO

J'ai laissé le cerf aux chiens : qu'ils fassent eux-mêmes la curée.

PHILIPPE

Tu aurais déifié les hommes, si tu ne les méprisais.

LORENZO

Je ne les méprise point ; je les connais. Je suis très persuadé qu'il y en a très peu de très méchants, beaucoup de lâches et un grand nombre d'indifférents. Il y en a aussi de féroces, comme les habitants de Pistoie, qui ont trouvé dans cette affaire une petite occasion d'égorger tous leurs chanceliers en plein midi, au milieu des rues. J'ai appris cela il n'y a pas une heure.

PHILIPPE

Je suis plein de joie et d'espoir ; le cœur me bat malgré moi.

LORENZO

Tant mieux pour vous.

PHILIPPE

Puisque tu n'en sais rien, pourquoi en parles-tu ainsi? Assurément tous les hommes ne sont pas capables de grandes choses, mais tous sont sensibles aux grandes choses : nies-tu l'histoire du monde entier? Il faut sans doute une étincelle pour allumer une forêt; mais l'étincelle peut sortir d'un caillou, et la forêt prend feu. C'est ainsi que l'éclair d'une seule épée peut illuminer tout un siècle.

LORENZO

Je ne nie pas l'histoire; mais je n'y étais pas.

PHILIPPE

Laisse-moi t'appeler Brutus; si je suis un rêveur, laisse-moi ce rêve-la. O mes amis, mes compatriotes ! vous pouvez faire un beau lit de mort au vieux Strozzi, si vous voulez !

LORENZO

Pourquoi ouvrez-vous la fenêtre?

PHILIPPE

Ne vois-tu pas un courrier qui arrive? Mon Brutus ! mon grand Lorenzo ! la liberté est dans le ciel; je la sens, je la respire.

LORENZO

Philippe ! Philippe ! point de cela ! fermez votre fenêtre; toutes ces paroles me font mal.

PHILIPPE

Il me semble qu'il y a un attroupement dans la rue; un crieur lit un proclamation. Holà, Jean ! allez acheter le papier de ce crieur.

LORENZO

O Dieu ! ô Dieu !

PHILIPPE

Tu deviens pâle comme un mort. Qu'as-tu donc ?

LORENZO

N'as-tu rien entendu ?
Entre un domestique, apportant la proclamation.

PHILIPPE

Non ; lis donc un peu ce papier, qu'on criait dans la rue.

LORENZO, *lisant.*

« A tout homme, noble ou roturier, qui tuera Lorenzo de Médicis, traître à la patrie et assassin de son maître, en quelque lieu et de quelque manière que ce soit, sur toute la surface de l'Italie, il est promis par le conseil des Huit à Florence : 1º quatre mille florins d'or, sans aucune retenue ; 2º une rente de cent florins d'or, par an, pour lui durant sa vie, et ses héritiers en ligne directe après sa mort ; 3º la permission d'exercer toutes les magistratures, de posséder tous les bénéfices et privilèges de l'État, malgré sa naissance s'il est roturier ; 4º grâce perpétuelle pour toutes ses fautes, passées et futures, ordinaires et extraordinaires. »

Signé de la main des Huit.

Eh bien ! Philippe, vous ne vouliez pas croire tout à l'heure que j'avais tué Alexandre ! Vous voyez bien que je l'ai tué.

PHILIPPE

Silence ! quelqu'un monte l'escalier. Cache-toi dans cette chambre.

Ils sortent.

SCÈNE III

Florence. — Une rue.

Entrent DEUX GENTILSHOMMES.

PREMIER GENTILHOMME

N'est-ce pas le marquis de Cibo qui passe là ? il me semble qu'il donne le bras à sa femme.
Le marquis et la marquise passent.

DEUXIÈME GENTILHOMME

Il paraît que ce bon marquis n'est pas d'une nature vindicative. Qui ne sait pas à Florence que sa femme a été la maîtresse du feu duc ?

PREMIER GENTILHOMME

Ils paraissent bien raccommodés. J'ai cru les voir se serrer la main.

DEUXIÈME GENTILHOMME

La perle des maris, en vérité ! Avaler ainsi une couleuvre aussi longue que l'Arno, cela s'appelle avoir l'estomac bon.

PREMIER GENTILHOMME

Je sais que cela fait parler, — cependant je ne te conseillerais pas d'aller lui en parler à lui-même ; il est de la première force à toutes les armes, et les faiseurs de calembours craignent l'odeur de son jardin.

DEUXIÈME GENTILHOMME

Si c'est un original, il n'y a rien à dire.
Ils sortent.

SCÈNE IV

Une auberge.

Entrent PIERRE STROZZI *et* UN MESSAGER.

PIERRE

Ce sont ses propres paroles ?

LE MESSAGER

Oui, Excellence ; les paroles du roi lui-même.

PIERRE

C'est bon.

Le messager sort.

Le roi de France protégeant la liberté de l'Italie, c'est justement comme un voleur protégeant contre un autre voleur une jolie femme en voyage. Il la défend jusqu'à ce qu'il la viole. Quoi qu'il en soit, une route s'ouvre devant moi, sur laquelle il y a plus de bons grains que de poussière. Maudit soit ce Lorenzaccio, qui s'avise de devenir quelque chose. Ma vengeance m'a glissé entre les doigts comme un oiseau effarouché ; je ne puis plus rien imaginer ici qui soit digne de moi. Allons faire une attaque vigoureuse au bourg, et puis laissons là ces femmelettes qui ne pensent qu'au nom de mon père, et qui me toisent toute la journée pour chercher par où je lui ressemble. Je suis né pour autre chose que pour faire un chef de bandits.

Il sort.

SCÈNE V

Une place. — Florence.

L'ORFÈVRE *et* LE MARCHAND DE SOIE *assis.*

LE MARCHAND

Observez bien ce que je dis; faites attention à mes paroles. Le feu duc Alexandre a été tué l'an 1536, qui est bien l'année où nous sommes. Suivez-moi toujours. Il a donc été tué l'an 1536; voilà qui est fait. Il avait vingt-six ans; remarquez-vous cela? mais ce n'est encore rien. Il avait donc vingt-six ans; bon. Il est mort le 6 du mois; ah! ah! saviez-vous ceci? n'est-ce pas justement le six qu'il est mort? Écoutez maintenant. Il est mort à six heures de la nuit. Qu'en pensez-vous, père Mondella? voilà de l'extraordinaire, ou je ne m'y connais pas. Il est donc mort à six heures de la nuit. Paix! ne dites rien encore. Il avait six blessures. Eh bien! cela vous frappe-t-il à présent? Il avait six blessures, à six heures de la nuit, le 6 du mois, à l'âge de vingt-six ans, l'an 1536. Maintenant, un seul mot : il avait régné six ans.

L'ORFÈVRE

Quel galimatias me faites-vous là, voisin!

LE MARCHAND

Comment! comment! vous êtes donc absolument incapable de calculer? vous ne voyez pas ce qui résulte de ses combinaisons surnaturelles que j'ai l'honneur de vous expliquer?

L'ORFÈVRE

Non, en vérité, je ne vois pas ce qui en résulte.

LE MARCHAND

Vous ne le voyez pas ? Est-ce possible, voisin, que vous ne le voyiez pas ?

L'ORFÈVRE

Je ne vois pas qu'il en résulte la moindre des choses. — A quoi cela peut-il nous être utile ?

LE MARCHAND

Il en résulte que six Six ont concouru à la mort d'Alexandre. Chut ! ne répétez pas ceci comme venant de moi. Vous savez que je passe pour un homme sage et circonspect : ne me faites point de tort, au nom de tous les saints ! La chose est plus grave qu'on ne pense ; je vous le dis comme à un ami.

L'ORFÈVRE

Allez vous promener ; je suis un homme vieux, mais pas encore une vieille femme. Le Côme arrive aujourd'hui, voilà ce qui résulte le plus clairement de notre affaire ; il nous est poussé un beau dévideur de paroles dans votre nuit de six Six. Ah ! mort de ma vie ! cela ne fait-il pas honte ! Mes ouvriers, voisin, les derniers de mes ouvriers, frappaient avec leurs instruments sur les tables, en voyant passer les Huit, et ils leur criaient : « Si vous ne savez ni ne pouvez agir, appelez-nous, qui agirons. »

LE MARCHAND

Il n'y a pas que les vôtres qui ont crié ; c'est un vacarme de paroles dans la ville comme je n'en ai jamais entendu, même par ouï dire.

L'ORFÈVRE

On demande les boules ; les uns courent après les soldats, les autres après le vin qu'on distribue; ils s'en remplissent la bouche et la cervelle, afin de perdre le peu de sens commun et de bonnes paroles qui pourraient leur rester.

LE MARCHAND

Il y en a qui voulaient rétablir le conseil, et élire librement un gonfalonier, comme jadis.

L'ORFÈVRE

Il y en a qui voulaient, comme vous dites; mais il n'y en a pas qui aient agi. Tout vieux que je suis, j'ai été au Marché-Neuf, moi, et j'ai reçu dans la jambe un bon coup de hallebarde, parce que je demandais les boules. Pas une âme n'est venue à mon secours. Les étudiants seuls se sont montrés.

LE MARCHAND

Je le crois bien. Savez-vous ce qu'on dit, voisin? On dit que le provéditeur, Roberto Corsini, est allé hier soir à l'assemblée des républicains, au palais Salviati.

L'ORFÈVRE

Rien n'est plus vrai; il a offert de livrer la forteresse aux amis de la liberté, avec les provisions, les clefs et tout le reste.

LE MARCHAND

Et il l'a fait, voisin? est-ce qu'il l'a fait? C'est une trahison de haute justice.

L'ORFÈVRE

Ah bien oui! on a braillé, bu du vin sucré et cassé des carreaux, mais la proposition de ce brave homme n'a seulement pas été écoutée. Comme on n'osait pas faire ce qu'il voulait, on a dit qu'on doutait de lui, et qu'on le soupçonnait de fausseté dans ses offres. Mille millions de diables ! que j'enrage ! tenez ! voilà les courriers de Trebbio qui arrivent : Côme n'est pas loin d'ici. Bonsoir, voisin, le sang me démange ! il faut que j'aille au palais.

Il sort.

LE MARCHAND

Attendez donc, voisin ; je vais avec vous.
Il sort. — Entre un précepteur avec le petit Salviati, et un autre avec le petit Strozzi.

LE PREMIER PRÉCEPTEUR

Sapientissime doctor, comment se porte Votre Seigneurie ? Le trésor de votre précieuse santé est-il dans une assiette régulière, et votre équilibre se maintient-il convenable par ces tempêtes où nous voilà ?

LE DEUXIÈME PRÉCEPTEUR

C'est chose grave, seigneur docteur, qu'une rencontre aussi érudite et aussi fleurie que la vôtre, sur cette terre soucieuse et lézardée. Souffrez que je presse cette main gigantesque, d'où sont sortis les chefs-d'œuvre de notre langue. Avouez-le, vous avez fait depuis peu un sonnet.

LE PETIT SALVIATI

Canaille de Strozzi que tu es !

LE PETIT STROZZI

Ton père a été rossé, Salviati.

LE PREMIER PRÉCEPTEUR

Ce pauvre ébat de notre muse serait-il allé jusqu'à vous, qui êtes un homme d'art si consciencieux, si large et si austère? Des yeux comme les vôtres, qui remuent des horizons si dentelés, si phosphorescents, auraient-ils consenti à s'occuper des fumées peut-être bizarres et osées d'une imagination chatoyante?

LE DEUXIÈME PRÉCEPTEUR

Oh ! si vous aimez l'art, et si vous nous aimez, dites-nous, de grâce, votre sonnet. La ville ne s'occupe que de votre sonnet.

LE PREMIER PRÉCEPTEUR

Vous serez peut-être étonné que moi, qui ai commencé par chanter la monarchie, en quelque sorte, je semble cette fois chanter la république.

LE PETIT SALVIATI

Ne me donne pas de coup de pied, Strozzi.

LE PETIT STROZZI

Tiens, chien de Salviati, en voilà encore deux.

LE PREMIER PRÉCEPTEUR

Voici les vers :

> Chantons la liberté qui refleurit plus âpre...

LE PETIT SALVIATI

Faites donc finir ce gamin-là, monsieur; c'est un coupe-jarret. Tous les Strozzi sont des coupe-jarrets.

LE DEUXIÈME PRÉCEPTEUR

Allons ! petit, tiens-toi tranquille.

LE PETIT STROZZI

Tu y reviens en sournois ! Tiens ! canaille, porte cela à ton père, et dis-lui qu'il le mette avec l'estafilade qu'il a reçue de Pierre Strozzi, empoisonneur que tu es ! Vous êtes tous des empoisonneurs.

LE PREMIER PRÉCEPTEUR

Veux-tu te taire, polisson !
Il le frappe.

LE PETIT STROZZI

Aïe ! aïe ! il m'a frappé.

LE PREMIER PRÉCEPTEUR

Chantons la liberté, qui refleurit plus âpre,
Sous des soleils plus mûrs et des cieux plus vermeils.

LE PETIT STROZZI

Aïe ! aïe ! il m'a écorché l'oreille.

LE DEUXIÈME PRÉCEPTEUR

Vous avez frappé trop fort, mon ami.
Le petit Strozzi rosse le petit Salviati.

LE PREMIER PRÉCEPTEUR

Eh bien ! qu'est-ce à dire ?

LE DEUXIÈME PRÉCEPTEUR

Continuez, je vous en supplie.

LE PREMIER PRÉCEPTEUR

Avec plaisir; mais ces enfants ne cessent pas de se battre.
Les enfants sortent en se battant. Ils les suivent.

SCÈNE VI

Florence. — Une rue.

Entrent DES ÉTUDIANTS *et* DES SOLDATS.

UN ÉTUDIANT

Puisque les grands seigneurs n'ont que des langues, ayons des
bras. Holà ! les boules ! les boules ! Citoyens de Florence, ne laissons
pas élire un duc sans voter.

UN SOLDAT

Vous n'aurez pas les boules; retirez-vous.

L'ÉTUDIANT

Citoyens, venez ici; on méconnaît vos droits, on insulte le peuple.
Un grand tumulte.

LES SOLDATS

Gare ! retirez-vous.

UN AUTRE ÉTUDIANT

Nous voulons mourir pour nos droits.

UN SOLDAT

Meurs donc !
Il le frappe.

L'ÉTUDIANT

Venge-moi, Roberto, et console ma mère.
Il meurt. — Les étudiants attaquent les soldats ; ils sortent en se battant.

SCÈNE VII

Venise. — Le cabinet de Strozzi.

Entrent PHILIPPE *et* LORENZO *tenant une lettre.*

LORENZO

Voilà une lettre qui m'apprend que ma mère est morte. Venez donc faire un tour de promenade, Philippe.

PHILIPPE

Je vous en supplie, mon ami, ne tentez pas la destinée. Vous allez et venez continuellement, comme si cette proclamation de mort n'existait pas contre vous.

LORENZO

Au moment où j'allais tuer Clément VII, ma tête a été mise à prix à Rome ; il est naturel qu'elle le soit dans toute l'Italie, aujourd'hui que j'ai tué Alexandre ; si je sortais de l'Italie, je serais bientôt sonné à son de trompe dans toute l'Europe, et, à ma mort, le bon Dieu ne manquera pas de faire placarder ma condamnation éternelle dans tous les carrefours de l'immensité.

PHILIPPE

Votre gaieté est triste comme la nuit; vous n'êtes pas changé, Lorenzo.

LORENZO

Non, en vérité : je porte les mêmes habits; je marche toujours sur mes jambes et je bâille avec ma bouche; il n'y a de changé en moi qu'une misère : c'est que je suis plus creux et plus vide qu'une statue de fer-blanc.

PHILIPPE

Partons ensemble; redevenez un homme; vous avez beaucoup fait, mais vous êtes jeune.

LORENZO

Je suis plus vieux que le bisaïeul de Saturne; je vous en prie, venez faire un tour de promenade.

PHILIPPE

Votre esprit se torture dans l'inaction; c'est là votre malheur. Vous avez des travers, mon ami.

LORENZO

J'en conviens : que les républicains n'aient rien fait à Florence, c'est là un grand travers de ma part. Qu'une centaine de jeunes étudiants, braves et déterminés se soient fait massacrer en vain; que Côme, un planteur de choux, ait été élu à l'unanimité ! oh ! je l'avoue, je l'avoue, ce sont là des travers impardonnables, et qui me font le plus grand tort.

PHILIPPE

Ne raisonnons point sur un événement qui n'est pas achevé.
L'important est de sortir d'Italie; vous n'avez point encore fini sur
la terre.

LORENZO

J'étais une machine à meurtre, mais à un meurtre seulement.

PHILIPPE

N'avez-vous pas été heureux autrement que par ce meurtre?
Quand vous ne devriez faire désormais qu'un honnête homme, qu'un
artiste, pourquoi voudriez-vous mourir?

LORENZO

Je ne puis que vous répéter mes propres paroles : Philippe, j'ai
été honnête. Peut-être le redeviendrais-je sans l'ennui qui me prend.
J'aime encore le vin et les femmes; c'est assez, il est vrai, pour faire de
moi un débauché, mais ce n'est pas assez pour me donner envie de
l'être. Sortons, je vous en prie.

PHILIPPE

Tu te feras tuer dans toutes ces promenades.

LORENZO

Cela m'amuse de les voir. La récompense est si grosse, qu'elle
me rend presque courageux. Hier, un grand gaillard à jambes nues
m'a suivi un gros quart d'heure au bord de l'eau, sans pourvoir se
déterminer à m'assommer. Le pauvre homme portait une espèce
de couteau long comme une broche; il le regardait d'un air si penaud

qu'il me faisait pitié ; c'était peut-être un père de famille qui mourait de faim.

PHILIPPE

O Lorenzo, Lorenzo ! ton cœur est très malade. C'était sans doute un honnête homme : pourquoi attribuer à la lâcheté du peuple le respect pour les malheureux ?

LORENZO

Attribuez cela à ce que vous voudrez. Je vais faire un tour au Rialto.

Il sort.

PHILIPPE, *seul.*

Il faut que je le fasse suivre par quelqu'un de mes gens. Holà ! Jean ! Pippo ! holà !

Entre un domestique.

Prenez une épée, vous et un autre de vos camarades, et tenez-vous à une distance convenable du seigneur Lorenzo, de manière à pouvoir le secourir si on l'attaque.

JEAN

Oui, monseigneur.

Entre Pippo.

PIPPO

Monseigneur, Lorenzo est mort. Un homme était caché derrière la porte, qui l'a frappé par derrière, comme il sortait.

PHILIPPE

Courons vite ; il n'est peut-être que blessé.

PIPPO

Ne voyez-vous pas tout ce monde ? le peuple s'est jeté sur lui. Dieu
le miséricorde ! on le pousse dans la lagune.

PHILIPPE

Quelle horreur ! quelle horreur ! Eh quoi ! pas même un tombeau !

Il sort.

SCÈNE VIII

Florence. — La grande place ; des tribunes publiques sont remplies de monde.

DES GENS DU PEUPLE, *courant de tous côtés.*

Les boules ! les boules ! Il est duc, duc ; les boules ; il est duc.

LES SOLDATS

Gare, canaille !

LE CARDINAL CIBO, *sur une estrade, à Côme de Médicis.*

Seigneur, vous êtes duc de Florence. Avant de recevoir de mes
mains la couronne que le pape et César m'ont chargé de vous
onfier, il m'est ordonné de vous faire jurer quatre choses.

CÔME

Lesquelles, cardinal ?

LE CARDINAL

Faire la justice sans restriction ; ne jamais rien tenter contre l'au-
orité de Charles-Quint ; venger la mort d'Alexandre, et bien traiter
e seigneur Jules et la signora Julia, ses enfants naturels.

CÔME

Comment faut-il que je prononce ce serment?

LE CARDINAL

Sur l'Évangile.
  Il lui présente l'Evangile.

CÔME

Je le jure à Dieu et à vous, cardinal. Maintenant, donnez-moi la
main.

  *Ils s'avancent vers le peuple. On entend Côme parler dans l'éloigne-
    ment.*

« Très nobles et très puissants seigneurs,

« Le remercîment que je veux faire à vos très illustres et très gra-
cieuses Seigneuries, pour le bienfait si haut que je leur dois, n'est
pas autre que l'engagement qui m'est bien doux, à moi si jeune comme
je suis, d'avoir toujours devant les yeux, en même temps que la crainte
de Dieu, l'honnêteté et la justice, et le dessein de n'offenser personne,
ni dans les biens, ni dans l'honneur, et, quant au gouvernement
des affaires, de ne jamais m'écarter du conseil et du jugement des très
prudentes et très judicieuses Seigneuries, auxquelles je m'offre en
tout et recommande bien dévotement. »

LE CHANDELIER

COMÉDIE EN TROIS ACTES

Publiée en 1835

Représentée au Théatre-Français

le 29 juin 1850

PERSONNAGES   ACTEURS

MAITRE ANDRÉ, notaire . . . . M.   Samson.
JACQUELINE, sa femme . . . . Mme Allan.
CLAVAROCHE, officier de dragons . . . . MM. Brindeau.
FORTUNIO, ⎫   Delaunay.
GUILLAUME, ⎬ clercs . . . .   Got.
LANDRY, ⎭   Mathien.
Madelon, servante . . . . Mlle Bertin.
Un Jardinier . . . . M.   Bernard.

Une petite ville.

LE CHANDELIER

ACTE PREMIER

SCÈNE PREMIÈRE

Une chambre à coucher.

JACQUELINE, *dans son lit.*
Entre MAITRE ANDRÉ, *en robe de chambre.*

MAITRE ANDRÉ

Holà ! ma femme ! Jacqueline ! hé ! holà ! Jacqueline ! ma femme !
La peste soit de l'endormie ! Hé ! hé ! ma femme ! éveillez-vous !
Holà ! holà ! levez-vous, Jacqueline ! — Comme elle dort ! Holà,
holà, holà ! hé, hé, hé ! ma femme, ma femme, ma femme ! c'est
moi, André, votre mari, qui ai à vous parler de choses sérieuses.
Hé, hé, pstt, pstt ! hem ! brum, brum ! pstt ! Jacqueline, êtes-vous

morte ? Si vous ne vous éveillez tout à l'heure, je vous coiffe du pot à l'eau.

JACQUELINE

Qu'est-ce que c'est, mon bon ami ?

MAITRE ANDRÉ

Vertu de ma vie ! ce n'est pas malheureux. Finirez-vous de vous tirer les bras ? c'est affaire à vous de dormir. Écoutez-moi, j'ai à vous parler. Hier au soir, Landry, mon clerc...

JACQUELINE

Eh mais ! bon Dieu ! il ne fait pas jour. Devenez-vous fou, maître André, de m'éveiller ainsi sans raison ? De grâce, allez vous recoucher. Est-ce que vous êtes malade ?

MAITRE ANDRÉ

Je ne suis ni fou ni malade, et vous éveille à bon escient. J'ai à vous parler maintenant ; songez d'abord à m'écouter, et ensuite à me répondre. Voilà ce qui est arrivé à Landry, mon clerc ; vous le connaissez bien...

JACQUELINE

Quelle heure est-il donc, s'il vous plaît ?

MAITRE ANDRÉ

Il est six heures du matin. Faites attention à ce que je vous dis : il ne s'agit de rien de plaisant, et je n'ai pas sujet de rire. Mon honneur, madame, le vôtre, et notre vie peut-être à tous deux, dépendent de l'explication que je veux avoir avec vous. Landry, mon clerc, a vu, cette nuit...

JACQUELINE

Mais, maître André, si vous êtes malade, il fallait m'avertir tantôt.
N'est-ce pas à moi, mon cher cœur, de vous soigner et de vous veiller ?

MAITRE ANDRÉ

Je me porte bien, vous dis-je ; êtes-vous d'humeur à m'écouter ?

JACQUELINE

Eh ! mon Dieu ! vous me faites peur ; est-ce qu'on nous aurait volés ?

MAITRE ANDRÉ

Non, on ne nous a pas volés. Mettez-vous là, sur votre séant, et écoutez de vos deux oreilles. Landry, mon clerc, vient de m'éveiller pour
me remettre certain travail qu'il s'était chargé de finir cette nuit.
Comme il était dans mon étude...

JACQUELINE

Ah ! sainte Vierge ! j'en suis sûre, vous aurez eu quelque querelle
à ce café où vous allez.

MAITRE ANDRÉ

Non, non, je n'ai point eu de querelle, et il ne m'est rien arrivé.
Ne voulez-vous pas m'écouter ? Je vous dis que Landry, mon clerc,
a vu un homme cette nuit se glisser par votre fenêtre.

JACQUELINE

Je devine à votre visage que vous avez perdu au jeu.

MAITRE ANDRÉ

Ah ça ! ma femme, êtes-vous sourde ? Vous avez un amant, madame ;

cela est-il clair ? Vous me trompez. Un homme, cette nuit, a escaladé nos murailles. Qu'est-ce que cela signifie ?

JACQUELINE

Faites-moi le plaisir d'ouvrir le volet.

MAITRE ANDRÉ

Le voilà ouvert ; vous bâillerez après dîner ; Dieu merci, vous n'y manquez guère. Prenez garde à vous, Jacqueline ! Je suis un homme d'humeur paisible, et qui ai pris grand soin de vous. J'étais l'ami de votre père, et vous êtes ma fille presque autant que ma femme. J'ai résolu, en venant ici, de vous traiter avec douceur ; et vous voyez que je le fais, puisque, avant de vous condamner, je veux m'en rapporter à vous, et vous donner sujet de vous défendre et de vous expliquer catégoriquement. Si vous refusez, prenez garde. Il y a garnison dans la ville, et vous voyez, Dieu me pardonne ! bonne quantité de hussards. Votre silence peut confirmer des doutes que je nourris depuis longtemps.

JACQUELINE

Ah ! maître André, vous ne m'aimez plus. C'est vainement que vous dissimulez par des paroles bienveillantes la mortelle froideur qui a remplacé tant d'amour. Il n'en eût pas été ainsi jadis ; vous ne parliez pas de ce ton ; ce n'est pas alors sur un mot que vous m'eussiez condamnée sans m'entendre. Deux ans de paix, d'amour et de bonheur ne se seraient pas, sur un mot, évanouis comme des ombres. Mais quoi ! la jalousie vous pousse ; depuis longtemps la froide indifférence lui a ouvert la porte de votre cœur. De quoi servirait l'évidence ? l'innocence même aurait tort devant vous. Vous ne m'aimez plus, puisque vous m'accusez.

MAITRE ANDRÉ

Voilà qui est bon, Jacqueline; il ne s'agit pas de cela. Landry, mon clerc, a vu un homme...

JACQUELINE

Eh ! mon Dieu ! j'ai bien entendu. Me prenez-vous pour une brute, de me rebattre ainsi la tête ? C'est une fatigue qui n'est pas supportable.

MAITRE ANDRÉ

A quoi tient-il que vous ne répondiez ?

JACQUELINE, *pleurant.*

Seigneur mon Dieu, que je suis malheureuse ! qu'est-ce que je vais devenir ? Je le vois bien, vous avez résolu ma mort, vous ferez de moi ce qui vous plaira; vous êtes homme, et je suis femme; la force est de votre côté. Je suis résignée; je m'y attendais; vous saisissez le premier prétexte pour justifier votre violence. Je n'ai plus qu'à partir d'ici; je m'en irai avec ma fille dans un couvent, dans un désert, s'il est possible; j'y emporterai avec moi, j'y ensevelirai dans mon cœur le souvenir du temps qui n'est plus.

MAITRE ANDRÉ

Ma femme, ma femme ! pour l'amour de Dieu et des saints, est-ce que vous vous moquez de moi ?

JACQUELINE

Ah çà ! tout de bon, maître André, est-ce sérieux ce que vous dites ?

MAITRE ANDRÉ

Si ce que je dis est sérieux ? Jour de Dieu ! la patience m'échappe, et je ne sais à quoi il tient que je ne vous mène en justice.

JACQUELINE

Vous, en justice ?

MAITRE ANDRÉ

Moi, en justice ! il y a de quoi faire damner un homme d'avoir affaire à une telle mule ; je n'avais jamais ouï dire qu'on pût être aussi entêté.

JACQUELINE, *sautant à bas du lit.*

Vous avez vu un homme entrer par la fenêtre ? l'avez-vous vu, monsieur, oui ou non ?

MAITRE ANDRÉ

Je ne l'ai pas vu de mes yeux.

JACQUELINE

Vous ne l'avez pas vu de vos yeux, et vous voulez me mener en justice ?

MAITRE ANDRÉ

Oui, par le ciel ! si vous ne répondez.

JACQUELINE

Savez-vous une chose, maître André, que ma grand'mère a apprise de la sienne ? Quand un mari se fie à sa femme, il garde pour lui les mauvais propos, et quand il est sûr de son fait, il n'a que faire de la

consulter. Quand on a des doutes, on les lève; quand on manque
de preuves, on se tait; et quand on ne peut pas démontrer que l'on
a raison, on a tort. Allons ! venez; sortons d'ici.

MAITRE ANDRÉ

C'est donc ainsi que vous le prenez?

JACQUELINE

Oui, c'est ainsi; marchez, je vous suis.

MAITRE ANDRÉ

Et où veux-tu que j'aille à cette heure?

JACQUELINE

En justice.

MAITRE ANDRÉ

Mais, Jacqueline...

JACQUELINE

Marchez, marchez; quand on menace, il ne faut pas menacer en
vain.

MAITRE ANDRÉ

Allons, voyons ! calme-toi un peu.

JACQUELINE

Non; vous voulez me mener en justice, et j'y veux aller de ce pas.

MAITRE ANDRÉ

Que diras-tu pour ta défense? dis-le moi aussi bien maintenant.

JACQUELINE

Non, je ne veux rien dire ici.

MAITRE ANDRÉ

Pourquoi?

JACQUELINE

Parce que je veux aller en justice.

MAITRE ANDRÉ

Vous êtes capable de me rendre fou, et il me semble que je rêve.
Éternel Dieu, créateur du monde ! je m'en vais faire une maladie.
Comment? quoi? cela est possible? J'étais dans mon lit; je dormais,
et je prends les murs à témoin que c'était de toute mon âme. Landry,
mon clerc, un enfant de seize ans, qui de sa vie n'a médit de personne,
le plus candide garçon du monde, qui venait de passer la nuit à copier
un inventaire, voit entrer un homme par la fenêtre; il me le dit; je
prends ma robe de chambre, je viens vous trouver en ami, je vous
demande pour toute grâce de m'expliquer ce que cela signifie, et vous
me dites des injures ! vous me traitez de furieux, jusqu'à vous élancer
du lit et à me saisir à la gorge ! Non, cela passe toute idée; je serai
hors d'état pour huit jours de faire une addition qui ait le sens
commun. Jacqueline, ma petite femme ! c'est vous qui me traitez
ainsi ! ·

JACQUELINE

Allez, allez ! vous êtes un pauvre homme.

MAITRE ANDRÉ

Mais enfin, ma chère petite, qu'est-ce que cela te fait de me répondre? Crois-tu que je puisse penser que tu me trompes réellement?

Hélas ! mon Dieu ! un mot te suffit. Pourquoi ne veux-tu pas le dire ?
C'était peut-être quelque voleur qui se glissait par notre fenêtre ;
ce quartier-ci n'est pas des plus sûrs, et nous ferions bien d'en changer.
Tous ces soldats me déplaisent fort, ma toute belle, mon bijou chéri.
Quand nous allons à la promenade, au spectacle, au bal, et jusque
chez nous, ces gens-là ne nous quittent pas ; je ne saurais te dire un
mot de près sans me heurter à leurs épaulettes, et sans qu'un grand
sabre crochu ne s'embarrasse dans mes jambes. Qui sait si leur
impertinence ne pourrait aller jusqu'à escalader nos fenêtres ? Tu
n'en sais rien, je le vois bien ; ce n'est pas toi qui les encourages ; ces
vilaines gens sont capables de tout. Allons, voyons ! donne la main ;
est-ce que tu m'en veux, Jacqueline ?

JACQUELINE

Assurément, je vous en veux. Me menacer d'aller en justice ! Lorsque ma mère le saura, elle vous fera bon visage !

MAITRE ANDRÉ

Eh ! mon enfant, ne le lui dis pas. A quoi bon faire part aux autres
de nos petites brouilleries ? Ce sont quelques légers nuages qui passent un instant dans le ciel, pour le laisser plus tranquille et plus pur.

JACQUELINE

A la bonne heure ! touchez là.

MAITRE ANDRÉ

Est-ce que je ne sais pas que tu m'aimes ? Est-ce que je n'ai pas
en toi la plus aveugle confiance ? Est-ce que depuis deux ans tu ne
m'as pas donné toutes les preuves de la terre que tu es toute à moi,
Jacqueline ? Cette fenêtre, dont parle Landry, ne donne pas tout

à fait dans ta chambre; en traversant le péristyle, on va par là au po-
tager; je ne serais pas étonné que notre voisin, maître Pierre, ne vînt
braconner dans mes espaliers. Va, va ! je ferai mettre notre jardinier
ce soir en sentinelle, et le piège à loup dans l'allée; nous rirons demain
tous les deux.

JACQUELINE

Je tombe de fatigue, et vous m'avez éveillée bien mal à propos.

MAITRE ANDRÉ

Recouche-toi, ma chère petite, je m'en vais, je te laisse ici. Allons !
adieu, n'y pensons plus. Tu le vois, mon enfant, je ne fais pas la moindre recherche dans ton appartement; je n'ai pas ouvert une armoire :
je t'en crois sur parole. Il me semble que je t'en aime cent fois plus
de t'avoir soupçonnée à tort et de te savoir innocente. Tantôt je
réparerai tout cela : nous irons à la campagne et je te ferai un cadeau.
Adieu, adieu, je te reverrai.

*Il sort. — Jacqueline, seule, ouvre une armoire ; on y aperçoit
accroupi le capitaine Clavaroche.*

CLAVAROCHE, *sortant de l'armoire.*

Ouf !

JACQUELINE

Vite, sortez ! mon mari est jaloux; on vous a vu, mais non reconnu,
vous ne pouvez pas revenir ici. Comment étiez-vous là dedans ?

CLAVAROCHE

A merveille.

JACQUELINE

Nous n'avons pas de temps à perdre; qu'allons-nous faire ? Il faut

nous voir et échapper à tous les yeux. Quel parti prendre ? le jardinier y sera ce soir ; je ne suis pas sûre de ma femme de chambre ;
d'aller ailleurs, impossible ici ; tout est à jour dans une petite ville.
Vous êtes couvert de poussière, et il me semble que vous boitez.

CLAVAROCHE

J'ai le genou et la tête brisés. La poignée de mon sabre m'est
entrée dans les côtes. Pouah ! c'est à croire que je sors d'un
moulin.

JACQUELINE

Brûlez mes lettres en rentrant chez vous. Si on les trouvait, je serais
perdue ; ma mère me mettrait au couvent. Landry, un clerc, vous
a vu passer, il me le payera. Que faire ? quel moyen ? répondez !
Vous êtes pâle comme la mort.

CLAVAROCHE

J'avais une position fausse quand vous avez poussé le battant,
en sorte que je me suis trouvé, une heure durant, comme une curiosité d'histoire naturelle dans un bocal d'esprit-de-vin.

JACQUELINE

Eh bien ! voyons ! que ferons-nous ?

CLAVAROCHE

Bon ! il n'y a rien de si facile.

JACQUELINE

Mais encore ?

CLAVAROCHE

Je n'en sais rien; mais rien n'est plus aisé. M'en croyez-vous à ma première affaire? Je suis rompu; donnez-moi un verre d'eau.

JACQUELINE

Je crois que le meilleur parti serait de nous voir à la ferme.

CLAVAROCHE

Que ces maris, quand ils s'éveillent, sont d'incommodes animaux ! Voilà un uniforme dans un joli état, et je serai beau à la parade !
Il boit.
Avez-vous une brosse ici? Le diable m'emporte ! avec cette poussière, il m'a fallu un courage d'enfer pour m'empêcher d'éternuer.

JACQUELINE

Voilà ma toilette, prenez ce qu'il vous faut.

CLAVAROCHE, *se brossant la tête.*

A quoi bon aller à la ferme? Votre mari est, à tout prendre, d'assez douce composition. Est-ce que c'est une habitude que ces apparitions nocturnes?

JACQUELINE

Non, Dieu merci ! J'en suis encore tremblante. Mais songez donc qu'avec les idées qu'il a maintenant dans la tête, tous les soupçons vont tomber sur vous.

CLAVAROCHE

Pourquoi sur moi?

JACQUELINE

Pourquoi? Mais... je ne sais... il me semble que cela doit être. Tenez ! Clavaroche, la vérité est une chose étrange, elle a quelque chose des spectres : on la pressent sans la toucher.

CLAVAROCHE, *ajustant son uniforme.*

Bah ! ce sont les grands parents et les juges de paix qui disent que tout se sait. Ils ont pour cela une bonne raison, c'est que tout ce qui ne se sait pas s'ignore, et par conséquent n'existe pas. J'ai l'air de dire une bêtise; réfléchissez, vous verrez que c'est vrai.

JACQUELINE

Tout ce que vous voudrez. Les mains me tremblent, et j'ai une peur qui est pire que le mal.

CLAVAROCHE

Patience, nous arrangerons cela.

JACQUELINE

Comment ? Partez, voilà le jour.

CLAVAROCHE

Eh ! bon Dieu ! quelle tête folle ! Vous êtes jolie comme un ange avec vos grands airs effarés. Voyons un peu, mettez-vous là, et raisonnons de nos affaires. Me voilà presque présentable, et ce désordre réparé. La cruelle armoire que vous avez là ! Il ne fait pas bon être de vos nippes.

JACQUELINE

Ne riez donc pas, vous me faites frémir.

CLAVAROCHE

Eh bien ! ma chère, écoutez-moi, je vais vous dire mes principes. Quand on rencontre sur sa route l'espèce de bête malfaisante qui s'appelle un mari jaloux...

JACQUELINE

Ah ! Clavaroche, par égard pour moi !

CLAVAROCHE

Je vous ai choquée?
Il l'embrasse.

JACQUELINE

Au moins parlez plus bas.

CLAVAROCHE

Il y a trois moyens certains d'éviter tout inconvénient. Le premier, c'est de se quitter. Mais celui-là, nous n'en voulons guère.

JACQUELINE

Vous me ferez mourir de peur.

CLAVAROCHE

Le second, le meilleur incontestablement, c'est de n'y prendre garde, et au besoin...

JACQUELINE

Eh bien?

CLAVAROCHE

Non, celui-là ne vaut rien non plus : vous avez un mari de plume;

il faut garder l'épée au fourreau. Reste donc alors le troisième; c'est
de trouver un *chandelier*.

JACQUELINE

Un chandelier? Qu'est-ce que vous voulez dire?

CLAVAROCHE

Nous appelons ainsi, au régiment, un grand garçon de bonne mine
qui est chargé de porter un châle ou un parapluie au besoin; qui,
lorsqu'une femme se lève pour danser, va gravement s'asseoir sur
sa chaise et la suit dans la foule d'un œil mélancolique, en jouant
avec son éventail; qui lui donne la main pour sortir de sa loge, et pose
avec fierté sur la console voisine le verre où elle vient de boire; l'ac-
compagne à la promenade, lui fait la lecture du soir; bourdonne sans
cesse autour d'elle, assiège son oreille d'une pluie de fadaises. Admire-
t-on la dame, il se rengorge, et, si on l'insulte, il se bat. Un coussin
manque à la causeuse, c'est lui qui court, se précipite et va le chercher
là où il est; car il connaît la maison et les êtres, il fait partie du
mobilier, et traverse les corridors sans lumière. Il joue le soir avec
les tantes au reversi et au piquet. Comme il circonvient le mari, en
politique habile et empressé, il s'est bientôt fait prendre en grippe.
Y a-t-il fête quelque part, où la belle ait envie d'aller? il s'est rasé
au point du jour, il est depuis midi sur la place ou sur la chaussée,
et il a marqué des chaises avec ses gants. Demandez-lui pourquoi il
s'est fait ombre, il n'en sait rien et n'en peut rien dire. Ce n'est pas
que parfois la dame ne l'encourage d'un sourire, et ne lui abandonne
en valsant le bout de ses doigts, qu'il serre avec amour; il est comme
ces grands seigneurs qui ont une charge honoraire et les entrées aux
jours de gala; mais le cabinet leur est clos; ce ne sont pas leurs affaires.
En un mot, sa faveur expire là où commencent les véritables; il a
tout ce qu'on voit des femmes, et rien de ce qu'on en désire. Derrière

IV.   15

ce mannequin commode se cache le mystère heureux; il sert de paravent à tout ce qui se passe sous le manteau de la cheminée. Si le mari est jaloux, c'est de lui; tient-on des propos? c'est sur son compte; c'est lui qu'on mettra à la porte un beau matin que les valets auront entendu marcher la nuit dans l'appartement de Madame; c'est lui qu'on épie en secret; ses lettres, pleines de respect et de tendresse, sont décachetées par la belle-mère; il va, il vient, il s'inquiète; on le laisse ramer, c'est son œuvre, moyennant quoi, l'amant discret et la très innocente amie, couverts d'un voile impénétrable, se rient de lui et des curieux.

JACQUELINE

Je ne puis m'empêcher de rire, malgré le peu d'envie que j'en ai. Et pourquoi à ce personnage ce nom baroque de *chandelier?*

CLAVAROCHE

Eh ! mais, c'est que c'est lui qui porte la...

JACQUELINE

C'est bon, c'est bon, je vous comprends.

CLAVAROCHE

Voyez, ma chère : parmi vos amis, n'auriez-vous point quelque bonne âme capable de remplir ce rôle important, qui, de bonne foi, n'est pas sans douceur? Cherchez, voyez, pensez à cela.

Il regarde sa montre.

Sept heures ! il faut que je vous quitte. Je suis de semaine aujourd'hui.

JACQUELINE

Mais, Clavaroche, en vérité, je ne connais ici personne; et puis c'est une tromperie dont je n'aurais pas le courage. Quoi ! encourager un jeune homme, l'attirer à soi, le laisser espérer, le rendre peut-être amoureux tout de bon, et se jouer de ce qu'il peut souffrir ? C'est une rouerie que vous me proposez.

CLAVAROCHE

Aimez-vous mieux que je vous perde ? et, dans l'embarras où nous sommes, ne voyez-vous pas qu'à tout prix il faut détourner les soupçons ?

JACQUELINE

Pourquoi les faire tomber sur un autre ?

CLAVAROCHE

Eh ! pour qu'ils tombent. Les soupçons, ma chère, les soupçons d'un mari jaloux ne sauraient planer dans l'espace ; ce ne sont pas des hirondelles. Il faut qu'ils se posent tôt ou tard, et le plus sûr est de leur faire un nid.

JACQUELINE

Non, décidément, je ne puis. Ne faudrait-il pas pour cela me compromettre très réellement ?

CLAVAROCHE

Plaisantez-vous ? Est-ce que, le jour des preuves, vous n'êtes pas toujours à même de démontrer votre innocence ? Un amoureux n'est pas un amant.

JACQUELINE

Eh bien !... mais le temps presse. Qui voulez-vous ? Désignez-moi quelqu'un.

CLAVAROCHE, *à la fenêtre.*

Tenez ! voilà, dans votre cour, trois jeunes gens assis au pied d'un arbre; ce sont les clercs de votre mari. Je vous laisse le choix entre eux; quand je reviendrai, qu'il y en ait un amoureux fou de vous.

JACQUELINE

Comment cela serait-il possible? Je ne leur ai jamais dit un mot.

CLAVAROCHE

Est-ce que tu n'es pas fille d'Ève? Allons ! Jacqueline, consentez.

JACQUELINE

N'y comptez pas; je n'en ferai rien.

CLAVAROCHE

Touchez là; je vous remercie. Adieu, la très craintive blonde; vous êtes fine, jeune et jolie, amoureuse... un peu, n'est-il pas vrai, madame? A l'ouvrage ! un coup de filet !

JACQUELINE

Vous êtes hardi, Clavaroche.

CLAVAROCHE

Fier et hardi; fier de vous plaire, hardi pour vous conserver.
Il sort.

SCÈNE II

Un petit jardin.

FORTUNIO, LANDRY *et* GUILLAUME, *assis*.

FORTUNIO

Vraiment, cela est singulier, et cette aventure est étrange.

LANDRY

N'allez pas en jaser, au moins; vous me feriez mettre dehors.

FORTUNIO

Bien étrange et bien admirable. Oui, quel qu'il soit, c'est un homme heureux.

LANDRY

Promettez-moi de n'en rien dire; maître André me l'a fait jurer.

GUILLAUME

De son prochain, du roi et des femmes, il n'en faut pas souffler le mot.

FORTUNIO

Que de pareilles choses existent, cela me fait bondir le cœur. Vraiment, Landry, tu as vu cela?

LANDRY

C'est bon; qu'il n'en soit plus question.

FORTUNIO

Tu as entendu marcher doucement ?

LANDRY

A pas de loup derrière le mur.

FORTUNIO

Craquer doucement la fenêtre ?

LANDRY

Comme un grain de sable sous le pied.

FORTUNIO

Puis, sur le mur, l'ombre d'un homme, quand il a franchi la poterne ?

LANDRY

Comme un spectre, dans son manteau.

FORTUNIO

Et une main derrière le volet ?

LANDRY

Tremblante comme la feuille.

FORTUNIO

Une lueur dans la galerie, puis un baiser, puis quelques pas lointains ?

LANDRY

Puis le silence, les rideaux qui se tirent, et la lueur qui disparaît.

FORTUNIO

Si j'avais été à ta place, je serais resté jusqu'au jour.

GUILLAUME

Est-ce que tu es amoureux de Jacqueline ? Tu aurais fait là un joli métier !

FORTUNIO

Je jure devant Dieu, Guillaume, qu'en présence de Jacqueline je n'ai jamais levé les yeux. Pas même en songe, je n'oserais l'aimer. Je l'ai rencontrée au bal une fois ; ma main n'a pas touché la sienne, ses lèvres ne m'ont jamais parlé. De ce qu'elle fait ou de ce qu'elle pense, je n'en ai de ma vie rien su, sinon qu'elle se promène ici l'après-midi, et que j'ai soufflé sur nos vitres pour la voir marcher dans l'allée.

GUILLAUME

Si tu n'es pas amoureux d'elle, pourquoi dis-tu que tu serais resté ? Il n'y avait rien de mieux à faire que ce qu'a fait justement Landry : aller conter nettement la chose à maître André, notre patron.

FORTUNIO

Landry a fait comme il lui a plu. Que Roméo possède Juliette ! Je voudrais être l'oiseau matinal qui les avertit du danger.

GUILLAUME

Te voilà bien avec tes fredaines ! Quel bien cela peut-il te faire que Jacqueline ait un amant ? C'est quelque officier de la garnison.

FORTUNIO

J'aurais voulu être dans l'étude ; j'aurais voulu voir tout cela.

GUILLAUME

Dieu soit béni ! c'est notre libraire qui t'empoisonne avec ses romans. Que te revient-il de ce conte ? D'être Gros-Jean comme devant. N'espères-tu pas, par hasard, que tu pourras avoir ton tour ? Eh ! oui, sans doute, monsieur se figure qu'on pensera quelque jour à lui. Pauvre garçon ! tu ne connais guère nos belles dames de province. Nous autres, avec nos habits noirs, nous ne sommes que du fretin, bons tout au plus pour les couturières. Elles ne tâtent que du pantalon rouge, et, une fois qu'elles y ont mordu, qu'importe que la garnison change ? Tous les militaires se ressemblent ; qui en aime un en aime cent. Il n'y a que le revers de l'habit qui change, et qui de jaune devient vert ou blanc. Du reste, ne retrouvent-elles pas la moustache retroussée de même, la même allure de corps de garde, le même langage et le même plaisir ? Ils sont tous faits sur un modèle : à la rigueur, elles peuvent s'y tromper.

FORTUNIO

Il n'y a pas à causer avec toi : tu passes tes fêtes et tes dimanches à regarder des joueurs de boule.

GUILLAUME

Et toi, tout seul à ta fenêtre, le nez fourré dans tes giroflées. Voyez la belle différence ! Avec tes idées romanesques, tu deviendras fou à lier. Allons ! rentrons ; à quoi penses-tu ? il est l'heure de travailler.

FORTUNIO

Je voudrais bien avoir été avec Landry cette nuit dans l'étude.
Ils sortent. Entrent Jacqueline et Madelon.

JACQUELINE

Nos prunes seront belles cette année, et nos espaliers ont bonne mine. Viens donc un peu de ce côté-ci, et asseyons-nous sur ce banc.

MADELON

C'est donc que madame ne craint pas l'air, car il ne fait pas chaud ce matin.

JACQUELINE

En vérité, depuis deux ans que j'habite cette maison, je ne crois pas être venue deux fois dans cette partie du jardin. Regarde donc ce pied de chèvrefeuille. Voilà des treillis bien plantés pour faire grimper les clématites.

MADELON

Avec cela que madame n'est pas couverte ; elle a voulu descendre en cheveux.

JACQUELINE

Dis-moi, puisque te voilà : qu'est-ce que c'est donc que ces jeunes gens qui sont là dans la salle basse ? Est-ce que je me trompe ? Je crois qu'ils nous regardent ; ils étaient tout à l'heure ici.

MADELON

Madame ne les connaît donc pas ? Ce sont les clercs de maître André.

JACQUELINE

Ah ! est-ce que tu les connais, toi, Madelon ? Tu as l'air de rougir en disant cela.

MADELON

Moi, madame ! pourquoi donc faire ? Je les connais de les voir tous les jours ; et encore, je dis tous les jours... je n'en sais rien, si je les connais.

JACQUELINE

Allons ! avoue que tu as rougi. Et au fait, pourquoi t'en défendre ? Autant que je puis en juger d'ici, ces garçons ne sont pas si mal. Voyons ! lequel préfères-tu ? fais-moi un peu tes confidences. Tu es belle fille, Madelon ; que ces jeunes gens te fassent la cour, qu'y a-t-il de mal à cela ?

MADELON

Je ne dis pas qu'il y ait du mal ; ces jeunes gens ne manquent pas de bien, et leurs familles sont honorables. Il y a là un petit blond : les grisettes de la Grand'Rue ne font pas fi de son coup de chapeau.

JACQUELINE, s'approchant de la maison.

Qui ? celui-là avec sa moustache ?

MADELON

Oh ! que non. C'est M. Landry, un grand flandrin qui ne sait que dire.

JACQUELINE

C'est donc cet autre qui écrit ?

MADELON

Nenni, nenni ; c'est M. Guillaume, un honnête garçon bien rangé ; mais ses cheveux ne frisent guère, et ça fait pitié, le dimanche, quand il veut se mettre à danser.

JACQUELINE

De qui veux-tu donc parler ? Je ne crois pas qu'il y en ait d'autres que ceux-là dans l'étude.

MADELON

Vous ne voyez pas à la fenêtre ce jeune homme propre et bien peigné ? Tenez ! le voilà qui se penche : c'est le petit Fortunio.

JACQUELINE

Oui-da, je le vois maintenant. Il n'est pas mal tourné, ma foi, avec ses cheveux sur l'oreille et son petit air innocent. Prenez garde à vous, Madelon, ces anges-là font déchoir les filles. Et il fait la cour aux grisettes, ce monsieur-là, avec ses yeux bleus ? Eh bien ! Madelon, il ne faut pas pour cela baisser les vôtres d'un air si renchéri. Vraiment, on peut moins bien choisir. Il sait donc que dire, celui-là, et il a un maître à danser ?

MADELON

Révérence parler, madame, si je le croyais amoureux, ici, ce ne serait pas de si peu de chose. Si vous aviez tourné la tête quand vous passiez dans le quinconce, vous l'auriez vu plus d'une fois, les bras croisés, la plume à l'oreille, vous regarder tant qu'il pouvait.

JACQUELINE

Plaisantez-vous, mademoiselle, et pensez-vous à qui vous parlez ?

MADELON

Un chien regarde bien un évêque, et il y en a qui disent que l'évêque n'est pas fâché d'être regardé du chien. Il n'est pas si sot, ce garçon-là, et son père est un riche orfèvre. Je ne crois pas qu'il y ait d'injure à regarder passer les gens.

JACQUELINE

Qui vous a dit que c'est moi qu'il regarde ? Il ne vous a pas, j'imagine, fait des confidences là-dessus.

MADELON

Quand un garçon tourne la tête, allez ! madame, il ne faut guère être femme pour ne pas deviner où les yeux s'en vont. Je n'ai que faire de ses confidences, et on ne m'apprendra que ce que j'en sais.

JACQUELINE

J'ai froid. Allez me chercher un châle, et faites-moi grâce de vos propos.

Madelon sort.

JACQUELINE, *seule.*

Si je ne me trompe, c'est le jardinier que j'ai aperçu entre ces arbres. Holà ! Pierre, écoutez.

LE JARDINIER, *entrant.*

Vous m'avez appelé, madame ?

JACQUELINE

Oui, entrez là ; demandez un clerc qui s'appelle Fortunio. Qu'il vienne ici ; j'ai à lui parler.

Le jardinier sort. Un instant après, entre Fortunio.

FORTUNIO

Madame, on se trompe sans doute ; on vient de me dire que vous me demandiez.

JACQUELINE

Asseyez-vous, on ne se trompe pas. — Vous me voyez, monsieur Fortunio, fort embarrassée, fort en peine. Je ne sais trop comment vous dire ce que j'ai à vous demander, ni pourquoi je m'adresse à vous.

FORTUNIO

Je ne suis que troisième clerc; s'il s'agit d'une affaire d'importance, Guillaume, notre premier clerc, est là; souhaitez-vous que
je l'appelle?

JACQUELINE

Mais non. Si c'était une affaire, est-ce que je n'ai pas mon mari?

FORTUNIO

Puis-je être bon à quelque chose? Veuillez parler avec confiance.
Quoique bien jeune, je mourrais de bon cœur pour vous rendre service.

JACQUELINE

C'est galamment et vaillamment parler; et cependant, si je ne
me trompe, je ne suis pas connue de vous.

FORTUNIO

L'étoile qui brille à l'horizon ne connaît pas les yeux qui la regardent; mais elle est connue du moindre pâtre qui chemine sur le
coteau.

JACQUELINE

C'est un secret que j'ai à vous dire, et j'hésite par deux motifs :
d'abord vous pouvez me trahir, et en second lieu, même en me
servant, prendre de moi mauvaise opinion.

FORTUNIO

Puis-je me soumettre à quelque épreuve? Je vous supplie de croire
en moi.

JACQUELINE

Mais, comme vous dites, vous êtes bien jeune. Vous-même, vous pouvez croire en vous, et ne pas toujours en répondre.

FORTUNIO

Vous êtes plus belle que je ne suis jeune ; de ce que mon cœur sent, j'en réponds.

JACQUELINE

La nécessité est imprudente. Voyez si personne n'écoute.

FORTUNIO

Personne ; ce jardin est désert, et j'ai fermé la porte de l'étude.

JACQUELINE

Non, décidément, je ne puis parler ; pardonnez-moi cette démarche inutile, et qu'il n'en soit jamais question.

FORTUNIO

Hélas ! madame, je suis bien malheureux ! il en sera comme il vous plaira.

JACQUELINE

C'est que la position où je suis n'a vraiment pas le sens commun. J'aurais besoin, vous l'avouerai-je ? non pas tout à fait d'un ami, et cependant d'une action d'ami. Je ne sais à quoi me résoudre. Je me promenais dans ce jardin, en regardant ces espaliers ; et je vous dis, je ne sais pourquoi, je vous ai vu à cette fenêtre, j'ai eu l'idée de vous faire appeler.

FORTUNIO

Quel que soit le caprice du hasard à qui je dois cette faveur, permettez-moi d'en profiter. Je ne puis que répéter mes paroles : je mourrais de bon cœur pour vous.

JACQUELINE

Ne me le répétez pas trop ; c'est le moyen de me faire taire.

FORTUNIO

Pourquoi ? c'est le fond de mon cœur.

JACQUELINE

Pourquoi ? pourquoi ? vous n'en savez rien, et je n'y veux seulement pas penser. Non ; ce que j'ai à vous demander ne peut avoir de suite aussi grave. Dieu merci ! c'est un rien, une bagatelle. Vous êtes un enfant, n'est-ce pas ? Vous me trouvez peut-être jolie, et vous m'adressez légèrement quelques paroles de galanterie. Je les prends ainsi, c'est tout simple ; tout homme à votre place en pourrait dire autant.

FORTUNIO

Madame, je n'ai jamais menti. Il est bien vrai que je suis un enfant et qu'on peut douter de mes paroles ; mais telles qu'elles sont, Dieu peut les juger.

JACQUELINE

C'est bon, vous savez votre rôle, et vous ne vous dédisez pas. En voilà assez là-dessus ; prenez donc ce siège et mettez-vous là.

FORTUNIO

Je le ferai pour vous obéir.

JACQUELINE

Pardonnez-moi une question qui pourra vous sembler étrange. Madelon, ma femme de chambre, m'a dit que votre père était joaillier. Il doit se trouver en rapport avec les marchands de la ville.

FORTUNIO

Oui, madame; je puis dire qu'il n'en est guère d'un peu considérable qui ne connaisse notre maison.

JACQUELINE

Par conséquent, vous avez l'occasion d'aller et de venir dans le quartier marchand, et on connaît votre visage dans les boutiques de la Grand'Rue?

FORTUNIO

Oui, madame, pour vous servir.

JACQUELINE

Une femme de mes amies a un mari avare et jaloux. Elle ne manque pas de fortune, mais elle ne peut en disposer. Ses plaisirs, ses goûts, sa parure, ses caprices, si vous voulez, — quelle femme vit sans caprice? — tout est réglé et contrôlé. Ce n'est pas qu'au bout de l'année elle ne se trouve en position de faire face à de grosses dépenses; mais chaque mois, presque chaque semaine, il lui faut compter, disputer, calculer tout ce qu'elle achète. Vous comprenez que la morale, tous les sermons d'économie possibles, toutes les raisons des avares, ne font pas faute aux échéances; enfin, avec beaucoup d'aisance, elle mène la vie la plus gênée. Elle est plus pauvre que son tiroir, et son argent ne lui sert de rien. Qui dit toilette, en parlant des femmes, dit un grand mot, vous le savez. Il a donc fallu, à tout prix, user de

quelque stratagème. Les mémoires des fournisseurs ne portent que
ces dépenses banales que le mari appelle de « première nécessité », ces
choses-là se payent au grand jour; mais, à certaines époques convenues, certains autres mémoires secrets font mention de quelques
bagatelles que la femme appelle à son tour de « seconde nécessité »,
qui est la vraie, et que les esprits mal faits pourraient nommer du
superflu. Moyennant quoi, tout s'arrange à merveille; chacun y peut
trouver son compte, et le mari, sûr de ses quittances, ne se connaît
pas assez en chiffons pour deviner qu'il n'a pas payé tout ce qu'il
voit sur l'épaule de sa femme.

FORTUNIO

Je ne vois pas grand mal à cela.

JACQUELINE

Maintenant donc, voilà ce qui arrive : le mari, un peu soupçon-
neux, a fini par s'apercevoir, non du chiffon de trop, mais de l'argent de moins. Il a menacé ses domestiques, frappé sur sa cassette
et grondé ses marchands. La pauvre femme abandonnée n'y a pas
perdu un louis; mais elle se trouve, comme un nouveau Tantale,
dévorée du matin au soir de la soif des chiffons. Plus de confidents,
plus de mémoires secrets, plus de dépenses ignorées. Cette soif pourtant la tourmente; à tout hasard elle cherche à l'apaiser. Il faudrait
qu'un jeune homme adroit, discret surtout, et d'assez haut rang dans
la ville pour n'éveiller aucun soupçon, voulût aller visiter les boutiques
et y acheter, comme pour lui-même, ce dont elle peut et veut avoir
besoin. Il faudrait qu'il eût, tout d'abord, facile accès dans la maison;
qu'il pût entrer et sortir avec assurance; qu'il eût bon goût, cela est
clair, et qu'il sût choisir à propos. Peut-être serait-ce un heureux
hasard s'il se trouvait par là, dans la ville, quelque jolie et coquette
fille à qui on sût qu'il fît sa cour. N'êtes-vous pas dans ce cas, je sup-

pose ? ce hasard-là justifierait tout. Ce serait alors pour la belle que les emplettes seraient censées se faire. Voilà ce qu'il faudrait trouver.

FORTUNIO

Dites à votre amie que je m'offre à elle ; je la servirai de mon mieux.

JACQUELINE

Mais si cela se trouvait ainsi, vous comprenez, n'est-il pas vrai que, pour avoir dans la maison le libre accès dont je vous parle, le confident devrait s'y montrer autre part qu'à la salle basse ? Vous comprenez qu'il faudrait que sa place fût à la table et au salon ? Vous comprenez que la discrétion est une vertu trop difficile pour qu'on lui manque de reconnaissance, mais qu'en outre du bon vouloir, le savoir-faire n'y gâterait rien ? Il faudrait qu'un soir, je suppose comme ce soir, s'il fait beau, il sût trouver la porte entr'ouverte et apporter un bijou furtif comme un hardi contrebandier. Il faudrait qu'un air de mystère ne trahît jamais son adresse ; qu'il fût prudent, leste et avisé ; qu'il se souvînt d'un proverbe espagnol qui mène loin ceux qui le suivent : « Aux audacieux Dieu prête la main. »

FORTUNIO

Je vous en supplie, servez-vous de moi.

JACQUELINE

Toutes ces conditions remplies, pour peu qu'on fût sûr du silence, on pourrait dire au confident le nom de sa nouvelle amie. Il recevrait alors sans scrupule, adroitement comme une jeune soubrette, une bourse dont il saurait l'emploi. Preste ! j'aperçois Madelon qui vient m'apporter mon manteau. Discrétion et prudence, adieu. L'amie

c'est moi; le confident, c'est vous; la bourse est là au pied de la chaise.
Elle sort. — Guillaume et Landry sur le pas de la porte.

GUILLAUME

Holà ! Fortunio; maître André est là qui t'appelle.

LANDRY

Il y a de l'ouvrage sur ton bureau. Que fais-tu là, hors de l'étude ?

FORTUNIO

Hein ? plaît-il ? que me voulez-vous ?

GUILLAUME

Nous te disons que le patron te demande.

LANDRY

Arrive ici; on a besoin de toi. A quoi songe donc ce rêveur ?

FORTUNIO

En vérité, cela est singulier, et cette aventure est étrange.
                                    Ils sortent.

ACTE II

—

SCÈNE PREMIÈRE

Un salon.

CLAVAROCHE, *devant une glace.*

En conscience, ces belles dames, si on les aimait tout de bon, ce serait une pauvre affaire, et le métier des bonnes fortunes est, à tout prendre, un ruineux travail. Tantôt c'est au plus bel endroit qu'un valet qui gratte à la porte vous oblige à vous esquiver. La femme qui se perd pour vous ne se livre que d'une oreille, et au milieu du plus doux transport on vous pousse dans une armoire. Tantôt c'est lorsqu'on est chez soi, étendu sur un canapé et fatigué de la manœuvre, qu'un messager envoyé à la hâte vient vous faire ressouvenir qu'on vous adore à une lieue de distance. Vite, un barbier, le valet de chambre ! On court, on vole ; il n'est plus temps, le mari est rentré ; la pluie tombe, il faut faire le pied de grue, une heure durant. Avisez-vous d'être malade ou seulement de mauvaise humeur ! Point ; le soleil, le froid, la tempête, l'incertitude, le danger, cela est fait pour rendre gaillard. La difficulté est en possession, depuis qu'il y a des proverbes, du privilège d'augmenter le plaisir, et le vent de bise se fâcherait si, en vous coupant le visage, il ne croyait vous donner du cœur. En vérité, on représente l'amour avec des ailes et un carquois ; on ferait mieux de nous le peindre comme un chasseur de canards sauvages, avec une veste imperméable et une perruque de laine frisée pour lui garantir l'occiput. Quelles sottes bêtes que les hommes, de se refuser leurs franches lippées pour courir après quoi, de grâce ?

après l'ombre de leur orgueil ! Mais la garnison dure six mois; on ne peut pas toujours aller au café; les comédiens de province ennuient; on se regarde dans un miroir, et on ne veut pas être beau pour rien. Jacqueline a la taille fine; c'est ainsi qu'on prend patience et qu'on s'accommode de tout sans trop faire le difficile.

Entre Jacqueline.

Eh bien ! ma chère, qu'avez-vous fait ? Avez-vous suivi mes conseils et sommes-nous hors de danger ?

JACQUELINE

Oui.

CLAVAROCHE

Comment vous y êtes-vous prise ? vous allez me conter cela. Est-ce un des clercs de maître André qui s'est chargé de notre salut ?

JACQUELINE

Oui.

CLAVAROCHE

Vous êtes une femme incomparable, et on n'a pas plus d'esprit que vous. Vous avez fait venir, n'est-ce pas, le bon jeune homme à votre boudoir ? Je le vois d'ici, les mains jointes, tournant son chapeau dans ses doigts. Mais quel conte lui avez-vous fait pour réussir en si peu de temps ?

JACQUELINE

Le premier venu; je n'en sais rien.

CLAVAROCHE

Voyez un peu ce que c'est que de nous, et quels pauvres diables nous sommes quand il vous plaît de nous endiabler ! Et notre mari, comment voit-il la chose ? La foudre qui nous menaçait sent-elle déjà l'aiguille aimantée ? commence-t-elle à se détourner ?

JACQUELINE

Oui.

CLAVAROCHE

Parbleu ! nous nous divertirons, et je me fais une vraie fête d'examiner cette comédie, d'en observer les ressorts et les gestes, et d'y jouer moi-même mon rôle. Et l'humble esclave, je vous prie, depuis que je vous ai quittée, est-il déjà amoureux de vous ? Je parierais que je l'ai rencontré comme je montais : un visage affairé et une encolure à cela. Est-il déjà installé dans sa charge ? s'acquitte-t-il des soins indispensables avec quelque facilité ? porte-t-il déjà vos couleurs ? met-il l'écran devant le feu ? a-t-il hasardé quelques mots d'amour craintif et de respectueuse tendresse ? êtes-vous contente de lui ?

JACQUELINE

Oui.

CLAVAROCHE

Et, comme à compte sur ses futurs services, ces beaux yeux pleins d'une flamme noire lui ont-ils déjà laissé deviner qu'il est permis de soupirer pour eux ? A-t-il déjà obtenu quelque grâce ? Voyons, franchement, où en êtes-vous ? Avez-vous croisé le regard ? avez-vous engagé le fer ? C'est bien le moins qu'on l'encourage pour le service qu'il nous rend.

JACQUELINE

· Oui.

CLAVAROCHE

Qu'avez-vous donc ? Vous êtes rêveuse et vous répondez à demi.

JACQUELINE

J'ai fait ce que vous m'avez dit.

CLAVAROCHE

En avez-vous quelque regret?

JACQUELINE

Non.

CLAVAROCHE

Mais vous avez l'air soucieux, et quelque chose vous inquiète.

JACQUELINE

Non.

CLAVAROCHE

Verriez-vous quelque sérieux dans une pareille plaisanterie? Laissez donc, tout cela n'est rien.

JACQUELINE

Si l'on savait ce qui s'est passé, pourquoi le monde me donnerait-il tort, et à vous peut-être raison?

CLAVAROCHE

Bon ! c'est un jeu, c'est une misère; ne m'aimez-vous pas, Jacqueline?

JACQUELINE

Oui.

CLAVAROCHE

Eh bien donc ! qui peut vous fâcher ? N'est-ce donc pas pour sauver notre amour que vous avez fait tout cela ?

JACQUELINE

Oui.

CLAVAROCHE

Je vous assure que cela m'amuse et que je n'y regarde pas de si près.

JACQUELINE

Silence ! l'heure du dîner approche, et voici maître André qui vient.

CLAVAROCHE

Est-ce notre homme qui est avec lui ?

JACQUELINE

C'est lui. Mon mari l'a prié, et il reste ce soir ici.
Entrent maître André et Fortunio.

MAITRE ANDRÉ

Non ! je ne veux pas d'aujourd'hui entendre parler d'une affaire. Je veux qu'on s'évertue à danser et qu'il ne soit question que de rire. Je suis ravi, je nage dans la joie, et je n'entends qu'à bien dîner.

CLAVAROCHE

Peste ! vous êtes en belle humeur, maître André, à ce que je vois.

MAITRE ANDRÉ

Il faut que je vous dise à tous ce qui m'est arrivé hier. J'ai soup-
çonné injustement ma femme; j'ai fait mettre le piège à loup devant
la porte de mon jardin, j'y ai trouvé mon chat ce matin; c'est bien
fait; je l'ai mérité. Mais je veux rendre justice à Jacqueline, et que
vous appreniez de moi que notre paix est faite, et qu'elle m'a pardonné.

JACQUELINE

C'est bon, je n'ai pas de rancune; obligez-moi de n'en plus parler.

MAITRE ANDRÉ

Non, je veux que tout le monde le sache. Je l'ai dit partout dans
la ville, et j'ai rapporté dans ma poche un petit Napoléon en sucre;
je veux le mettre sur ma cheminée en signe de réconciliation, et,
toutes les fois que je le regarderai, j'en aimerai cent fois plus ma
femme. Ce sera pour me garantir de toute défiance à l'avenir.

CLAVAROCHE

Voilà agir en digne mari; je reconnais là maître André.

MAITRE ANDRÉ

Capitaine, je vous salue. Voulez-vous dîner avec nous? Nous
avons aujourd'hui au logis une façon de petite fête, et vous êtes le
bienvenu.

CLAVAROCHE

C'est trop d'honneur que vous me faites.

MAITRE ANDRÉ

Je vous présente un nouvel hôte : c'est un de mes clercs, capitaine. Hé ! hé ! *cedant arma togæ*. Ce n'est pas pour vous faire injure;
le petit drôle a de l'esprit; il vient faire la cour à ma femme.

CLAVAROCHE

Monsieur, peut-on vous demander votre nom ? Je suis ravi de faire votre connaissance.
Fortunio salue.

MAITRE ANDRÉ

Fortunio. C'est un nom heureux. A vous dire vrai, voilà tantôt un an qu'il travaillait à mon étude, et je ne m'étais pas aperçu de tout le mérite qu'il a. Je crois même que, sans Jacqueline, je n'y aurais jamais songé. Son écriture n'est pas très nette, et il me fait des accolades qui ne sont pas exemptes de reproche ; mais ma femme a besoin de lui pour quelques petites affaires, et elle se loue fort de son zèle. C'est leur secret ; nous autres maris nous ne mettons point le nez là. Un hôte aimable, dans une petite ville, n'est pas une chose de peu de prix ; aussi Dieu veuille qu'il s'y plaise ! nous le recevrons de notre mieux.

FORTUNIO

Je ferai tout pour m'en rendre digne.

MAITRE ANDRÉ, *à Clavaroche.*

Mon travail, comme vous le savez, me retient chez moi la semaine. Je ne suis pas fâché que Jacqueline s'amuse sans moi comme elle l'entend. Il lui fallait quelquefois un bras pour se promener par la ville ; le médecin veut qu'elle marche, et le grand air lui fait du bien. Ce garçon-là sait les nouvelles, il lit fort bien à haute voix ; il est, d'ailleurs, de bonne famille, et ses parents l'ont bien élevé ; c'est un cavalier pour ma femme, et je vous demande votre amitié pour lui.

CLAVAROCHE

Mon amitié, digne maître André, est tout entière à son service ; c'est une chose qui vous est acquise, et dont vous pouvez disposer.

FORTUNIO

Monsieur le capitaine est bien honnête, et je ne sais comment le remercier.

CLAVAROCHE

Touchez là ! l'honneur est pour moi si vous me comptez pour un ami.

MAITRE ANDRÉ

Allons ! Voilà qui est à merveille. Vive la joie ! La nappe nous attend ; donnez la main à Jacqueline, et venez goûter de mon vin.

CLAVAROCHE, *bas, à Jacqueline.*

Maître André ne me paraît pas envisager tout à fait les choses comme je m'y attendais.

JACQUELINE, *bas.*

Sa confiance et sa jalousie dépendent d'un mot et du vent qui souffle.

CLAVAROCHE, *de même.*

Mais ce n'est pas cela qu'il nous faut. Si cela prend cette tournure, nous n'avons que faire de votre clerc.

JACQUELINE, *de même.*

J'ai fait ce que vous m'avez dit.

Ils sortent.

SCÈNE II

A l'étude.

GUILLAUME *et* LANDRY, *travaillant.*

GUILLAUME

Il me semble que Fortunio n'est pas resté longtemps à l'étude.

LANDRY

Il y a gala ce soir à la maison, et maître André l'a invité.

GUILLAUME

Oui; de façon que l'ouvrage nous reste. J'ai la main droite paralysée.

LANDRY

Il n'est pourtant que troisième clerc; on aurait pu nous inviter aussi.

GUILLAUME

Après tout, c'est un bon garçon; il n'y a pas grand mal à cela.

LANDRY

Non. Il n'y en aurait pas non plus si on nous eût mis de la noce.

GUILLAUME

Hum, hum ! quelle odeur de cuisine ! on fait un bruit là-haut, c'est à ne pas s'entendre.

LANDRY

Je crois qu'on danse; j'ai vu des violons.

GUILLAUME

Au diable les paperasses ! je n'en ferai pas davantage aujourd'hui.

LANDRY

Sais-tu une chose ? j'ai quelque idée qu'il se passe du mystère ici.

GUILLAUME

Bah ! comment cela ?

LANDRY

Oui, oui. Tout n'est pas clair, et si je voulais un peu jaser...

GUILLAUME

N'aie pas peur, je n'en dirai rien.

LANDRY

Tu te souviens que j'ai vu l'autre jour un homme escalader la fenêtre : qui c'était, on n'en a rien su. Mais aujourd'hui, pas plus tard que ce soir, j'ai vu quelque chose, moi qui te parle; et ce que c'était, je le sais bien.

GUILLAUME

Qu'est-ce que c'était ? conte-moi cela.

LANDRY

J'ai vu Jacqueline, entre chien et loup, ouvrir la porte du jardin. Un homme était derrière elle, qui s'est glissé contre le mur, et qui lui a baisé la main ; après quoi, il a pris le large, et j'ai entendu qu'il disait : « Ne craignez rien, je reviendrai tantôt. »

GUILLAUME

Vraiment ! cela n'est pas possible.

LANDRY

Je l'ai vu comme je te vois.

GUILLAUME

Ma foi ! s'il en était ainsi, je sais ce que je ferais à ta place. J'en avertirais maître André, comme l'autre fois, ni plus ni moins.

LANDRY

Cela demande réflexion. Avec un homme comme maître André, il y a des chances à courir. Il change d'avis tous les matins.

GUILLAUME

Entends-tu le carillon qu'ils font ? Paf, les portes ! clip-clap, les assiettes, les plats, les fourchettes, les bouteilles ! Il me semble que j'entends chanter.

LANDRY

Oui, c'est la voix de maître André lui-même. Pauvre bonhomme ! on se rit bien de lui.

GUILLAUME

Viens donc un peu sur la promenade ; nous jaserons tout à notre aise. Ma foi ! quand le patron s'amuse, c'est bien le moins que les clercs se reposent.

Ils sortent.

SCÈNE III

La salle à manger.

MAITRE ANDRÉ, CLAVAROCHE, FORTUNIO
et JACQUELINE, *à table.*

On est au dessert.

CLAVAROCHE

Allons ! monsieur Fortunio, servez donc à boire à madame.

FORTUNIO

De tout mon cœur, monsieur le capitaine, et je bois à votre santé.

CLAVAROCHE

Fi donc ! vous n'êtes pas galant. A la santé de votre voisine !

MAITRE ANDRÉ

Eh oui ! à la santé de ma femme ! Je suis enchanté, capitaine,
que vous trouviez ce vin de votre goût.
   Il chante :
        Amis, buvons, buvons sans cesse...

CLAVAROCHE

Cette chanson-là est trop vieille. Chantez donc, monsieur Fortunio.

FORTUNIO

Si Madame veut l'ordonner.

MAITRE ANDRÉ

Hé, hé ! le garçon sait son monde.

JACQUELINE

Eh bien ! chantez, je vous en prie.

CLAVAROCHE

Un instant. Avant de chanter, mangez un peu de ce biscuit ; cela
vous ouvrira la voix et vous donnera du montant.

MAITRE ANDRÉ

Le capitaine a le mot pour rire.

FORTUNIO

Je vous remercie, cela m'étoufferait.

CLAVAROCHE

Bon, bon ! Demandez à madame de vous en donner un morceau.
Je suis sûr que de sa blanche main cela vous paraîtra léger.
    Regardant sous la table.
O ciel ! que vois-je ? vos pieds sur le carreau ! souffrez, madame,
qu'on apporte un coussin.

FORTUNIO, se levant.

En voilà un sous cette chaise.
    Il le place sous les pieds de Jacqueline.

CLAVAROCHE

A la bonne heure ! monsieur Fortunio. Je pensais que vous m'eus-

siez laissé faire. Un jeune homme qui fait sa cour ne doit pas permettre qu'on le prévienne.

MAITRE ANDRÉ

Oh ! oh ! le garçon ira loin; il n'y a qu'à lui dire un mot.

CLAVAROCHE

Maintenant donc, chantez, s'il vous plaît; nous écoutons de toutes nos oreilles.

FORTUNIO

Je n'ose devant des connaisseurs. Je ne sais pas de chanson de
table.

CLAVAROCHE

Puisque madame l'a ordonné, vous ne pouvez vous en dispenser.

FORTUNIO

Je ferai donc comme je pourrai.

CLAVAROCHE

N'avez-vous pas encore, monsieur Fortunio, adressé de vers à
madame? Voyez, l'occasion se présente.

MAITRE ANDRÉ

Silence, silence ! Laissez-le chanter.

CLAVAROCHE

Une chanson d'amour surtout, n'est-il pas vrai, monsieur Fortunio ?

Pas autre chose, je vous en conjure ! Madame, priez-le, s'il vous plaît, qu'il nous chante une chanson d'amour. On ne saurait vivre sans cela.

JACQUELINE

Je vous en prie, Fortunio.

FORTUNIO, *chante*.

Si vous croyez que je vais dire
Qui j'ose aimer,
Je ne saurais pour un empire
Vous la nommer.

Nous allons chanter à la ronde,
Si vous voulez,
Que je l'adore et qu'elle est blonde
Comme les blés.

Je fais ce que sa fantaisie
Veut m'ordonner,
Et je puis, s'il lui faut ma vie,
La lui donner.

Du mal qu'une amour ignorée
Nous fait souffrir,
J'en porte l'âme déchirée
Jusqu'à mourir.

Mais j'aime trop pour que je die
Qui j'ose aimer,
Et je veux mourir pour ma mie,
Sans la nommer.

MAITRE ANDRÉ

En vérité, le petit gaillard est amoureux, comme il le dit; il a les larmes aux yeux. Allons ! garçon, bois pour te remettre. C'est quelque grisette de la ville qui t'aura fait ce méchant cadeau-là.

CLAVAROCHE

Je ne crois pas à monsieur Fortunio l'ambition si roturière; sa chanson vaut mieux qu'une grisette. Qu'en dit madame, et quel est son avis?

JACQUELINE

Très bien. Donnez-moi le bras, et allons prendre le café.

CLAVAROCHE

Vite, monsieur Fortunio, offrez votre bras à madame.

JACQUELINE *prend le bras de Fortunio ; bas, en sortant.*

Avez-vous fait ma commission?

FORTUNIO, *bas.*

Oui, madame; tout est dans l'étude.

JACQUELINE, *de même.*

Allez m'attendre dans ma chambre; je vous y rejoins dans un instant.

Ils sortent.

SCÈNE IV

La chambre de Jacqueline.

Entre FORTUNIO.

FORTUNIO

Est-il un homme plus heureux que moi ? J'en suis certain, Jacqueline m'aime, et à tous les signes qu'elle m'en donne, il n'y a pas à s'y tromper. Déjà me voilà bien reçu, fêté, choyé dans la maison. Elle m'a fait mettre à table à côté d'elle ; si elle sort, je l'accompagnerai. Quelle douceur, quelle voix, quel sourire ! Quand son regard se fixe sur moi, je ne sais ce qui me passe par le corps ; j'ai une joie qui me prend à la gorge ; je lui sauterais au cou si je ne me retenais. Non ; — plus j'y pense, plus je réfléchis, les moindres signes, les plus légères faveurs, tout est certain ; elle m'aime, elle m'aime, et je serais un sot fieffé si je feignais de ne pas le voir. Lorsque j'ai chanté tout à l'heure, comme j'ai vu briller ses yeux ! Allons ! ne perdons pas de temps. Déposons ici cette boîte qui renferme quelques bijoux ; c'est une commission secrète, et Jacqueline, sûrement, ne tardera pas à venir.

Entre Jacqueline.

JACQUELINE

Êtes-vous là, Fortunio ?

FORTUNIO

Oui. Voilà votre écrin, madame, et ce que vous avez demandé.

JACQUELINE

Vous êtes homme de parole, et je suis contente de vous.

FORTUNIO

Comment vous dire ce que j'éprouve? Un regard de vos yeux a changé mon sort, et je ne vis que pour vous servir.

JACQUELINE

Vous nous avez chanté, à table, une jolie chanson tout à l'heure. Pour qui est-ce donc qu'elle est faite? Me la voulez-vous donner par écrit?

FORTUNIO

Elle est faite pour vous, madame; je meurs d'amour, et ma vie est à vous.

Il se jette à genoux.

JACQUELINE

Vraiment ! je croyais que votre refrain défendait de dire qui on aime.

FORTUNIO

Ah ! Jacqueline, ayez pitié de moi; ce n'est pas d'hier que je souffre. Depuis deux ans, à travers ces charmilles, je suis la trace de vos pas. Depuis deux ans, sans que jamais peut-être vous ayez su mon existence, vous n'êtes pas sortie ou rentrée, votre ombre tremblante et légère n'a pas paru derrière vos rideaux, vous n'avez pas ouvert votre fenêtre, vous n'avez pas remué dans l'air, que je ne fusse là, que je ne vous aie vue; je ne pouvais approcher de vous, mais votre beauté, grâce à Dieu, m'appartenait comme le soleil à tous; je la cherchais, je la respirais, je vivais de l'ombre de votre vie. Vous passiez le matin sur le seuil de la porte, la nuit j'y revenais pleurer. Quelques mots, tombés de vos lèvres, avaient pu venir jusqu'à moi, je les répétais tout un jour. Vous cultiviez des fleurs, ma chambre en était pleine. Vous chantiez le soir au piano, je savais par cœur vos romances. Tout ce que vous aimiez, je l'aimais; je m'enivrais de ce qui avait passé sur votre bouche et dans votre cœur. Hélas ! je vois que vous souriez. Dieu sait que ma douleur est vraie, et que je vous aime à en mourir.

JACQUELINE

Je ne souris pas de vous entendre dire qu'il y a deux ans que vous m'aimez, mais je souris de ce que je pense qu'il y aura deux jours demain.

FORTUNIO

Que je vous perde si la vérité ne m'est aussi chère que mon amour ! que je vous perde s'il n'y a deux ans que je n'existe que pour vous !

JACQUELINE

Levez-vous donc; si on venait, qu'est-ce qu'on penserait de moi ?

FORTUNIO

Non ! je ne me lèverai pas, je ne quitterai pas cette place, que vous ne croyiez à mes paroles. Si vous repoussez mon amour, du moins n'en douterez-vous pas.

JACQUELINE

Est-ce une entreprise que vous faites ?

FORTUNIO

Une entreprise pleine de crainte, pleine de misère et d'espérance. Je ne sais si je vis ou si je meurs; comment j'ai osé vous parler, je n'en sais rien. Ma raison est perdue; j'aime, je souffre; il faut que vous le sachiez, que vous le voyiez, que vous me plaigniez.

JACQUELINE

Ne va-t-il pas rester là une heure, ce méchant enfant obstiné ? Allons ! levez-vous, je le veux.

FORTUNIO, *se levant.*

Vous croyez donc à mon amour ?

JACQUELINE

Non, je n'y crois pas ; cela m'arrange de n'y pas croire.

FORTUNIO

C'est impossible ! vous n'en pouvez douter !

JACQUELINE

Bah ! on ne se prend pas si vite à trois mots de galanterie.

FORTUNIO

De grâce ! jetez les yeux sur moi. Qui m'aurait appris à tromper ? Je suis un enfant né d'hier, et je n'ai jamais aimé personne, si ce n'est vous qui l'ignoriez.

JACQUELINE

Vous faites la cour aux grisettes, je le sais comme si je l'avais vu.

FORTUNIO

Vous vous moquez. Qui a pu vous le dire ?

JACQUELINE

Oui, oui, vous allez à la danse et aux dîners sur le gazon.

FORTUNIO

Avec mes amis, le dimanche. Quel mal y a-t-il à cela ?

JACQUELINE

Je vous l'ai déjà dit hier, cela se conçoit : vous êtes jeune, et à l'âge où le cœur est riche on n'a pas les lèvres avares.

FORTUNIO

Que faut-il faire pour vous convaincre ? Je vous en prie, dites-le-moi.

JACQUELINE

Vous demandez un joli conseil. Eh bien ! il faudrait le prouver.

FORTUNIO

Seigneur mon Dieu, je n'ai que des larmes. Les larmes prouvent-elles qu'on aime ?

Il se jette à genoux.

Quoi ! me voilà à genoux devant vous; mon cœur à chaque battement voudrait s'élancer sur vos lèvres; ce qui m'a jeté à vos pieds, c'est une douleur qui m'écrase, que je combats depuis deux ans, que je ne peux plus contenir, et vous restez froide et incrédule ! Je ne puis faire passer en vous une étincelle du feu qui me dévore ! Vous niez même ce que je souffre quand je suis prêt à mourir devant vous ! Ah ! c'est plus cruel qu'un refus ! c'est plus affreux que le mépris ! L'indifférence elle-même peut croire, et je n'ai pas mérité cela.

JACQUELINE

Debout ! on vient. Je vous crois, je vous aime; sortez par le petit escalier, revenez en bas, j'y serai.

Elle sort.

FORTUNIO, *seul.*

Elle m'aime ! Jacqueline m'aime ! elle s'éloigne, elle me quitte

ainsi ! Non ! je ne puis descendre encore. Silence ! on approche ;
quelqu'un l'a arrêtée ; on vient ici. Vite, sortons !
Il lève la tapisserie.
Ah ! la porte est fermée en dehors, je ne puis sortir ; comment
faire ? Si je descends par l'autre côté, je vais rencontrer ceux qui viennent.

CLAVAROCHE, *en dehors.*

Venez donc, venez donc un peu.

FORTUNIO

C'est le capitaine qui monte avec elle. Cachons-nous vite et
attendons ; il ne faut pas qu'on me voie ici.
*Il se cache dans le fond de l'alcôve. Entrent Clavaroche et
Jacqueline.*

CLAVAROCHE, *se jetant sur un sofa.*

Parbleu ! madame, je vous cherchais partout ; que faisiez-vous
donc toute seule ?

JACQUELINE, *à part.*

Dieu soit loué, Fortunio est parti !

CLAVAROCHE

Vous me laissez dans un tête-à-tête qui n'est vraiment pas supportable. Qu'ai-je à faire avec maître André, je vous prie ? Et justement vous nous laissez ensemble quand le vin joyeux de l'époux
doit me rendre plus précieux l'aimable entretien de la femme.

FORTUNIO, *caché.*

C'est singulier ; que veut dire ceci ?

CLAVAROCHE, *ouvrant l'écrin qui est sur la table.*

Voyons un peu. Sont-ce des anneaux ? et dites-moi, qu'en voulez-vous faire ? Est-ce que vous faites un cadeau ?

JACQUELINE

Vous savez bien que c'est notre fable.

CLAVAROCHE

Mais, en conscience, c'est de l'or ! Si vous comptez tous les matins user du même stratagème, notre jeu finira bientôt par ne pas valoir... A propos, que ce dîner m'a amusé, et quelle curieuse figure a notre jeune initié !

FORTUNIO, *caché.*

Initié ! à quel mystère ? est-ce de moi qu'il veut parler ?

CLAVAROCHE

La chaîne est belle ; c'est un bijou de prix. Vous avez eu là une singulière idée.

FORTUNIO, *de même.*

Ah ! il paraît qu'il est aussi dans la confidence de Jacqueline.

CLAVAROCHE

Comme il tremblait, le pauvre garçon, lorsqu'il a soulevé son verre ! Qu'il m'a réjoui avec ses coussins, et qu'il faisait plaisir à voir !

FORTUNIO, *de même.*

Assurément, c'est de moi qu'il parle, et il s'agit du dîner de tantôt.

CLAVAROCHE

Vous rendrez cela, je suppose, au bijoutier qui l'a fourni.

FORTUNIO, *de même.*

Rendre la chaîne ! et pourquoi donc ?

CLAVAROCHE

Sa chanson surtout m'a ravi, et maître André l'a bien remarquée ;
il en avait, Dieu me pardonne, la larme à l'œil pour tout de bon.

FORTUNIO, *de même.*

Je n'ose croire ni comprendre encore. Est-ce un rêve ? suis-je
éveillé ? Qu'est-ce donc que ce Clavaroche ?

CLAVAROCHE

Du reste, il devient inutile de pousser les choses plus loin. A quoi
bon un tiers incommode, si les soupçons ne reviennent plus ? Ces
maris ne manquent jamais d'adorer les amoureux de leurs femmes.
Voyez ce qui est arrivé ! Du moment qu'on se fie à vous, il faut souffler sur le chandelier.

JACQUELINE

Qui peut savoir ce qui arrivera ? Avec ce caractère-là il n'y a jamais
rien de sûr, et il faut garder sous la main de quoi se tirer d'embarras.

FORTUNIO, *de même.*

Qu'ils fassent de moi leur jouet, ce ne peut être sans motif. Toutes
ces paroles sont des énigmes.

CLAVAROCHE

Je suis d'avis de le congédier.

JACQUELINE

Comme vous voudrez. Dans tout cela, ce n'est pas moi que je consulte. Quand le mal serait nécessaire, croyez-vous qu'il serait de mon choix ? Mais qui sait si demain, ce soir, dans une heure, ne viendra pas une bourrasque ? Il ne faut pas compter sur le calme avec trop de sécurité.

CLAVAROCHE

Tu crois ?

FORTUNIO, *de même.*

Sang du Christ ! il est son amant.

CLAVAROCHE

Faites-en, du reste, ce que vous voudrez. Sans évincer tout à fait le jeune homme, on peut le tenir en haleine, mais d'un peu loin, et le mettre aux lisières. Si les soupçons de maître André lui revenaient jamais en tête, eh bien ! alors, on aurait à portée votre M. Fortunio, pour les détourner de nouveau. Je le tiens pour poisson d'eau vive ; il est friand de l'hameçon.

JACQUELINE

Il me semble qu'on a remué.

CLAVAROCHE

Oui ; j'ai cru entendre un soupir.

JACQUELINE

C'est probablement Madelon ; elle range dans le cabinet.

ACTE III

SCÈNE PREMIÈRE

Le jardin.

Entrent JACQUELINE *et* MADELON.

MADELON

Madame, un danger vous menace. Comme j'étais tout à l'heure dans la salle, je viens d'entendre maître André qui causait avec un de ses clercs. Autant que j'ai pu deviner, il s'agissait d'une embuscade qui doit avoir lieu cette nuit.

JACQUELINE

Une embuscade ! en quel lieu ? Pourquoi faire ?

MADELON

Dans l'étude; le clerc affirmait que la nuit dernière il vous a vue, vous, madame, et un homme avec vous, dans le jardin. Maître André jurait ses grands dieux qu'il voulait vous surprendre, et qu'il vous ferait un procès.

JACQUELINE

Tu ne te trompes pas, Madelon ?

MADELON

Madame fera ce qu'elle voudra. Je n'ai pas l'honneur de ses confidences ; cela n'empêche pas qu'on ne rende un service. J'ai mon ouvrage qui m'attend.

JACQUELINE

C'est bien, et vous pouvez compter que je ne serai pas ingrate. Avez-vous vu Fortunio ce matin ? où est-il ? j'ai à lui parler.

MADELON

Il n'est pas venu à l'étude ; le jardinier, à ce que je crois, l'a aperçu ; mais on est en peine de lui, et on le cherchait tout à l'heure de tous les côtés du jardin. Tenez ! voilà M. Guillaume, le premier clerc, qui le cherche encore ; le voyez-vous passer là-bas ?

GUILLAUME, *au fond du théâtre.*

Holà ! Fortunio ! Fortunio ! holà ! où es-tu ?

JACQUELINE

Va, Madelon, tâche de le trouver.
Madelon sort. — Entre Clavaroche.

CLAVAROCHE

Que diantre se passe-t-il donc ici ? Comment ! moi qui ai quelques droits, je pense, à l'amitié de maître André, il me rencontre et ne me salue pas ; les clercs me regardent de travers, et je ne sais pas si le chien lui-même ne voulait me prendre aux talons. Qu'est-il advenu, je vous prie ? et à quel propos maltraite-t-on les gens ?

JACQUELINE

Nous n'avons pas sujet de rire ; ce que j'avais prévu arrive, et

sérieusement cette fois : nous n'en sommes plus aux paroles, mais
à l'action.

CLAVAROCHE

A l'action? que voulez-vous dire?

JACQUELINE

Que ces maudits clercs font le métier d'espions; qu'on nous a vus,
que maître André le sait, qu'il veut se cacher dans l'étude, et que nous
courons les plus grands dangers.

CLAVAROCHE

N'est-ce que cela qui vous inquiète?

JACQUELINE

Assurément; que voulez-vous de pire? Qu'aujourd'hui nous leur
échappions, puisque nous sommes avertis, ce n'est pas là le difficile;
mais du moment que maître André agit sans rien dire, nous avons
tout à craindre de lui.

CLAVAROCHE

Vraiment ! c'est là toute l'affaire, et il n'y a pas plus de mal que
cela?

JACQUELINE

Êtes-vous fou? comment est-il possible que vous en plaisantiez?

CLAVAROCHE

C'est qu'il n'y a rien de si simple que de nous tirer d'embarras.
Maître André, dites-vous, est furieux? eh bien, qu'il crie ! quel
inconvénient? Il veut se mettre en embuscade? qu'il s'y mette, il n'y
a rien de mieux. Les clercs sont-ils de la partie? qu'ils en soient avec

toute la ville, si cela les peut divertir ! Ils veulent surprendre la belle Jacqueline et son très humble serviteur ? hé ! qu'ils surprennent, je ne m'y oppose pas. Que voyez-vous là qui nous gêne ?

JACQUELINE

Je ne comprends rien à ce que vous dites.

CLAVAROCHE

Faites-moi venir Fortunio. Où est-il fourré, ce monsieur ? Comment ! nous sommes en péril, et le drôle nous abandonne ! Allons ! vite, avertissez-le.

JACQUELINE

J'y ai pensé ; on ne sait où il est, et il n'a pas paru ce matin.

CLAVAROCHE

Bon ! cela est impossible, il est par là quelque part dans vos jupes ; vous l'avez oublié dans une armoire, et votre servante l'aura par mégarde accroché au porte-manteau.

JACQUELINE

Mais encore, en quelle façon peut-il nous être utile ? J'ai demandé où il était sans trop savoir pourquoi moi-même ; je ne vois pas, en y réfléchissant, à quoi il peut nous être bon.

CLAVAROCHE

Hé ! ne voyez-vous pas que je m'apprête à lui faire le plus grand sacrifice ! il ne s'agit pas d'autre chose que de lui céder pour ce soir tous les privilèges de l'amour.

JACQUELINE

Pour ce soir? et dans quel dessein?

CLAVAROCHE

Dans le dessein positif et formel que ce digne maître André ne passe pas inutilement une nuit à la belle étoile. Ne voudriez-vous pas que ces pauvres clercs, qui se vont donner bien du mal, ne trouvent personne au logis? Fi donc! nous ne pouvons permettre que ces honnêtes gens restent les mains vides; il faut leur dépêcher quelqu'un.

JACQUELINE

Cela ne sera pas; trouvez autre chose; vous avez là une idée horrible et je ne puis y consentir.

CLAVAROCHE

Pourquoi horrible? Rien n'est plus innocent. Vous écrivez un mot à Fortunio, si vous ne pouvez le trouver vous-même; car le moindre mot en ce monde vaut mieux que le plus gros écrit. Vous le faites venir ce soir, sous prétexte d'un rendez-vous. Le voilà entré; les clercs le surprennent, et maître André le prend au collet. Que voulez-vous qu'il lui arrive? Vous descendez là-dessus en cornette et demandez pourquoi on fait du bruit, le plus naturellement du monde. On vous l'explique. Maître André en fureur vous demande à son tour pourquoi son jeune clerc se glisse dans son jardin. Vous rougissez d'abord quelque peu, puis vous avouez sincèrement tout ce qu'il vous plaira d'avouer : que ce garçon visite vos marchands, qu'il vous apporte en secret des bijoux, en un mot, la vérité pure. Qu'y a-t-il là de si effrayant?

JACQUELINE

On ne me croira pas. La belle apparence que je donne des rendez-vous pour payer des mémoires !

CLAVAROCHE

On croit toujours ce qui est vrai. La vérité a un accent impossible à méconnaître, et les cœurs bien nés ne s'y trompent jamais. N'est-ce donc pas, en effet, à vos commissions que vous employez ce jeune homme ?

JACQUELINE

Oui.

CLAVAROCHE

Eh bien donc ! puisque vous le faites, vous le direz, et on le verra bien. Qu'il ait les preuves dans sa poche, un écrin, comme hier, la première chose venue, cela suffira. Songez donc que, si nous n'employons ce moyen, nous en avons pour une année entière. Maître André s'embusque aujourd'hui, il se rembusquera demain, et ainsi de suite jusqu'à ce qu'il nous surprenne. Moins il trouvera, plus il cherchera ; mais qu'il trouve une fois pour toutes, et nous en voilà délivrés.

JACQUELINE

C'est impossible ! il n'y faut pas songer.

CLAVAROCHE

Un rendez-vous dans un jardin n'est pas d'ailleurs un si gros péché. A la rigueur, si vous craignez l'air, vous n'avez qu'à ne pas descendre. On ne trouvera que le jeune homme, et il s'en tirera toujours. Il serait plaisant qu'une femme ne puisse prouver qu'elle est innocente quand elle l'est. Allons ! vos tablettes, et prenez-moi le crayon que voici.

JACQUELINE

Vous n'y pensez pas, Clavaroche; c'est un guet-apens que vous
faites là.

CLAVAROCHE, *lui présentant un crayon et du papier.*

Écrivez donc, je vous en prie : « A minuit, ce soir, au jardin. »

JACQUELINE

C'est envoyer cet enfant dans un piège, c'est le livrer à l'ennemi.

CLAVAROCHE

Ne signez pas, c'est inutile.
Il prend le papier.
Franchement, ma chère, la nuit sera fraîche, et vous ferez mieux
de rester chez vous. Laissez ce jeune homme se promener seul et
profiter du temps qu'il fait. Je pense, comme vous, qu'on aurait
peine à croire que c'est pour vos marchands qu'il vient. Vous ferez
mieux, si on vous interroge, de dire que vous ignorez tout, et que
vous n'êtes pour rien dans l'affaire.

JACQUELINE

Ce mot d'écrit sera un témoin.

CLAVAROCHE

Fi donc ! nous autres, gens de cœur, pensez-vous que nous allions
montrer à un mari de l'écriture de sa femme? Que pourrions-nous
y gagner? en serions-nous donc moins coupables de ce qu'un crime
serait partagé? D'ailleurs, vous voyez bien que votre main tremblait
un peu sans doute, et que ces caractères sont presque déguisés. Allons !

je vais donner cette lettre au jardinier, Fortunio l'aura tout de suite. Venez; les vautours ont leur proie, et l'oiseau de Vénus, la pâle tourterelle, peut dormir en paix sur son nid.

Ils sortent.

SCÈNE II

Une charmille.

FORTUNIO, *seul, assis sur l'herbe.*

Rendre un jeune homme amoureux de soi, uniquement pour détourner sur lui les soupçons tombés sur un autre; lui laisser croire qu'on l'aime, le lui dire au besoin; troubler peut-être bien des nuits tranquilles; remplir de doute et d'espérance un cœur jeune et prêt à souffrir; jeter une pierre dans un lac qui n'avait jamais eu encore une seule ride à sa surface; exposer un homme aux soupçons, à tous les dangers de l'amour heureux, et cependant ne lui rien accorder; rester immobile et inanimée dans une œuvre de vie et de mort; tromper, mentir, — mentir du fond du cœur; faire de son corps un appât; jouer avec tout ce qu'il y a de sacré sous le ciel, comme un voleur avec des dés pipés : voilà ce qui fait sourire une femme ! voilà ce qu'elle fait d'un petit air distrait.

Il se lève.

C'est ton premier pas, Fortunio, dans l'apprentissage du monde. Pense, réfléchis, compare, examine, ne te presse pas de juger. Cette femme-là a un amant qu'elle aime; on la soupçonne, on la tourmente, on la menace; elle est effrayée, elle va perdre l'homme qui remplit sa vie, qui est pour elle plus que le monde entier. Son mari se lève en sursaut, averti par un espion; il la réveille; il veut la traîner à la barre d'un tribunal. Sa famille va la renier, une ville entière va la maudire; elle est perdue et déshonorée, et cependant elle aime et ne peut

cesser d'aimer. A tout prix il faut qu'elle sauve l'unique objet de ses
inquiétudes, de ses angoisses et de ses douleurs ; il faut qu'elle aime
pour continuer de vivre, et qu'elle trompe pour aimer. Elle se penche
à sa fenêtre, elle voit un jeune homme au bas ; qui est-ce ? elle ne le
connaît point, elle n'a jamais rencontré son visage ; est-il bon ou
méchant, discret ou perfide, sensible ou insouciant ? elle n'en sait
rien ; elle a besoin de lui, elle l'appelle, elle lui fait signe, elle ajoute
une fleur à sa parure, elle parle, elle a mis sur une carte le bonheur
de sa vie, elle joue à rouge ou noir. Si elle s'était aussi bien adressée
à Guillaume qu'à moi, que serait-il arrivé de cela ? Guillaume est
un garçon honnête, mais qui ne s'est jamais aperçu que son cœur lui
servît à autre chose qu'à respirer. Guillaume aurait été ravi d'aller
dîner chez son patron, d'être à côté de Jacqueline à table, tout comme
j'en ai été ravi moi-même ; mais il n'en aurait pas vu davantage ; il ne
serait devenu amoureux que de la cave de maître André ; il ne se
serait point jeté à genoux, il n'aurait point écouté aux portes ; c'eût été
pour lui tout profit. Quel mal y eût-il eu alors qu'on se servît de lui
à son insu pour détourner les soupçons d'un mari ? Aucun. Il eût
paisiblement rempli l'office qu'on lui eût demandé ! il eût vécu heureux, tranquille, dix ans, sans s'en apercevoir. Jacqueline aussi eût
été heureuse, tranquille, dix ans, sans lui en dire un mot. Elle lui
aurait fait des coquetteries, et il y aurait répondu ; mais rien n'eût
tiré à conséquence. Tout se serait passé à merveille, et personne ne
pourrait se plaindre le jour où la vérité viendrait.

Il se rassoit.

Pourquoi s'est-elle adressée à moi ? Savait-elle donc que je l'aimais ?
Pourquoi à moi plutôt qu'à Guillaume ? Est-ce hasard ? est-ce calcul ?
Peut-être au fond se doutait-elle que je n'étais pas indifférent ! M'a-
vait-elle vu à cette fenêtre ? S'était-elle jamais retournée le soir, quand
je l'observais dans le jardin ? Mais, si elle savait que je l'aimais, pourquoi alors ? Parce que cet amour rendait son projet plus facile et

que j'allais, dès le premier mot, me prendre au piège qu'elle me tendait. Mon amour n'était qu'une chance favorable; elle n'y a vu qu'une occasion.

Est-ce bien sûr? N'y a-t-il rien autre chose? Quoi! elle voit que je vais souffrir, et elle ne pense qu'à en profiter! Quoi! elle me trouve sur ses traces, l'amour dans le cœur, le désir dans les yeux, jeune et ardent, prêt à mourir pour elle, et lorsque, me voyant à ses pieds, elle me sourit et me dit qu'elle m'aime, c'est un calcul, et rien de plus! Rien, rien de vrai dans ce sourire, dans cette main qui m'effleure la main, dans ce son de voix qui m'enivre? O Dieu juste! s'il en est ainsi, à quel monstre ai-je donc affaire et dans quel abîme suis-je tombé?

Il se lève.

Non, tant d'horreur n'est pas possible! Non, une femme ne saurait être une statue malfaisante, à la fois vivante et glacée! Non, quand je le verrais de mes yeux, quand je l'entendrais de sa bouche, je ne croirais pas à un pareil métier. Non, quand elle me souriait, elle ne m'aimait pas pour cela, mais elle souriait de voir que je l'aimais. Quand elle me tendait la main, elle ne me donnait pas son cœur, mais elle laissait le mien se donner. Quand elle me disait : « Je vous aime », elle voulait dire : « Aimez-moi. » Non, Jacqueline n'est pas méchante; il n'y a là ni calcul ni froideur. Elle ment, elle trompe, elle est femme; elle est coquette, railleuse, joyeuse, audacieuse, mais non infâme, non insensible. Ah! insensé, tu l'aimes! tu l'aimes! tu pries, tu pleures, et elle se rit de toi!

Entre Madelon.

MADELON

Ah! Dieu merci! je vous trouve enfin; madame vous demande; elle est dans sa chambre. Venez vite, elle vous attend.

FORTUNIO

Sais-tu ce qu'elle a à me dire? Je ne saurais y aller maintenant.

MADELON

Vous avez donc affaire aux arbres ? Elle est bien inquiète, allez !
toute la maison est en colère.

LE JARDINIER, *entrant.*

Vous voilà donc, monsieur ? on vous cherche partout ; voilà un mot
d'écrit pour vous, que notre maîtresse m'a donné tantôt.

FORTUNIO, *lisant.*

« A minuit, ce soir, au jardin. »
Haut.
C'est de la part de Jacqueline ?

LE JARDINIER

Oui, monsieur ; y a-t-il une réponse ?

GUILLAUME, *entrant.*

Que fais-tu donc, Fortunio ? on te demande dans l'étude.

FORTUNIO

J'y vais, j'y vais.
Bas, à Madelon.
Qu'est-ce que tu disais tout à l'heure ? Quelle inquiétude a ta
maîtresse ?

MADELON, *bas.*

C'est un secret. Maître André s'est fâché.

FORTUNIO, *de même.*

Il s'est fâché ? Pour quelle raison ?

MADELON, *de même.*

Il s'est mis dans la tête que madame recevait quelqu'un en secret. Vous n'en direz rien, n'est-ce pas ? Il veut se cacher cette nuit dans l'étude ; c'est moi qui ai découvert cela, et si je vous le dis, dame ! c'est que je pense que vous n'y êtes pas indifférent.

FORTUNIO, *de même.*

Pourquoi se cacher dans l'étude ?

MADELON, *de même.*

Pour tout surprendre et faire son procès.

FORTUNIO, *de même.*

En vérité ? est-ce possible ?

LE JARDINIER

Y a-t-il réponse, monsieur ?

FORTUNIO

J'y vais moi-même ; allons, partons.

Ils sortent.

SCÈNE III

Une chambre.

JACQUELINE, *seule.*

Non, cela ne se fera pas. Qui sait ce qu'un homme comme maître

André, une fois poussé à la violence, peut inventer pour se venger? Je n'enverrai pas ce jeune homme à un péril si affreux. Ce Clavaroche est sans pitié. Tout est pour lui champ de bataille, et il n'a d'entrailles pour rien. A quoi bon exposer Fortunio, lorsqu'il n'y a rien de si simple que de n'exposer ni soi ni personne? Je veux croire que tout soupçon s'évanouirait par ce moyen; mais le moyen lui-même est un mal, et je ne veux pas l'employer. Non, cela me coûte et me déplaît; je ne veux pas que ce garçon soit maltraité; puisqu'il dit qu'il m'aime, eh bien! soit; je ne rends pas le mal pour le bien.

Entre Fortunio.

On a dû vous remettre un billet de ma part; l'avez-vous lu?

FORTUNIO

On me l'a remis, et je l'ai lu; vous pouvez disposer de moi.

JACQUELINE

C'est inutile, j'ai changé d'avis; déchirez-le. et n'en parlons jamais.

FORTUNIO

Puis-je vous servir en quelque autre chose?

JACQUELINE, *à part.*

C'est singulier, il n'insiste pas.
Haut.
Mais non; je n'ai pas besoin de vous. Je vous avais demandé votre chanson.

FORTUNIO

La voilà. Sont-ce tous vos ordres?

JACQUELINE

Oui, — je crois que oui. Qu'avez-vous donc? Vous êtes pâle, ce me semble.

FORTUNIO

Si ma présence vous est inutile, permettez-moi de me retirer.

JACQUELINE

Je l'aime beaucoup, cette chanson; elle a un petit air naïf qui va avec votre coiffure, et elle est bien faite par vous !

FORTUNIO

Vous avez beaucoup d'indulgence.

JACQUELINE

Oui, voyez-vous ! j'avais eu d'abord l'idée de vous faire venir; mais j'ai réfléchi, c'est une folie; je vous ai trop vite écouté. — Mettez-vous donc au piano, et chantez-moi votre romance.

FORTUNIO

Excusez-moi, je ne saurais maintenant.

JACQUELINE

Et pourquoi donc? Êtes-vous souffrant, ou si c'est un méchant caprice? J'ai presque envie de vouloir que vous chantiez bon gré, mal gré. Est-ce que je n'ai pas quelque droit de seigneur sur cette feuille de papier-là.

Elle place la chanson sur le piano.

FORTUNIO

Ce n'est pas mauvaise volonté ; je ne puis rester plus longtemps, et maître André a besoin de moi.

JACQUELINE

Il me plaît assez que vous soyez grondé, asseyez-vous là et chantez.

FORTUNIO

Si vous l'exigez, j'obéis.
Il s'assoit.

JACQUELINE

Eh bien ! à quoi pensez-vous donc ? Est-ce que vous attendez qu'on vienne ?

FORTUNIO

Je souffre ; ne me retenez pas.

JACQUELINE

Chantez d'abord, nous verrons ensuite si vous souffrez et si je vous retiens. Chantez, vous dis-je, je le veux. Vous ne chantez pas ? Eh bien ! que fait-il donc ? Allons, voyons ! si vous chantez, je vous donnerai le bout de ma mitaine.

FORTUNIO

Tenez ! Jacqueline, écoutez-moi : vous auriez mieux fait de me le dire, et j'aurais consenti à tout.

JACQUELINE

Qu'est ce que vous dites ? de quoi parlez-vous ?

FORTUNIO

Oui, vous auriez mieux fait de me le dire; oui, devant Dieu, j'aurais tout fait pour vous.

JACQUELINE

Tout fait pour moi? Qu'entendez-vous par là?

FORTUNIO

Ah ! Jacqueline, Jacqueline ! il faut que vous l'aimiez beaucoup; il doit vous en coûter de mentir et de railler ainsi sans pitié.

JACQUELINE

Moi, je vous raille? Qui vous l'a dit?

FORTUNIO

Je vous en supplie, ne mentez pas davantage; en voilà assez : je sais tout.

JACQUELINE

Mais enfin, qu'est-ce que vous savez?

FORTUNIO

J'étais hier dans votre chambre lorsque Clavaroche était là.

JACQUELINE

Est-ce possible? Vous étiez dans l'alcôve?

FORTUNIO

Oui, j'y étais; au nom du ciel ! ne dites pas un mot là-dessus.
Un silence.

JACQUELINE

Puisque vous savez tout, monsieur, il ne me reste maintenant qu'à
vous prier de garder le silence. Je sens assez mes torts envers vous
pour ne pas même vouloir tenter de les affaiblir à vos yeux. Ce que
la nécessité commande, et ce à quoi elle peut entraîner, un autre
que vous le comprendrait peut-être, et pourrait, sinon pardonner,
du moins excuser ma conduite; mais vous êtes malheureusement
une partie trop intéressée pour en juger avec indulgence. Je suis
résignée, et j'attends.

FORTUNIO

N'ayez aucune espèce de crainte. Si je fais rien qui puisse vous
nuire, je me coupe cette main-là.

JACQUELINE

Il me suffit de votre parole, et je n'ai pas le droit d'en douter.
Je dois même dire que, si vous l'oubliiez, j'aurais encore moins le
droit de m'en plaindre. Mon imprudence doit porter sa peine. C'est
sans vous connaître, monsieur, que je me suis adressée à vous. Si
cette circonstance rend ma faute moindre, elle rendait mon danger
plus grand. Puisque je m'y suis exposée, traitez-moi donc comme
vous l'entendrez. Quelques paroles échangées hier voudraient peut-
être une explication. Ne pouvant tout justifier, j'aime mieux me taire
sur tout. Laissez-moi croire que votre orgueil est la seule personne
offensée. Si cela est, que ces deux jours s'oublient ! plus tard, nous
en reparlerons.

FORTUNIO

Jamais; c'est le souhait de mon cœur.

JACQUELINE

Comme vous voudrez; je dois obéir. Si cependant je ne dois plus vous voir, j'aurais un mot à ajouter. De vous à moi, je suis sans crainte, puisque vous me promettez le silence; mais il existe une autre personne dont la présence dans cette maison peut avoir des suites fâcheuses.

FORTUNIO

Je n'ai rien à dire à ce sujet.

JACQUELINE

Je vous demande de m'écouter. Un éclat entre vous et lui, vous le sentez, est fait pour me perdre. Je ferai tout pour le prévenir. Quoi que vous puissiez exiger, je m'y soumettrai sans murmure. Ne me quittez pas sans y réfléchir; dictez vous-même les conditions. Faut-il que la personne dont je parle s'éloigne d'ici pendant quelque temps? Faut-il qu'elle s'excuse auprès de vous? Ce que vous jugerez convenable sera reçu par moi comme une grâce, et par elle comme un devoir. Le souvenir de quelques plaisanteries m'oblige à vous interroger sur ce point. Que décidez-vous? répondez.

FORTUNIO

Je n'exige rien. Vous l'aimez; soyez en paix tant qu'il vous aimera.

JACQUELINE

Je vous remercie de ces deux promesses. Si vous veniez à vous en repentir, je vous répète que toute condition sera reçue, imposée par vous. Comptez sur ma reconnaissance. Puis-je dès à présent réparer autrement mes torts? Est-il en ma disposition quelque moyen de vous obliger? Quand vous ne devriez pas me croire, je vous avoue que je ferais tout au monde pour vous laisser de moi un souvenir moins désavantageux. Que puis-je faire? je suis à vos ordres.

FORTUNIO

Rien. Adieu, madame. Soyez sans crainte ; vous n'aurez jamais à vous plaindre de moi.

Il va pour sortir et prend sa romance.

JACQUELINE

Ah ! Fortunio, laissez-moi cela.

FORTUNIO

Et qu'en ferez-vous, cruelle que vous êtes ? Vous me parlez depuis un quart d'heure, et rien du cœur ne vous sort des lèvres. Il s'agit bien de vos excuses, de sacrifices et de réparations ! Il s'agit bien de votre Clavaroche et de sa sotte vanité ! Il s'agit bien de mon orgueil ! Vous croyez donc l'avoir blessé ? Vous croyez donc que ce qui m'afflige, c'est d'avoir été pris pour dupe et plaisanté à ce dîner ? Je ne m'en souviens seulement pas. Quand je vous dis que je vous aime, vous croyez donc que je n'en sens rien ? Quand je vous parle de deux ans de souffrances, vous croyez donc que je fais comme vous ? Eh quoi ! vous me brisez le cœur, vous prétendez vous en repentir, et c'est ainsi que vous me quittez ! La nécessité, dites-vous, vous a fait commettre une faute, et vous en avez du regret, vous rougissez, vous détournez la tête ; ce que je souffre vous fait pitié ; vous me voyez, vous comprenez votre œuvre ; et la blessure que vous m'avez faite, voilà comme vous la guérissez ! Ah ! elle est au cœur, Jacqueline, et vous n'aviez qu'à tendre la main. Je vous le jure, si vous l'aviez voulu, quelque honteux qu'il soit de le dire, quand vous en souririez vous-même, j'étais capable de consentir à tout. O Dieu ! la force m'abandonne ; je ne peux pas sortir d'ici.

Il s'appuie sur un meuble.

JACQUELINE

Pauvre enfant ! je suis bien coupable. Tenez, respirez ce flacon.

FORTUNIO

Ah ! gardez-les, gardez-les pour lui, ces soins dont je ne suis pas digne; ce n'est pas pour moi qu'ils sont faits. Je n'ai pas l'esprit inventif, je ne suis ni heureux ni habile : je ne saurais à l'occasion forger un profond stratagème ! Insensé ! j'ai cru être aimé ! oui, parce que vous m'aviez souri, parce que votre main tremblait dans la mienne, parce que vos yeux semblaient chercher mes yeux et m'inviter comme deux anges à un festin de joie et de vie; parce que vos lèvres s'étaient ouvertes, et qu'un vain son en était sorti; oui, je l'avoue, j'avais fait un rêve, j'avais cru qu'on aimait ainsi ! Quelle misère! Est-ce à une parade que votre sourire m'a félicité de la beauté de mon cheval? Est-ce le soleil, dardant sur mon casque, qui vous avait ébloui les yeux? Je sortais d'une salle obscure, d'où je suivais depuis deux ans vos promenades dans une allée; j'étais un pauvre dernier clerc qui s'ingérait de pleurer en silence. C'était bien là ce qu'on pouvait aimer !

JACQUELINE

Pauvre enfant !

FORTUNIO

Oui, pauvre enfant ! dites-le encore, car je ne sais si je rêve ou si je veille, et, malgré tout, si vous ne m'aimez pas. Depuis hier je suis assis à terre, je me frappe le cœur et le front; je me rappelle ce que mes yeux ont vu, ce que mes oreilles ont entendu, et je me demande si c'est possible. A l'heure qu'il est, vous me le dites, je le sens, j'en souffre, j'en meurs, et je n'y crois ni ne le comprends. Que vous avais-je fait, Jacqueline? Comment se peut-il que, sans aucun motif,

sans avoir pour moi ni amour ni haine, sans me connaître, sans
m'avoir jamais vu; comment se peut-il que vous que tout le monde
aime, que j'ai vue faire la charité et arroser ces fleurs que voilà, qui
êtes bonne, qui croyez en Dieu, à qui jamais... Ah ! je vous accuse,
vous que j'aime plus que ma vie ! ô ciel ! vous ai-je fait un reproche ?
Jacqueline, pardonnez-moi.

JACQUELINE

Calmez-vous, venez, calmez-vous.

FORTUNIO

Et à quoi suis-je bon, grand Dieu ! sinon à vous donner ma vie ?
sinon au plus chétif usage que vous voudrez faire de moi ? sinon à
vous suivre, à vous préserver, à écarter de vos pieds une épine ?
J'ose me plaindre, et vous m'aviez choisi ! ma place était à votre table,
j'allais compter dans votre existence. Vous alliez dire à la nature
entière, à ces jardins, à ces prairies, de me sourire comme vous;
votre belle et radieuse image commençait à marcher devant moi, et
je la suivais; j'allais vivre... Est-ce que je vous perds, Jacqueline ?
est-ce que j'ai fait quelque chose pour que vous me chassiez ? pourquoi donc ne voulez-vous pas faire encore semblant de m'aimer ?
Il tombe sans connaissance.

JACQUELINE, *courant à lui.*

Seigneur, mon Dieu, qu'est-ce que j'ai fait ? Fortunio, revenez à
vous.

FORTUNIO

Qui êtes-vous ? laissez-moi partir.

JACQUELINE

Appuyez-vous, venez à la fenêtre; de grâce, appuyez-vous sur
moi; posez ce bras sur mon épaule, je vous en supplie, Fortunio.

FORTUNIO

Ce n'est rien; me voilà remis.

JACQUELINE

Comme il est pâle, et comme son cœur bat ! Voulez-vous vous
mouiller les tempes? prenez ce coussin, prenez ce mouchoir; vous
suis-je tellement odieuse que vous me refusiez cela ?

FORTUNIO

Je me sens mieux, je vous remercie.

JACQUELINE

Comme ces mains-là sont glacées ! Où allez-vous? vous ne pouvez
sortir. Attendez du moins un instant. Puisque je vous fais tant souffrir,
laissez-moi du moins vous soigner.

FORTUNIO

C'est inutile, il faut que je descende. Pardonnez-moi ce que j'ai
pu vous dire : je n'étais pas maître de mes paro'es.

JACQUELINE

Que voulez-vous que je vous pardonne? Hé'as ! c'est vous qui
ne pardonnez pas. Mais qui vous presse? pourquoi me quitter? vos
regards cherchent quelque chose. Ne me reconnaissez-vous pas?
Restez en repos, je vous en conjure. Pour l'amour de moi, Fortunio,
vous ne pouvez sortir encore.

FORTUNIO

Non ! adieu; je ne puis rester.

JACQUELINE

Ah ! je vous ai fait bien mal !

FORTUNIO

On me demandait, quand je suis monté; adieu, madame, comptez
sur moi.

JACQUELINE

Vous reverrai-je ?

FORTUNIO

Si vous voulez.

JACQUELINE

Monterez-vous ce soir au salon ?

FORTUNIO

Si cela vous plaît.

JACQUELINE

Vous partez donc ? encore un instant !

FORTUNIO

Adieu, adieu ! je ne puis rester.
Il sort.

JACQUELINE *appelle.*

Fortunio ! Écoutez-moi !

FORTUNIO, *rentrant.*

Que me voulez-vous, Jacqueline ?

JACQUELINE

Écoutez-moi, il faut que je vous parle. Je ne veux pas vous demander pardon; je ne veux revenir sur rien; je ne veux pas me justifier. Vous êtes bon, brave et sincère; j'ai été fausse et déloyale : je
ne veux pas vous quitter ainsi.

FORTUNIO

Je vous pardonne de tout mon cœur.

JACQUELINE

Non, vous souffrez, le mal est fait. Où allez-vous? que voulez-
vous faire? comment se peut-il, sachant tout, que vous soyez revenu
ici?

FORTUNIO

Vous m'aviez fait demander.

JACQUELINE

Mais vous veniez pour me dire que je vous verrais à ce rendez-vous.
Est-ce que vous y seriez venu?

FORTUNIO

Oui, si c'était pour vous rendre service, et je vous avoue que je
le croyais.

JACQUELINE

Pourquoi, pour me rendre service?

FORTUNIO

Madelon m'a dit quelques mots...

JACQUELINE

Vous le saviez, malheureux, et vous veniez à ce jardin !

FORTUNIO

Le premier mot que je vous aie dit de ma vie, c'est que je mourrais de bon cœur pour vous, et le second, c'est que je ne mentais jamais.

JACQUELINE

Vous le saviez et vous veniez ? Songez-vous à ce que vous dites ? Il s'agissait d'un guet-apens.

FORTUNIO

Je savais tout.

JACQUELINE

Il s'agissait d'être surpris, d'être tué peut-être, traîné en prison ; que sais-je ? c'est horrible à dire.

FORTUNIO

Je savais tout.

JACQUELINE

Vous saviez tout ? vous saviez tout ? Vous étiez caché là, hier, dans cette alcôve, derrière ce rideau. Vous écoutiez, n'est-il pas vrai ? vous saviez encore tout, n'est-ce pas ?

FORTUNIO

Oui.

JACQUELINE

Vous saviez que je mens, que je trompe, que je vous raille, et que je vous tue ? vous saviez que j'aime Clavaroche et qu'il me fait faire tout ce qu'il veut ? que je joue une comédie ? que là, hier, je vous ai pris pour dupe ? que je suis lâche et méprisable ? que je vous expose à la mort par plaisir ? Vous saviez tout, vous en étiez sûr ! Eh bien ! eh bien !... qu'est-ce que vous savez maintenant ?

FORTUNIO

Mais, Jacqueline, je crois... je sais...

JACQUELINE

Sais-tu que je t'aime, enfant que tu es ? qu'il faut que tu me pardonnes ou que je meure ; et que je te le demande à genoux ?

SCÈNE IV

La salle à manger.

MAITRE ANDRÉ, CLAVAROCHE,
FORTUNIO *et* JACQUELINE, *à table.*

MAITRE ANDRÉ

Grâce au ciel, nous voilà tous joyeux, tous réunis et tous amis. Si je doute jamais de ma femme, puisse mon vin m'empoisonner !

JACQUELINE

Donnez-moi donc à boire, monsieur Fortunio.

CLAVAROCHE, *bas.*

Je vous répète que votre clerc m'ennuie ; faites-moi la grâce de le renvoyer.

JACQUELINE, bas.

Je fais ce que vous m'avez dit.

MAITRE ANDRÉ

Quand je pense qu'hier j'ai passé la nuit dans l'étude à me mor-
fondre sur un maudit soupçon, je ne sais de quel nom m'appeler.

JACQUELINE

Monsieur Fortunio, donnez-moi ce coussin.

CLAVAROCHE, bas.

Me croyez-vous un autre maître André? Si votre clerc ne sort
de la maison, j'en sortirai tantôt moi-même.

JACQUELINE

Je fais ce que vous m'avez dit.

MAITRE ANDRÉ

Mais je l'ai conté à tout le monde; il faut que justice se fasse ici-
bas. Toute la ville saura qui je suis : et désormais, pour pénitence,
je ne douterai de quoi que ce soit.

JACQUELINE

Monsieur Fortunio, je bois à vos amours.

CLAVAROCHE, bas.

En voilà assez, Jacqueline, et je comprends ce que cela signifie.
Ce n'est pas là ce que je vous ai dit.

MAITRE ANDRÉ

Oui ! aux amours de Fortunio !
Il chante :

Amis, buvons, buvons sans cesse.

FORTUNIO

Cette chanson-là est bien vieille : chantez donc, monsieur Clavaroche !

IL NE FAUT JURER DE RIEN

COMÉDIE EN TROIS ACTES

Publiée en 1836

Représentée le 22 juin 1848

*PERSONNAGES*Acteurs

VAN BUCK, négociant . . . . MM. Provost.
VALENTIN VAN BUCK, son neveu . . . . Brindeau.
Un Abbé . . . . Got.
Un Maitre de danse . . . . Mathien.
Un Aubergiste . . . .
Un Garçon . . . . Alexandre.
LA BARONNE DE MANTES . . . . Mlles Mante.
CÉCILE, sa fille . . . . A. Luther.

La scène est à Paris dans la première partie de l'acte Ier, et ensuite au château de la baronne.

IL NE FAUT JURER DE RIEN

—

ACTE PREMIER

—

SCÈNE PREMIÈRE

La chambre de Valentin.

VALENTIN, *assis*. — *Entre* VAN BUCK.

VAN BUCK

Monsieur mon neveu, je vous souhaite le bonjour.

VALENTIN

Monsieur mon oncle, votre serviteur.

VAN BUCK

Restez assis, j'ai à vous parler.

VALENTIN

Asseyez-vous; j'ai donc à vous entendre. Veuillez vous mettre dans la bergère et poser là votre chapeau.

VAN BUCK, *s'asseyant.*

Monsieur mon neveu, la plus longue patience et la plus robuste obstination doivent, l'une ou l'autre, finir tôt ou tard. Ce qu'on tolère devient intolérable, incorrigible ce qu'on ne corrige pas; et qui vingt fois a jeté la perche à un fou qui veut se noyer peut être forcé, un jour ou l'autre, de l'abandonner ou de périr avec lui.

VALENTIN

Oh ! oh ! voilà qui est débuter, et vous avez là des métaphores qui se sont levées de grand matin.

VAN BUCK

Monsieur, veuillez garder le silence et ne pas vous permettre de me plaisanter. C'est vainement que les plus sages conseils, depuis trois ans, tentent de mordre sur vous. Une insouciance ou une fureur aveugle, des résolutions sans effet, mille prétextes inventés à plaisir, une maudite condescendance, tout ce que j'ai pu ou puis faire encore (mais, par ma barbe ! je ne ferai plus rien !)... Où me menez-vous à votre suite ? Vous êtes aussi entêté...

VALENTIN

Mon oncle Van Buck, vous êtes en colère.

VAN BUCK

Non, monsieur; n'interrompez pas. Vous êtes aussi obstiné que je me suis, pour mon malheur, montré crédule et patient. Est-il croyable, je vous le demande, qu'un jeune homme de vingt-cinq ans passe son temps comme vous le faites ? De quoi servent mes remontrances, et quand prendrez-vous un état ? Vous êtes pauvre, puisque au bout du compte vous n'avez de fortune que la mienne ; mais, finalement, je ne suis pas moribond, et je digère encore vertement. Que comptez-vous faire d'ici à ma mort ?

VALENTIN

Mon oncle Van Buck, vous êtes en colère, et vous allez vous oublier.

VAN BUCK

Non, monsieur ; je sais ce que je fais. Si je suis le seul de la famille qui se soit mis dans le commerce, c'est grâce à moi, ne l'oubliez pas, que les débris d'une fortune détruite ont pu encore se relever. Il vous sied bien de sourire quand je parle ! Si je n'avais pas vendu du guingan à Anvers, vous seriez maintenant à l'hôpital avec votre robe de chambre à fleurs. Mais, Dieu merci, vos chiennes de bouillottes...

VALENTIN

Mon oncle Van Buck, voilà le trivial ; vous changez de ton, vous vous oubliez ; vous aviez mieux commencé que cela.

VAN BUCK

Sacrebleu ! tu te moques de moi ! Je ne suis bon apparemment qu'à payer tes lettres de change ? J'en ai reçu une ce matin : soixante louis ! te railles-tu des gens ? Il te sied bien de faire le fashionable (que le diable soit des mots anglais !) quand tu ne peux pas payer ton tailleur ! C'est autre chose de descendre d'un beau cheval pour retrouver au fond d'un hôtel une bonne famille opulente, ou de sauter à bas d'un carrosse de louage pour grimper deux ou trois étages. Avec tes gilets de satin, tu demandes, en rentrant du bal, ta chandelle à ton portier, et il regimbe quand il n'a pas eu ses étrennes. Dieu sait si tu les lui donnes tous les ans ! Lancé dans un monde plus riche que toi, tu puises chez tes amis le dédain de toi-même ; tu portes ta barbe en pointe et tes cheveux sur les épaules, comme si tu n'avais pas seulement de quoi acheter un ruban pour te faire une queue. Tu écrivailles dans les gazettes ; tu es capable de te faire saint-simonien quand tu n'auras plus ni sou ni maille, et cela viendra, je t'en réponds. Va, va ! un écrivain public est plus estimable que toi. Je finirai par te couper les vivres, et tu mourras dans un grenier.

VALENTIN

Mon bon oncle Van Buck, je vous respecte et je vous aime. Faites-moi la grâce de m'écouter. Vous avez payé ce matin une lettre de change à mon intention. Quand vous êtes venu, j'étais à la fenêtre, et je vous ai vu arriver ; vous méditiez un sermon juste aussi long qu'il y a d'ici chez vous. Épargnez, de grâce, vos paroles. Ce que vous pensez, je le sais ; ce que vous dites, vous ne le pensez pas toujours ; ce que vous faites, je vous en remercie. Que j'aie des dettes et que je ne sois bon à rien, cela se peut ; qu'y voulez-vous faire ? Vous avez soixante mille livres de rente...

VAN BUCK

Cinquante.

VALENTIN

Soixante, mon oncle ; vous n'avez pas d'enfants, et vous êtes plein de bonté pour moi. Si j'en profite, où est le mal ? Avec soixante bonnes mille livres de rente...

VAN BUCK

Cinquante, cinquante ; pas un denier de plus.

VALENTIN

Soixante ; vous me l'avez dit vous-même.

VAN BUCK

Jamais. Où as-tu pris cela?

VALENTIN

Mettons cinquante. Vous êtes jeune, gaillard encore, et bon vivant.
Croyez-vous que cela me fâche, et que j'aie soif de votre bien? Vous
ne me faites pas tant d'injure; et vous savez que les mauvaises têtes
n'ont pas toujours les plus mauvais cœurs. Vous me querellez de ma
robe de chambre : vous en avez porté bien d'autres. Ma barbe en
pointe ne veut pas dire que je sois un saint-simonien : je respecte
trop l'héritage. Vous vous plaignez de mes gilets : voulez-vous qu'on
sorte en chemise? Vous me dites que je suis pauvre et que mes amis
ne le sont pas : tant mieux pour eux, ce n'est pas ma faute. Vous
imaginez qu'ils me gâtent et que leur exemple me rend dédaigneux :
je ne le suis que de ce qui m'ennuie, et, puisque vous payez mes
dettes, vous voyez bien que je n'emprunte pas. Vous me reprochez
d'aller en fiacre : c'est que je n'ai pas de voiture. Je prends, dites-vous,
en rentrant, ma chandelle chez mon portier : c'est pour ne pas monter sans lumière; à quoi bon se casser le cou? Vous voudriez me
voir un état : faites-moi nommer premier ministre, et vous verrez
comme je ferai mon chemin. Mais quand je serai surnuméraire dans
l'entresol d'un avoué, je vous demande ce que j'y apprendrai, sinon
que tout est vanité. Vous dites que je joue à la bouillotte : c'est que
j'y gagne quand j'ai brelan; mais soyez sûr que je n'y perds pas plus
tôt que je me repens de ma sottise. Ce serait, dites-vous, autre chose
si je descendais d'un beau cheval pour entrer dans un bon hôtel :
je le crois bien ! vous en parlez à votre aise. Vous ajoutez que vous
êtes fier, quoique vous ayez vendu du guingan; et plût à Dieu que
j'en vendisse ! ce serait la preuve que je pourrais en acheter. Pour
ma noblesse, elle m'est aussi chère qu'elle peut vous l'être à vous-
même; mais c'est pourquoi je ne m'attelle pas, ni plus que moi les

chevaux de pur sang. Tenez ! mon oncle, ou je me trompe, ou vous n'avez pas déjeuné. Vous êtes resté le cœur à jeun sur cette maudite lettre de change : avalons-la de compagnie, je vais demander le chocolat.

Il sonne. On sert à déjeuner.

VAN BUCK

Quel déjeuner ! Le diable m'emporte ! tu vis comme un prince.

VALENTIN

Eh ! que voulez-vous ! quand on meurt de faim, il faut bien tâcher de se distraire.

Ils s'attablent.

VAN BUCK

Je suis sûr que, parce que je me mets là, tu te figures que je te pardonne.

VALENTIN

Moi ? Pas du tout. Ce qui me chagrine, lorsque vous êtes irrité, c'est qu'il vous échappe malgré vous des expressions d'arrière-boutique. Oui, sans le savoir, vous vous écartez de cette fleur de politesse qui vous distingue particulièrement; mais quand ce n'est pas devant témoins, vous comprenez que je ne vais pas le dire.

VAN BUCK

C'est bon, c'est bon; il ne m'échappe rien. Mais brisons là, et parlons d'autre chose. Tu devrais bien te marier.

VALENTIN

Seigneur, mon Dieu ! qu'est-ce que vous dites ?

VAN BUCK

Donne-moi à boire. Je dis que tu prends de l'âge et que tu devrais te marier.

VALENTIN

Mais, mon oncle, qu'est-ce que je vous ai fait ?

VAN BUCK

Tu m'as fait des lettres de change. Mais quand tu ne m'aurais rien fait, qu'a donc le mariage de si effroyable ? Voyons, parlons sérieusement. Tu serais, parbleu ! bien à plaindre quand on te mettrait ce soir dans les bras d'une jolie fille bien élevée, avec cinquante mille écus sur la table pour t'égayer demain matin au réveil ? Voyez un peu le grand malheur, et comme il y a de quoi faire l'ombrageux ! Tu as des dettes, je te les payerai ; une fois marié, tu te rangeras. Mademoiselle de Mantes a tout ce qu'il faut...

VALENTIN

Mademoiselle de Mantes ! Vous plaisantez ?

VAN BUCK

Puisque son nom m'est échappé, je ne plaisante pas. C'est d'elle qu'il s'agit, et si tu veux...

VALENTIN

Et si elle veut. C'est comme dit la chanson :

> Je sais bien qu'il ne tiendrait qu'à moi
> De l'épouser, si elle voulait.

VAN BUCK

Non ; c'est de toi que cela dépend. Tu es agréé, tu lui plais.

VALENTIN

Je ne l'ai jamais vue de ma vie.

VAN BUCK

Cela ne fait rien; je te dis que tu lui plais.

VALENTIN

En vérité?

VAN BUCK

Je t'en donne ma parole.

VALENTIN

Eh bien donc ! elle me déplaît.

VAN BUCK

Pourquoi?

VALENTIN

Par la même raison que je lui plais.

VAN BUCK

Cela n'a pas le sens commun, de dire que les gens nous déplaisent quand nous ne les connaissons pas.

VALENTIN

Comme de dire qu'ils nous plaisent. Je vous en prie, ne parlons plus de cela.

VAN BUCK

Mais, mon ami, en y réfléchissant (donne-moi à boire), il faut faire une fin.

VALENTIN

Assurément, il faut mourir une fois dans sa vie.

VAN BUCK

J'entends qu'il faut prendre un parti et se caser. Que deviendras-tu ?
Je t'en avertis : un jour ou l'autre je te laisserai là malgré moi. Je
n'entends pas que tu me ruines, et si tu veux être mon héritier,
encore faut-il que tu puisses m'attendre. Ton mariage me coûterait,
c'est vrai, mais une fois pour toutes, et moins, en somme, que tes
folies. Enfin, j'aime mieux me débarrasser de toi ; pense à cela : veux-tu
une jolie femme, tes dettes payées, et vivre en repos ?

VALENTIN

Puisque vous y tenez, mon oncle, et que vous parlez sérieusement,
sérieusement je vais vous répondre : prenez du pâté, et écoutez-moi.

VAN BUCK

Voyons, quel est ton sentiment ?

VALENTIN

Sans vouloir remonter bien haut ni vous lasser par trop de préam-
bules, je commencerai par l'antiquité. Est-il besoin de vous rappeler
la manière dont fut traité un homme qui ne l'avait mérité en rien ;
qui toute sa vie fut d'humeur douce, jusqu'à reprendre, même après
sa faute, celle qui l'avait si outrageusement trompé ? Frère d'ailleurs
d'un puissant monarque, et couronné bien mal à propos...

VAN BUCK

De qui diantre me parles-tu ?

VALENTIN

De Ménélas, mon oncle.

VAN BUCK

Que le diable t'emporte et moi avec ! je suis bien sot de t'écouter.

VALENTIN

Pourquoi ? il me semble tout simple...

VAN BUCK

Maudit gamin ! cervelle fêlée ! il n'y a pas moyen de te faire dire un mot qui ait le sens commun.

Il se lève.

Allons ! finissons ! en voilà assez. Aujourd'hui la jeunesse ne respecte rien.

VALENTIN

Mon oncle Van Buck, vous allez vous mettre en colère.

VAN BUCK

Non, monsieur; mais, en vérité, c'est une chose inconcevable. Imagine-t-on qu'un homme de mon âge serve de jouet à un bambin ? Me prends-tu pour ton camarade, et faudra-t-il te répéter...

VALENTIN

Comment ! mon oncle, est-il possible que vous n'ayez jamais lu Homère ?

VAN BUCK, *se rasseyant.*

Eh bien ! quand je l'aurais lu ?

VALENTIN

Vous me parlez de mariage; il est tout simple que je vous cite le
plus grand mari de l'antiquité.

VAN BUCK

Je me soucie bien de tes proverbes. Veux-tu répondre sérieusement?

VALENTIN

Soit; trinquons à cœur ouvert; je ne serai compris de vous que
si vous voulez bien ne pas m'interrompre. Je ne vous ai pas cité
Ménélas pour faire parade de ma science, mais pour ne pas nommer
beaucoup d'honnêtes gens. Faut-il m'expliquer sans réserve?

VAN BUCK

Oui, sur-le-champ, ou je m'en vais.

VALENTIN

J'avais seize ans, et je sortais du collège, quand une belle dame de
notre connaissance me distingua pour la première fois. A cet âge-
là, peut-on savoir ce qui est innocent ou criminel? J'étais un soir
chez ma maîtresse, au coin du feu, son mari en tiers. Le mari se lève
et dit qu'il va sortir. A ce mot, un regard rapide échangé entre ma belle
et moi me fait bondir le cœur de joie : nous allions être seuls ! Je me
retourne, et vois le pauvre homme mettant ses gants. Ils étaient
en daim de couleur verdâtre, trop larges, et décousus au pouce.
Tandis qu'il y enfonçait ses mains, debout au milieu de la chambre,
un imperceptible sourire passa sur le coin des lèvres de la femme,
et dessina comme une ombre légère les deux fossettes de ses joues.
L'œil d'un amant voit seul de tels sourires, car on les sent plus qu'on

ne les voit. Celui-ci m'alla jusqu'à l'âme, et je l'avalai comme un sorbet. Mais, par une bizarrerie étrange, le souvenir de ce moment de délices se lia invinciblement dans ma tête à celui de deux grosses mains rouges se débattant dans des gants verdâtres; et je ne sais ce que ces mains, dans leur opération confiante, avaient de triste et de piteux, mais je n'y ai jamais pensé depuis sans que le féminin sourire vînt me chatouiller le coin des lèvres, et j'ai juré que jamais femme au monde ne me ganterait de ces gants-là.

VAN BUCK

C'est-à-dire qu'en franc libertin tu doutes de la vertu des femmes, et que tu as peur que les autres te rendent le mal que tu leur as fait.

VALENTIN

Vous l'avez dit : j'ai peur du diable, et je ne veux pas être ganté.

VAN BUCK

Bah ! c'est une idée de jeune homme.

VALENTIN

Comme il vous plaira; c'est la mienne; dans une trentaine d'années, si j'y suis, ce sera une idée de vieillard, car je ne me marierai jamais.

VAN BUCK

Prétends-tu que toutes les femmes soient fausses, et que tous les maris soient trompés ?

VALENTIN

Je ne prétends rien, et je n'en sais rien. Je prétends, quand je vais dans la rue, ne pas me jeter sous les roues des voitures; quand je dîne, ne pas manger de merlan ; quand j'ai soif, ne pas boire dans un verre cassé, et quand je vois une femme, ne pas l'épouser ; et encore je ne suis pas sûr de n'être ni écrasé, ni étranglé, ni brèche-dent, ni...

VAN BUCK

Fi donc ! mademoiselle de Mantes est sage et bien élevée ; c'est une bonne petite fille.

VALENTIN

A Dieu ne plaise que j'en dise du mal ! elle est sans doute la meilleure du monde. Elle est bien élevée, dites-vous ? Quelle éducation a-t-elle reçue ? La conduit-on au bal, au spectacle, aux courses de chevaux ? Sort-elle seule en fiacre, le matin, à midi, pour revenir à six heures ? A-t-elle une femme de chambre adroite, un escalier dérobé ? A-t-elle vu *La Tour de Nesle*, et lit-elle les romans de M. de Balzac ? La mène-t-on, après un bon dîner, les soirs d'été, quand le vent est au sud, voir lutter aux Champs-Élysées dix ou douze gaillards nus, aux épaules carrées ? A-t-elle pour maître un beau valseur grave et frisé, au jarret prussien, qui lui serre les doigts quand elle a bu du punch ? Reçoit-elle des visites en tête à tête, l'après-midi, sur un sofa élastique, sous le demi-jour d'un rideau rose ? A-t-elle à sa porte un verrou doré, qu'on pousse du petit doigt en tournant la tête, et sur lequel retombe mollement une tapisserie sourde et muette ? Met-elle son gant dans son verre lorsqu'on commence à passer le champagne ? Fait-elle semblant d'aller au bal de l'Opéra, pour s'éclipser un quart d'heure, courir chez Musard et revenir bâiller ? Lui a-t-on appris, quand Rubini chante, à ne montrer que le blanc de ses yeux, comme une colombe amoureuse ? Passe-t-elle l'été à la campagne chez une amie pleine d'expérience, qui en répond à sa famille, et qui, le soir, la laisse au piano pour se promener sous les charmilles, en chuchotant avec un hussard ? Va-t-elle aux eaux ? A-t-elle des migraines ?

VAN BUCK

Jour de Dieu ! qu'est-ce que tu dis là ?

VALENTIN

C'est que, si elle ne sait rien de tout cela, on ne lui a pas appris grand'chose; car dès qu'elle sera femme elle le saura, et alors qui peut rien prévoir ?

VAN BUCK

Tu as de singulières idées sur l'éducation des femmes. Voudrais-tu qu'on les suivît ?

VALENTIN

Non; mais je voudrais qu'une jeune fille fût une herbe dans un bois, et non une plante dans une caisse. Allons ! mon oncle, venez aux Tuileries, et ne parlons plus de tout cela.

VAN BUCK

Tu refuses mademoiselle de Mantes ?

VALENTIN

Pas plus qu'une autre, mais ni plus ni moins.

VAN BUCK

Tu me feras damner; tu es incorrigible. J'avais les plus belles espérances : cette fille-là sera très riche un jour. Tu me ruineras, et tu iras au diable : voilà tout ce qui arrivera. — Qu'est-ce que c'est ? Qu'est-ce que tu veux ?

VALENTIN

Vous donner votre canne et votre chapeau, pour prendre l'air, si cela vous convient.

VAN BUCK

Je me soucie bien de prendre l'air ! Je te déshérite si tu refuses
de te marier.

VALENTIN

Vous me déshéritez, mon oncle?

VAN BUCK

Oui, par le ciel ! j'en fais serment ! Je serai aussi obstiné que toi,
et nous verrons qui des deux cédera.

VALENTIN

Vous me déshériterez par écrit, ou seulement de vive voix?

VAN BUCK

Par écrit, insolent que tu es !

VALENTIN

Et à qui laisserez-vous votre bien? Vous fonderez donc un prix
de vertu, ou un concours de grammaire latine?

VAN BUCK

Plutôt que de me laisser ruiner par toi, je me ruinerai tout seul et
à mon plaisir.

VALENTIN

Il n'y a plus de loterie ni de jeu; vous ne pourrez jamais tout boire.

VAN BUCK

Je quitterai Paris; je retournerai à Anvers; je me marierai moi-même,
s'il le faut, et je te ferai six cousins germains.

VALENTIN

Et moi je m'en irai à Alger; je me ferai trompette de dragons, j'épouserai une Éthiopienne, et je vous ferai vingt-quatre petits-neveux, noirs comme de l'encre et bêtes comme des pots.

VAN BUCK

Jour de ma vie ! si je prends ma canne...

VALENTIN

Tout beau, mon oncle ! prenez garde, en frappant, de casser votre bâton de vieillesse.

VAN BUCK, *l'embrassant.*

Ah ! malheureux ! tu abuses de moi.

VALENTIN

Écoutez-moi : le mariage me répugne; mais pour vous, mon oncle, je me déciderai à tout. Quelque bizarre que puisse vous sembler ce que je vais vous proposer, promettez-moi d'y souscrire sans réserve, et, de mon côté, j'engage ma parole.

VAN BUCK

De quoi s'agit-il ? Dépêche-toi.

VALENTIN

Promettez d'abord, je parlerai ensuite.

VAN BUCK

Je ne le puis sans rien savoir.

VALENTIN

Il le faut, mon oncle; c'est indispensable.

VAN BUCK

Eh bien ! soit, je te le promets.

VALENTIN

Si vous voulez que j'épouse mademoiselle de Mantes, il n'y a pour cela qu'un moyen : c'est de me donner la certitude qu'elle ne me mettra jamais aux mains la paire de gants dont nous parlions.

VAN BUCK

Et que veux-tu que j'en sache?

VALENTIN

Il y a pour cela des probabilités qu'on peut calculer aisément. Convenez-vous que, si j'avais l'assurance qu'on peut la séduire en huit jours, j'aurais grand tort de l'épouser?

VAN BUCK

Certainement. Quelle apparence ?

VALENTIN

Je ne vous demande pas un plus long délai. La baronne ne m'a jamais vu, non plus que sa fille; vous allez faire atteler, et vous irez leur faire visite. Vous leur direz qu'à votre grand regret, votre neveu reste garçon : j'arriverai au château une heure après vous, et vous aurez soin de ne pas me reconnaître; voilà tout ce que je vous demande; le reste ne regarde que moi.

VAN BUCK

Mais tu m'effrayes. Qu'est-ce que tu veux faire? A quel titre te présenter?

VALENTIN

C'est mon affaire; ne me reconnaissez pas, voilà tout ce dont je vous charge. Je passerai huit jours au château; j'ai besoin d'air et cela me fera du bien. Vous y resterez si vous voulez.

VAN BUCK

Deviens-tu fou? et que prétends-tu faire? Séduire une jeune fille en huit jours? faire le galant sous un nom supposé? La belle trouvaille! Il n'y a pas de conte de fées où ces niaiseries ne soient rebattues. Me prends-tu pour un oncle du Gymnase?

VALENTIN

Il est deux heures, allez-vous-en chez vous.

Ils sortent.

SCÈNE II

Au château.

LA BARONNE, CÉCILE, UN ABBÉ, UN MAITRE DE DANSE.
La baronne, assise, cause avec l'abbé en faisant de la tapisserie. Cécile prend sa leçon de danse.

LA BARONNE

C'est une chose assez singulière que je ne trouve pas mon peloton bleu.

L'ABBÉ

Vous le teniez il y a un quart d'heure; il aura roulé quelque part.

LE MAITRE DE DANSE

Si Mademoiselle veut faire encore la poule, nous nous reposerons après cela.

CÉCILE

Je veux apprendre la valse à deux temps.

LE MAITRE DE DANSE

Madame la baronne s'y oppose. Ayez la bonté de tourner la tête et de me faire des oppositions.

L'ABBÉ

Que pensez-vous, madame, du dernier sermon? ne l'avez-vous pas entendu?

LA BARONNE

C'est vert et rose, sur fond noir, pareil au petit meuble d'en haut.

L'ABBÉ

Plaît-il?

LA BARONNE

Ah ! pardon, je n'y étais pas.

L'ABBÉ

J'ai cru vous y apercevoir.

LA BARONNE

Où donc?

L'ABBÉ

A Saint-Roch, dimanche dernier.

LA BARONNE

Mais oui, très bien. Tout le monde pleurait ; le baron ne faisait que se moucher. Je m'en suis allée à la moitié, parce que ma voisine avait des odeurs, et que je suis en ce moment-ci entre les bras des homœopathes.

LE MAITRE DE DANSE

Mademoiselle, j'ai beau vous le dire, vous ne faites pas d'oppositions. Détournez donc légèrement la tête, et arrondissez-moi les bras.

CÉCILE

Mais, monsieur, quand on ne veut pas tomber, il faut bien regarder devant soi.

LE MAITRE DE DANSE

Fi donc ! C'est une chose horrible. Tenez, voyez ; y a-t-il rien de plus simple ? Regardez-moi : est-ce que je tombe ? Vous allez à droite, vous regardez à gauche ; vous allez à gauche, vous regardez à droite ; il n'y a rien de plus naturel.

LA BARONNE

C'est une chose inconcevable que je ne trouve pas mon peloton bleu.

CÉCILE

Maman, pourquoi ne voulez-vous donc pas que j'apprenne la valse à deux temps ?

LA BARONNE

Parce que c'est indécent. — Avez-vous lu *Jocelyn*?

L'ABBÉ

Oui, madame, il y a de beaux vers ; mais le fond, je vous l'avouerai...

LA BARONNE

Le fond est noir ; tout le petit meuble l'est ; vous verrez cela sur du palissandre.

CÉCILE

Mais, maman, miss Clary valse bien, et mesdemoiselles de Raimbaut aussi.

LA BARONNE

Miss Clary est Anglaise, mademoiselle. — Je suis sûre, l'abbé, que vous êtes assis dessus.

L'ABBÉ

Moi, madame ! sur miss Clary !

LA BARONNE

Eh ! c'est mon peloton, le voilà. Non, c'est du rouge. Où est-il passé ?

L'ABBÉ

Je trouve la scène de l'évêque fort belle ; il y a certainement du génie, beaucoup de talent et de la facilité.

CÉCILE

Mais, maman, de ce qu'on est Anglaise, pourquoi est-ce décent de valser ?

LA BARONNE

Il y a aussi un roman que j'ai lu, qu'on m'a envoyé de chez Mongie.

Je ne sais plus le nom, ni de qui c'était. L'avez-vous lu ? C'est assez bien écrit.

L'ABBÉ

Oui, madame. Il semble qu'on ouvre la grille. Attendez-vous quelque visite ?

LA BARONNE

Ah ! c'est vrai ; Cécile, écoutez.

LE MAITRE DE DANSE

Madame la baronne veut vous parler, mademoiselle.

L'ABBÉ

Je ne vois pas entrer de voiture ; ce sont des chevaux qui vont sortir.

CÉCILE, s'approchant.

Vous m'avez appelée, maman ?

LA BARONNE

Non. Ah ! oui. Il va venir quelqu'un ; baissez-vous donc que je vous parle à l'oreille. — C'est un parti. Êtes-vous coiffée ?

CÉCILE

Un parti ?

LA BARONNE

Oui, très convenable. — Vingt-cinq à trente ans, ou plus jeune ; — non, je n'en sais rien ; très bien. Allez danser.

CÉCILE

Mais, maman, je voulais vous dire...

LA · BARONNE

C'est incroyable où est allé ce peloton. Je n'en ai qu'un de bleu, et il faut qu'il s'envole.
Entre Van Buck.

VAN BUCK

Madame la baronne, je vous souhaite le bonjour. Mon neveu n'a pu venir avec moi; il m'a chargé de vous présenter ses regrets et d'excuser son manque de parole.

LA BARONNE

Ah bah ! vraiment, il ne vient pas ? Voilà ma fille qui prend sa leçon; permettez-vous qu'elle continue ? Je l'ai fait descendre, parce que c'est trop petit chez elle.

VAN BUCK

J'espère bien ne déranger personne. Si mon écervelé de neveu...

LA BARONNE

Vous ne voulez pas boire quelque chose ? Asseyez-vous donc. Comment allez-vous ?

VAN BUCK

Mon neveu, madame, est bien fâché...

LÀ BARONNE

Écoutez donc que je vous dise. L'abbé, vous nous restez, pas vrai ? Eh bien ! Cécile, qu'est-ce qui t'arrive ?

LE MAITRE DE DANSE

Mademoiselle est lasse, madame.

LA BARONNE

Chansons ! si elle était au bal et qu'il fût quatre heures du matin,
elle ne serait pas lasse, c'est clair comme le jour. — Dites-moi donc,
vous,

    Bas, à Van Buck.

est-ce que c'est manqué ?

VAN BUCK

J'en ai peur ; et s'il faut tout dire...

LA BARONNE

Ah bah ! il refuse ? Eh bien ! c'est joli !

VAN BUCK

Mon Dieu, madame, n'allez pas croire qu'il y ait là de ma faute
en rien. Je vous jure bien par l'âme de mon père...

LA BARONNE

Enfin il refuse, pas vrai ? C'est manqué ?

VAN BUCK

Mais, madame, si je pouvais, sans mentir...
    On entend un grand tumulte au dehors.

LA BARONNE

Qu'est-ce que c'est ? regardez donc, l'abbé.

L'ABBÉ

Madame, c'est une voiture versée devant la porte du château.
On apporte ici un jeune homme qui semble privé de sentiment.

LA BARONNE

Ah ! mon Dieu ! un mort qui m'arrive ! Qu'on arrange vite la chambre verte. Venez, Van Buck, donnez-moi le bras.

Ils sortent.

ACTE II

SCÈNE PREMIÈRE

Une allée sous une charmille.

Entrent VAN BUCK *et* VALENTIN
qui a le bras en écharpe.

VAN BUCK

Est-il possible, malheureux garçon, que tu te sois réellement
démis le bras ?

VALENTIN

Il n'y a rien de plus possible ; c'est même probable, et, qui pis est,
assez douloureusement réel.

VAN BUCK

Je ne sais lequel, dans cette affaire, est le plus à blâmer de nous
deux. Vit-on jamais pareille extravagance !

VALENTIN

Il fallait bien trouver un prétexte pour m'introduire convenablement.
Quelle raison voulez-vous qu'on ait de se présenter ainsi incognito
à une famille respectable ? J'avais donné un louis à mon postillon en
lui demandant sa parole de me verser devant le château. C'est un
honnête homme, il n'y a rien à lui dire, et son argent est parfaitement
gagné : il a mis sa roue dans le fossé avec une constance héroïque.

Je me suis démis le bras, c'est ma faute, mais j'ai versé, et je ne me
plains pas. Au contraire, j'en suis bien aise; cela donne aux choses
un air de vérité qui intéresse en ma faveur.

VAN BUCK

Que vas-tu faire et quel est ton dessein?

VALENTIN

Je ne viens pas du tout ici pour épouser mademoiselle de Mantes,
mais uniquement pour vous prouver que j'aurais tort de l'épouser.
Mon plan est fait, ma batterie pointée, et jusqu'ici tout va à merveille.
Vous avez tenu votre promesse comme Régulus ou Hernani. Vous
ne m'avez pas appelé mon neveu, c'est le principal et le plus difficile;
me voilà reçu, hébergé, couché dans une belle chambre verte, de la
fleur d'orange sur ma table, et des rideaux blancs à mon lit. C'est
une justice à rendre à votre baronne, elle m'a aussi bien recueilli
que mon postillon m'a versé. Maintenant il s'agit de savoir si tout
le reste ira à l'avenant. Je compte d'abord faire ma déclaration, secondement écrire un billet.

VAN BUCK

C'est inutile; je ne souffrirai pas que cette mauvaise plaisanterie
s'achève.

VALENTIN

Vous dédire ! Comme vous voudrez; je me dédis aussi sur-le-
champ.

VAN BUCK

Mais, mon neveu...

VALENTIN

Dites un mot, je reprends la poste et retourne à Paris; plus de parole, plus de mariage; vous me déshériterez si vous voulez.

VAN BUCK

C'est un guêpier incompréhensible, et il est inouï que je sois fourré là. Mais enfin voyons, explique-toi !

VALENTIN

Songez, mon oncle, à notre traité. Vous m'avez dit et accordé que, s'il était prouvé que ma future devait me ganter de certains gants, je serais un fou d'en faire ma femme. Par conséquent, l'épreuve étant admise, vous trouverez bon, juste et convenable qu'elle soit aussi complète que possible. Ce que je dirai sera bien dit; ce que j'essayerai, bien essayé, et ce que je pourrai faire, bien fait : vous ne me chercherez pas chicane, et j'ai carte blanche en tout cas.

VAN BUCK

Mais, monsieur, il y a pourtant de certaines bornes, de certaines choses... — Je vous prie de remarquer que, si vous allez vous prévaloir... — Miséricorde ! comme tu y vas !

VALENTIN

Si notre future est telle que vous le croyez et que vous me l'avez représentée, il n'y a pas le moindre danger, et elle ne peut que s'en trouver plus digne. Figurez-vous que je suis le premier venu; je suis amoureux de mademoiselle de Mantes, vertueuse épouse de Valentin Van Buck; songez comme la jeunesse du jour est entreprenante et hardie ! que ne fait-on pas, d'ailleurs, quand on aime ? Quelles escalades, quelles lettres de quatre pages, quels torrents de larmes, quels cornets de dragées ! Devant quoi recule un amant ? De quoi peut-on lui demander compte ? Quel mal fait-il, et de quoi s'offenser ? il aime. O mon oncle Van Buck ! rappelez-vous le temps où vous aimiez.

VAN BUCK

De tout temps j'ai été décent, et j'espère que vous le serez, sinon je dis tout à la baronne.

VALENTIN

Je ne compte rien faire qui puisse choquer personne. Je compte d'abord faire ma déclaration; secondement, écrire plusieurs billets; troisièmement, gagner la fille de chambre; quatrièmement, rôder dans les petits coins; cinquièmement, prendre l'empreinte des serrures avec de la cire à cacheter; sixièmement, faire une échelle de cordes, et couper les vitres avec ma bague; septièmement, me mettre à genoux par terre en récitant *La Nouvelle Héloïse ;* et huitièmement, si je ne réussis pas, m'aller noyer dans la pièce d'eau; mais je vous jure d'être décent et de ne pas dire un seul gros mot ni rien qui blesse les convenances.

VAN BUCK

Tu es un roué et un impudent; je ne souffrirai rien de pareil.

VALENTIN

Mais pensez donc que tout ce que je vous dis là, dans quatre ans d'ici un autre le fera, si j'épouse mademoiselle de Mantes; et comment voulez-vous que je sache de quelle résistance elle est capable, si je ne l'ai d'abord essayé moi-même ? Un autre tentera bien plus encore, et aura devant lui un bien autre délai; en ne demandant que huit jours, j'ai fait un acte de grande humilité.

VAN BUCK

C'est un piège que tu m'as tendu ; jamais je n'ai prévu cela.

VALENTIN

Et que pensiez-vous donc prévoir quand vous avez accepté la gageure ?

VAN BUCK

Mais, mon ami, je pensais, je croyais, — je croyais que tu allais faire ta cour... mais poliment... à cette jeune personne, comme par exemple, de lui... de lui dire... Ou si par hasard... et encore je n'en sais rien... Mais que diable ! tu es effrayant.

VALENTIN

Tenez ! voilà la blanche Cécile qui nous arrive à petits pas. Entendez-vous craquer le bois sec ? La mère tapisse avec son abbé. Vite, fourrez-vous dans la charmille. Vous serez témoin de la première escarmouche, et vous m'en direz votre avis.

VAN BUCK

Tu l'épouseras si elle te reçoit mal ?
Il se cache dans la charmille.

VALENTIN

Laissez-moi faire, et ne bougez pas. Je suis ravi de vous avoir pour spectateur, et l'ennemi détourne l'allée. Puisque vous m'avez appelé fou, je veux vous montrer qu'en fait d'extravagances, les plus fortes sont les meilleures. Vous allez voir, avec un peu d'adresse, ce que rapportent les blessures honorables reçues pour plaire à la beauté. Considérez cette démarche pensive, et faites-moi la grâce de me dire si ce bras estropié ne me sied pas. Eh ! que voulez-vous ! c'est qu'on est pâle ; il n'y a au monde que cela :

Un jeune malade, à pas lents...

Surtout pas de bruit ! voici l'instant critique ; respectez la foi des serments. Je vais m'asseoir au pied d'un arbre, comme un pasteur des temps passés.
Entre Cécile, un livre à la main.

VALENTIN

Déjà levée, mademoiselle, et seule à cette heure dans le bois ?

CÉCILE

C'est vous, monsieur ? je ne vous reconnaissais pas. Comment se porte votre foulure ?

VALENTIN, *à part.*

Foulure ! voilà un vilain mot.
Haut.
C'est trop de grâce que vous me faites, et il y a de certaines blessures qu'on ne sent jamais qu'à demi.

CÉCILE

Vous a-t-on servi à déjeuner ?

VALENTIN

Vous êtes trop bonne ; de toutes les vertus de votre sexe, l'hospitalité est la moins commune, et on ne la trouve nulle part aussi douce, aussi précieuse que chez vous ; et si l'intérêt qu'on m'y témoigne...

CÉCILE

Je vais dire qu'on vous monte un bouillon.

Elle sort.

VAN BUCK, *rentrant.*

Tu l'épouseras ! tu l'épouseras ! Avoue qu'elle a été parfaite. Quelle naïveté ! quelle pudeur divine ! On ne peut pas faire un meilleur choix.

VALENTIN

Un moment, mon oncle, un moment ! vous allez bien vite en besogne.

VAN BUCK

Pourquoi pas ? Il n'en faut pas plus ; tu vois clairement à qui tu as affaire, et ce sera toujours de même. Que tu seras heureux avec cette femme-là ! Allons tout dire à la baronne ; je me charge de l'apaiser.

VALENTIN

Bouillon ! Comment une jeune fille peut-elle prononcer ce mot-là ? Elle me déplaît ; elle est laide et sotte. Adieu, mon oncle, je retourne à Paris.

VAN BUCK

Plaisantez-vous ? où est votre parole ? Est-ce ainsi qu'on se joue de moi ? Que signifient ces yeux baissés et cette contenance défaite ? Est-ce à dire que vous me prenez pour un libertin de votre espèce, et que vous vous servez de ma folle complaisance comme d'un manteau pour vos méchants desseins ? N'est-ce donc vraiment qu'une séduction que vous venez tenter ici sous le masque de cette épreuve ? Jour de Dieu ! si je le croyais !...

VALENTIN

Elle me déplaît, ce n'est pas ma faute, et je n'en ai pas répondu.

VAN BUCK

En quoi peut-elle vous déplaire ? elle est jolie, ou je ne m'y connais
pas. Elle a les yeux longs et bien fendus, des cheveux superbes, une
taille passable. Elle est parfaitement bien élevée; elle sait l'anglais
et l'italien; elle aura trente mille livres de rente, et en attendant une
très belle dot. Quel reproche pouvez-vous lui faire, et pour quelle
raison n'en voulez-vous pas ?

VALENTIN

Il n'y a jamais de raison à donner pourquoi les gens plaisent ou déplaisent. Il est certain qu'elle me déplaît, elle, sa foulure et son bouillon.

VAN BUCK

C'est votre amour-propre qui souffre. Si je n'avais pas été là, vous
seriez venu me faire cent contes sur votre premier entretien, et vous
targuer de belles espérances. Vous vous étiez imaginé faire sa conquête
en un clin d'œil, et c'est là où le bât vous blesse. Elle vous plaisait
hier au soir, quand vous ne l'aviez encore qu'entrevue, et qu'elle
s'empressait avec sa mère à vous soigner de votre sot accident. Maintenant vous la trouvez laide, parce qu'elle fait à peine attention à
vous. Je vous connais mieux que vous ne pensez, et je ne céderai pas
si vite. Je vous défends de vous en aller.

VALENTIN

Comme vous voudrez. Je ne veux pas d'elle; je vous répète que
je la trouve laide; elle a un air niais qui est révoltant. Ses yeux sont
grands, c'est vrai, mais ils ne veulent rien dire; ses cheveux sont beaux,
mais elle a le front plat; quant à la taille, c'est peut-être ce qu'elle
a de mieux, quoique vous ne la trouviez que passable. Je la félicite
de savoir l'italien, elle y a peut-être plus d'esprit qu'en français;

pour ce qui est de sa dot, qu'elle la garde, je n'en veux pas plus que de son bouillon.

VAN BUCK

A-t-on idée d'une pareille tête, et peut-on s'attendre à rien de semblable? Va, va ! ce que je disais hier n'est que la pure vérité. Tu n'es capable que de rêver des balivernes, et je ne veux plus m'occuper de toi. Épouse une blanchisseuse si tu veux. Puisque tu refuses ta fortune lorsque tu l'as entre les mains, que le hasard décide du reste ! cherche-le au fond de tes cornets. Dieu m'est témoin que ma patience a été telle depuis trois ans, que nul autre peut-être à ma place...

VALENTIN

Est-ce que je me trompe? Regardez donc, mon oncle, il me semble qu'elle revient par ici. Oui, je l'aperçois entre les arbres; elle va repasser dans le taillis.

VAN BUCK

Où donc? quoi? qu'est-ce que tu dis?

VALENTIN

Ne voyez-vous pas une robe blanche derrière ces touffes de lilas? Je ne me trompe pas, c'est bien elle. Vite, mon oncle, rentrez dans la charmille, qu'on ne nous surprenne pas ensemble !

VAN BUCK

A quoi bon, puisqu'elle te déplaît?

VALENTIN

Il m'importe, je veux l'aborder, pour que vous ne puissiez pas dire que je l'ai jugée trop légèrement.

VAN BUCK

Tu l'épouseras si elle persévère ?
Il se cache de nouveau.

VALENTIN

Chut ! pas de bruit ! la voici qui arrive.

CÉCILE, *entrant.*

Monsieur, ma mère m'a chargée de vous demander si vous comptiez partir aujourd'hui.

VALENTIN

Oui, mademoiselle, c'est mon intention, et j'ai demandé des chevaux.

CÉCILE

C'est qu'on fait un whist au salon, et que ma mère vous serait bien obligée si vous vouliez faire le quatrième.

VALENTIN

J'en suis fâché, mais je ne sais pas jouer.

CÉCILE

Et si vous vouliez rester à dîner, nous avons un faisan truffé.

VALENTIN

Je vous remercie ; je n'en mange pas.

CÉCILE

Après dîner, il nous vient du monde, et nous danserons la mazourke.

VALENTIN

Excusez-moi, je ne danse jamais.

CÉCILE

C'est bien dommage. Adieu, monsieur.

Elle sort.

VAN BUCK, *rentrant.*

Ah çà ! voyons, l'épouseras-tu ? Qu'est-ce que tout cela signifie ? Tu dis que tu as demandé des chevaux : est-ce que c'est vrai ? ou si tu te moques de moi ?

VALENTIN

Vous aviez raison, elle est agréable; je la trouve mieux que la première fois; elle a un petit signe au coin de la bouche que je n'avais pas remarqué.

VAN BUCK

Où vas-tu ? Qu'est-ce qui t'arrive ? Veux-tu me répondre sérieusement ?

VALENTIN

Je ne vais nulle part, je me promène avec vous. Est-ce que vous la trouvez mal faite ?

VAN BUCK

Moi ? Dieu m'en garde ! je la trouve complète en tout.

VALENTIN

Il me semble qu'il est bien matin pour jouer au whist; y jouez-vous, mon oncle ? Vous devriez rentrer au château.

VAN BUCK

Certainement, je devrais y rentrer; j'attends que vous daigniez me répondre. Restez-vous ici, oui ou non?

VALENTIN

Si je reste, c'est pour notre gageure; je n'en voudrais pas avoir le démenti; mais ne comptez sur rien jusqu'à tantôt; mon bras malade me met au supplice.

VAN BUCK

Rentrons; tu te reposeras.

VALENTIN

Oui, j'ai envie de prendre ce bouillon qui est là-haut; il faut que j'écrive; je vous reverrai à dîner.

VAN BUCK

Écrire ! j'espère que ce n'est pas à elle que tu écriras?

VALENTIN

Si je lui écris, c'est pour notre gageure. Vous savez que c'est convenu.

VAN BUCK

Je m'y oppose formellement, à moins que tu ne me montres ta lettre.

VALENTIN

Tant que vous voudrez. Je vous dis et je vous répète qu'elle me plaît médiocrement.

VAN BUCK

Quelle nécessité de lui écrire ? Pourquoi ne lui as-tu pas fait tout
à l'heure ta déclaration de vive voix, comme tu te l'étais promis ?

VALENTIN

Pourquoi ?

VAN BUCK

Sans doute ; qu'est-ce qui t'en empêchait ? Tu avais le plus beau
courage du monde.

VALENTIN

C'est que mon bras me faisait souffrir. Tenez ! la voilà qui repasse
une troisième fois ; la voyez-vous là-bas dans l'allée ?

VAN BUCK

Elle tourne autour de la plate-bande, et la charmille est circulaire.
Il n'y a rien là que de très convenable.

VALENTIN

Ah ! coquette fille ! c'est autour du feu qu'elle tourne, comme
un papillon ébloui. Je veux jeter cette pièce à pile ou face pour savoir
si je l'aimerai.

VAN BUCK

Tâche donc qu'elle t'aime auparavant ; le reste est moins difficile.

VALENTIN

Soit. Regardons-la bien tous les deux. Elle va passer entre ces
deux touffes d'arbres. Si elle tourne la tête de notre côté, je l'aime ;
sinon, je m'en vais à Paris.

VAN BUCK

Gageons qu'elle ne se retourne pas.

VALENTIN

Oh, que si ! Ne la perdons pas de vue.

VAN BUCK

Tu as raison. Non, pas encore ; elle paraît lire attentivement.

VALENTIN

Je suis sûr qu'elle va se retourner.

VAN BUCK

Non ; elle avance ; la touffe d'arbres approche. Je suis convaincu
qu'elle n'en fera rien.

VALENTIN

Elle doit pourtant nous voir, rien ne nous cache ; je vous dis qu'elle
se retournera.

VAN BUCK

Elle a passé, tu as perdu.

VALENTIN

Je vais lui écrire, ou que le ciel m'écrase ! Il faut que je sache à
quoi m'en tenir. C'est incroyable qu'une petite fille traite les gens
aussi légèrement. Pure hypocrisie ! pur manège ! Je vais lui dépêcher
un billet en règle ; je lui dirai que je meurs d'amour pour elle, que
je me suis cassé le bras pour la voir, que si elle me repousse je me
brûle la cervelle, et que si elle veut de moi je l'enlève demain matin.
Venez, rentrons, je veux écrire devant vous.

VAN BUCK

Tout beau, mon neveu ! quelle mouche vous pique ? Vous nous ferez quelque mauvais tour ici.

VALENTIN

Croyez-vous donc que deux mots en l'air puissent signifier quelque chose ? Que lui ai-je dit que d'indifférent, et que m'a-t-elle dit elle-même ? Il est tout simple qu'elle ne se retourne pas. Elle ne sait rien, et je n'ai rien su lui dire. Je ne suis qu'un sot, si vous voulez ; il est possible que je me pique d'orgueil et que mon amour-propre soit en jeu. Belle ou laide, peu m'importe ; je veux voir clair dans son âme. Il y a là-dessous quelque ruse, quelque parti pris que nous ignorons ; laissez-moi faire, tout s'éclaircira.

VAN BUCK

Le diable m'emporte ! tu parles en amoureux. Est-ce que tu le serais, par hasard ?

VALENTIN

Non ; je vous ai dit qu'elle me déplaît. Faut-il vous rebattre cent fois la même chose ? Dépêchons-nous, rentrons au château.

VAN BUCK

Je vous ai dit que je ne veux pas de lettre, et surtout de celle dont vous parlez.

VALENTIN

Venez toujours, nous nous déciderons.

Ils sortent.

SCÈNE II

Le salon.

LA BARONNE *et* L'ABBÉ, *devant une table de jeu préparée.*

LA BARONNE

Vous direz ce que vous voudrez, c'est désolant de jouer avec un mort. Je déteste la campagne à cause de cela.

L'ABBÉ

Mais où est donc M. Van Buck ? est-ce qu'il n'est pas encore descendu ?

LA BARONNE

Je l'ai vu tout à l'heure dans le parc avec ce monsieur de la chaise, qui, par parenthèse, n'est guère poli de ne pas vouloir nous rester à dîner.

L'ABBÉ

S'il a des affaires pressées...

LA BARONNE

Bah ! des affaires, tout le monde en a. La belle excuse ! Si l'on ne pensait jamais qu'aux affaires, on ne serait jamais à rien. Tenez ! l'abbé, jouons au piquet ; je me sens d'une humeur massacrante.

L'ABBÉ, *mêlant les cartes.*

Il est certain que les jeunes gens du jour ne se piquent pas d'être polis.

LA BARONNE

Polis ! je crois bien. Est-ce qu'ils s'en doutent ? et qu'est-ce que c'est que d'être poli ? Mon cocher est poli. De mon temps, l'abbé, on était galant.

L'ABBÉ

C'était le bon, madame la baronne, et plût au ciel que j'y fusse né !

LA BARONNE

J'aurais voulu voir que mon frère, qui était à Monsieur, tombât de carrosse à la porte d'un château, et qu'on l'y eût gardé à coucher. Il aurait plutôt perdu sa fortune que de refuser de faire un quatrième. Tenez ! ne parlons plus de ces choses-là. C'est à vous de prendre ; vous n'en laissez pas ?

L'ABBÉ

Je n'ai pas un as ; voilà M. Van Buck.
Entre Van Buck.

LA BARONNE

Continuons ; c'est à vous de parler.

VAN BUCK, *bas, à la baronne.*

Madame, j'ai deux mots à vous dire qui sont de la dernière importance.

LA BARONNE

Eh bien ! après le marqué.

L'ABBÉ

Cinq cartes, valant quarante-cinq.

LA BARONNE

Cela ne vaut pas.
A Van Buck.
Qu'est-ce donc ?

VAN BUCK

Je vous supplie de m'accorder un moment ; je ne puis parler devant un tiers, et ce que j'ai à vous dire ne souffre aucun retard.

LA BARONNE, *se levant.*

Vous me faites peur ; de quoi s'agit-il ?

VAN BUCK

Madame, c'est une grave affaire, et vous allez peut-être vous fâcher contre moi. La nécessité me force de manquer à une promesse que mon imprudence m'a fait accorder. Le jeune homme à qui vous avez donné l'hospitalité cette nuit est mon neveu.

LA BARONNE

Ah bah ! quelle idée !

VAN BUCK

Il désirait approcher de vous sans être connu ; je n'ai pas cru mal faire en me prêtant à une fantaisie qui, en pareil cas, n'est pas nouvelle.

LA BARONNE

Ah ! mon Dieu ! j'en ai vu bien d'autres !

VAN BUCK

Mais je dois vous avertir qu'à l'heure qu'il est, il vient d'écrire à mademoiselle de Mantes, et dans les termes les moins retenus. Ni mes menaces ni mes prières n'ont pu le dissuader de sa folie ; et un de vos gens, je le dis à regret, s'est chargé de remettre le billet à son adresse. Il s'agit d'une déclaration d'amour, et, je dois ajouter, des plus extravagantes.

LA BARONNE

Vraiment ? eh bien, ce n'est pas si mal. Il a de la tête, votre petit bonhomme.

VAN BUCK

Jour de Dieu ! je vous en réponds ! ce n'est pas d'hier que j'en sais quelque chose. Enfin, madame, c'est à vous d'aviser aux moyens de détourner les suites de cette affaire. Vous êtes chez vous ; et, quant à moi, je vous avouerai que je suffoque et que les jambes vont me manquer. Ouf !
Il tombe sur une chaise.

LA BARONNE

Ah ciel ! qu'est-ce que vous avez donc ? Vous êtes pâle comme un linge ! Vite ! racontez-moi tout ce qui s'est passé, et faites-moi confidence entière.

VAN BUCK

Je vous ai tout dit ; je n'ai rien à ajouter.

LA BARONNE

Ah bah ! ce n'est que ça ? Soyez donc sans crainte : si votre neveu a écrit à Cécile, la petite me montrera le billet.

VAN BUCK

En êtes-vous sûre, baronne ? Cela est dangereux.

LA BARONNE

Belle question ! Où en serions-nous si une fille ne montrait pas à sa mère une lettre qu'on lui écrit ?

VAN BUCK

Hum ! je n'en mettrais pas ma main au feu.

LA BARONNE

Qu'est-ce à dire, monsieur Van Buck ? Savez-vous à qui vous parlez ? Dans quel monde avez-vous vécu pour élever un pareil doute ? Je ne sais pas trop comme on fait aujourd'hui, ni de quel train va votre bourgeoisie ; mais, vertu de ma vie, en voilà assez ! j'aperçois justement ma fille, et vous verrez qu'elle m'apporte sa lettre. Venez, l'abbé, continuons.

Elle se remet au jeu. — Entre Cécile, qui va à la fenêtre, prend son ouvrage et s'assoit à l'écart.

L'ABBÉ

Quarante-cinq ne valent pas ?

LA BARONNE

Non, vous n'avez rien ; quatorze d'as, six et quinze, c'est quatre-vingt-quinze. A vous de jouer.

L'ABBÉ

Trèfle. Je crois que je suis capot.

VAN BUCK, *bas, à la baronne.*

Je ne vois pas que mademoiselle Cécile vous fasse encore de confidence.

LA BARONNE, *bas, à Van Buck.*

Vous ne savez ce que vous dites ; c'est l'abbé qui la gêne ; je suis
sûre d'elle comme de moi. Je fais repic seulement. Cent et dix-sept de
reste. A vous à faire.

UN DOMESTIQUE, *entrant.*

Monsieur l'abbé, on vous demande ; c'est le sacristain et le bedeau
du village.

L'ABBÉ

Qu'est-ce qu'ils me veulent ? je suis occupé.

LA BARONNE

Donnez vos cartes à Van Buck ; il jouera ce coup-ci pour vous.
L'abbé sort. — Van Buck prend sa place.

LA BARONNE

C'est vous qui faites, et j'ai coupé. Vous êtes marqué, selon toute
apparence. Qu'est-ce que vous avez donc dans les doigts ?

VAN BUCK, *bas.*

Je vous confesse que je ne suis pas tranquille : votre fille ne dit mot,
et je ne vois pas mon neveu.

LA BARONNE

Je vous dis que j'en réponds ; c'est vous qui la gênez ; je la vois
d'ici qui fait des signes.

VAN BUCK

Vous croyez ? moi, je ne vois rien.

LA . BARONNE

Cécile, venez donc un peu ici; vous vous tenez à une lieue.
  Cécile approche son fauteuil.
Est-ce que vous n'avez rien à me dire, ma chère?

CÉCILE

Moi? Non, maman.

LA BARONNE

Ah bah ! Je n'ai que quatre cartes, Van Buck; le point est à vous.
J'ai trois valets.

VAN BUCK

Voulez-vous que je vous laisse seules?

LA BARONNE

Non; restez donc, ça ne fait rien. Cécile, tu peux parler devant
monsieur.

CÉCILE

Moi, maman? Je n'ai rien de secret à dire.

LA BARONNE

Vous n'avez pas à me parler?

CÉCILE

Non, maman.

LA BARONNE

C'est inconcevable; qu'est-ce que vous venez donc me conter,
Van Buck?

VAN BUCK

Madame, j'ai dit la vérité.

LA BARONNE

Ça ne se peut pas : Cécile n'a rien à me dire; il est clair qu'elle n'a rien reçu.

VAN BUCK, *se levant.*

Eh morbleu ! je l'ai vu de mes yeux.

LA BARONNE, *se levant aussi.*

Ma fille, qu'est-ce que cela signifie ? levez-vous droite, et regardez-moi. Qu'est-ce que vous avez dans vos poches ?

CÉCILE, *pleurant.*

Mais, maman, ce n'est pas ma faute; c'est ce monsieur qui m'a écrit.

LA BARONNE

Voyons cela.

Cécile donne la lettre.

Je suis curieuse de lire de son style, à ce monsieur, comme vous l'appelez.

Elle lit.

« Mademoiselle, je meurs d'amour pour vous. Je vous ai vue l'hiver passé, et, vous sachant à la campagne, j'ai résolu de vous revoir ou de mourir. J'ai donné un louis à mon postillon... »

Ne voudrait-il pas qu'on le lui rendît ? Nous avons bien affaire de le savoir !

« à mon postillon, pour me verser devant votre porte. Je vous ai rencontrée deux fois ce matin, et je n'ai rien pu vous dire, tant votre présence m'a troublé ! Cependant la crainte de vous perdre, et l'obligation de quitter le château... »

J'aime beaucoup ça ! Qui est-ce qui le priait de partir ? C'est lui qui me refuse de rester à dîner.

« me déterminent à vous demander de m'accorder un rendez-vous.
Je sais que je n'ai aucun titre à votre confiance... »
    La belle remarque, et faite à propos !
« mais l'amour peut tout excuser; ce soir, à neuf heures, pendant le
bal, je serai caché dans le bois; tout le monde ici me croira parti,
car je sortirai du château en voiture avant dîner, mais seulement pour
faire quatre pas et descendre. »
    Quatre pas ! quatre pas ! l'avenue est longue; ne dirait-on pas qu'il
n'y a qu'à enjamber ?
« et descendre. Si dans la soirée vous pouvez vous échapper, je vous
attends; sinon je me brûle la cervelle. »
    Bien.
« ... la cervelle. Je ne crois pas que votre mère... »
    Ah ! que votre mère ? voyons un peu cela.
« fasse grande attention à vous. Elle a une tête de gir... »
    Monsieur Van Buck, qu'est-ce que cela signifie ?

VAN BUCK

Je n'ai pas entendu, madame.

LA BARONNE

Lisez vous-même, et faites-moi le plaisir de dire à votre neveu
qu'il sorte de ma maison tout à l'heure, et qu'il n'y mette jamais
les pieds.

VAN BUCK

Il y a *girouette*, c'est positif; je ne m'en étais pas aperçu. Il m'avait
cependant lu sa lettre avant que de la cacheter.

LA BARONNE

Il vous avait lu cette lettre, et vous l'avez laissé la donner à mes

gens ! Allez ! vous êtes un vieux sot, et je ne vous verrai de ma vie.
Elle sort. On entend le bruit d'une voiture.

VAN BUCK

Qu'est-ce que c'est ? mon neveu qui part sans moi ? Eh ! comment veut-il que je m'en aille ? j'ai renvoyé mes chevaux. Il faut que je coure après lui.

Il sort en courant.

CÉCILE, *seule.*

C'est singulier ; pourquoi m'écrit-il, quand tout le monde veut bien qu'il m'épouse ?

ACTE III

SCÈNE PREMIÈRE

Un chemin.

Entrent VAN BUCK *et* VALENTIN
qui frappe à une auberge.

VALENTIN

Holà ! hé ! y-a-t-il quelqu'un ici capable de me faire une commission ?

UN GARÇON, *sortant.*

Oui, monsieur, si ce n'est pas trop loin ; car vous voyez qu'il pleut à verse.

VAN BUCK

Je m'y oppose de toute mon autorité, et au nom des lois du royaume.

VALENTIN

Connaissez-vous le château de Mantes, ici près ?

LE GARÇON

Que oui, monsieur ; nous y allons tous les jours. C'est à main gauche ; on le voit d'ici.

VAN BUCK

Mon ami, je vous défends d'y aller, si vous avez quelque notion du bien et du mal.

VALENTIN

Il y a deux louis à gagner pour vous. Voilà une lettre pour mademoiselle de Mantes, que vous remettrez à sa femme de chambre, et non à d'autres, et en secret. Dépêchez-vous et revenez.

LE GARÇON

O monsieur ! n'ayez pas peur.

VAN BUCK

Voilà quatre louis si vous refusez.

LE GARÇON

O monseigneur ! il n'y a pas de danger.

VALENTIN

En voilà dix ; et si vous n'y allez pas je vous casse ma canne sur le dos !

LE GARÇON

O mon prince ! soyez tranquille ; je serai bientôt revenu.

Il sort.

VALENTIN

Maintenant, mon oncle, mettons-nous à l'abri ; et, si vous m'en croyez, buvons un verre de bière. Cette course à pied doit vous avoir fatigué.

Ils s'assoient sur un banc.

VAN BUCK

Sois-en certain, je ne te quitterai pas ! j'en jure par l'âme de feu
mon frère et par la lumière du soleil. Tant que mes pieds pourront
me porter, tant que ma tête sera sur mes épaules, je m'opposerai
à cette action infâme et à ses horribles conséquences.

VALENTIN

Soyez-en sûr, je n'en démordrai pas ! j'en jure par ma juste colère
et par la nuit qui me protégera. Tant que j'aurai du papier et de l'encre,
et qu'il me restera un louis dans ma poche, je poursuivrai et achèverai
mon dessein, quelque chose qui puisse en arriver.

VAN BUCK

N'as-tu donc plus ni foi ni vergogne, et se peut-il que tu sois mon
sang ! Quoi ! ni le respect pour l'innocence, ni le sentiment du
convenable, ni la certitude de me donner la fièvre, rien n'est capable
de te toucher !

VALENTIN

N'avez-vous donc ni orgueil ni honte, et se peut-il que vous soyez
mon oncle ? Quoi ! ni l'insulte que l'on nous fait, ni la manière dont
on nous chasse, ni les injures qu'on vous a dites à votre barbe, rien
n'est capable de vous donner du cœur !

VAN BUCK

Encore si tu étais amoureux ! si je pouvais croire que tant d'extravagances partent d'un motif qui eût quelque chose d'humain ! Mais
non, tu n'es qu'un Lovelace, tu ne respires que trahison, et la plus
exécrable vengeance est ta seule soif et ton seul amour.

VALENTIN

Encore si je vous voyais pester ! si je pouvais me dire qu'au fond de l'âme vous envoyez cette baronne et son monde à tous les diables ! Mais non, vous ne craignez que la pluie, vous ne pensez qu'au mauvais temps qu'il fait, et le soin de vos bas chinés est votre seule peur et votre seul tourment.

VAN BUCK

Ah ! qu'on a bien raison de dire qu'une première faute mène à un précipice ! Qui m'eût pu prédire ce matin, lorsque le barbier m'a rasé et que j'ai mis mon habit neuf, que je serais ce soir dans une grange, crotté et trempé jusqu'aux os ? Quoi ! c'est moi ! Dieu juste ! à mon âge, il faut que je quitte ma chaise de poste où nous étions si bien installés, il faut que je coure à la suite d'un fou à travers champs en rase campagne ! Il faut que je me traîne à ses talons, comme un confident de tragédie, et le résultat de tant de sueurs sera le déshonneur de mon nom !

VALENTIN

C'est au contraire par la retraite que nous pourrions nous déshonorer, et non par une glorieuse campagne dont nous ne sortirons que vainqueurs. Rougissez, mon oncle Van Buck, mais que ce soit d'une noble indignation. Vous me traitez de Lovelace : oui, par le ciel ! ce nom me convient. Comme à lui, on me ferme une porte surmontée de fières armoiries; comme lui, une famille odieuse croit m'abattre par un affront; comme lui, comme l'épervier, j'erre et je tournoie aux environs; mais comme lui je saisirai ma proie, et, comme Clarisse, la sublime bégueule, ma bien-aimée m'appartiendra.

VAN BUCK

Ah ciel ! que ne suis-je à Anvers, assis devant mon comptoir, dans mon fauteuil de cuir, et dépliant mon taffetas ! Que mon frère

n'est-il mort garçon, au lieu de se marier à quarante ans passés !
Ou plutôt que ne suis-je mort moi-même le premier jour que la
baronne de Mantes m'a invité à déjeuner !

VALENTIN

Ne regrettez que le moment où, par une fatale faiblesse, vous avez
révélé à cette femme le secret de notre traité. C'est vous qui avez
causé le mal; cessez de m'injurier, moi qui le réparerai. Doutez-vous
que cette petite fille, qui cache si bien les billets doux dans les poches
de son tablier, ne fût venue au rendez-vous donné? Oui, à coup sûr
elle y serait venue; donc elle viendra encore mieux cette fois. Par mon
patron ! je me fais une fête de la voir descendre, en peignoir, en cornette et en petits souliers, de cette grande caserne de briques rouillées.
Je ne l'aime pas; mais je l'aimerais, que la vengeance serait la plus forte,
et tuerait l'amour dans mon cœur. Je jure qu'elle sera ma maîtresse,
mais qu'elle ne sera jamais ma femme; il n'y a maintenant ni épreuve,
ni promesse, ni alternative : je veux qu'on se souvienne à jamais
dans cette famille du jour où l'on m'en a chassé.

L'AUBERGISTE, *sortant de sa maison.*

Messieurs, le soleil commence à baisser : est-ce que vous ne me
ferez pas l'honneur de dîner chez moi?

VALENTIN

Si fait : apportez-nous la carte, et faites-nous allumer du feu.
Dès que votre garçon sera revenu, vous lui direz qu'il me donne
réponse. Allons ! mon oncle, un peu de fermeté ! venez et commandez
le dîner.

VAN BUCK.

Ils auront du vin détestable, je connais le pays ; c'est un vinaigre
affreux.

L'AUBERGISTE

Pardonnez-moi, nous avons du champagne, du chambertin, et tout ce que vous pouvez désirer.

VAN BUCK

En vérité ! dans un trou pareil ! c'est impossible ; vous nous en imposez.

L'AUBERGISTE

C'est ici que descendent les messageries, et vous verrez si nous manquons de rien.

VAN BUCK

Allons ! tâchons donc de dîner ; je sens que ma mort est prochaine, et que dans peu je ne dînerai plus.

Ils sortent.

SCÈNE II

Au château. Un salon.

Entrent LA BARONNE *et* L'ABBÉ.

LA BARONNE

Dieu soit loué, ma fille est enfermée ! Je crois que j'en ferai une maladie.

L'ABBÉ

Madame, s'il m'est permis de vous donner un conseil, je vous dirai que j'ai grandement peur. Je crois avoir vu en traversant la cour un homme en blouse et d'assez mauvaise mine, qui avait une lettre à la main.

LA BARONNE

Le verrou est mis ; il n'y a rien à craindre. Aidez-moi un peu à ce bal ; je n'ai pas la force de m'en occuper.

L'ABBÉ

Dans une circonstance aussi grave, ne pourriez-vous pas retarder vos projets ?

LA BARONNE

Êtes vous-fou ? Vous verrez que j'aurai fait venir tout le faubourg Saint-Germain de Paris, pour le remercier et le mettre à la porte ! Réfléchissez donc à ce que vous dites.

L'ABBÉ

Je croyais qu'en telle occasion on aurait pu, sans blesser personne...

LA BARONNE

Et au milieu de ça, je n'ai pas de bougies ! Voyez donc un peu si Dupré est là.

L'ABBÉ

Je pense qu'il s'occupe des sirops.

LA BARONNE

Vous avez raison : ces maudits sirops, voilà encore de quoi mourir. Il y a huit jours que j'ai écrit moi-même, et ils ne sont arrivés qu'il y a une heure. Je vous demande si on va boire ça !

L'ABBÉ

Cet homme en blouse, madame la baronne, est quelque émissaire, n'en doutez pas. Il m'a semblé, autant que je me le rappelle, qu'une de vos femmes causait avec lui. Ce jeune homme d'hier est mauvaise tête, et il faut songer que la manière assez verte dont vous vous en êtes délivrée...

LA BARONNE

Bah ! des Van Buck ? des marchands de toile ! qu'est-ce que vous voulez donc que ça fasse ? Quand ils crieraient, est-ce qu'ils ont voix ? Il faut que je démeuble le petit salon ; jamais je n'aurai de quoi asseoir mon monde.

L'ABBÉ

Est-ce dans sa chambre, madame, que votre fille est enfermée ?

LA BARONNE

Dix et dix font vingt : les Raimbaut sont quatre : vingt ; trente. Qu'est-ce que vous dites, l'abbé ?

L'ABBÉ

Je demande, madame la baronne, si c'est dans sa belle chambre jaune que mademoiselle Cécile est enfermée.

LA BARONNE

Non ; c'est là, dans la bibliothèque ; c'est encore mieux, je l'ai sous la main. Je ne sais ce qu'elle fait, ni si on l'habille, et voilà la migraine qui me prend.

L'ABBÉ

Désirez-vous que je l'entretienne ?

LA BARONNE

Je vous dis que le verrou est mis ; ce qui est fait est fait ; nous n'y pouvons rien.

L'ABBÉ

Je pense que c'était sa femme de chambre qui causait avec ce lourdaud. Veuillez me croire, je vous en supplie : il s'agit là de quelque anguille sous roche qu'il importe de ne pas négliger.

LA BARONNE

Décidément il faut que j'aille à l'office, c'est la dernière fois que je reçois ici.

Elle sort.

L'ABBÉ, *seul.*

Il me semble que j'entends du bruit dans la pièce attenant à ce salon. Ne serait-ce point la jeune fille ? Hélas ! ceci est inconsidéré !

CÉCILE, *en dehors.*

Monsieur l'abbé, voulez-vous m'ouvrir ?

L'ABBÉ

Mademoiselle, je ne puis sans autorisation préalable.

CÉCILE, *de même.*

La clef est là, sous le coussin de la causeuse ; vous n'avez qu'à la prendre, et vous m'ouvrirez.

L'ABBÉ, *prenant la clef.*

Vous avez raison, mademoiselle, la clef s'y trouve effectivement ; mais je ne puis m'en servir d'aucune façon, bien contrairement à mon vouloir.

CÉCILE, *de même.*

Ah ! mon Dieu ! je me trouve mal !

L'ABBÉ

Grand Dieu ! rappelez vos esprits. Je vais quérir madame la baronne. Est-il possible qu'un accident funeste vous ait frappée si subitement ? Au nom du ciel ! mademoiselle, répondez-moi, que ressentez-vous ?

CÉCILE, *de même.*

Je me trouve mal ! je me trouve mal !

L'ABBÉ

Je ne puis laisser expirer ainsi une si charmante personne. Ma foi ! je prends sur moi d'ouvrir ; on en dira ce qu'on voudra.

Il ouvre la porte.

CÉCILE

Ma foi, l'abbé, je prends sur moi de m'en aller ; on en dira ce qu'on voudra.

Elle sort en courant.

SCÈNE III

Un petit bois.

Entrent VAN BUCK *et* VALENTIN.

VALENTIN

La lune se lève et l'orage passe. Voyez ces perles sur les feuilles : comme ce vent tiède les fait rouler ! A peine si le sable garde l'empreinte de nos pas ; le gravier sec a déjà bu la pluie.

VAN BUCK

Pour une auberge de hasard, nous n'avons pas trop mal dîné.

J'avais besoin de ce fagot flambant; mes vieilles jambes sont ragail-
lardies. Eh bien ! garçon, arrivons-nous ?

VALENTIN

Voici le terme de notre promenade; mais, si vous m'en croyez,
à présent vous pousserez jusqu'à cette ferme dont les fenêtres brillent
là-bas. Vous vous mettrez au coin du feu, et vous nous commanderez
un grand bol de vin chaud avec du sucre et de la cannelle.

VAN BUCK

Ne te feras-tu pas trop attendre ? Combien de temps vas-tu rester
ici ? Songe du moins à toutes tes promesses, et à être prêt en même
temps que les chevaux.

VALENTIN

Je vous jure de n'entreprendre ni plus ni moins que ce dont nous
sommes convenus. Voyez, mon oncle, comme je vous cède, et comme
en tout je fais vos volontés. Au fait, dîner porte conseil, et je sens bien
que la colère est quelquefois mauvaise amie. Capitulation de part
et d'autre. Vous me permettez un quart d'heure d'amourette, et je
renonce à toute espèce de vengeance. La petite retourne chez elle,
nous à Paris, et tout sera dit. Quant à la détestée baronne, je lui
pardonne en l'oubliant.

VAN BUCK

C'est à merveille ! et n'aie pas de crainte que tu manques de femmes
pour cela. Il n'est pas dit qu'une vieille folle fera tort à d'honnêtes
gens qui ont amassé un bien considérable, et qui ne sont point mal
tournés. Vrai Dieu ! il fait beau clair de lune; cela me rappelle mon
jeune temps.

VALENTIN

Ce billet doux que je viens de recevoir n'est pas si niais, savez-vous ?

Cette petite fille a de l'esprit, et même quelque chose de mieux;
oui, il y a du cœur dans ces trois lignes; je ne sais quoi de tendre
et de hardi, de virginal et de brave en même temps; le rendez-vous
qu'elle m'assigne est, du reste, comme son billet. Regardez ce bosquet,
ce ciel, ce coin de verdure dans un lieu si sauvage. Ah ! que le cœur
est un grand maître ! on n'invente rien de ce qu'il trouve, et c'est
lui seul qui choisit tout.

VAN BUCK

Je me souviens qu'étant à la Haye j'eus une équipée de ce genre.
C'était, ma foi, un beau brin de fille : elle avait cinq pieds et quelques
pouces, et une vraie moisson d'appas. Quelles Vénus que ces
Flamandes ! On ne sait ce que c'est qu'une femme à présent; dans
toutes vos beautés parisiennes, il y a moitié chair et moitié coton.

VALENTIN

Il me semble que j'aperçois des lueurs qui errent là-bas dans la
forêt. Qu'est-ce que cela voudrait dire? nous traquerait-on à l'heure
qu'il est ?

VAN BUCK

C'est sans doute le bal qu'on prépare; il y a fête ce soir au château.

VALENTIN

Séparons-nous pour plus de sûreté; dans une demi-heure, à la
ferme !

VAN BUCK

C'est dit. Bonne chance, garçon; tu me conteras ton affaire, et
nous en ferons quelque chanson : c'était notre ancienne manière;
pas de fredaine qui ne fît un couplet.

Il chante :

Eh ! vraiment, oui, mademoiselle,
Eh ! vraiment, oui, nous serons trois.

*Valentin sort. On voit des hommes qui portent des torches rôder
à travers la forêt. Entrent la baronne et l'abbé.*

LA BARONNE

C'est clair comme le jour, elle est folle. C'est un vertige qui lui a pris.

L'ABBÉ

Elle me crie : « Je me trouve mal ! » Vous concevez ma position.

VAN BUCK, *chantant.*

Il est donc bien vrai,
Charmante Colette,
Il est donc bien vrai
Que, pour votre fête,
Colin vous a fait...
Présent d'un bouquet.

LA BARONNE

Et justement, dans ce moment-là, je vois arriver une voiture. Je
n'ai eu que le temps d'appeler Dupré. Dupré n'y était pas. On entre,
on descend. C'était la marquise de Valangoujar et le baron de
Ville-bouzin.

L'ABBÉ

Quand j'ai entendu ce premier cri, j'ai hésité ; mais que voulez-vous
faire ? Je la voyais là, sans connaissance, étendue à terre ; elle criait
à tue-tête, et j'avais la clef dans ma main.

VAN BUCK, *chantant*.

Quand il vous l'offrit,
Charmante brunette,
Quand il vous l'offrit,
Petite Colette,
On dit qu'il vous prit...
Un frisson subit.

LA BARONNE

Conçoit-on ça? je vous le demande. Ma fille qui se sauve à travers champs, et trente voitures qui entrent ensemble! Je ne survivrai jamais à un pareil moment!

L'ABBÉ

Encore si j'avais eu le temps, je l'aurais peut-être retenue par son châle... ou du moins... enfin, par mes prières, par mes justes observations.

VAN BUCK, *chantant*.

Dites à présent,
Charmante bergère,
Dites à présent,
Que vous n'aimez guère
Qu'un aimant constant...
Vous fasse un présent!

LA BARONNE

C'est vous, Van Buck? Ah! mon cher ami, nous sommes perdus; qu'est-ce que ça veut dire? Ma fille est folle, elle court les champs! Avez-vous idée d'une chose pareille? J'ai quarante personnes chez moi; me voilà à pied par le temps qu'il fait. Vous ne l'avez pas vue

dans le bois ? Elle s'est sauvée, c'est comme un rêve ; elle était coiffée
et poudrée d'un côté, c'est sa fille de chambre qui me l'a dit. Elle
est partie en souliers de satin blanc ; elle a renversé l'abbé qui était là,
et lui a passé sur le corps. J'en vais mourir ! Mes gens ne trouvent rien ;
et il n'y a pas à dire, il faut que je rentre. Ce n'est pas votre neveu,
par hasard, qui nous jouerait un tour pareil ? Je vous ai brusqué,
n'en parlons plus. Tenez ! aidez-moi et faisons la paix. Vous êtes
mon vieil ami, pas vrai ? Je suis mère, Van Buck. Ah ! cruelle fortune !
cruel hasard ! que t'ai-je donc fait ?

Elle se met à pleurer.

VAN BUCK

Est-il possible, madame la baronne ? vous, seule, à pied ! vous,
cherchant votre fille ! Grand Dieu ! vous pleurez ! Ah ! malheureux
que je suis !

L'ABBÉ

Sauriez-vous quelque chose, monsieur ? De grâce, prêtez-nous
vos lumières !

VAN BUCK

Venez, baronne, prenez mon bras, et Dieu veuille que nous les
trouvions ! Je vous dirai tout ; soyez sans crainte. Mon neveu est
homme d'honneur, et tout peut encore se réparer.

LA BARONNE

Ah bah ! c'était un rendez-vous ? Voyez-vous la petite masque !
A qui se fier désormais ?

Ils sortent.

SCÈNE IV

Une clairière dans le bois.

Entrent CÉCILE *et* VALENTIN.

VALENTIN

Qui est-là ? Cécile, est-ce vous ?

CÉCILE

C'est moi. Que veulent dire ces torches et ces clartés dans la forêt ?

VALENTIN

Je ne sais ; qu'importe ? Ce n'est pas pour nous.

CÉCILE

Venez-là, où la lune éclaire ; là, où vous voyez ce rocher.

VALENTIN

Non, venez là, où il fait sombre ; là, sous l'ombre de ces bouleaux.
Il est possible qu'on vous cherche, et il faut échapper aux yeux.

CÉCILE

Je ne verrais pas votre visage ; venez, Valentin, obéissez.

VALENTIN

Où tu voudras, charmante fille ; ou tu iras, je te suivrai. Ne m'ôte
pas cette main tremblante, laisse mes lèvres la rassurer.

CÉCILE

Je n'ai pas pu venir plus vite. Y a-t-il longtemps que vous m'attendez ?

VALENTIN

Depuis que la lune est dans le ciel. Regarde cette lettre trempée de larmes; c'est le billet que tu m'as écrit.

CÉCILE

Menteur ! C'est le vent et la pluie qui ont pleuré sur ce papier.

VALENTIN

Non, ma Cécile, c'est la joie et l'amour, c'est le bonheur et le désir. Qui t'inquiète ? Pourquoi ces regards ? que cherches-tu autour de toi ?

CÉCILE

C'est singulier ! je ne me reconnais pas. Où est votre oncle ? Je croyais le voir ici.

VALENTIN

Mon oncle est gris de chambertin; ta mère est loin, et tout est tranquille. Ce lieu est celui que tu as choisi, et que ta lettre m'indiquait.

CÉCILE

Votre oncle est gris ? — Pourquoi, ce matin, se cachait-il dans la charmille ?

VALENTIN

Ce matin ? où donc ? que veux-tu dire ? Je me promenais seul dans le jardin.

CÉCILE

Ce matin, quand je vous ai parlé, votre oncle était derrière un arbre.

Est-ce que vous ne le saviez pas ? Je l'ai vu en détournant l'allée.

VALENTIN

Il faut que tu te sois trompée ; je ne me suis aperçu de rien.

CÉCILE

Oh ! je l'ai bien vu : il écartait les branches ; c'était peut-être pour nous épier.

VALENTIN

Quelle folie ! tu as fait un rêve. N'en parlons plus. Donne-moi un baiser.

CÉCILE

Oui, mon ami, et de tout mon cœur ; asseyez-vous là près de moi. — Pourquoi donc, dans votre lettre d'hier, avez-vous dit du mal de ma mère ?

VALENTIN

Pardonne-moi : c'est un moment de délire, et je n'étais pas maître de moi.

CÉCILE

Elle m'a demandé cette lettre, et je n'osais la lui montrer ; je savais ce qui allait arriver. Mais qui est-ce donc qui l'avait avertie ? Elle n'a pourtant rien pu deviner ; la lettre était là, dans ma poche.

VALENTIN

Pauvre enfant ! on t'a maltraitée ; c'est ta femme de chambre qui t'aura trahie. A qui se fier en pareil cas ?

CÉCILE

Oh non ! ma femme de chambre est sûre ; il n'y avait que faire de lui donner de l'argent. Mais, en manquant de respect pour ma mère, vous deviez penser que vous en manquiez pour moi.

VALENTIN

N'en parlons plus, puisque tu me pardonnes. Ne gâtons pas un si précieux moment. O ma Cécile ! que tu es belle, et quel bonheur repose en toi ! par quels serments, par quels trésors puis-je payer tes douces caresses ! Ah ! la vie n'y suffirait pas. Viens sur mon cœur ; que le tien le sente battre, et que ce beau ciel les emporte à Dieu !

CÉCILE

Oui, Valentin, mon cœur est sincère. Sentez mes cheveux, comme ils sont doux ; j'ai de l'iris de ce côté-là, mais je n'ai pas pris le temps d'en mettre de l'autre. — Pourquoi donc, pour venir chez nous, avez-vous caché votre nom ?

VALENTIN

Je ne puis le dire : c'est un caprice, une gageure que j'avais faite.

CÉCILE

Une gageure ! Avec qui donc ?

VALENTIN

Je n'en sais plus rien. Qu'importent ces folies ?

CÉCILE

Avec votre oncle peut-être ; n'est-ce pas ?

VALENTIN

Oui. Je t'aimais, et je voulais te connaître, et que personne ne fût entre nous.

CÉCILE

Vous avez raison. A votre place j'aurais voulu faire comme vous.

VALENTIN

Pourquoi es-tu si curieuse, et à quoi bon toutes ces questions ?
Ne m'aimes-tu pas, ma belle Cécile ? Réponds-moi oui, et que tout
soit oublié !

CÉCILE

Oui, cher, oui, Cécile vous aime, et elle voudrait être plus digne
d'être aimée ; mais c'est assez qu'elle le soit pour vous. Mettez vos
deux mains dans les miennes. — Pourquoi donc m'avez-vous refusé
tantôt quand je vous ai prié à dîner ?

VALENTIN

Je voulais partir : j'avais affaire ce soir.

CÉCILE

Pas grande affaire, ni bien loin, il me semble ; car vous êtes descendu
au bout de l'avenue.

VALENTIN

Tu m'as vu ? comment le sais-tu ?

CÉCILE

Oh ! je guettais. Pourquoi m'avez-vous dit que vous ne dansiez
pas la mazourke ? je vous l'ai vu danser l'autre hiver.

VALENTIN

Où donc ? je ne m'en souviens pas.

CÉCILE

Chez madame de Gesvres, au bal déguisé. Comment ne vous en souvenez-vous pas? Vous me disiez dans votre lettre d'hier que vous m'aviez vue cet hiver; c'était là.

VALENTIN

Tu as raison; je m'en souviens. Regarde comme cette nuit est pure ! Comme ce vent soulève sur tes épaules cette gaze avare qui les entoure! Prête l'oreille : c'est la voix de la nuit, c'est le chant de l'oiseau qui invite au bonheur. Derrière cette roche élevée, nul regard ne peut nous découvrir. Tout dort, excepté ce qui s'aime. Laisse ma main écarter ce voile, et mes deux bras le remplacer.

CÉCILE

Oui, mon ami. Puissé-je vous sembler belle ! Mais ne m'ôtez pas votre main; je sens que mon cœur est dans la mienne, et qu'il va au vôtre par là. — Pourquoi donc vouliez-vous partir et faire semblant d'aller à Paris?

VALENTIN

Il le fallait; c'était pour mon oncle. Osais-je, d'ailleurs, prévoir que tu viendrais à ce rendez-vous? Oh ! que je tremblais en écrivant cette lettre, et que j'ai souffert en t'attendant !

CÉCILE

Pourquoi ne serais-je pas venue puisque je sais que vous m'épouserez?

Valentin se lève et fait quelques pas.

Qu'avez-vous donc? qui vous chagrine? Venez vous rasseoir près de moi.

VALENTIN

Ce n'est rien : j'ai cru, — j'ai cru entendre, — j'ai cru voir quelqu'un de ce côté.

CÉCILE

Nous sommes seuls : soyez sans crainte. Venez donc. Faut-il me lever ? ai-je dit quelque chose qui vous ait blessé ? votre visage n'est plus le même. Est-ce parce que j'ai gardé mon châle quoique vous vouliez que je l'ôtasse ? C'est qu'il fait froid ; je suis en toilette de bal. Regardez donc mes souliers de satin. Qu'est-ce que cette pauvre Henriette va penser ? Mais qu'avez-vous ? vous ne répondez pas ; vous êtes triste. Qu'ai-je donc pu vous dire ? C'est par ma faute, je le vois.

VALENTIN

Non, je vous le jure, vous vous trompez ; c'est une pensée involontaire qui vient de me traverser l'esprit.

CÉCILE

Vous me disiez « tu » tout à l'heure, et même, je crois, un peu légèrement. Quelle est donc cette mauvaise pensée qui vous a frappé tout à coup ? Vous ai-je déplu ? Je serais bien à plaindre ! Il me semble pourtant que je n'ai rien dit de mal. Mais, si vous aimez mieux marcher, je ne veux pas rester assise.

Elle se lève.

Donnez-moi le bras, et promenons-nous. Savez-vous une chose ? Ce matin, je vous avais fait monter dans votre chambre un bon bouillon qu'Henriette avait fait. Quand je vous ai rencontré, je vous l'ai dit ; j'ai cru que vous ne vouliez pas le prendre, et que cela vous déplaisait. J'ai repassé trois fois dans l'allée, m'avez-vous vue ? Alors vous êtes monté ; je suis allée me mettre devant le parterre, et je vous

ai vu par votre croisée; vous teniez la tasse à deux mains, et vous avez
bu tout d'un trait. Est-ce vrai? l'avez-vous trouvé bon?

VALENTIN

Oui, chère enfant, le meilleur du monde, bon comme ton cœur
et comme toi.

CÉCILE

Ah ! quand nous serons mari et femme, je vous soignerai mieux
que cela. Mais, dites-moi, qu'est-ce que cela veut dire, de s'aller
jeter dans un fossé? risquer de se tuer, et pour quoi faire? Vous
saviez bien être reçu chez nous. Que vous ayez voulu arriver tout
seul, je le comprends; mais à quoi bon le reste? Est-ce que vous aimez
les romans?

VALENTIN

Quelquefois. Allons donc nous rasseoir.
Ils se rassoient.

CÉCILE

Je vous avoue qu'ils ne me plaisent guère; ceux que j'ai lus ne signifient rien. Il me semble que ce ne sont que des mensonges, et que tout
s'y invente à plaisir. On n'y parle que de séductions, de ruses, d'in-
trigues, de mille choses impossibles. Il n'y a que les sites qui m'en plaisent; j'en aime les paysages et non les tableaux. Tenez, par exemple,
ce soir, quand j'ai reçu votre lettre et que j'ai vu qu'il s'agissait d'un
rendez-vous dans le bois, c'est vrai que j'ai cédé à une envie d'y venir
qui tient bien un peu du roman; mais c'est que j'y ai trouvé aussi un
peu de réel à mon avantage. Si ma mère le sait, et elle le saura, vous
comprenez qu'il faut qu'on nous marie. Que votre oncle soit brouillé
ou non avec elle, il faudra bien se raccommoder. J'étais honteuse
d'être enfermée, et, au fait, pourquoi l'ai-je été? L'abbé est venu,

j'ai fait la morte; il m'a ouvert, et je me suis sauvée : voilà ma ruse ; je vous la donne pour ce qu'elle vaut.

VALENTIN, à part.

Suis-je un renard pris à son piège, ou un fou qui revient à la raison ?

CÉCILE

Eh bien ! vous ne me répondez pas. Est-ce que cette tristesse va durer toujours ?

VALENTIN

Vous me paraissez savante pour votre âge, et en même temps aussi étourdie que moi, qui le suis comme le premier coup de matines.

CÉCILE

Pour étourdie, j'en dois convenir ici; mais, mon ami, c'est que je vous aime. Vous le dirai-je ? je savais que vous m'aimiez, et ce n'est pas d'hier que je m'en doutais. Je ne vous ai vu que trois fois à ce bal ; mais j'ai du cœur et je m'en souviens. Vous avez valsé avec mademoiselle de Gesvres, et, en passant contre la porte, son épingle à l'italienne a rencontré le panneau, et ses cheveux se sont déroulés sur elle. Vous en souvenez-vous maintenant ? Ingrat ! le premier mot de votre lettre disait que vous vous en souveniez. Aussi comme le cœur m'a battu ! Tenez ! croyez-moi, c'est là ce qui prouve qu'on aime, et c'est pour cela que je suis ici.

VALENTIN, à part.

Ou j'ai sous le bras le plus rusé démon que l'enfer ait jamais vomi, ou la voix qui me parle est celle d'un ange, et elle m'ouvre le chemin des cieux.

CÉCILE

Pour savante, c'est une autre affaire; mais je veux répondre, puisque vous ne dites rien. Voyons ! savez-vous ce que c'est que cela ?

VALENTIN

Quoi ! cette étoile à droite de cet arbre ?

CÉCILE

Non, celle-là qui se montre à peine et qui brille comme une larme.

VALENTIN

Vous avez lu madame de Staël ?

CÉCILE

Oui, ce mot de larme me plaît, je ne sais pourquoi, comme les étoiles. Un beau ciel pur me donne envie de pleurer.

VALENTIN

Et à moi envie de t'aimer, de te le dire et de vivre pour toi. Cécile, sais-tu à qui tu parles, et quel est l'homme qui ose t'embrasser ?

CÉCILE

Dites-moi donc le nom de mon étoile. Vous n'en êtes pas quitte à si bon marché.

VALENTIN

Eh bien ! c'est Vénus, l'astre de l'amour, la plus belle perle de l'océan des nuits.

CÉCILE

Non pas ; c'en est une plus chaste et bien plus digne de respect ; vous apprendrez à l'aimer un jour, quand vous vivrez dans les métairies et que vous aurez des pauvres à vous : admirez-la, et gardez-vous de sourire : c'est Cérès, déesse du pain.

VALENTIN

Tendre enfant ! je devine ton cœur ; tu fais la charité, n'est-ce pas ?

CÉCILE

C'est ma mère qui me l'a apprise ; il n'y a pas de meilleure femme au monde.

VALENTIN

Vraiment ? je ne l'aurais pas cru.

CÉCILE

Ah ! mon ami, ni vous ni bien d'autres, vous ne vous doutez de ce qu'elle vaut. Qui a vu ma mère un quart d'heure croit la juger sur quelques mots au hasard. Elle passe le jour à jouer aux cartes et le soir à faire du tapis ; elle ne quitterait pas son piquet pour un prince ; mais que Dupré vienne, et qu'il lui parle bas, vous la verrez se lever de table, si c'est un mendiant qui attend. Que de fois nous sommes allées ensemble, en robe de soie comme je suis là, courir les sentiers de la vallée, portant la soupe et le bouilli, des souliers, du linge, à de pauvres gens ! Que de fois j'ai vu, à l'église, les yeux des malheureux s'humecter de pleurs lorsque ma mère les regardait ! Allez ! elle a le droit d'être fière, et je l'ai été d'elle quelquefois.

VALENTIN

Tu regardes toujours ta larme céleste ; et moi aussi, mais dans tes yeux bleus.

CÉCILE

Que le ciel est grand ! que ce monde est heureux ! que la nature est calme et bienfaisante !

VALENTIN

Veux-tu aussi que je te fasse de la science et que je te parle astronomie ? Dis-moi, dans cette poussière de mondes, y en a-t-il un qui ne sache sa route, qui n'ait reçu sa mission avec la vie, et qui ne doive mourir en l'accomplissant ? Pourquoi ce ciel immense n'est-il pas immobile ? Dis-moi, s'il y a jamais eu un moment où tout fut créé, en vertu de quelle force ont-ils commencé à se mouvoir, ces mondes qui ne s'arrêteront jamais ?

CÉCILE

Par l'éternelle pensée.

VALENTIN

Par l'éternel amour. La main qui les suspend dans l'espace n'a écrit qu'un mot en lettres de feu. Ils vivent parce qu'ils se cherchent, et les soleils tomberaient en poussière si l'un d'entre eux cessait d'aimer.

CÉCILE

Ah ! toute la vie est là !

VALENTIN

Oui, toute la vie, — depuis l'Océan qui se soulève sous les pâles baisers de Diane jusqu'au scarabée qui s'endort jaloux dans sa fleur chérie. Demande aux forêts et aux pierres ce qu'elles diraient si elles pouvaient parler. Elles ont l'amour dans le cœur et ne peuvent l'exprimer. Je t'aime ! voilà ce que je sais, ma chère; voilà ce que cette fleur te dira, elle qui choisit dans le sein de la terre les sucs qui doivent la nourrir; elle qui écarte et repousse les éléments impurs qui pourraient ternir sa fraîcheur ! Elle sait qu'il faut qu'elle soit belle au jour, et qu'elle meure dans sa robe de noce devant le soleil qui l'a créée. J'en sais moins qu'elle en astronomie; donne-moi ta main, tu en sais plus en amour.

CÉCILE

J'espère, du moins, que ma robe de noce ne sera pas mortellement belle. Il me semble qu'on rôde autour de nous.

VALENTIN

Non, tout se tait. N'as-tu pas peur ? Es-tu venue ici sans trembler ?

CÉCILE

Pourquoi ? De quoi aurais-je peur ? Est-ce de vous, ou de la nuit ?

VALENTIN

Pourquoi pas de moi ? qui te rassure ? je suis jeune, tu es belle, et nous sommes seuls.

CÉCILE

Eh bien ! quel mal y a-t-il à cela ?

VALENTIN

C'est vrai, il n'y a aucun mal; écoutez-moi, et laissez-moi me mettre à genoux.

CÉCILE

Qu'avez-vous donc ? vous frissonnez.

VALENTIN

Je frissonne de crainte et de joie, car je vais t'ouvrir le fond de mon
cœur. Je suis un fou de la plus méchante espèce, quoique, dans ce
que je vais t'avouer, il n'y ait qu'à hausser les épaules. Je n'ai fait
que jouer, boire et fumer depuis que j'ai mes dents de sagesse. Tu
m'as dit que les romans te choquent; j'en ai beaucoup lu, et des plus
mauvais. Il y en a un qu'on nomme Clarisse Harlowe; je te le donnerai
à lire quand tu seras ma femme. Le héros aime une belle fille comme
toi, ma chère, et il veut l'épouser. Mais auparavant il veut l'éprouver.
Il l'enlève et l'emmène à Londres; après quoi, comme elle résiste,
Bedfort arrive... c'est-à-dire Tomlinson, un capitaine... je veux dire
Morden... non, je me trompe... Enfin, pour abréger... Lovelace est
un sot, et moi aussi, d'avoir voulu suivre son exemple... Dieu soit
loué ! tu ne m'as pas compris... je t'aime, je t'épouse : il n'y a de vrai
au monde que de déraisonner d'amour.

*Entrent Van Buck, la baronne, l'abbé et plusieurs domestiques
qui les éclairent.*

LA BARONNE

Je ne crois pas un mot de ce que vous dites. Il est trop jeune pour
une noirceur pareille.

VAN BUCK

Hélas ! madame, c'est la vérité.

LA BARONNE

Séduire ma fille ! tromper une enfant ! déshonorer une famille
entière ! Chanson ! Je vous dis que c'est une sornette ! on ne fait plus
de ces choses-là. Tenez ! les voilà qui s'embrassent. Bonsoir, mon
gendre; où diable vous fourrez-vous ?

L'ABBÉ

Il est fâcheux que nos recherches soient couronnées d'un si tardif succès; toute la compagnie va être partie.

VAN BUCK

Ah çà, mon neveu, j'espère bien qu'avec votre sotte gageure...

VALENTIN

Mon oncle, il ne faut jurer de rien, et encore moins défier personne.

UN CAPRICE

COMÉDIE EN UN ACTE

Publiée en 1837

Représentée au Théâtre-Français

le 27 Novembre 1847

PERSONNAGES   ACTEURS

M. DE CHAVIGNY	M. Brindeau.
MATHILDE	Mmes Judith.
MADAME DE LÉRY	Allan-Despréaux.

La scène se passe dans la chambre à coucher de Mathilde.

UN CAPRICE

SCÈNE PREMIÈRE

MATHILDE, *seule, travaillant au filet.*

Encore un point, et j'ai fini.
Elle sonne ; un domestique entre.
Est-on venu de chez Janisset?

LE DOMESTIQUE

Non, madame, pas encore.

MATHILDE

C'est insupportable; qu'on y retourne ! dépêchez-vous.
Le domestique sort.
J'aurais dû prendre les premiers glands venus; il est huit heures;
il est à sa toilette; je suis sûre qu'il va venir ici avant que tout soit
prêt. Ce sera encore un jour de retard.
Elle se lève.

Faire une bourse en cachette à son mari, cela passerait aux yeux de bien des gens pour un peu plus que romanesque. Après un an de mariage ! Qu'est-ce que madame de Léry, par exemple, en dirait si elle le savait ? Et lui-même, qu'en penserait-il ? Bon ! il rira peut-être du mystère, mais il ne rira pas du cadeau. Pourquoi ce mystère, en effet ? Je ne sais; il me semble que je n'aurais pas travaillé de si bon cœur devant lui; cela aurait eu l'air de lui dire : « Voyez comme je pense à vous ! » Cela ressemblerait à un reproche; tandis qu'en lui montrant mon petit travail fini, ce sera lui qui se dira que j'ai pensé à lui.

LE DOMESTIQUE, rentrant.

On apporte cela à Madame de chez le bijoutier.
Il donne un petit paquet à Mathilde.

MATHILDE

Enfin !
Elle se rassoit.
Quand monsieur de Chavigny viendra, prévenez-moi.
Le domestique sort.
Nous allons donc, ma chère petite bourse, vous faire votre dernière toilette. Voyons si vous serez coquette avec ces glands-là ! Pas mal ! Comment serez-vous reçue maintenant ? Direz-vous tout le plaisir qu'on a eu à vous faire, tout le soin qu'on a pris de votre petite personne ? On ne s'attend pas à vous, mademoiselle. On n'a voulu vous montrer que dans tous vos atours. Aurez-vous un baiser pour votre peine ?
Elle baise sa bourse et s'arrête.
Pauvre petite ! tu ne vaux pas grand'chose; on ne te vendrait pas deux louis. Comment se fait-il qu'il me semble triste de me séparer de toi ? N'as-tu pas été commencée pour être finie le plus vite possible ? Ah ! tu as été commencée plus gaiement que je ne t'achève. Il n'y a

pourtant que quinze jours de cela ; que quinze jours ! est-ce possible ?
Non, pas davantage ; et que de choses en quinze jours ! Arrivons-nous
trop tard, petite ?... Pourquoi de telles idées ? On vient, je crois ;
c'est lui, il m'aime encore.

UN DOMESTIQUE, *entrant.*

Voilà monsieur le comte, madame.

MATHILDE

Ah ! mon Dieu ! je n'ai mis qu'un gland et j'ai oublié l'autre. Sotte
que je suis ! Je ne pourrai pas encore la lui donner aujourd'hui ! Qu'il
attende un instant, une minute, au salon ! vite, avant qu'il entre...

LE DOMESTIQUE

Le voilà, madame.
Il sort. Mathilde cache sa bourse.

SCÈNE II

MATHILDE, CHAVIGNY.

CHAVIGNY

Bonsoir, ma chère ; est-ce que je vous dérange ?
Il s'assoit.

MATHILDE

Moi, Henri ? Quelle question !

CHAVIGNY

Vous avez l'air troublé, préoccupé. J'oublie toujours, quand j'entre
chez vous, que je suis votre mari, et je pousse la porte trop vite.

MATHILDE

Il y a là un peu de méchanceté; mais, comme il y a aussi un peu
d'amour, je ne vous en embrasserai pas moins.
Elle l'embrasse.
Qu'est-ce que vous croyez donc être, monsieur, quand vous oubliez
que vous êtes mon mari?

CHAVIGNY

Ton amant, ma belle; est-ce que je me trompe?

MATHILDE

Amant et ami, tu ne te trompes pas.
A part.
J'ai envie de lui donner la bourse comme elle est.

CHAVIGNY

Quelle robe as-tu donc? Tu ne sors pas?

MATHILDE

Non, je voulais... j'espérais que peut-être...

CHAVIGNY

Vous espériez?... Qu'est-ce que c'est donc?

MATHILDE

Tu vas au bal? tu es superbe.

CHAVIGNY

Pas trop ; je ne sais si c'est ma faute ou celle du tailleur, mais je n'ai plus ma tournure du régiment.

MATHILDE

Inconstant ! vous ne pensez pas à moi en vous mirant dans cette glace.

CHAVIGNY

Bah ! à qui donc ? Est-ce que je vais au bal pour danser ? Je vous jure bien que c'est une corvée, et que je m'y traîne sans savoir pourquoi.

MATHILDE

Eh bien ! restez, je vous en supplie. Nous serons seuls, et je vous dirai...

CHAVIGNY

Il me semble que ta pendule avance ; il ne peut pas être si tard.

MATHILDE

On ne va pas au bal à cette heure-ci, quoi que puisse dire la pendule. Nous sortons de table il y a un instant.

CHAVIGNY

J'ai dit d'atteler ; j'ai une visite à faire.

MATHILDE

Ah ! c'est différent. Je... je ne savais pas... j'avais cru...

CHAVIGNY

Eh bien ?

MATHILDE

J'avais supposé... d'après ce que tu disais... Mais la pendule va
bien; il n'est que huit heures. Accordez-moi un petit moment. J'ai
une petite surprise à vous faire.

CHAVIGNY, *se levant.*

Vous savez, ma chère, que je vous laisse libre et que vous sortez
quand il vous plaît. Vous trouverez juste que ce soit réciproque.
Quelle surprise me destinez-vous ?

MATHILDE

Rien ! je n'ai pas dit ce mot-là, je crois.

CHAVIGNY

Je me trompe donc, j'avais cru l'entendre. Avez-vous là ces valses
de Strauss ? Prêtez-les-moi, si vous n'en faites rien.

MATHILDE

Les voilà ; les voulez-vous maintenant ?

CHAVIGNY

Mais, oui, si cela ne vous gêne pas. On me les a demandées pour
un ou deux jours. Je ne vous en priverai pas longtemps.

MATHILDE

Est-ce pour madame de Blainville ?

CHAVIGNY, *prenant les valses.*

Plaît-il ? Ne parlez-vous pas de madame de Blainville ?

MATHILDE

Moi ! non. Je n'ai pas parlé d'elle.

CHAVIGNY

Pour cette fois j'ai bien entendu.
Il se rassoit.
Qu'est-ce que vous dites de madame de Blainville ?

MATHILDE

Je pensais que mes valses étaient pour elle.

CHAVIGNY

Et pourquoi pensiez-vous cela ?

MATHILDE

Mais parce que... parce qu'elle les aime.

CHAVIGNY

Oui, et moi aussi; et vous aussi, je crois? Il y en a une surtout;
comment est-ce donc? Je l'ai oubliée... Comment dit-elle donc?

MATHILDE

Je ne sais si je m'en souviendrai.
Elle se met au piano et joue.

CHAVIGNY

C'est cela même ! C'est charmant, divin, et vous la jouez comme
un ange, ou, pour mieux dire, comme une vraie valseuse.

MATHILDE

Est-ce aussi bien qu'elle, Henri ?

CHAVIGNY

Qui, elle ? madame de Blainville ? Vous y tenez, à ce qu'il paraît.

MATHILDE

Oh ! pas beaucoup. Si j'étais homme, ce n'est pas elle qui me tour-
nerait la tête.

CHAVIGNY

Et vous auriez raison, madame. Il ne faut jamais qu'un homme
se laisse tourner la tête, ni par une femme ni par une valse.

MATHILDE

Comptez-vous jouer ce soir, mon ami ?

CHAVIGNY

Eh ! ma chère, quelle idée avez-vous ? on joue, mais on ne compte
pas jouer.

MATHILDE

Avez-vous de l'or dans vos poches ?

CHAVIGNY

Peut-être bien. Est-ce que vous en voulez ?

MATHILDE

Moi, grand Dieu ! que voulez-vous que j'en fasse ?

CHAVIGNY

Pourquoi pas? Si j'ouvre votre porte trop vite, je n'ouvre pas du moins vos tiroirs, et c'est peut-être un double tort que j'ai.

MATHILDE

Vous mentez, monsieur ! il n'y a pas longtemps que je me suis aperçue que vous les aviez ouverts, et vous me laissez beaucoup trop riche.

CHAVIGNY

Non pas, ma chère, tant qu'il y aura des pauvres. Je sais quel usage vous faites de votre fortune, et je vous demande de me permettre de faire la charité par vos mains.

MATHILDE

Cher Henri ! que tu es noble et bon ! Dis-moi un peu : te souviens-tu d'un jour où tu avais une petite dette à payer, et où tu te plaignais de n'avoir pas de bourse ?

CHAVIGNY

Quand donc? Ah ! c'est juste. Le fait est que, quand on sort, c'est une chose insupportable de se fier à des poches qui ne tiennent à rien.

MATHILDE

Aimerais-tu une bourse rouge avec un filet noir ?

CHAVIGNY

Non, je n'aime pas le rouge. Parbleu ! tu me fais penser que j'ai justement là une bourse toute neuve d'hier; c'est un cadeau.

Il tire une bourse de sa poche.
Qu'en pensez-vous ? Est-ce de bon goût ?

MATHILDE

Voyons; voulez-vous me la montrer?

CHAVIGNY

Tenez.

Il la lui donne; elle la regarde, puis la lui rend.

MATHILDE

C'est très joli. De quelle couleur est-elle?

CHAVIGNY, *riant.*

De quelle couleur? La question est excellente.

MATHILDE

Je me trompe... Je veux dire... Qui est-ce qui vous l'a donnée?

CHAVIGNY

Ah ! c'est trop plaisant ! sur mon honneur ! vos distractions sont adorables.

UN DOMESTIQUE, *annonçant.*

Madame de Léry !

MATHILDE

J'ai défendu ma porte en bas.

CHAVIGNY

Non, non, qu'elle entre ! Pourquoi ne pas la recevoir?

MATHILDE

Eh bien ! enfin, monsieur, cette bourse, peut-on savoir le nom de l'auteur?

SCÈNE III

MATHILDE, CHAVIGNY,
MADAME DE LÉRY, *en toilette de bal.*

CHAVIGNY

Venez, madame, venez, je vous en prie; on n'arrive pas plus à propos. Mathilde vient de me faire une étourderie, qui, en vérité, vaut son pesant d'or. Figurez-vous que je lui montre cette bourse...

MADAME DE LÉRY

Tiens ! c'est assez gentil. Voyons donc.

CHAVIGNY

Je lui montre cette bourse; elle la regarde, la tâte, la retourne, et, en me la rendant, savez-vous ce qu'elle me dit? Elle me demande de quelle couleur elle est !

MADAME DE LÉRY

Eh bien ! elle est bleue.

CHAVIGNY

Eh oui ! elle est bleue... C'est bien certain... et c'est précisément le plaisant de l'affaire... Imaginez-vous qu'on le demande?

MADAME DE LÉRY

C'est parfait. Bonsoir, chère Mathilde; venez-vous ce soir à l'ambassade?

MATHILDE

Non, je compte rester.

CHAVIGNY

Mais vous ne riez pas de mon histoire ?

MADAME DE LÉRY

Mais si. Et qui est-ce qui a fait cette bourse ? Ah ! je la reconnais, c'est madame de Blainville. Comment ! vraiment, vous ne bougez pas ?

CHAVIGNY, *brusquement.*

A quoi la reconnaissez-vous, s'il vous plaît ?

MADAME DE LÉRY

A ce qu'elle est bleue justement. Je l'ai vue traîner pendant des siècles ; on a mis sept ans à la faire, et vous jugez si pendant ce temps-là elle a changé de destination. Elle a appartenu en idée à trois personnes de ma connaissance. C'est un trésor que vous avez là, monsieur de Chavigny ; c'est un vrai héritage que vous avez fait.

CHAVIGNY

On dirait qu'il n'y a qu'une bourse au monde.

MADAME DE LÉRY

Non, mais il n'y a qu'une bourse bleue. D'abord, moi, le bleu m'est odieux : ça ne veut rien dire, c'est une couleur bête. Je ne peux pas me tromper sur une chose pareille. Il suffit que je l'aie vue une fois. Autant j'adore le lilas, autant je déteste le bleu.

MATHILDE

C'est la couleur de la constance.

MADAME DE LÉRY

Bah ! c'est la couleur des perruquiers. Je ne viens qu'en passant, vous voyez, je suis en grand uniforme ; il faut arriver de bonne heure dans ce pays-là ; c'est une cohue à se casser le cou. Pourquoi donc n'y venez-vous pas ? Je n'y manquerais pas pour un monde.

MATHILDE

Je n'y ai pas pensé, et il est trop tard à présent.

MADAME DE LÉRY

Laissez donc, vous avez tout le temps. Tenez, chère, je vais sonner. Demandez une robe. Nous mettrons monsieur de Chavigny à la porte avec son petit meuble. Je vous coiffe, je vous pose deux brins de fleurettes, et je vous enlève dans ma voiture. Allons, voilà une affaire bâclée !

MATHILDE

Pas pour ce soir ; je reste décidément.

MADAME DE LÉRY

Décidément ! est-ce un parti pris ? Monsieur de Chavigny, amenez donc Mathilde.

CHAVIGNY, *sèchement.*

Je ne me mêle des affaires de personne.

MADAME DE LÉRY

Oh ! oh ! vous aimez le bleu, à ce qu'il paraît. Eh bien ! écoutez, savez-vous ce que je vais faire ? Donnez-moi du thé, je vais rester ici.

MATHILDE

Que vous êtes gentille, chère Ernestine ! Non, je ne veux pas priver

ce bal de sa reine. Allez me faire un tour de valse, et revenez à onze
heures si vous y pensez ; nous causerons seules au coin du feu, puisque
monsieur de Chavigny nous abandonne.

CHAVIGNY

Moi ? pas du tout : je ne sais si je sortirai.

MADAME DE LÉRY

Eh bien ! c'est convenu, je vous quitte. A propos, vous savez mes
malheurs : j'ai été volée comme dans un bois.

MATHILDE

Volée ! qu'est-ce que vous voulez dire ?

MADAME DE LÉRY

Quatre robes, ma chère, quatre amours de robes qui me venaient
de Londres, perdues à la douane. Si vous les aviez vues ; c'est à en
pleurer ; il y en avait une perse et une puce ; on ne fera jamais rien de
pareil.

MATHILDE

Je vous plains bien sincèrement. On vous les a donc confisquées ?

MADAME DE LÉRY

Pas du tout. Si ce n'était que cela, je crierais tant, qu'on me les ren-
drait, car c'est un meurtre. Me voilà nue pour cet été. Imaginez qu'ils
m'ont lardé mes robes ; ils ont fourré leur sonde je ne sais par où
dans ma caisse ; ils m'ont fait des trous à y mettre un doigt. Voilà ce
qu'on m'apporte hier à déjeuner.

CHAVIGNY

Il n'y en avait pas de bleue, par hasard ?

MADAME DE LÉRY

Non, monsieur, pas la moindre. Adieu, belle; je ne fais qu'une apparition. J'en suis, je crois, à ma douzième grippe de l'hiver; je vais attraper ma treizième. Aussitôt fait, j'accours, et me plonge dans vos fauteuils. Nous causerons douane, chiffons, pas vrai ? Non, je suis toute triste, nous ferons du sentiment. Enfin, n'importe ! Bonsoir, monsieur de l'azur... Si vous me reconduisez, je ne reviens pas.

Elle sort.

SCÈNE IV

CHAVIGNY, MATHILDE.

CHAVIGNY

Quel cerveau fêlé que cette femme ! Vous choisissez bien vos amies !

MATHILDE

C'est vous qui avez voulu qu'elle montât.

CHAVIGNY

Je parierais que vous croyez que c'est madame de Blainville qui a fait ma bourse.

MATHILDE

Non, puisque vous me dites le contraire.

CHAVIGNY

Je suis sûr que vous le croyez.

MATHILDE

Et pourquoi en êtes-vous sûr?

CHAVIGNY

Parce que je connais votre caractère : madame de Léry est votre
oracle; c'est une idée qui n'a pas le sens commun.

MATHILDE

Voilà un beau compliment que je ne mérite guère.

CHAVIGNY

Oh ! mon Dieu, si ; et j'aimerais tout autant vous voir franche là-
dessus que dissimulée.

MATHILDE

Mais si je ne le crois pas, je ne puis feindre de le croire pour vous
paraître sincère.

CHAVIGNY

Je vous dis que vous le croyez; c'est écrit sur votre visage.

MATHILDE

S'il faut le dire pour vous satisfaire,. eh bien ! j'y consens : je le
crois.

CHAVIGNY

Vous le croyez? et quand cela serait vrai, quel mal y aurait-il?

MATHILDE

Aucun, et par cette raison je ne vois pas pourquoi vous le nieriez.

CHAVIGNY

Je ne le nie pas; c'est elle qui l'a faite.
Il se lève.
Bonsoir ! je reviendrai peut-être tout à l'heure prendre le thé avec votre amie.

MATHILDE

Henri, ne me quittez pas ainsi !

CHAVIGNY

Qu'appelez-vous *ainsi?* Sommes-nous fâchés? Je ne vois là rien que de très simple : on me fait une bourse, et je la porte; vous demandez qui, et je vous le dis. Rien ne ressemble moins à une querelle.

MATHILDE

Et si je vous demandais cette bourse, m'en feriez-vous le sacrifice ?

CHAVIGNY

Peut-être; à quoi vous servirait-elle ?

MATHILDE

Il n'importe; je vous la demande.

CHAVIGNY

Ce n'est pas pour la porter, je suppose ? Je veux savoir ce que vous en feriez.

MATHILDE

C'est pour la porter.

CHAVIGNY

Quelle plaisanterie ! Vous porteriez une bourse faite par madame de Blainville ?

MATHILDE

Pourquoi non ? Vous la portez bien.

CHAVIGNY

La belle raison ! Je ne suis pas femme.

MATHILDE

Eh bien ! si je ne m'en sers pas, je la jetterai au feu.

CHAVIGNY

Ah ! ah ! vous voilà donc enfin sincère. Eh bien ! très sincèrement aussi, je la garderai, si vous le permettez.

MATHILDE

Vous en êtes libre, assurément ; mais je vous avoue qu'il m'est cruel de penser que tout le monde sait qui vous l'a faite, et que vous allez la montrer partout.

CHAVIGNY

La montrer ! Ne dirait-on pas que c'est un trophée !

MATHILDE

Écoutez-moi, je vous en prie, et laissez-moi votre main dans les miennes.

Elle l'embrasse.

M'aimez-vous, Henri ? Répondez.

CHAVIGNY

Je vous aime et je vous écoute.

MATHILDE

Je vous jure que je ne suis pas jalouse; mais, si vous me donnez
cette bourse de bonne amitié, je vous remercierai de tout mon cœur.
C'est un petit échange que je vous propose, et je crois, j'espère du
moins, que vous ne trouverez pas que vous y perdez.

CHAVIGNY

Voyons votre échange ! Qu'est-ce que c'est ?

MATHILDE

Je vais vous le dire, si vous y tenez; mais si vous me donniez la
bourse auparavant, sur parole, vous me rendriez bien heureuse.

CHAVIGNY

Je ne donne rien sur parole.

MATHILDE

Voyons, Henri, je vous en prie.

CHAVIGNY

Non.

MATHILDE

Eh bien ! je t'en supplie à genoux.

CHAVIGNY

Levez-vous, Mathilde, je vous en conjure à mon tour; vous savez
que je n'aime pas ces manières-là. Je ne peux pas souffrir qu'on

s'abaisse, et je le comprends moins ici que jamais. C'est trop insister sur un enfantillage ; si vous l'exigiez sérieusement, je jetterais cette bourse au feu moi-même, et je n'aurais que faire d'échange pour cela. Allons, levez-vous, et n'en parlons plus. Adieu ; à ce soir ! je reviendrai.

Il sort.

SCÈNE V

MATHILDE, *seule.*

Puisque ce n'est pas celle-là, ce sera donc l'autre que je brûlerai.
Elle va à son secrétaire et en tire la bourse qu'elle a faite.
Pauvre petite, je te baisais tout à l'heure ; et te souviens-tu de ce que je te disais ? Nous arrivons trop tard, tu le vois. Il ne veut pas de toi, et ne veut plus de moi.
Elle s'approche de la cheminée.
Qu'on est folle de faire des rêves ! ils ne se réalisent jamais. Pourquoi cet attrait, ce charme invincible qui nous fait caresser une idée ? Pourquoi tant de plaisir à la suivre, à l'exécuter en secret ? A quoi bon tout cela ? A pleurer ensuite. Que demande donc l'impitoyable hasard ? Quelles précautions, quelles prières faut-il donc pour mener à bien le souhait le plus simple, la plus chétive espérance ? Vous avez bien dit, monsieur le comte, j'insiste sur un enfantillage, mais il m'était doux d'y insister ; et vous, si fier ou si infidèle, il ne vous eût pas coûté beaucoup de vous prêter à cet enfantillage. Ah ! il ne m'aime plus, il ne m'aime plus. Il vous aime, madame de Blainville !
Elle pleure.
Allons ! il n'y faut plus penser. Jetons au feu ce hochet d'enfant qui n'a pas su arriver assez vite ; si je le lui avais donné ce soir, il l'aurait peut-être perdu demain. Ah ! sans nul doute, il l'aurait fait ;

il laisserait ma bourse traîner sur·sa table, je ne sais où, dans ses rebuts,
tandis que l'autre le suivra partout, tandis qu'en jouant, à l'heure
qu'il est, il la tire avec orgueil; je le vois l'étaler sur le tapis, et faire
résonner l'or qu'elle renferme. Malheureuse ! je suis jalouse ! il me
manquait cela pour me faire haïr !

Elle va jeter sa bourse au feu, et s'arrête.

Mais qu'as-tu fait? Pourquoi te détruire, triste ouvrage de mes
mains? Il n'y a pas de ta faute; tu attendais, tu espérais aussi ! Tes
fraîches couleurs n'ont point pâli durant cet entretien cruel; tu me
plais, je sens que je t'aime; dans ce petit réseau fragile, il y a quinze
jours de ma vie; ah ! non, non, la main qui t'a faite ne te tuera pas;
je veux te conserver, je veux t'achever; tu seras pour moi une relique,
et je te porterai sur mon cœur; tu m'y feras en même temps du bien
et du mal; tu me rappelleras mon amour pour lui, son oubli, ses
caprices; et qui sait ? cachée à cette place, il reviendra peut-être t'y
chercher.

Elle s'assoit et attache le gland qui manquait.

SCÈNE VI

MATHILDE, MADAME DE LÉRY.

MADAME DE LÉRY, *derrière la scène.*

Personne nulle part ! qu'est-ce que ça veut dire ? on entre ici comme
dans un moulin.

Elle ouvre la porte et crie en riant :
Madame de Léry !
Elle entre, Mathilde se lève.

Rebonsoir, chère ! pas de domestique chez vous ; je cours partout
pour trouver quelqu'un. Ah ! je suis rompue !
Elle s'assoit.

MATHILDE

Débarrassez-vous de vos fourrures.

MADAME DE LÉRY

Tout à l'heure ; je suis gelée. Aimez-vous ce renard-là ? on dit
que c'est de la martre d'Éthiopie, je ne sais quoi ; c'est monsieur
de Léry qui me l'a apporté de Hollande. Moi, je trouve ça laid, franchement ; je le porterai trois fois, par politesse, et puis je le donnerai
à Ursule.

MATHILDE

Une femme de chambre ne peut pas mettre cela.

MADAME DE LÉRY

C'est vrai ; je m'en ferai un petit tapis.

MATHILDE

Eh bien ! ce bal était-il beau ?

MADAME DE LÉRY

Ah ! mon Dieu, ce bal ! mais je n'en viens pas. Vous ne croiriez
jamais ce qui m'arrive.

MATHILDE

Vous n'y êtes donc pas allée ?

MADAME DE LÉRY

Si fait, j'y suis allée, mais je n'y suis pas entrée. C'est à mourir
de rire. Figurez-vous une queue... une queue...
Elle éclate de rire.
Ces choses-là vous font-elles peur, à vous?

MATHILDE

Mais oui; je n'aime pas les embarras de voitures.

MADAME DE LÉRY

C'est désolant quand on est seule. J'avais beau crier au cocher
d'avancer, il ne bougeait pas; j'étais d'une colère! j'avais envie de
monter sur le siège; je vous réponds bien que j'aurais coupé leur
queue. Mais c'est si bête d'être là, en toilette, vis-à-vis d'un carreau
mouillé; car, avec cela, il pleut à verse. Je me suis divertie une demi-
heure à voir patauger les passants, et puis j'ai dit de retourner. Voilà
mon bal. — Ce feu me fait un plaisir! je me sens renaître!
Elle ôte sa fourrure. Mathilde sonne, et un domestique entre.

MATHILDE

Le thé!
Le domestique sort.

MADAME DE LÉRY

Monsieur de Chavigny est donc parti?

MATHILDE

Oui, je pense qu'il va à ce bal, et il sera plus obstiné que vous.

MADAME DE LÉRY

Je crois qu'il ne m'aime guère, soit dit entre nous !

MATHILDE

Vous vous trompez, je vous assure : il m'a dit cent fois qu'à ses yeux vous étiez une des plus jolies femmes de Paris.

MADAME DE LÉRY

Vraiment ? c'est très poli de sa part ; mais je le mérite, car je le trouve fort bien. Voulez-vous me prêter une épingle ?

MATHILDE

Vous en avez à côté de vous.

MADAME DE LÉRY

Cette Palmire vous fait des robes ! on ne se sent pas des épaules ; on croit toujours que tout va tomber. Est-ce elle qui vous fait ces manches-là ?

MATHILDE

Oui.

MADAME DE LÉRY

Très jolies, très bien, très jolies ! Décidément, il n'y a que les manches plates ; mais j'ai été longtemps à m'y faire ; et puis je trouve qu'il ne faut pas être trop grasse pour les porter, parce que sans cela on a l'air d'une cigale, avec un gros corps et de petites pattes.

MATHILDE

J'aime assez la comparaison.
    On apporte le thé.

MADAME DE LÉRY

N'est-ce pas ? Regardez mademoiselle Saint-Ange. Il ne faut pourtant pas être trop maigre non plus, parce qu'alors il ne reste plus rien. On se récrie sur la marquise d'Ermont ; moi, je trouve qu'elle a l'air d'une potence. C'est une belle tête, si vous voulez, mais c'est une madone au bout d'un bâton.

MATHILDE, *riant.*

Voulez-vous que je vous serve, ma chère ?

MADAME DE LÉRY

Rien que de l'eau chaude, avec un soupçon de thé et un nuage de lait.

MATHILDE, *versant le thé.*

Allez-vous demain chez madame d'Égly ? Je vous prendrai, si vous voulez.

MADAME DE LÉRY

Ah ! madame d'Égly ! en voilà une autre ! avec sa frisure et ses jambes, elle me fait l'effet de ces grands balais pour épousseter les araignées.

Elle boit.

Mais, certainement, j'irai demain. Non, je ne peux pas ; je vais au concert.

MATHILDE

Il est vrai qu'elle est un peu drôle.

MADAME DE LÉRY

Regardez-moi donc, je vous en prie.

MATHILDE

Pourquoi ?

MADAME DE LÉRY

Regardez-moi en face, là, franchement.

MATHILDE

Que me trouvez-vous d'extraordinaire ?

MADAME DE LÉRY

Eh ! certainement, vous avez les yeux rouges ; vous venez de pleurer, c'est clair comme le jour. Qu'est-ce qui se passe donc, ma chère Mathilde ?

MATHILDE

Rien, je vous jure. Que voulez-vous qu'il se passe ?

MADAME DE LÉRY

Je n'en sais rien, mais vous venez de pleurer ; je vous dérange, je m'en vais.

MATHILDE

Au contraire, chère ; je vous supplie de rester.

MADAME DE LÉRY

Est-ce bien franc ? Je reste, si vous voulez ; mais vous me direz vos peines.
Mathilde secoue la tête.
Non ? Alors je m'en vais, car vous comprenez que du moment que je ne suis bonne à rien je ne peux que nuire involontairement.

MATHILDE

Restez, votre présence m'est précieuse, votre esprit m'amuse, et, s'il était vrai que j'eusse quelque souci, votre gaieté le chasserait.

MADAME DE LÉRY

Tenez, je vous aime. Vous me croyez peut-être légère; personne n'est si sérieux que moi pour les choses sérieuses. Je ne comprends pas qu'on joue avec le cœur, et c'est pour cela que j'ai l'air d'en manquer. Je sais ce que c'est que de souffrir, on me l'a appris bien jeune encore. Je sais aussi ce que c'est que de dire ses chagrins. Si ce qui vous afflige peut se confier, parlez hardiment : ce n'est pas la curiosité qui me pousse.

MATHILDE

Je vous crois bonne, et surtout très sincère; mais dispensez-moi de vous obéir.

MADAME DE LÉRY

Ah ! mon Dieu ! j'y suis ! c'est la bourse bleue. J'ai fait une sottise affreuse en nommant madame de Blainville. J'y ai pensé en vous quittant; est-ce que monsieur de Chavigny lui fait la cour ?

Mathilde se lève, ne pouvant répondre, se détourne et porte son mouchoir à ses yeux.

MADAME DE LÉRY

Est-il possible ?

Un long silence. Mathilde se promène quelque temps, puis va s'asseoir à l'autre bout de la chambre. Madame de Léry semble réfléchir. Elle se lève et s'approche de Mathilde ; celle-ci lui tend la main.

MADAME DE LÉRY

Vous savez, ma chère, que les dentistes vous disent de crier quand ils vous font mal. Moi, je vous dis : Pleurez ! pleurez ! Douces ou amères, les larmes soulagent toujours.

MATHILDE

Ah ! mon Dieu !

MADAME DE LÉRY

Mais c'est incroyable, une chose pareille ! On ne peut pas aimer madame de Blainville : c'est une coquette à moitié perdue, qui n'a ni esprit ni beauté. Elle ne vaut pas votre petit doigt; on ne quitte pas un ange pour un diable.

MATHILDE, *sanglotant.*

Je suis sûre qu'il l'aime, j'en suis sûre.

MADAME DE LÉRY

Non, mon enfant, ça ne se peut pas; c'est un caprice, une fantaisie. Je connais monsieur de Chavigny plus qu'il ne pense; il est méchant, mais il n'est pas mauvais. Il aura agi par boutade; avez-vous pleuré devant lui ?

MATHILDE

Oh ! non, jamais !

MADAME DE LÉRY

Vous avez bien fait; il ne m'étonnerait pas qu'il en fût bien aise.

MATHILDE

Bien aise ? bien aise de me voir pleurer ?

MADAME DE LÉRY

Eh ! mon Dieu, oui. J'ai vingt-cinq ans d'hier, mais je sais ce qui en est sur bien des choses. Comment tout cela est-il venu ?

MATHILDE

Mais... je ne sais...

MADAME DE LÉRY

Parlez. Avez-vous peur de moi ? je vais vous rassurer tout de suite ;
si, pour vous mettre à votre aise, il faut m'engager de mon côté, je
vais vous prouver que j'ai confiance en vous et vous forcer à l'avoir
en moi ; est-ce nécessaire ? je le ferai. Qu'est-ce qu'il vous plaît de
savoir sur mon compte ?

MATHILDE

Vous êtes ma meilleure amie ; je vous dirai tout, je me fie à vous.
Il ne s'agit de rien de bien grave ; mais j'ai une folle tête qui m'entraîne.
J'avais fait à monsieur de Chavigny une petite bourse en cachette
que je comptais lui offrir aujourd'hui ; depuis quinze jours, je le vois
à peine ; il passe ses journées chez madame de Blainville. Lui offrir
ce petit cadeau, c'était lui faire un doux reproche de son absence
et lui montrer qu'il me laissait seule. Au moment où j'allais lui donner
ma bourse, il a tiré l'autre.

MADAME DE LÉRY

Il n'y a pas là de quoi pleurer.

MATHILDE

Oh ! si, il y a de quoi pleurer, car j'ai fait une grande folie, je lui
ai demandé l'autre bourse.

MADAME DE LÉRY

Aïe ! ce n'est pas diplomatique.

MATHILDE

Non, Ernestine, et il m'a refusé... Et alors... Ah ! j'ai honte...

MADAME DE LÉRY

Eh bien ?

MATHILDE

Eh bien ! je l'ai demandée à genoux. Je voulais qu'il me fît ce petit sacrifice, et je lui aurais donné ma bourse en échange de la sienne. Je l'ai prié... je l'ai supplié...

MADAME DE LÉRY

Et il n'en a rien fait ; cela va sans dire. Pauvre innocente ! il n'est pas digne de vous !

MATHILDE

Ah ! malgré tout, je ne le croirai jamais !

MADAME DE LÉRY

Vous avez raison, je m'exprime mal. Il est digne de vous et vous aime ; mais il est homme et orgueilleux. Quelle pitié ! Et où est donc votre bourse ?

MATHILDE

La voilà ici sur la table.

MADAME DE LÉRY, *prenant la bourse.*

Cette bourse-là ? Eh bien ! ma chère, elle est quatre fois plus jolie que la sienne. D'abord elle n'est pas bleue, ensuite elle est charmante. Prêtez-la-moi, je me charge bien de la lui faire trouver de son goût.

MATHILDE

Tâchez. Vous me rendrez la vie.

MADAME DE LÉRY

En être là après un an de mariage, c'est inouï ! Il faut qu'il y ait de
la sorcellerie là dedans. Cette Blainville, avec son indigo, je la déteste
des pieds à la tête. Elle a les yeux battus jusqu'au menton. Mathilde,
voulez-vous faire une chose ? Il ne nous en coûte rien d'essayer.
Votre mari viendra-t-il ce soir ?

MATHILDE

Je n'en sais rien, mais il me l'a dit.

MADAME DE LÉRY

Comment étiez-vous quand il est sorti ?

MATHILDE

Ah ! j'étais bien triste, et lui bien sévère.

MADAME DE LÉRY

Il viendra. Avez-vous du courage ? Quand j'ai une idée, je vous en
avertis, il faut que je me saisisse au vol ; je me connais, je réussirai.

MATHILDE

Ordonnez donc, je me soumets.

MADAME DE LÉRY

Passez dans ce cabinet, habillez-vous à la hâte et jetez-vous dans ma voiture. Je ne veux pas vous envoyer au bal, mais il faut qu'en rentrant vous ayez l'air d'y être allée. Vous vous ferez mener où vous voudrez, aux Invalides ou à la Bastille ; ce ne sera peut-être pas très divertissant, mais vous serez aussi bien là qu'ici pour ne pas dormir. Est-ce convenu ? Maintenant prenez votre bourse, et enveloppez-la dans ce papier, je vais mettre l'adresse. Bien, voilà qui est fait. Au coin de la rue vous ferez arrêter ; vous direz à mon groom d'apporter ici ce petit paquet, de le remettre au premier domestique qu'il rencontrera, et de s'en aller sans autre explication.

MATHILDE

Dites-moi du moins ce que vous voulez faire.

MADAME DE LÉRY

Ce que je veux faire, enfant, est impossible à dire, et je vais voir si c'est possible à faire. Une fois pour toutes, vous fiez-vous à moi ?

MATHILDE

Oui, tout au monde pour l'amour de lui.

MADAME DE LÉRY

Allons, preste ! Voilà une voiture.

MATHILDE

C'est lui ; j'entends sa voix dans la cour.

MADAME DE LÉRY

Sauvez-vous ! Y a-t-il un escalier dérobé par là ?

MATHILDE

Oui, heureusement. Mais je ne suis pas coiffée : comment croira-
t-on à ce bal ?

MADAME DE LÉRY, *ôtant la guirlande qu'elle a sur la tête
et la donnant à Mathilde.*

Tenez, vous arrangerez cela en route.

Mathilde sort.

———

SCÈNE VII

MADAME DE LÉRY, *seule.*

A genoux ! une telle femme à genoux ! Et ce monsieur-là qui la
refuse ! Une femme de vingt ans, belle comme un ange et fidèle comme
un lévrier ! Pauvre enfant qui demande en grâce qu'on daigne accep-
ter une bourse faite par elle, en échange d'un cadeau de madame
de Blainville ! Mais quel abîme est donc le cœur de l'homme ! Ah !
ma foi ! nous valons mieux qu'eux.

*Elle s'assoit et prend une brochure sur la table. Un instant après,
on frappe à la porte.*

Entrez !

———

SCÈNE VIII

MADAME DE LÉRY, CHAVIGNY.

MADAME DE LÉRY, *lisant d'un air distrait.*

Bonsoir, comte. Voulez-vous du thé ?

CHAVIGNY

Je vous rends grâces. Je n'en prends jamais.
Il s'assoit et regarde autour de lui.

MADAME DE LÉRY

Était-il amusant, ce bal?

CHAVIGNY

Comme cela. N'y étiez-vous pas?

MADAME DE LÉRY

Voilà une question qui n'est pas galante. Non, je n'y étais pas;
mais j'y ai envoyé Mathilde, que vos regards semblent chercher.

CHAVIGNY

Vous plaisantez, à ce que je vois?
Un silence. Chavigny, inquiet, se lève et se promène.

MADAME DE LÉRY

Plaît-il? je vous demande pardon, je tiens un article d'une *Revue*
qui m'intéresse beaucoup.

CHAVIGNY

Est-ce que vraiment Mathilde est à ce bal?

MADAME DE LÉRY

Mais oui; vous voyez que je l'attends.

CHAVIGNY

C'est singulier! elle ne voulait pas sortir lorsque vous le lui avez
proposé.

MADAME DE LÉRY

Apparemment qu'elle a changé d'idée.

CHAVIGNY

Pourquoi n'y est-elle pas allée avec vous ?

MADAME DE LÉRY

Parce que je ne m'en suis plus souciée.

CHAVIGNY

Elle s'est donc passée de voiture ?

MADAME DE LÉRY

Non, je lui ai prêté la mienne. Avez-vous lu ça, monsieur de Chavigny ?

CHAVIGNY

Quoi ?

MADAME DE LÉRY

C'est la *Revue des deux-Mondes ;* un article très joli de madame Sand sur les orangs-outangs.

CHAVIGNY

Sur les ?...

MADAME DE LÉRY

Sur les orangs-outangs. Ah ! je me trompe, ce n'est pas d'elle, c'est celui d'à côté ; c'est très amusant.

CHAVIGNY

Je ne comprends rien à cette idée d'aller au bal sans me prévenir.
J'aurais pu du moins la ramener.

MADAME DE LÉRY

Aimez-vous les romans de madame Sand?

CHAVIGNY

Non, pas du tout. Mais, si elle y est, comment se fait-il que je ne
l'aie pas trouvée?

MADAME DE LÉRY

Quoi? la *Revue?* Elle était là-dessus.

CHAVIGNY

Vous moquez-vous de moi, madame?

MADAME DE LÉRY

Peut-être; c'est selon à propos de quoi.

CHAVIGNY

C'est de ma femme que je vous parle.

MADAME DE LÉRY

Est-ce que vous me l'avez donnée à garder?

CHAVIGNY

Vous avez raison; je suis très ridicule; je vais de ce pas la chercher.

MADAME DE LÉRY

Bah ! vous allez tomber dans la queue.

CHAVIGNY

C'est vrai; je ferai aussi bien d'attendre, et j'attendrai.
Il s'approche du feu et s'assoit.

MADAME DE LÉRY, *quittant sa lecture.*

Savez-vous, monsieur de Chavigny, que vous m'étonnez beaucoup ?
Je croyais vous avoir entendu dire que vous laissiez Mathilde
parfaitement libre, et qu'elle allait où bon lui semblait.

CHAVIGNY

Certainement; vous en voyez la preuve.

MADAME DE LÉRY

Pas tant; vous avez l'air furieux.

CHAVIGNY

Moi ? par exemple ! pas le moins du monde.

MADAME DE LÉRY

Vous ne tenez pas sur votre fauteuil. Je vous croyais un tout autre
homme, je l'avoue, et, pour parler sérieusement, je n'aurais pas
prêté ma voiture à Mathilde si j'avais su ce qui en est.

CHAVIGNY

Mais je vous assure que je le trouve tout simple, et je vous remercie
de l'avoir fait.

MADAME DE LÉRY

Non, non, vous ne me remerciez pas ; je vous assure, moi, que vous êtes fâché. A vous dire vrai, je crois que, si elle est sortie, c'était un peu pour vous rejoindre.

CHAVIGNY

J'aime beaucoup cela ! Que ne m'accompagnait-elle ?

MADAME DE LÉRY

Eh oui ! c'est ce que je lui ai dit. Mais voilà comme nous sommes, nous autres : nous ne voulons pas, et puis nous voulons. Décidément, vous ne prenez pas de thé ?

CHAVIGNY

Non, il me fait mal.

MADAME DE LÉRY

Eh bien ! donnez-m'en.

CHAVIGNY

Plaît-il, madame ?

MADAME DE LÉRY

Donnez-m'en.
Chavigny se lève et remplit une tasse qu'il offre à madame de Léry.
C'est bon ; mettez ça là. Avons-nous un ministère ce soir ?

CHAVIGNY

Je n'en sais rien.

MADAME DE LÉRY

Ce sont de drôles d'auberges que ces ministères. On y entre et on en sort sans savoir pourquoi ; c'est une procession de marionnettes.

CHAVIGNY

Prenez donc ce thé à votre tour; il est déjà à moitié froid.

MADAME DE LÉRY

Vous n'y avez pas mis assez de sucre. Mettez-m'en un ou deux
morceaux.

CHAVIGNY

Comme vous voudrez; il ne vaudra rien.

MADAME DE LÉRY

Bien; maintenant, encore un peu de lait !

CHAVIGNY

Êtes-vous satisfaite ?

MADAME DE LÉRY

Une goutte d'eau chaude à présent ! Est-ce fait ? Donnez-moi
la tasse.

CHAVIGNY, *lui présentant la tasse.*

La voilà; mais il ne vaudra rien.

MADAME DE LÉRY

Vous croyez ? En êtes-vous sûr ?

CHAVIGNY

Il n'y a pas le moindre doute.

MADAME DE LÉRY

Et pourquoi ne vaudrait-il rien ?

CHAVIGNY

Parce qu'il est froid et trop sucré.

MADAME DE LÉRY

Eh bien ! s'il ne vaut rien, ce thé, jetez-le.
*Chavigny est debout, tenant la tasse ; madame de Léry le regarde
en riant.*
Ah ! mon Dieu ! que vous m'amusez ! Je n'ai jamais rien vu de
si maussade.

CHAVIGNY, *impatienté, vide la tasse dans le feu, puis il se
promène à grands pas, et dit avec humeur :*

Ma foi, c'est vrai, je ne suis qu'un sot.

MADAME DE LÉRY

Je ne vous avais jamais vu jaloux, mais vous l'êtes comme un
Othello.

CHAVIGNY

Pas le moins du monde ; je ne peux pas souffrir qu'on se gêne,
ni qu'on gêne les autres en rien. Comment voulez-vous que je sois
jaloux ?

MADAME DE LÉRY

Par amour-propre, comme tous les maris.

CHAVIGNY

Bah ! propos de femme ! On dit : « Jaloux par amour-propre, » parce que c'est une phrase toute faite, comme on dit : « Votre très humble serviteur.» Le monde est bien sévère pour ces pauvres maris.

MADAME DE LÉRY

Pas tant que pour ces pauvres femmes.

CHAVIGNY

Oh ! mon Dieu ! si. Tout est relatif. Peut-on permettre aux femmes de vivre sur le même pied que nous? C'est une absurdité qui saute aux yeux. Il y a mille choses très graves pour elles, qui n'ont aucune importance pour un homme.

MADAME DE LÉRY

Oui, les caprices, par exemple.

CHAVIGNY

Pourquoi pas? Eh bien ! oui, les caprices. Il est certain qu'un homme peut en avoir, et qu'une femme...

MADAME DE LÉRY

En a quelquefois. Est-ce que vous croyez qu'une robe est un talisman qui en préserve?

CHAVIGNY

C'est une barrière qui doit les arrêter.

MADAME DE LÉRY

A moins que ce ne soit un voile qui les couvre. J'entends marcher. C'est Mathilde qui rentre.

CHAVIGNY

Oh ! que non ! il n'est pas minuit.
Un domestique entre et remet un petit paquet à monsieur de Chavigny.

CHAVIGNY

Qu'est-ce que c'est ? Que me veut-on ?

LE DOMESTIQUE

On vient d'apporter cela pour monsieur le comte.
Il sort. Chavigny défait le paquet, qui renferme la bourse de Mathilde.

MADAME DE LÉRY

Est-ce encore un cadeau qui vous arrive ? A cette heure-ci, c'est un peu fort.

CHAVIGNY

Que diable est-ce que ça veut dire ? Hé ! François, hé ! qui est-ce qui a apporté ce paquet ?

LE DOMESTIQUE, *rentrant.*

Monsieur ?

CHAVIGNY

Qui est-ce qui a apporté ce paquet ?

LE DOMESTIQUE

Monsieur, c'est le portier qui vient de monter.

CHAVIGNY

Il n'y a rien avec ? pas de lettre ?

LE DOMESTIQUE

Non, monsieur.

CHAVIGNY

Est-ce qu'il avait ça depuis longtemps, ce portier ?

LE DOMESTIQUE

Non, monsieur ; on vient de le lui remettre.

CHAVIGNY

Qui le lui a remis ?

LE DOMESTIQUE

Monsieur, il ne sait pas.

CHAVIGNY

Il ne sait pas ! Perdez-vous la tête ? Est-ce un homme ou une femme ?

LE DOMESTIQUE

C'est un domestique en livrée, mais il ne le connaît pas.

CHAVIGNY

Est-ce qu'il est en bas, ce domestique ?

LE DOMESTIQUE

Non, monsieur ; il est parti sur-le-champ.

CHAVIGNY

Il n'a rien dit ?

LE DOMESTIQUE

Non, monsieur.

CHAVIGNY

C'est bon.
Le domestique sort.

MADAME DE LÉRY

J'espère qu'on vous gâte, monsieur de Chavigny. Si vous laissez
tomber votre argent, ce ne sera pas la faute de ces dames.

CHAVIGNY

Je veux être pendu si j'y comprends rien.

MADAME DE LÉRY

Laissez donc ! vous faites l'enfant.

CHAVIGNY

Non; je vous donne ma parole d'honneur que je ne devine pas.
Ce ne peut être qu'une méprise.

MADAME DE LÉRY

Est-ce que l'adresse n'est pas dessus ?

CHAVIGNY

Ma foi ! si. Vous avez raison. C'est singulier; je connais l'écriture.

MADAME DE LÉRY

Peut-on voir ?

CHAVIGNY

C'est peut-être une indiscrétion à moi de vous la montrer; mais tant pis pour qui s'y expose. Tenez. J'ai certainement vu de cette écriture-là quelque part.

MADAME DE LÉRY

Et moi aussi, très certainement.

CHAVIGNY

Attendez donc... Non, je me trompe. Est-ce en bâtarde ou en coulée?

MADAME DE LÉRY

Fi donc ! c'est une anglaise pur sang. Regardez-moi comme ces lettres-là sont fines. Oh ! la dame est bien élevée.

CHAVIGNY

Vous avez l'air de la connaître.

MADAME DE LÉRY, *avec une confusion feinte.*

Moi ! pas du tout.

Chavigny, étonné, la regarde, puis continue à se promener.

Où en étions-nous donc de notre conversation? — Eh mais ! il me semble que nous parlions caprice. Ce petit poulet rouge arrive à propos.

CHAVIGNY

Vous êtes dans le secret, convenez-en.

MADAME DE LÉRY

Il y a des gens qui ne savent rien faire; si j'étais de vous, j'aurais déjà deviné.

CHAVIGNY

Voyons ! soyez franche; dites-moi qui c'est.

MADAME DE LÉRY

Je croirais assez que c'est madame de Blainville.

CHAVIGNY

Vous êtes impitoyable, madame; savez-vous bien que nous nous brouillerons ?

MADAME DE LÉRY

Je l'espère bien, mais pas cette fois-ci.

CHAVIGNY

Vous ne voulez pas m'aider à trouver l'énigme ?

MADAME DE LÉRY

Belle occupation ! Laissez donc cela; on dirait que vous n'y êtes pas fait. Vous ruminerez lorsque vous serez couché, quand ce ne serait que par politesse.

CHAVIGNY

Il n'y a donc plus de thé? J'ai envie d'en prendre.

MADAME DE LÉRY

Je vais vous en faire; dites donc que je ne suis pas bonne !
Un silence.

CHAVIGNY, *se promenant toujours.*

Plus je cherche, moins je trouve.

MADAME DE LÉRY

Ah çà, dites donc, est-ce un parti pris de ne penser qu'à cette bourse ? Je vais vous laisser à vos rêveries.

CHAVIGNY

C'est qu'en vérité je tombe des nues.

MADAME DE LÉRY

Je vous dis que c'est madame de Blainville. Elle a réfléchi sur la couleur de sa bourse, et elle vous en envoie une autre par repentir. Ou mieux encore : elle veut vous tenter, et voir si vous porterez celle-ci ou la sienne.

CHAVIGNY

Je porterai celle-ci sans aucun doute. C'est le seul moyen de savoir qui l'a faite.

MADAME DE LÉRY

Je ne comprends pas ; c'est trop profond pour moi.

CHAVIGNY

Je suppose que la personne qui me l'a envoyée me la voie demain entre les mains : croyez-vous que je m'y tromperais ?

MADAME DE LÉRY, *éclatant de rire.*

Ah ! c'est trop fort ; je n'y tiens pas.

CHAVIGNY

Est-ce que ce serait vous, par hasard ?
Un silence.

MADAME DE LÉRY

Voilà votre thé, fait de ma blanche main, et il sera meilleur que celui que vous m'avez fabriqué tout à l'heure. Mais finissez donc de me regarder. Est-ce que vous me prenez pour une lettre anonyme ?

CHAVIGNY

C'est vous, c'est quelque plaisanterie. Il y a un complot là-dessous.

MADAME DE LÉRY

C'est un petit complot assez bien tricoté.

CHAVIGNY

Avouez donc que vous en êtes.

MADAME DE LÉRY

Non.

CHAVIGNY

Je vous en prie.

MADAME DE LÉRY

Pas davantage.

CHAVIGNY

Je vous en supplie.

MADAME DE LÉRY

Demandez-le à genoux, je vous le dirai.

CHAVIGNY

A genoux ? tant que vous voudrez.

MADAME DE LÉRY

Allons ! voyons !

CHAVIGNY

Sérieusement ?

Il se met à genoux en riant devant madame de Léry.

MADAME DE LÉRY, *sèchement.*

J'aime cette posture, elle vous va à merveille ; mais je vous conseille de vous relever, afin de ne pas trop m'attendrir.

CHAVIGNY, *se relevant.*

Ainsi, vous ne direz rien, n'est-ce pas ?

MADAME DE LÉRY

Avez-vous là votre bourse bleue ?

CHAVIGNY

Je n'en sais rien, je crois que oui.

MADAME DE LÉRY

Je crois que oui aussi. Donnez-la-moi, je vous dirai qui a fait l'autre.

CHAVIGNY

Vous le savez donc ?

MADAME DE LÉRY

Oui, je le sais.

CHAVIGNY

Est-ce une femme ?

MADAME DE LÉRY

A moins que ce ne soit un homme, je ne vois pas...

CHAVIGNY

Je veux dire : est-ce une jolie femme?

MADAME DE LÉRY

C'est une femme qui, à vos yeux, passe pour une des plus jolies femmes de Paris.

CHAVIGNY

Brune ou blonde?

MADAME DE LÉRY

Bleue.

CHAVIGNY

Par quelle lettre commence son nom?

MADAME DE LÉRY

Vous ne voulez pas de mon marché? Donnez-moi la bourse de madame de Blainville.

CHAVIGNY

Est-elle petite ou grande?

MADAME DE LÉRY

Donnez-moi la bourse.

CHAVIGNY

Dites-moi seulement si elle a le pied petit.

MADAME DE LÉRY

La bourse ou la vie !

CHAVIGNY

Me direz-vous le nom si je vous donne la bourse ?

MADAME DE LÉRY

Oui.

CHAVIGNY, *tirant la bourse bleue.*

Votre parole d'honneur !

MADAME DE LÉRY

Ma parole d'honneur.

CHAVIGNY *semble hésiter : madame de Léry tend la main ; il la regarde attentivement. Tout à coup il s'assoit à côté d'elle, et dit gaiement :*

Parlons caprice. Vous convenez donc qu'une femme peut en avoir ?

MADAME DE LÉRY

Est-ce que vous en êtes à le demander ?

CHAVIGNY

Pas tout à fait ; mais il peut arriver qu'un homme marié ait deux façons de parler, et, jusqu'à un certain point, deux façons d'agir.

MADAME DE LÉRY

Eh bien ! et ce marché, est-ce qu'il s'envole ? je croyais qu'il était conclu.

CHAVIGNY

Un homme marié n'en reste pas moins homme; la bénédiction ne le métamorphose pas, mais elle l'oblige quelquefois à prendre un rôle et à en donner les répliques. Il ne s'agit que de savoir, dans ce monde, à qui les gens s'adressent quand ils vous parlent, si c'est au réel ou au convenu, à la personne ou au personnage.

MADAME DE LÉRY

J'entends, c'est un choix qu'on peut faire; mais où s'y reconnaît le public?

CHAVIGNY

Je ne crois pas que, pour un public d'esprit, ce soit long ni bien difficile.

MADAME DE LÉRY

Vous renoncez donc à ce fameux nom? Allons, voyons! donnez-moi cette bourse.

CHAVIGNY

Une femme d'esprit, par exemple, — une femme d'esprit sait tant de choses! — ne doit pas se tromper, à ce que je crois, sur le vrai caractère des gens : elle doit bien voir, au premier coup d'œil...

MADAME DE LÉRY

Décidément, vous gardez la bourse?

CHAVIGNY

Il me semble que vous y tenez beaucoup. Une femme d'esprit — n'est-il pas vrai, madame? — doit savoir faire la part du mari, et celle de l'homme par conséquent. Comment êtes-vous donc coiffée? Vous étiez toute en fleurs ce matin.

MADAME DE LÉRY

Oui ; ça me gênait, je me suis mise à mon aise. Ah ! mon Dieu !
mes cheveux sont défaits d'un côté.
Elle se lève et s'ajuste devant la glace.

CHAVIGNY

Vous avez la plus jolie taille qu'on puisse voir. Une femme d'esprit
comme vous...

MADAME DE LÉRY

Une femme d'esprit comme moi se donne au diable quand elle
a affaire à un homme d'esprit comme vous.

CHAVIGNY

Qu'à cela ne tienne ! je suis assez bon diable.

MADAME DE LÉRY

Pas pour moi, du moins à ce que je pense.

CHAVIGNY

C'est qu'apparemment quelque autre me fait tort.

MADAME DE LÉRY

Qu'est-ce que ce propos-là veut dire ?

CHAVIGNY

Il veut dire que, si je vous déplais, c'est que quelqu'un m'empêche
de vous plaire.

MADAME DE LÉRY

C'est modeste et poli ! mais vous vous trompez : personne ne
me plaît, et je ne veux plaire à personne.

CHAVIGNY

Avec votre âge et ces yeux-là, je vous en défie.

MADAME DE LÉRY

C'est cependant la vérité pure.

CHAVIGNY

Si je le croyais, vous me donneriez bien mauvaise opinion des hommes.

MADAME DE LÉRY

Je vous le ferai croire bien aisément. J'ai une vanité qui ne veut pas de maître.

CHAVIGNY

Ne peut-elle souffrir un serviteur ?

MADAME DE LÉRY

Bah ! serviteurs ou maîtres, vous n'êtes que des tyrans.

CHAVIGNY, *se levant.*

C'est assez vrai, et je vous avoue que là-dessus j'ai toujours détesté la conduite des hommes. Je ne sais d'où leur vient cette manie de s'imposer, qui ne sert qu'à se faire haïr.

MADAME DE LÉRY

Est-ce votre opinion sincère ?

CHAVIGNY

Très sincère : je ne conçois pas comment on peut se figurer que, parce qu'on a plu ce soir, on est en droit d'en abuser demain.

MADAME DE LÉRY

C'est pourtant le chapitre premier de l'histoire universelle.

CHAVIGNY

Oui, si les hommes avaient le sens commun là-dessus, les femmes ne seraient pas si prudentes.

MADAME DE LÉRY

C'est possible; les liaisons d'aujourd'hui sont des mariages, et, quand il s'agit d'un jour de noce, cela vaut la peine d'y penser.

CHAVIGNY

Vous avez mille fois raison; et, dites-moi, pourquoi en est-il ainsi ? pourquoi tant de comédie et si peu de franchise ? Une jolie femme qui se fie à un galant homme ne saurait-elle le distinguer ? Il n'y a pas que des sots sur la terre.

MADAME DE LÉRY

C'est une question en pareille circonstance.

CHAVIGNY

Mais je suppose que, par hasard, il se trouve un homme qui, sur ce point, ne soit pas de l'avis des sots; et je suppose qu'une occasion se présente où l'on puisse être franc sans danger, sans arrière-pensée, sans crainte des indiscrétions.

Il lui prend la main.

Je suppose qu'on dise à une femme : « Nous sommes seuls, vous êtes jeune et belle, et je fais de votre esprit et de votre cœur tout le cas qu'on en doit faire. Mille obstacles nous séparent, mille chagrins nous attendent si nous essayons de nous revoir demain. Votre fierté ne veut pas d'un joug, et votre prudence ne veut pas d'un lien ; vous n'avez à redouter ni l'un ni l'autre. On ne vous demande ni protestation, ni engagement, ni sacrifice, rien qu'un sourire de ces lèvres de rose et un regard de ces beaux yeux. Souriez pendant que cette porte est fermée : votre liberté est sur le seuil ; vous la retrouverez en quittant cette chambre ; ce qui s'offre à vous n'est pas le plaisir sans amour, c'est l'amour sans peine et sans amertume ; c'est le caprice, puisque nous en parlons, non l'aveugle caprice des sens, mais celui du cœur, qu'un moment fait naître et dont le souvenir est éternel. »

MADAME DE LÉRY

Vous me parliez de comédie ; mais il paraît qu'à l'occasion vous en joueriez d'assez dangereuses. J'ai quelque envie d'avoir un caprice avant de répondre à ce discours-là. Il me semble que c'en est l'instant, puisque vous en plaidez la thèse. Avez-vous là un jeu de cartes ?

CHAVIGNY

Oui, dans cette table ; qu'en voulez-vous faire ?

MADAME DE LÉRY

Donnez-le-moi, j'ai ma fantaisie, et vous êtes forcé d'obéir si vous ne voulez vous contredire.
Elle prend une carte dans le jeu.
Allons, comte, dites *rouge* ou *noir*.

CHAVIGNY

Voulez-vous me dire quel est l'enjeu ?

MADAME DE LÉRY

L'enjeu est une discrétion.

CHAVIGNY

Soit. — J'appelle *rouge.*

MADAME DE LÉRY

C'est le valet de pique; vous avez perdu. Donnez-moi cette bourse
bleue.

CHAVIGNY

De tout mon cœur, mais je garde la rouge, et, quoique sa couleur
m'ait fait perdre, je ne le lui reprocherai jamais; car je sais aussi bien
que vous quelle est la main qui me l'a faite.

MADAME DE LÉRY

Est-elle petite ou grande, cette main ?

CHAVIGNY

Elle est charmante et douce comme le satin.

MADAME DE LÉRY

Lui permettez-vous de satisfaire un petit mouvement de jalousie ?
Elle jette au feu la bourse bleue.

CHAVIGNY

Ernestine, je vous adore !

MADAME DE LÉRY *regarde brûler la bourse. Elle s'approche
de Chavigny et lui dit tendrement :*
Vous n'aimez donc plus madame de Blainville ?

CHAVIGNY

Ah ! grand Dieu ! je ne l'ai jamais aimée.

MADAME DE LÉRY

Ni moi non plus, monsieur de Chavigny.

CHAVIGNY

Mais qui a pu vous dire que je pensais à cette femme-là ? Ah ! ce n'est pas elle à qui je demanderai jamais un instant de bonheur ; ce n'est pas elle qui me le donnera !

MADAME DE LÉRY

Ni moi non plus, monsieur de Chavigny. Vous venez de me faire un petit sacrifice, c'est très galant de votre part ; mais je ne veux pas vous tromper : la bourse rouge n'est pas de ma façon.

CHAVIGNY

Est-il possible ? Qui est-ce donc qui l'a faite ?

MADAME DE LÉRY

C'est une main plus belle que la mienne. Faites-moi la grâce de réfléchir une minute et de m'expliquer cette énigme à mon tour. Vous m'avez fait en bon français une déclaration très aimable ; vous vous êtes mis à deux genoux par terre, et remarquez qu'il n'y a pas de tapis ; je vous ai demandé votre bourse bleue, et vous me l'avez laissé brûler. Qui suis-je donc, dites-moi, pour mériter tout cela ? Que me trouvez-vous de si extraordinaire ? Je ne suis pas mal, c'est vrai ; je suis jeune ; il est certain que j'ai le pied petit. Mais enfin ce n'est pas si rare. Quand nous nous serons prouvé l'un à l'autre que je suis une coquette et vous un libertin, uniquement parce qu'il est minuit et que nous sommes en tête à tête, voilà un beau fait d'armes que nous aurons à écrire dans nos mémoires ! C'est pourtant là tout, n'est-ce pas ? Et ce que vous m'accordez en riant, ce qui ne vous coûte pas même un regret, ce sacrifice insignifiant que vous faites à un caprice plus insignifiant encore, vous le refusez à la seule femme qui vous aime, à la seule femme que vous aimiez !

On entend le bruit d'une voiture.

CHAVIGNY

Mais, madame, qui a pu vous instruire ?...

MADAME DE LÉRY

Parlez plus bas, monsieur, la voilà qui rentre, et cette voiture vient me chercher. Je n'ai pas le temps de vous faire ma morale ; vous êtes homme de cœur, et votre cœur vous la fera. Si vous trouvez que Mathilde a les yeux rouges, essuyez-les avec cette petite bourse que ses larmes reconnaîtront, car c'est votre bonne, brave et fidèle femme qui a passé quinze jours à la faire. Adieu ; vous m'en voudrez aujourd'hui, mais vous aurez demain quelque amitié pour moi, et, croyez-moi, cela vaut mieux qu'un caprice. Mais s'il vous en faut un absolument, tenez, voilà Mathilde, vous en avez un beau à vous passer ce soir. Il vous en fera, j'espère, oublier un autre que personne au monde, pas même elle, ne saura jamais.

Mathilde entre, madame de Léry va à sa rencontre et l'embrasse.

CHAVIGNY *les regarde ; il s'approche d'elles, prend sur la tête de sa femme la guirlande de fleurs de madame de Léry, et dit à celle-ci, en la lui rendant :*

Je vous demande pardon, madame, elle le saura, et je n'oublierai jamais qu'un jeune curé fait les meilleurs sermons.

IL FAUT QU'UNE PORTE
SOIT OUVERTE OU FERMÉE

PROVERBE EN UN ACTE

Publié en 1845

Représenté au Théatre-Français

le 7 avril 1848

PERSONNAGES

ACTEURS

LE COMTE . . . . M.   Brindeau.
LA MARQUISE . . . . Mme   Allan-Despréaux.

La scène est à Paris.

IL FAUT QU'UNE PORTE SOIT OUVERTE
OU FERMÉE

Un petit salon.

LE COMTE, LA MARQUISE.

*La marquise, assise sur un canapé, près de la cheminée, fait
de la tapisserie. Le comte entre et salue.*

LE COMTE

Je ne sais pas quand je me guérirai de ma maladresse, mais je suis
d'une cruelle étourderie. Il m'est impossible de prendre sur moi de
me rappeler votre jour, et toutes les fois que j'ai envie de vous voir,
cela ne manque jamais d'être un mardi.

LA MARQUISE

Est-ce que vous avez quelque chose à me dire?

LE COMTE

Non; mais, en le supposant, je ne le pourrais pas, car c'est un hasard que vous soyez seule, et vous allez avoir, d'ici à un quart d'heure, une cohue d'amis intimes qui me fera sauver, je vous en avertis.

LA MARQUISE

Il est vrai que c'est aujourd'hui mon jour, et je ne sais trop pourquoi j'en ai un. C'est une mode qui a pourtant sa raison. Nos mères laissaient leur porte ouverte; la bonne compagnie n'était pas nombreuse, et se bornait, pour chaque cercle, à une fournée d'ennuyeux qu'on avalait à la rigueur. Maintenant, dès qu'on reçoit, on reçoit tout Paris; et tout Paris, au temps où nous sommes, c'est bien réellement Paris tout entier, ville et faubourgs. Quand on est chez soi, on est dans la rue. Il fallait bien trouver un remède; de là vient que chacun a son jour. C'est le seul moyen de se voir le moins possible, et quand on dit : « Je suis chez moi le mardi, » il est clair que c'est comme si on disait : « Le reste du temps, laissez-moi tranquille. »

LE COMTE

Je n'en ai que plus de tort de venir aujourd'hui, puisque vous me permettez de vous voir dans la semaine.

LA MARQUISE

Prenez votre parti et mettez-vous là. Si vous êtes de bonne humeur, vous parlerez; sinon, chauffez-vous. Je ne compte pas sur grand monde aujourd'hui, vous regarderez défiler ma petite lanterne magique. Mais qu'avez-vous donc? vous me semblez...

LE COMTE

Quoi?

LA MARQUISE

Pour ma gloire, je ne veux pas le dire.

LE COMTE

Ma foi, je vous l'avouerai : avant d'entrer ici, je l'étais un peu.

LA MARQUISE

Quoi? Je le demande à mon tour.

LE COMTE

Vous fâcherez-vous si je vous le dis?

LA MARQUISE

J'ai un bal ce soir où je veux être jolie : je ne me fâcherai pas de la journée.

LE COMTE

Eh bien ! j'étais un peu ennuyé. Je ne sais ce que j'ai; c'est un mal à la mode, comme vos réceptions... Je me désole depuis midi; j'ai fait quatre visites sans trouver personne. Je devais dîner quelque part; je me suis excusé sans raison. Il n'y a pas un spectacle ce soir. Je suis sorti par un temps glacé; je n'ai vu que des nez rouges et des joues violettes. Je ne sais que faire, je suis bête comme un feuilleton.

LA MARQUISE

Je vous en offre autant; je m'ennuie à crier. C'est le temps qu'il fait, sans aucun doute.

LE COMTE

Le fait est que le froid est odieux; l'hiver est une maladie. Les badauds voient le pavé propre, le ciel clair, et, quand un vent bien sec leur coupe les oreilles, ils appellent cela une belle gelée. C'est comme qui dirait une belle fluxion de poitrine. Bien obligé de ces beautés-là !

LA MARQUISE

Je suis plus que de votre avis. Il me semble que mon ennui vient moins de l'air du dehors, tout froid qu'il est, que de celui que les autres respirent. C'est peut-être que nous vieillissons. Je commence à avoir trente ans, et je perds le talent de vivre.

LE COMTE

Je n'ai jamais eu ce talent-là, et ce qui m'épouvante, c'est que je le gagne. En prenant des années, on devient plat ou fou, et j'ai une peur atroce de mourir comme un sage.

LA MARQUISE

Sonnez pour qu'on mette une bûche au feu ; votre idée me gèle.
On entend le bruit d'une sonnette au dehors.

LE COMTE

Ce n'est pas la peine, on sonne à la porte, et votre procession arrive.

LA MARQUISE

Voyons quelle sera la bannière, et surtout tâchez de rester.

LE COMTE

Non ; décidément je m'en vais.

LA MARQUISE

Où allez-vous ?

LE COMTE

Je n'en sais rien.
Il se lève, salue et ouvre la porte.
Adieu, madame ! à jeudi soir !

LA MARQUISE

Pourquoi jeudi?

LE COMTE, *debout, tenant le bouton de la porte.*

N'est-ce pas votre jour aux Italiens? J'irai vous faire une petite visite.

LA MARQUISE

Je ne veux pas de vous; vous êtes trop maussade. D'ailleurs, j'y mène M. Camus.

LE COMTE

M. Camus, votre voisin de campagne?

LA MARQUISE

Oui; il m'a vendu des pommes et du foin avec beaucoup de galanterie, et je veux lui rendre sa politesse.

LE COMTE

C'est bien vous, par exemple! L'être le plus ennuyeux! On devrait le nourrir de sa marchandise. Et, à propos, savez-vous ce qu'on dit?

LA MARQUISE

Non. Mais on ne vient pas : qui avait donc sonné?

LE COMTE, *regardant à la fenêtre.*

Personne, une petite fille, je crois, avec un carton, je ne sais quoi, une blanchisseuse. Elle est là, dans la cour, qui parle à vos gens.

LA MARQUISE

Vous appelez cela je ne sais quoi; vous êtes poli, c'est mon bonnet.

Eh bien ! qu'est-ce qu'on dit de moi et de M. Camus ? — Fermez donc cette porte... Il vient un vent horrible.

LE COMTE, *fermant la porte.*

On dit que vous pensez à vous remarier, que M. Camus est millionnaire, et qu'il vient chez vous bien souvent.

LA MARQUISE

En vérité ! pas plus que cela ! Et vous me dites cela au nez tout bonnement ?

LE COMTE

Je vous le dis, parce qu'on en parle.

LA MARQUISE

C'est une belle raison ! Est-ce que je vous répète tout ce qu'on dit de vous aussi de par le monde ?

LE COMTE

De moi, madame ? Que peut-on dire, s'il vous plaît, qui ne puisse pas se répéter ?

LA MARQUISE

Mais vous voyez bien que tout peut se répéter, puisque vous m'apprenez que je suis à la veille d'être annoncée Madame Camus. Ce qu'on dit de vous est au moins aussi grave, car il paraît malheureusement que c'est vrai.

LE COMTE

Et quoi donc ? Vous me feriez peur !

LA MARQUISE

Preuve de plus qu'on ne se trompe pas !

LE COMTE

Expliquez-vous, je vous en prie.

LA MARQUISE

Ah ! pas du tout ; ce sont vos affaires.

LE COMTE, *se rasseyant.*

Je vous en supplie, marquise, je vous le demande en grâce. Vous êtes la personne du monde dont l'opinion a le plus de prix pour moi.

LA MARQUISE

L'une des personnes, vous voulez dire.

LE COMTE

Non, madame, je dis : la personne, celle dont l'estime, le sentiment, la...

LA MARQUISE

Ah ! ciel, vous allez faire une phrase.

LE COMTE

Pas du tout. Si vous ne voyez rien, c'est qu'apparemment vous ne voulez rien voir.

LA MARQUISE

Voir quoi ?

LE COMTE

Cela s'entend de reste.

LA MARQUISE

Je n'entends que ce qu'on me dit, et encore pas des deux oreilles.

LE COMTE

Vous riez de tout ; mais, sincèrement, serait-il possible que, depuis un an, vous voyant presque tous les jours, faite comme vous êtes, avec votre esprit, votre grâce et votre beauté...

LA MARQUISE

Mais, mon Dieu ! c'est bien pis qu'une phrase, c'est une déclaration que vous me faites là. Avertissez au moins : est-ce une déclaration ou un compliment de bonne année ?

LE COMTE

Et si c'était une déclaration ?

LA MARQUISE

Oh ! c'est que je n'en veux pas ce matin. Je vous ai dit que j'allais au bal, je suis exposée à en entendre ce soir ; ma santé ne me permet pas ces choses-là deux fois par jour.

LE COMTE

En vérité, vous êtes décourageante, et je me réjouirai de bon cœur quand vous y serez prise à votre tour.

LA MARQUISE

Moi aussi, je m'en réjouirai. Je vous jure qu'il y a des instants où je donnerais de grosses sommes pour avoir seulement un petit chagrin. Tenez, j'étais comme cela pendant qu'on me coiffait, pas plus tard que tout à l'heure. Je poussais des soupirs à me fendre l'âme, de désespoir de ne penser à rien.

LE COMTE

Raillez, raillez ! Vous y viendrez.

LA MARQUISE

C'est bien possible ; nous sommes tous mortels. Si je suis raisonnable,
à qui la faute ? Je vous assure que je ne me défends pas.

LE COMTE

Vous ne voulez pas qu'on vous fasse la cour ?

LA MARQUISE

Non. Je suis très bonne personne, mais quant à cela, c'est par trop
bête. Dites-moi un peu, vous qui avez le sens commun, qu'est-ce
que signifie cette chose-là : faire la cour à une femme ?

LE COMTE

Cela signifie que cette femme vous plaît, et qu'on est bien aise de
le lui dire.

LA MARQUISE

A la bonne heure ; mais cette femme, cela lui plaît-il, à elle, de vous
plaire ? Vous me trouvez jolie, je suppose, et cela vous amuse de m'en
faire part. Eh bien ! après ? Qu'est-ce que cela prouve ? Est-ce une
raison pour que je vous aime ? J'imagine que, si quelqu'un me plaît,
ce n'est pas parce que je suis jolie. Qu'y gagne-t-il, à ces compliments ?
La belle manière de se faire aimer que de venir se planter devant une
femme avec un lorgnon, de la regarder des pieds à la tête, comme une
poupée dans un étalage, et de lui dire bien agréablement : « Madame,
je vous trouve charmante ! » Joignez à cela quelques phrases bien
fades, un tour de valse et un bouquet, voilà pourtant ce qu'on appelle

faire sa cour. Fi donc ! Comment un homme d'esprit peut-il prendre goût à ces niaiseries-là ? Cela me met en colère, quand j'y pense.

LE COMTE

Il n'y a pourtant pas de quoi se fâcher.

LA MARQUISE

Ma foi, si. Il faut supposer à une femme une tête bien vide et un grand fond de sottise, pour se figurer qu'on la charme avec de pareils ingrédients. Croyez-vous que ce soit bien divertissant de passer sa vie au milieu d'un déluge de fadaises, et d'avoir, du matin au soir, les oreilles pleines de balivernes ? Il me semble, en vérité, que, si j'étais homme et si je voyais une jolie femme, je me dirais : « Voilà une pauvre créature qui doit être bien assommée de compliments. » Je l'épargnerais, j'aurais pitié d'elle, et, si je voulais essayer de lui plaire, je lui ferais l'honneur de lui parler d'autre chose que de son malheureux visage. Mais non, toujours : *Vous êtes jolie*, et puis : *Vous êtes jolie*, et encore *jolie*. Eh ! mon Dieu ! on le sait bien. Voulez-vous que je vous dise ? vous autres, hommes à la mode, vous n'êtes que des confiseurs déguisés.

LE COMTE

Eh bien ! madame, vous êtes charmante, prenez-le comme vous voudrez.
On entend la sonnette.
On sonne de nouveau ; adieu, je me sauve.
Il se lève et ouvre la porte.

LA MARQUISE

Attendez donc, j'avais à vous dire... je ne sais plus ce que c'était... Ah ! passez-vous par hasard du côté de Fossin, dans vos courses ?

LE COMTE

Ce ne sera pas par hasard, madame, si je puis vous être bon à
quelque chose.

LA MARQUISE

Encore un compliment ! Mon Dieu, que vous m'ennuyez ! C'est
une bague que j'ai cassée; je pourrais bien l'envoyer tout bonnement,
mais c'est qu'il faut que je vous explique...

Elle ôte la bague de son doigt.

Tenez, voyez-vous, c'est le chaton. Il y a là une petite pointe, vous
voyez bien, n'est-ce pas ? Ça s'ouvrait de côté, par là; je l'ai heurté
ce matin je ne sais où, le ressort a été forcé.

LE COMTE

Dites donc, marquise, sans indiscrétion, il y avait des cheveux là-
dedans !

LA MARQUISE

Peut-être bien. Qu'avez-vous à rire ?

LE COMTE

Je ne ris pas le moins du monde.

LA MARQUISE

Vous êtes un impertinent ! ce sont des cheveux de mon mari.
Mais je n'entends personne. Qui avait donc sonné encore ?

LE COMTE, *regardant à la fenêtre.*

Une autre petite fille et un autre carton. Encore un bonnet, je suppose. A propos, avec tout cela, vous me devez une confidence.

LA MARQUISE

Fermez donc cette porte, vous me glacez.

LE COMTE

Je m'en vais. Mais vous me promettez de me répéter ce qu'on vous a dit de moi, n'est-ce pas, marquise?

LA MARQUISE

Venez ce soir au bal; nous causerons.

LE COMTE

Ah ! parbleu ! oui, causer dans un bal ! Joli endroit de conversation, avec accompagnement de trombones et un tintamarre de verres d'eau sucrée ! L'un vous marche sur le pied, l'autre vous pousse le coude, pendant qu'un laquais tout poissé vous fourre une glace dans votre poche. Je vous demande un peu si c'est là...

LA MARQUISE

Voulez-vous rester ou sortir? Je vous répète que vous m'enrhumez. Puisque personne ne vient, qu'est-ce qui vous chasse?

LE COMTE, *fermant la porte et venant se rasseoir*.

C'est que je me sens, malgré moi, de si mauvaise humeur, que je crains vraiment de vous excéder. Il faut décidément que je cesse de venir chez vous.

LA MARQUISE

C'est honnête ! et à propos de quoi?

LE COMTE

Je ne sais pas, mais je vous ennuie, vous me le disiez vous-même tout à l'heure, et je le sens bien ; c'est très naturel. C'est ce malheureux logement que j'ai là en face ; je ne peux pas sortir sans regarder vos fenêtres, et j'entre ici machinalement, sans réfléchir à ce que j'y viens faire.

LA MARQUISE

Si je vous ai dit que vous m'ennuyiez ce matin, c'est que ce n'est pas une habitude. Sérieusement, vous me feriez de la peine ; j'ai beaucoup de plaisir à vous voir.

LE COMTE

Vous ? Pas du tout. Savez-vous ce que je vais faire ? Je vais retourner en Italie.

LA MARQUISE

Ah ! qu'est-ce que dira mademoiselle... ?

LE COMTE

Quelle demoiselle, s'il vous plaît ?

LA MARQUISE

Mademoiselle je ne sais qui, mademoiselle votre protégée. Est-ce que je sais le nom de vos danseuses ?

LE COMTE

Ah ! c'est donc là ce beau propos qu'on vous a tenu sur mon compte ?

LA MARQUISE

Précisément. Est-ce que vous niez ?

LE COMTE

C'est un conte à dormir debout.

LA MARQUISE

Il est fâcheux qu'on vous ait vu très distinctement au spectacle avec un certain chapeau rose à fleurs, comme il n'en fleurit qu'à l'Opéra. Vous êtes dans les chœurs, mon voisin ; cela est connu de tout le monde.

LE COMTE

Comme votre mariage avec M. Camus.

LA MARQUISE

Vous y revenez ! Eh bien ! pourquoi pas ? M. Camus est un fort honnête homme ; il est plusieurs fois millionnaire ; son âge, bien qu'assez respectable, est juste à point pour un mari. Je suis veuve, il est garçon ; il est très bien quand il a des gants.

LE COMTE

Et un bonnet de nuit : cela doit lui aller.

LA MARQUISE

Voulez-vous bien vous taire, s'il vous plaît ! Est-ce qu'on parle de choses pareilles ?

LE COMTE

Dame ! à quelqu'un qui peut les voir !

LA MARQUISE

Ce sont apparemment ces demoiselles qui vous apprennent ces jolies façons-là.

LE COMTE, *se levant et prenant son chapeau.*

Tenez, marquise, je vous dis adieu. Vous me feriez dire quelque sottise.

LA MARQUISE

Quel excès de délicatesse !

LE COMTE

Non, mais, en vérité, vous êtes trop cruelle. C'est bien assez de défendre qu'on vous aime, sans m'accuser d'aimer ailleurs.

LA MARQUISE

De mieux en mieux. Quel ton tragique ! Moi, je vous ai défendu de m'aimer ?

LE COMTE

Certainement, — de vous en parler, du moins.

LA MARQUISE

Eh bien ! je vous le permets ; voyons votre éloquence.

LE COMTE

Si vous le disiez sérieusement...

LA MARQUISE

Que vous importe ? pourvu que je le dise.

LE COMTE

C'est que, tout en riant, il pourrait bien y avoir quelqu'un ici qui courût des risques.

LA MARQUISE

Oh ! oh ! de grands périls, monsieur ?

LE COMTE

Peut-être, madame ; mais, par malheur, le danger ne serait que pour moi.

LA MARQUISE

Quand on a peur, on ne fait pas le brave. Eh bien ! voyons. Vous ne dites rien ? Vous me menacez, je m'expose, et vous ne bougez pas ? Je m'attendais à vous voir au moins vous précipiter à mes pieds comme Rodrigue ou M. Camus lui-même. Il y serait déjà, à votre place.

LE COMTE

Cela vous divertit donc beaucoup de vous moquer du pauvre monde ?

LA MARQUISE

Et vous, cela vous surprend donc bien qu'on ose vous braver en face ?

LE COMTE

Prenez garde ! Si vous êtes brave, j'ai été hussard, moi, madame ; je suis bien aise de vous le dire, et il n'y a pas encore si longtemps.

LA MARQUISE

Vraiment ! Eh bien ! à la bonne heure ! Une déclaration de hussard, cela doit être curieux ! je n'ai jamais vu cela de ma vie. Voulez-vous que j'appelle ma femme de chambre ? Je suppose qu'elle saura vous répondre. Vous me donnerez une représentation.

On entend la sonnette.

LE COMTE

Encore cette sonnerie ! Adieu donc, marquise. Je ne vous en tiens pas quitte, au moins.
Il ouvre la porte.

LA MARQUISE

A ce soir, toujours, n'est-ce pas ? Mais qu'est-ce donc que ce bruit que j'entends ?

LE COMTE, *regardant à la fenêtre.*

C'est le temps qui vient de changer. Il pleut et il grêle à faire plaisir. On vous apporte un troisième bonnet, et je crains bien qu'il n'y ait un rhume dedans.

LA MARQUISE

Mais ce tapage-là, est-ce que c'est le tonnerre ? en plein mois de janvier ! Et les almanachs !

LE COMTE

Non ; c'est seulement un ouragan, une espèce de trombe qui passe.

LA MARQUISE

C'est effrayant. Mais fermez donc la porte ; vous ne pouvez pas sortir de ce temps-là. Qu'est-ce qui peut produire une chose pareille ?

LE COMTE, *fermant la porte.*

Madame, c'est la colère céleste qui châtie les carreaux de vitre, les parapluies, les mollets des dames et les tuyaux de cheminée.

LA MARQUISE

Et mes chevaux qui sont sortis !

LE COMTE

Il n'y a pas de danger pour eux, s'il ne leur tombe rien sur la tête.

LA MARQUISE

Plaisantez donc à votre tour ! Je suis très propre, moi, monsieur ; je n'aime pas à crotter mes chevaux. C'est inconcevable. Tout à l'heure il faisait le plus beau ciel du monde.

LE COMTE

Vous pouvez bien compter, par exemple, qu'avec cette grêle vous n'aurez personne. Voilà un jour de moins parmi vos jours.

LA MARQUISE

Non pas, puisque vous êtes venu. Posez donc votre chapeau, qui m'impatiente.

LE COMTE

Un compliment, madame ! Prenez garde. Vous qui faites profession de les haïr, on pourrait prendre les vôtres pour la vérité.

LA MARQUISE

Mais je vous le dis, et c'est très vrai. Vous me faites grand plaisir en venant me voir.

LE COMTE, *se rasseyant près de la marquise.*

Alors laissez-moi vous aimer.

LA MARQUISE

Mais je vous le dis aussi, je le veux bien ; cela ne me fâche pas le moins du monde.

LE COMTE

Alors laissez-moi vous en parler.

LA MARQUISE

A la hussarde, n'est-il pas vrai?

LE COMTE

Non, madame; soyez convaincue qu'à défaut de cœur, j'ai assez de bon sens pour vous respecter. Mais il me semble qu'on a bien le droit, sans offenser une personne qu'on respecte...

LA MARQUISE

D'attendre que la pluie soit passée, n'est-ce pas? Vous êtes entré ici tout à l'heure sans savoir pourquoi, vous l'avez dit vous-même; vous étiez ennuyé, vous ne saviez que faire, vous pouviez même passer pour assez grognon. Si vous aviez trouvé ici trois personnes, les premières venues, là, au coin du feu, vous parleriez, à l'heure qu'il est, littérature ou chemins de fer, après quoi vous iriez dîner. C'est donc parce que je me suis trouvée seule que vous vous croyez tout à coup obligé, oui, obligé pour votre honneur, de me faire cette même cour, cette éternelle, insupportable cour, qui est une chose si inutile, si ridicule, si rebattue. Mais qu'est-ce que je vous ai donc fait? Qu'il arrive ici une visite, vous allez peut-être avoir de l'esprit ! mais je suis seule, vous voilà plus banal qu'un vieux couplet de vaudeville, et, vite, vous abordez votre thème, et si je voulais vous écouter, vous m'exhiberiez une déclaration, vous me réciteriez votre amour. Savez-vous de quoi les hommes ont l'air en pareil cas? De ces pauvres auteurs sifflés qui ont toujours un manuscrit dans leur poche, quelque tragédie inédite et injouable, et qui vous tirent cela pour vous en assommer, dès que vous êtes seul un quart d'heure avec eux.

LE COMTE

Ainsi, vous me dites que je ne vous déplais pas, je vous réponds que je vous aime, et puis c'est tout, à votre avis ?

LA MARQUISE

Vous ne m'aimez pas plus que le Grand Turc.

LE COMTE

Oh ! par exemple, c'est trop fort. Écoutez-moi un seul instant, et si vous ne me croyez pas sincère...

LA MARQUISE

Non, non, et non ! Mon Dieu ! croyez-vous que je ne sache pas ce que vous pourriez me dire ? J'ai très bonne opinion de vos études ; mais, parce que vous avez de l'éducation, pensez-vous que je n'aie rien lu ? Tenez, je connaissais un homme d'esprit qui avait acheté, je ne sais où, une collection de cinquante lettres, assez bien faites, très proprement écrites, des lettres d'amour, bien entendu. Ces cinquante lettres étaient graduées de façon à composer une sorte de petit roman où toutes les situations étaient prévues : il y en avait pour les déclarations, pour les dépits, pour les espérances, pour les moments d'hypocrisie où l'on se rabat sur l'amitié, pour les brouilles, pour les désespoirs, pour les instants de jalousie, pour la mauvaise humeur, même pour les jours de pluie comme aujourd'hui. J'ai lu ces lettres. L'auteur prétendait, dans une sorte de préface, en avoir fait usage pour lui-même, et n'avoir jamais trouvé une femme qui résistât plus tard que le trente-troisième numéro. Eh bien ! j'ai résisté, moi, à toute la collection. Je vous demande si j'ai de la littérature, et si vous pourriez vous flatter de m'apprendre quelque chose de nouveau.

LE COMTE

Vous êtes bien blasée, marquise !

LA MARQUISE

Des injures ! J'aime mieux cela; c'est moins fade que vos sucreries.

LE COMTE

Oui, en vérité, vous êtes bien blasée.

LA MARQUISE

Vous le croyez? Eh bien ! pas du tout.

LE COMTE

Comme une vieille Anglaise, mère de quatorze enfants.

LA MARQUISE

Comme la plume qui danse sur mon chapeau. Vous vous figurez donc que c'est une science bien profonde que de vous savoir tous par cœur ? Mais il n'y a pas besoin d'étudier pour apprendre : il n'y a qu'à vous laisser faire. Réfléchissez; c'est un calcul bien simple. Les hommes assez braves pour respecter nos pauvres oreilles, et pour ne pas tomber dans la sucrerie, sont extrêmement rares. D'un autre côté, il n'est pas contestable que, dans ces tristes instants où vous tâchez de mentir pour essayer de plaire, vous vous ressemblez tous comme des capucins de cartes. Heureusement pour nous, la justice du ciel n'a pas mis à votre disposition un vocabulaire très varié. Vous n'avez tous, comme on dit, qu'une chanson, en sorte que le seul fait d'entendre les mêmes phrases, la seule répétition des mêmes mots, des mêmes gestes apprêtés, des mêmes regards tendres, le spectacle seul de ces figures diverses qui peuvent être plus ou moins bien par elles-mêmes, mais qui prennent toutes, dans ces moments funestes, la même physionomie humblement conquérante, cela nous sauve par l'envie de rire, ou du moins par le simple ennui. Si j'avais une fille, et si je voulais la préserver de ces entreprises qu'on appelle dangereuses, je me garderais bien de lui défendre d'écouter les pastorales de ses valseurs. Je lui dirais seulement : « N'en écoute pas un seul, écoute-les tous ; ne ferme pas le livre et ne marque pas la page ; laisse-le ouvert, laisse ces messieurs te raconter leurs petites drôleries. Si, par malheur, il y en a un qui te plaît, ne t'en défends pas, attends seulement ; il en viendra un autre tout pareil qui te dégoûtera de tous les deux. Tu as quinze ans, je suppose ; eh bien ! mon enfant, cela ira ainsi jusqu'à trente, et ce sera toujours la même chose. » Voilà mon histoire et ma science ! appelez-vous cela être blasée ?

LE COMTE

Horriblement, si ce que vous dites est vrai ; et cela semble si peu naturel, que le doute pourrait être permis.

LA MARQUISE

Qu'est-ce que cela me fait que vous me croyiez ou non ?

LE COMTE

Encore mieux. Est-ce bien possible ? Quoi ! à votre âge, vous méprisez l'amour ! Les paroles d'un homme qui vous aime vous font l'effet d'un méchant roman ? Ses regards, ses gestes, ses sentiments vous semblent une comédie ? Vous vous piquez de dire vrai, et vous ne voyez que mensonge dans les autres ? Mais d'où revenez-vous donc, marquise ? Qu'est-ce qui vous a donné ces maximes-là ?

LA MARQUISE

Je reviens de loin, mon voisin.

LE COMTE

Oui, de nourrice. Les femmes s'imaginent qu'elles savent toute chose au monde; elles ne savent rien du tout. Je vous le demande à vous-même : quelle expérience pouvez-vous avoir? Celle de ce voyageur qui, à l'auberge, avait vu une femme rousse, et qui écrivait sur son journal : « Les femmes sont rousses dans ce pays-ci. »

LA MARQUISE

Je vous ai prié de mettre une bûche au feu.

LE COMTE, *mettant la bûche.*

Être prude, cela se conçoit; dire non, se boucher les oreilles, haïr l'amour, cela se peut; mais le nier, quelle plaisanterie ! Vous découragez un pauvre diable en lui disant : « Je sais ce que vous allez me dire. » Mais n'est-il pas en droit de vous répondre : « Oui, madame, vous le savez peut-être; et moi aussi, je sais ce qu'on dit quand on aime, mais je l'oublie en vous parlant ! » Rien n'est nouveau sous le soleil; mais je dis à mon tour : « Qu'est-ce que cela prouve ? »

LA MARQUISE

A la bonne heure, au moins ! Vous parlez très bien; à peu de chose près, c'est comme un livre.

LE COMTE

Oui, je parle, et je vous assure que, si vous êtes telle qu'il vous plaît de paraître, je vous plains très sincèrement.

LA MARQUISE

A votre aise; faites comme chez vous.

LE COMTE

Il n'y a rien là qui puisse vous blesser. Si vous avez le droit de nous attaquer, n'avons-nous pas raison de nous défendre? Quand vous nous comparez à des auteurs sifflés, quel reproche croyez-vous nous faire? Eh! mon Dieu! si l'amour est une comédie...

LA MARQUISE

Le feu ne va pas; la bûche est de travers.

LE COMTE, *arrangeant le feu.*

Si l'amour est une comédie, cette comédie, vieille comme le monde, sifflée ou non, est, au bout du compte, ce qu'on a encore trouvé de moins mauvais. Les rôles sont rebattus, j'y consens; mais, si la pièce ne valait rien, tout l'univers ne la saurait pas par cœur; — et je me trompe en disant qu'elle est vieille. Est-ce être vieux que d'être immortel?

LA MARQUISE

Monsieur, voilà de la poésie.

LE COMTE

Non, madame; mais ces fadaises, ces balivernes qui vous ennuient, ces compliments, ces déclarations, tout ce radotage, sont de très bonnes anciennes choses, convenues, si vous voulez, fatigantes, ridicules parfois, mais qui en accompagnent une autre, laquelle est toujours jeune.

LA MARQUISE

Vous vous embrouillez : qu'est-ce qui est toujours vieux, et qu'est-ce qui est toujours jeune?

LE COMTE

L'amour.

LA MARQUISE

Monsieur, voilà de l'éloquence.

LE COMTE

Non, madame ; je veux dire ceci : que l'amour est immortellement
jeune, et que les façons de l'exprimer sont et demeureront éternelle-
ment vieilles. Les formes usées, les redites, ces lambeaux de romans
qui vous sortent du cœur on ne sait pas pourquoi, tout cet entourage,
tout cet attirail, c'est un cortège de vieux chambellans, de vieux
diplomates, de vieux ministres, c'est le caquet de l'antichambre d'un
roi ; tout cela passe, mais ce roi-là ne meurt pas. L'amour est mort,
vive l'amour !

LA MARQUISE

L'amour ?

LE COMTE

L'amour. Et quand on ne ferait que s'imaginer...

LA MARQUISE

Donnez-moi l'écran qui est là.

LE COMTE

Celui-là ?

LA MARQUISE

Non, celui de taffetas ; voilà votre feu qui m'aveugle.

LE COMTE, donnant l'écran à la marquise.

Quand même on ne ferait que s'imaginer qu'on aime, est-ce que
ce n'est pas une chose charmante ?

LA MARQUISE

Mais, je vous dis, c'est toujours la même chose.

LE COMTE

Et toujours nouveau, comme dit la chanson. Que voulez-vous donc qu'on invente ? Il faut apparemment qu'on vous aime en hébreu. Cette Vénus qui est là sur votre pendule, c'est aussi toujours la même chose; en est-elle moins belle, s'il vous plaît ? Si vous ressemblez à votre grand'mère, est-ce que vous en êtes moins jolie ?

LA MARQUISE

Bon, voilà le refrain : jolie. Donnez-moi le coussin qui est près de vous.

LE COMTE, *prenant le coussin et le tenant à la main.*

Cette Vénus est faite pour être belle, pour être aimée et admirée, cela ne l'ennuie pas du tout. Si le beau corps trouvé à Milo a jamais eu un modèle vivant, assurément cette grande gaillarde a eu plus d'amoureux qu'il ne lui en fallait, et elle s'est laissé aimer comme une autre, comme sa cousine Astarté, comme Aspasie et Manon Lescaut.

LA MARQUISE

Monsieur, voilà de la mythologie.

LE COMTE, *tenant toujours le coussin.*

Non, madame; mais je ne puis dire combien cette indifférence à la mode, cette froideur qui raille et dédaigne, cet air d'expérience qui réduit tout à rien, me font peine à voir à une jeune femme. Vous n'êtes pas la première chez qui je les rencontre; c'est une maladie qui court les salons. On se détourne, on bâille, comme vous en ce moment, on dit qu'on ne veut pas entendre parler d'amour. Alors, pourquoi mettez-vous de la dentelle? qu'est-ce que ce pompon-là fait sur votre tête?

LA MARQUISE

Et qu'est-ce que ce coussin fait dans votre main? Je vous l'avais demandé pour mettre sous mes pieds.

LE COMTE

Eh bien! l'y voilà, et moi aussi; et je vous ferai une déclaration, bon gré, mal gré, vieille comme les rues, et bête comme une oie; car je suis furieux contre vous.
Il pose le coussin à terre devant la marquise, et se met à genoux dessus.

LA MARQUISE

Voulez-vous me faire la grâce de vous ôter de là, s'il vous plaît!

LE COMTE

Non; il faut d'abord que vous m'écoutiez.

LA MARQUISE

Vous ne voulez pas vous lever?

LE COMTE

Non, non, et non! comme vous le disiez tout à l'heure, à moins que vous ne consentiez à m'entendre.

LA MARQUISE

J'ai bien l'honneur de vous saluer.
Elle se lève.

LE COMTE, *toujours à genoux.*

Marquise, au nom du ciel ! cela est trop cruel. Vous me rendrez fou, vous me désespérez.

LA MARQUISE

Cela vous passera au *Café de Paris.*

LE COMTE, *de même.*

Non, sur l'honneur ! je parle du fond de l'âme. Je conviendrai, tant que vous voudrez, que j'étais entré ici sans dessein ; je ne comptais que vous voir en passant, témoin cette porte que j'ai ouverte trois fois pour m'en aller. La conversation que nous venons d'avoir, vos railleries, votre froideur même, m'ont entraîné plus loin qu'il ne fallait peut-être ; mais ce n'est pas d'aujourd'hui seulement, c'est du premier jour où je vous ai vue, que je vous aime, que je vous adore... je n'exagère pas en m'exprimant ainsi... oui, depuis plus d'un an, je vous adore, je ne songe...

LA MARQUISE

Adieu.
La marquise sort et laisse la porte ouverte.

LE COMTE, *demeuré seul, reste un moment encore à genoux,*
puis il se lève et dit ;

C'est la vérité que cette porte est glaciale.
Il va pour sortir, et voit la marquise.
Ah ! marquise, vous vous moquez de moi.

LA MARQUISE, *appuyée sur la porte entr'ouverte.*

Vous voilà debout ?

LE COMTE

Oui, et je m'en vais pour ne plus jamais vous revoir.

LA MARQUISE

Venez ce soir au bal, je vous garde une valse.

LE COMTE

Jamais, jamais je ne vous reverrai ! je suis au désespoir, je suis perdu.

LA MARQUISE

Qu'avez-vous ?

LE COMTE

Je suis perdu, je vous aime comme un enfant. Je vous jure sur ce qu'il y a de plus sacré au monde...

LA MARQUISE

Adieu.
Elle veut sortir.

LE COMTE

C'est moi qui sors, madame; restez, je vous en supplie. Ah ! je sens combien je vais souffrir !

LA MARQUISE, *d'un ton sérieux.*

Mais, enfin, monsieur, qu'est-ce que vous me voulez ?

LE COMTE

Mais, madame, je veux... je désirerais...

LA MARQUISE

Quoi ? car enfin vous m'impatientez. Vous imaginez-vous que je vais être votre maîtresse, et hériter de vos chapeaux roses ? Je vous préviens qu'une pareille idée fait plus que me déplaire, elle me révolte.

LE COMTE

Vous, marquise ! grand Dieu ! s'il était possible, ce serait ma vie entière que je mettrais à vos pieds ; ce serait mon nom, mes biens, mon honneur même que je voudrais vous confier. Moi, vous confondre un seul instant, je ne dis pas seulement avec ces créatures dont vous ne parlez que pour me chagriner, mais avec aucune femme au monde ! L'avez-vous bien pu supposer ? me croyez-vous si dépourvu de sens ? mon étourderie ou ma déraison a-t-elle donc été si loin, que de vous faire douter de mon respect ? Vous qui me disiez tantôt que vous aviez quelque plaisir à me voir, peut-être quelque amitié pour moi, — n'est-il pas vrai, marquise ? — pouvez-vous penser qu'un homme ainsi distingué par vous, que vous avez pu trouver digne d'une si précieuse, d'une si douce indulgence, ne saurait pas ce que vous valez ? Suis-je donc aveugle ou insensé ? Vous, ma maîtresse ! non pas, mais ma femme !

LA MARQUISE

Ah ! — Eh bien ! si vous m'aviez dit cela en arrivant, nous ne nous serions pas disputés. — Ainsi, vous voulez m'épouser ?

LE COMTE

Mais certainement, j'en meurs d'envie, je n'ai jamais osé vous le dire, mais je ne pense pas à autre chose depuis un an ; je donnerais mon sang pour qu'il me fût permis d'avoir la plus légère espérance...

LA MARQUISE

Attendez donc, vous êtes plus riche que moi.

LE COMTE

Oh ! mon Dieu ! je ne crois pas, et qu'est-ce que cela vous fait ?
Je vous en supplie, ne parlons pas de ces choses-là ! votre sourire,
en ce moment, me fait frémir d'espoir et de crainte. Un mot, par
grâce ! ma vie est dans vos mains.

LA MARQUISE

Je vais vous dire deux proverbes : le premier, c'est qu'il n'y a rien
de tel que de s'entendre. Par conséquent, nous causerons de ceci.

LE COMTE

Ce que j'ai osé vous dire ne vous déplaît donc pas ?

LA MARQUISE

Mais non. Voici mon second proverbe : c'est qu'il faut qu'une porte
soit ouverte ou fermée. Or voilà trois quarts d'heure que celle-ci,
grâce à vous, n'est ni l'un ni l'autre, et cette chambre est parfaitement
gelée. Par conséquent aussi, vous allez me donner le bras pour aller
dîner chez ma mère. Après cela, vous irez chez Fossin.

LE COMTE

Chez Fossin, madame ? pourquoi faire ?

LA MARQUISE

Ma bague !

LE COMTE

Ah ! c'est vrai, je n'y pensais plus. Eh bien ! votre bague, marquise ?

LA MARQUISE

Marquise, dites-vous ? Eh bien ! à ma bague, il y a justement sur le chaton une petite couronne de marquise; et comme cela peut servir de cachet... Dites donc, comte, qu'en pensez-vous? il faudra peut-être ôter les fleurons ! Allons, je vais mettre un chapeau.

LE COMTE

Vous me comblez de joie !... comment vous exprimer...

LA MARQUISE

Mais fermez donc cette malheureuse porte ! cette chambre ne sera plus habitable.

NOTES ET VARIANTES

LORENZACCIO

PAGE 11, LIGNE 17

C'était l'usage au carnaval de traîner dans les rues un énorme ballon qui renversait les passants et les devantures des boutiques. Pierre Strozzi avait été arrêté pour ce fait. *(Note de l'auteur.)*

PAGE 32, LIGNE 26

On allait à Montolivet tous les vendredis de certains mois; c'était à Florence ce que Longchamp était autrefois à Paris; les marchands y trouvaient l'occasion d'une foire et y transportaient leurs boutiques. *(Note de l'auteur.)*

PAGE 40, LIGNE 6

Catherine Ginori est belle-sœur de Marie; elle lui donne le nom de *mère*, parce qu'il y a entre elles une différence d'âge très grande; Catherine n'a guère que vingt-deux ans. *(Note de l'auteur.)*

PAGE 59, LIGNE 16

Farnèse ! Le pape Paul III. *(Note de l'auteur.)*

PAGE 99, LIGNE 11

Voir la conspiration des Pazzi. *(Note de l'auteur.)*

Le drame de *Lorenzaccio* a paru pour la première fois dans le *Spectacle dans un fauteuil,* — *deux* volumes in 8°, à la librairie de la *Revue des Deux-Mondes* (Paris, 1834). —

LE CHANDELIER

PAGE 220, LIGNE 13

MAITRE ANDRÉ

Adieu, adieu. Eh bien ! tu le vois : il n'y a rien de tel que de s'expliquer : on finit toujours par s'entendre.

PAGE 222

CLAVAROCHE

Bah ! ce sont les grands parents et le lieutenant de police *qui disent que tout se sait...*

PAGE 227

CLAVAROCHE

Un amoureux n'est pas un amant.

JACQUELINE

Sans doute, mais...

CLAVAROCHE

Tenez...

PAGE 231

GUILLAUME

Elles ne tâtent que de l'épaulette...

PAGE 233

JACQUELINE

Qui? celui-là qui taille sa plume?

PAGE 244

ACTE II

SCÈNE PREMIÈRE

Une salle à manger. — Une table servie.

GUILLAUME, LANDRY.

GUILLAUME

Il me semble que Fortunio n'est pas resté longtemps à l'étude.
(Suit toute la scène II du IIe acte.)
... C'est bien le moins que les clercs se reposent.

Ils sortent.

CLAVAROCHE, un Domestique.

CLAVAROCHE, *entrant.*

Personne encore?

LE DOMESTIQUE

Non, monsieur.

CLAVAROCHE

C'est bon, j'attendrai.
Le domestique sort.

En conscience, ces belles dames, si on les aimait tout de bon.
(Suit la scène 1re.)

PAGE 249

MAITRE ANDRÉ

J'ai apporté dans ma poche un petit Amour en sucre.

PAGE 249

MAITRE ANDRÉ

Voulez-vous dîner avec nous ?

CLAVAROCHE

Assurément, mon couvert est mis.
  Ils se mettent à table.

MAITRE ANDRÉ

Nous avons aujourd'hui au logis...

PAGE 255

CLAVAROCHE

Chantez donc, monsieur Fortunio.

MAITRE ANDRÉ

Est-ce qu'il chante ? — Comment, bien vieille ! c'est moi qui l'ai
composée pour le jour de mes noces.

FORTUNIO

Si madame veut l'ordonner...

PAGE 259, LIGNE 6

JACQUELINE, *bas à Fortunio,*

Attendez-moi ici. — Je reviens dans un instant.

PAGE 267

CLAVAROCHE

Tu crois?

FORTUNIO, *caché.*

Juste ciel !

JACQUELINE

J'ai cru entendre un soupir.

CLAVAROCHE

Bon ! c'est votre mari qui vient.

LES MÊMES, MAITRE ANDRÉ.

MAITRE ANDRÉ, *un peu aviné.*

Capitaine ! capitaine ! où êtes-vous donc ? Eh bien ! vous me laissez prendre mon café tout seul ? — Et cette fine partie de piquet ?

CLAVAROCHE, *à part.*

C'est amusant !

MAITRE ANDRÉ

Hier il m'a fait capot.

CLAVAROCHE

Vous voulez jouer maintenant ?

MAITRE ANDRÉ

Et ma revanche ?

CLAVAROCHE

Venez donc, maître André.

On sort.

FORTUNIO, *tombant accablé sur un fauteuil.*

Sang du Christ ! il est son amant !

PAGE 269
ACTE III

SCÈNE PREMIÈRE

La chambre à coucher de Jacqueline.

MADELON

Madame, un danger vous menace...

PAGE 273, LIGNE 7

Ce manquement à la règle des subjonctifs sied à Clavaroche.

PAGE 275, LIGNE I

Voir la note précédente.

PAGE 296

MAITRE ANDRÉ

Je ne douterai de quoi que ce soit. Allons nous mettre à table. Fortunio, tu nous chanteras ta romance, et nous boirons à tes amours. Moi, je vous chanterai : « Amis, buvons, buvons sans cesse... »

Le *Chandelier* a paru pour la première fois dans la livraison du 1ᵉʳ novembre 1835 de la *Revue des Deux-Mondes*.

IL NE FAUT JURER DE RIEN

PAGE 317

VAN BUCK

Me prends-tu pour un oncle du Gymnase ?

VALENTIN

Moi, grand Dieu ! le ciel m'en préserve ! Je vous tiens pour un oncle véritable, et, de plus, pour le meilleur des oncles. Croyez-moi, venez aux Champs-Élysées. Après un bon repas et une petite querelle, un tour de promenade au soleil fait grand bien. Venez, je vous conterai mes projets, je vous dirai toute ma pensée. Pendant que vous me gronderez, je plaiderai ma thèse ; pendant que je parlerai, vous ferez de la morale, et c'est bien le diable s'il ne passe pas un beau cheval ou une jolie femme qui nous distraira tous les deux. Nous causerons sans nous écouter ; c'est le meilleur moyen de s'entendre. Allons ! venez.

PAGE 323

LA BARONNE

Donnez-moi le bras. Restez, Cécile, attendez-nous.

CÉCILE, *seule.*

Un mort, grand Dieu ! quel événement horrible ! je voudrais voir, et je n'ose regarder. — Ah ! ciel ! c'est ce jeune homme que j'ai vu l'hiver passé au bal. — C'est le neveu de M. Van Buck. Serait-ce de lui que ma mère vient de me parler ? Mais il n'est pas mort du tout. — Le voilà qui parle à maman, et qui vient par ici. — C'est bien étrange ! Je ne me trompe pas ; je le reconnais bien. Quel motif peut-il donc avoir pour ne pas vouloir qu'on le reconnaisse ? Oh ! je le saurai.

CÉCILE, LA BARONNE.

LA BARONNE

Venez, Cécile, il est inutile que vous restiez ici.

CÉCILE

Est-il blessé, maman ?

LA BARONNE

Qu'est-ce que cela vous fait ? Venez, venez, mademoiselle.
Elles sortent.

PAGE 324

VALENTIN

C'est même probable ; mais pour réel, c'est une autre affaire.
Il dégage son bras.

VAN BUCK

Comment ! encore une mauvaise plaisanterie !

VALENTIN

Il fallait bien trouver...

PAGE 328

VALENTIN

Voilà la blanche Cécile qui nous arrive à petits pas. Entrez dans ce
cabinet...

PAGE 335

VALENTIN

Vous devriez faire ce quatrième.

VAN BUCK

Certainement je le *devrais...*

PAGE 340

LA BARONNE

... Refuser de faire un quatrième ! Des affaires ! Est-ce que je n'en
ai pas, moi ? Et ce bal de ce soir ! je n'ai pas la force de m'en occuper.
— Ah ! voilà ma migraine qui me prend.

L'ABBÉ

*Dans une circonstance aussi grave, ne pourriez-vous retarder vos
projets ?*
(Suit la scène II de l'acte III entre la baronne et l'abbé, jusqu'à
ces mots : « *Je vous demande si on va boire ça !* » *Tenez ! ne parlons
plus de ces choses-là. C'est à vous de prendre...*)

PAGE 348

LA BARONNE

Je ne vous reverrai de ma vie.
  A Cécile.
Quant à vous, mademoiselle, entrez ici.

CÉCILE

Mais, maman...

LA BARONNE

Allons ! mademoiselle, ne raisonnez pas.
  Elle la fait entrer dans la chambre voisine.

LA BARONNE, VAN BUCK, L'ABBÉ.

L'ABBÉ

Madame la baronne, je viens vous dire...

LA BARONNE, *mettant la clef sous un coussin du canapé.*
Dieu soit loué ! ma fille est enfermée.

L'ABBÉ

Enfermée, madame ? que se passe-t-il ?
A Van Buck.
Qu'avez-vous, monsieur ?

VAN BUCK

Ce que j'ai, monsieur ? J'ai que j'en ai assez.

LA BARONNE

Et moi aussi.

VAN BUCK

J'ai que je sors de cette maison, qu'on ne m'y reverra de ma vie, et que je n'ai qu'un regret, c'est d'y avoir jamais mis les pieds.

LA BARONNE

Et moi de vous y avoir reçu.

Ils sortent.

L'ABBÉ, *seul.*

Qu'est-ce que cela signifie ?
Cécile frappe à la porte.

CÉCILE, *dans la chambre voisine.*

Monsieur l'abbé, voulez-vous m'ouvrir ?
(Suit la dernière partie de la scène II de l'acte II.)

PAGE 349

Un bois. — Une petite maison à droite.

VAN BUCK

Encore une lettre ? c'est trop fort.

VALENTIN

Oui, une autre, et dix s'il le faut. Puisque cette maudite baronne a éventé mon rendez-vous, il faut bien en donner un autre, et j'attends ici la réponse. *Holà ! hé !*

UN GARÇON D'AUBERGE

Est-ce que ces messieurs nous feront l'honneur de dîner ici ?

VALENTIN

Non, donnez-nous tout bonnement du champagne, si vous en avez.

VAN BUCK

Ils auront un vin détestable, un vinaigre affreux.

LE GARÇON

Pardonnez-moi, nous avons ici tout ce que vous pouvez désirer.

VAN BUCK

En vérité ! dans un trou pareil ? c'est impossible ; vous nous en imposez.

LE GARÇON

C'est ici le rendez-vous de chasse, monsieur, et nous ne manquons de rien.

VALENTIN

Allons, mon oncle, un peu de fermeté.

VAN BUCK

Sois-en certain, je ne te quitterai pas ! j'en jure !...
(Suit la scène I de l'acte III, jusqu'à ces mots : « *Ma bien-aimée m'appartiendra.* »)

VAN BUCK, VALENTIN, un Valet de Ferme.

LE VALET, *accourant*.

Monsieur, voici votre réponse.

VALENTIN

Tu as été preste, l'ami.

LE VALET

Monsieur, j'ai trouvé justement la femme de chambre à la grille du château; elle est partie avec mon billet, et presque à l'instant même elle m'a rapporté celui-ci.

VALENTIN

Tiens, voilà un louis pour ta peine.

Le valet sort.

VAN BUCK

Il y a, parbleu ! bien de quoi faire le généreux, pour un billet où l'on t'envoie promener.

VALENTIN

Ce billet-là ?

VAN BUCK

C'est indubitable. Mademoiselle de Mantes te donne ton congé pour la seconde fois. Ouvre un peu ce papier; je sais d'avance ce qu'il renferme.

VALENTIN

Et moi aussi, je crois le savoir.

VAN BUCK

Écervelé ! tu te plains d'un outrage, et tu t'en attires un second.

VALENTIN

Un outrage là dedans ! Que vous êtes jeune, mon bon oncle ! Regardez donc comme ce petit billet est gentil, et, quoiqu'on l'ait écrit si vite, comme il a encore trouvé le moyen d'être coquet ! — Regardez surtout comme il est plié ! — Voyez-vous ces trois petites pointes avec un cachet de bague au milieu? c'est ce qu'on appelle un petit chapeau. On n'écrit ainsi ni à un notaire, ni aux grands parents, ni à son curé, pas même à ses bonnes amies. Un outrage ! Croyez-moi, mon oncle, jamais lettre en colère ne fut pliée ainsi.

VAN BUCK

Ouvre donc ton chapeau, puisque chapeau il y a, et voyons ce qui en est.

VALENTIN

Il ne renferme qu'un seul mot.

VAN BUCK

Un seul mot ?

VALENTIN

Un seul.

VAN BUCK

Peste ! voilà une petite fille bien laconique. — Et quel est ce mot,
s'il vous plaît.

VALENTIN

Ce mot est : « oui. »

VAN BUCK

Oui ?

VALENTIN

Voyez vous-même.

VAN BUCK

Est-il possible ?

VALENTIN

Dame ! à ce qu'il paraît. Allons ! videz donc votre verre, et ne vous
étonnez pas si fort.

VAN BUCK

C'est inconcevable ! Et c'est un rendez-vous que tu lui demandais ?

VALENTIN

Vous le savez bien. Buvez donc. Quand vous retournerez ce billet
cent fois, vous n'en tirerez pas deux paroles.

VAN BUCK

Une telle demande faite à la bonne venue ! Un seul mot de réponse,
et ce seul mot est « oui ! » — En vérité, ce « oui » trouble toutes mes
idées ; je n'ai jamais rien vu de pareil à ce « oui. » Ma foi ! je te prenais
pour un fou, et tout ce qu'il y a de bienséances au monde se révoltait
en moi en voyant ton audace ; mais j'avoue que ce « oui » me bouleverse,
ce « oui » m'assomme, ce « oui » est plus qu'étrange, il est exorbitant,
et, si je n'étais pas ton oncle, je croirais presque que tu as raison.
La nuit commence.

VALENTIN

Cela ne prouverait pas que vous eussiez tort. Eh ! garçon, une autre bouteille ! Dans ce bas monde, chacun fait à sa guise. Qu'est-ce qu'un oui ou un non de plus ou de moins ? Tenez ! mon oncle, réconciliation : au lieu de sévérité, indulgence ; au lieu de colère, amourette ; au lieu de nous quereller, trinquons. — Ce « oui », qui vous offusque tant, *n'est pas si niais, savez-vous ? Cette petite fille a de l'esprit, et même quelque chose de mieux ; il y a du cœur* dans ce seul mot, *je ne sais quoi* de tendre *et de hardi...*

(Suit la scène III, jusqu'à ces mots : « *Moitié chair et moitié coton.* »)

VALENTIN

Allons ! mon oncle, à vos anciennes amours !

VAN BUCK

Sais-tu que, pour une auberge de hasard, ce petit vin-là n'est pas mauvais ? J'avais besoin de cette halte. Je me sens tout ragaillardi.

VALENTIN

Écoutez-moi : voici le traité de paix que je vous propose. Permettez-moi d'abord mon rendez-vous.

VAN BUCK

Mais, mon ami, j'espère bien...

VALENTIN

Je vous jure de n'entreprendre rien que vous ne fissiez à ma place. N'est-ce pas tout vous dire ? *Voyez, mon oncle, comme je vous cède, et comme,* en tout, *je fais vos volontés.* En somme, le verre *porte conseil, et je sens bien que la colère est quelquefois mauvaise amie...*

(Suit le couplet de Valentin finissant par : « *Je lui pardonne en l'oubliant.* »)

VAN BUCK

Par Dieu ! garçon, je le veux bien. Au fait épouse-t-on des petites filles qui vous envoient des « oui » comme celui-là ? Et puisque tu me promets de te conduire en galant homme, va ton train, et vogue la galère ! *et n'aie pas de crainte que tu manques de femme* pour ce sot mariage avorté. Je m'en charge, moi, j'en fais mon affaire. *Il ne sera pas dit qu'une vieille folle fasse tort à d'honnêtes gens, qui ont amassé un bien considérable, et qui ne sont pas mal tournés.* Avec soixante bonnes mille livres de rente...

VALENTIN

Cinquante, mon oncle.

VAN BUCK

Soixante, morbleu ! avec cela, on n'a jamais manqué ni de femmes, ni de vin. *Il fait beau clair de lune, ce soir ; cela me rappelle mon jeune temps.*

VALENTIN

Il me semble que je vois des lueurs...
(Suit la scène III.)
Séparons-nous pour plus de sûreté. Si vous m'en croyez, à présent, vous rentrerez dans cette auberge ; vous vous ferez faire un bon feu, et vous fumerez votre bon tabac flamand, en vous rôtissant les jambes devant un bon fagot flambant. Cela vous ragaillardira encore davantage. *Dans une demi-heure*, je suis à vous.

VAN BUCK

C'est dit. Bonne chance...
(Suit la fin de la scène III.)

PAGE 365

CÉCILE

Pourquoi donc *se cachait-il ce matin dans la* bibliothèque?

PAGES 365-366

CÉCILE

Votre oncle était derrière la porte.

PAGE 373

CÉCILE

Pour savante, c'est une autre affaire. J'ai eu des maîtres de toutes sortes; mais le peu que j'ai retenu, le meilleur, me vient de ma mère.

VALENTIN

De ta mère? Je ne m'en doutais guère.

CÉCILE

Vous ne la connaissez pas, Valentin. Vous apprendrez à l'aimer un jour, quand vous vivrez comme nous dans les métairies, et quand vous aurez des pauvres à vous. Et gardez-vous de sourire, quand vous parlerez d'elle; vous bénirez et vous suivrez ses pas.

VALENTIN

Tendre enfant ! je devine ton cœur...

PAGE 378

VALENTIN

Mon oncle, il ne faut défier personne.

VAN BUCK

Mon neveu, *il ne faut jurer de rien.*

Toutes les variantes qu'on vient de lire ont été faites par l'auteur pour la représentation qui eut lieu le 22 juin 1848.

PAGE 55, LIGNE 14

On appelle *discrétion* un pari dans lequel le perdant s'oblige à donner au gagnant ce que celui-ci demande, à sa discrétion. *(Note de l'auteur.)*

TABLE

IMPRIMERIE SAINT CATHERINE, BRUGES, BELGIQUE